PASTWORLD

패스트월드

GOLDPEN CLUB NOVEL 005

패스트월드

이안 벡 지음 | 최유나 옮김

PASTWORLD

엘렌 앨리스 벡(Ellen Alice Beck, 1931.1.~2008.10.)을 추모하며.

이 글은 팬텀과 그의 출생,

그가 저지른 범죄에 관한 생생한 증언이다.

런던 경시청(과거세계 전담반)의 찰스 캐치폴 경사가

자료를 수집, 정리하여 기록했다.

일부 증거자료와 기록은 대중에게 처음으로 알려지는 것도 있을 것이다.

Contents

서문

　이 이야기를 쓰면서 나는 어떤 사실도 당연한 것으로 받아들이지 않으려 한다. 모두 독자들의 이해를 돕기 위해서이다. 팬텀이 저지른 범죄나 '과거세계'라는 이름으로 유명해진 테마파크의 지형과 역사에 대해서는 사람들도 익숙할 것이다. 그런데도 굳이 이렇게 글을 쓰는 이유는 모든 사람들에게 중요한 일이기 때문이다.

　현재나 미래에 이 책을 읽을 독자들을 위해, 과거세계라는 장소와 팬텀이란 범죄자, 또 그가 저지른 범죄에 대해 어떤 추정이나 상상을 하지 않고 쓰는 것이 중요했다. 그러므로 앞으로 펼쳐질 일에 대해 소상히 알고 있는 독자라 할지라도 부디 이 글을 끝까지 읽어주기를 부탁한다.

　그동안 수많은 대중매체들이 팬텀 사건에 대해 자극적이고 외설스러운 보도를 내보냈다. 나는 그런 자료들도 샅샅이 확인해서 오로지 진실만을 알리기 위해 최선을 다했다.

나는 버클랜드사(社)의 정보 센터에서 이른 아침 교대 근무를 서던 중 계기판 경고등이 깜박거리기 시작하면서 아주 우연히 이 미스터리에 얽혀들었다. 무슨 드라마처럼 들릴지도 모를 이 이야기에서 내 역할을 과장할 생각은 추호도 없다. 그렇다고 지금까지 일어난 몇몇 사건에 대한 내 책임까지 회피하진 않을 것이다.

맨 처음 나의 임무는 실종자들을 찾는 것이었다. 그리고 그 임무를 수행하던 중 팬텀을, 정의의 심판대는 아니지만, 어쨌든 세상 밖으로 끌어내는 데 성공했다. 나의 성공 여부에 대한 평가는 후대 사람들에게 맡긴다.

이 이야기는 여러 자료에서 일부 발췌한 내용과 이브의 일기를 빼고는 모두 내가 직접 쓴 것이라는 점을 밝혀둔다.

윌리엄 레이튼 재단에서 보조 기금을 주신 것에 대해 감사드린다. 덕분에 다양한 자료를 연구하고 서로 대조해 볼 여유도 가질 수 있었다. 이야기 속 여러 장면들과 사건들은 물론 나의 추론에서 나온 것이지만, 진짜 사건을 토대로 재구성하였으며 목격자의 진술을 토대로 쓴 것이다.

이 이야기가 그 자체로 독자들의 흥미를 끌었으면 좋겠다. 동시에 공식적인 기록으로도 인정받았으면 한다. 하지만 더욱 중요한 것은, 이 이야기가 하나의 경고가 되어야 한다는 것이다. 문명의 진보와 과학 발전의 허영에 대한 경종, 인간 본성을 가지고 장

난치려는 자들이 결국 어떤 운명의 심판대 위에 서게 될 것인지
에 대한 엄중한 경고가 되어야 할 것이다.

―런던 경시청(과거세계 전담반) 찰스 캐치폴 경감

2050년 7월.

1

동이 트기 전 냉랭한 한기가 돌 때쯤이었다. 버클랜드사(社)의 비행선 아래로 '과거세계'의 거리들이 지도처럼 펼쳐졌다. 이른 아침 안개와 햇살에 가려 처음에는 잘 보이지 않았다. 그러나 차츰 열을 지어 서 있는 회색 지붕들이 그 모습을 드러냈다. 노란 벽돌이 층층이 쌓인 런던 특유의 벽 위로 솟아오른 지쳐 보이는 적벽돌 굴뚝에서 한줄기 연기가 조용히 피어올랐다. 건물 처마 밑에 일렬로 지어진 깨끗한 둥지에는 로봇 비둘기 한 떼가 활동 정지 상태로 대기하고 있었다.

너무 이른 시간이라 비행선의 엔진 소리와 구슬픈 무적(霧笛) 소리(안개 눈 비 등으로 시계(視界)가 나쁠 때, 선박이나 등대에서 위치를 알리기 위해 울리는 크고 낮은 고동 소리—옮긴이)밖에는 아무 소리도 들리지 않았다. 은빛 리본처럼 일렁이는 강물을 따라 무엇을 찾아 헤매는 것 같은 무적 소리. 아득히 먼 곳, 여전히 잠에 취한 칠흑 같은 도시 중심으로부터 교회 종소리가 뎅그렁 하고 희미한 외마디를 울렸다.

인간의 움직임은 거의 눈에 띄지 않았다.

날카로운 시력의 여행자라면, 모든 것이 집중된 도시 중심에 가까워질수록 구불구불한 계단과 골목 사이로 음울하고 외로운 그림자가 빠르게 지나다니고 있다는 것을 눈치 챘을지도 모르겠다. 그 그림자는 도시의 혈관과 동맥을 감염시키고 다니는, 이곳 과거세계의 바이러스 같은 존재였다. 얼굴 모습이나 체형은 펄럭거리는 검은 망토와 길쭉한 정장 모자 속에 숨겨져 있었으며, 시력이 좋아서 그냥 유리알만으로도 충분한 그의 안경만이 거리 불빛에 반사되어 눈부시게 빛났다. 그는 마스크를 쓴 것처럼 얼굴 반을 스카프나 얇은 풀라천으로 언제나 가리고 다녔다. 온몸은 망토 주름으로 교묘히 잘 가렸는데, 위에 뭔가를 얹은 듯 어깨가 항상 묵직해 보였다.

그의 앞으로 또 다른 그림자가 나타났다. 그림자는 갑자기 돌현관에서 뚝 떨어져 도로 위를 지나 그의 앞을 가로막고 섰다. 마스크를 쓴 남자는 순간 젊은 청년의 분위기를 감지했다. 허름한 바지를 입은, 길고 가는 두 다리와 헤진 부츠. 그것은 과거세계를 떠도는 전형적인 소매치기의 모습이었다. 새벽빛에 비친 청년의 피부는 주위를 둘러싼 돌벽만큼이나 흐릿했고 얼굴은 날카롭게 각진 모양이었다. 과거세계 거리에서 흔하게 볼 수 있는 소박하고 명랑한 열일곱 살 소년과 다름없이, 그 그림자도 챙이 좁은 캡 모자를 이마 아래까지 푹 눌러쓰고 있었다. 오래 쓴 탓인지 다 헤진 얇은 챙 때문에 청년의 얼굴 위로 짙은 그림자가 드리워져 있었다.

"우리를 위해 1페니 동전 하나만……."

소년이 예의 명랑한 말투로 이야기하려다 눈앞에 우뚝 선 그림자를 보고는 얼른 입을 꾹 다물었다.

"아무것도 없다. 미안하다."

망토를 입은 남자가 말했다. 머뭇거리는 목소리, 전자음이 섞인 듯했다. 마스크를 쓴 남자는 이 소년에게서 무엇인가, 아주 낯익은 어떤 것을 느꼈다. 남자는 기억을 차근차근 떠올려 보았다. 이 아이와 비슷한 수많은 아이들이 머릿속을 빠르게 지나갔다. 그러나 오래된 검은 책처럼 불가사의한 분위기를 풍기는 이 소년 같은 아이는 없었다. 그러나 남자는 얼른 생각을 털어버렸다. 머리를 가볍게 흔들고는 다시 재빠르게 걷기 시작했다.

소년은 온몸이 얼어붙은 듯 그 자리에서 꼼짝하지 못했다. 한참을 그렇게 서 있다가 소년이 갑자기 안도의 한숨을 후 내쉬었다. 그리고 망토 입은 남자의 모습이 안개 속으로 사라지는 것을 물끄러미 바라보던 소년이 온몸을 흔들며 큰소리로 웃기 시작했다.

'저 남자가 깜박한 게 분명해. 이렇게 가까이 서 있었는데 내가 누군지 못 알아봐?'

소년은 생각했다.

버클랜드사의 비행선이 아침 첫 착륙을 시도했다. 비행선이 고도를 낮추면서 아래쪽에 붙은 곤돌라가 거리 위를 부드럽게 가로질러 나갔다. 소년은 비행선이 머리 바로 위를 지나 '착륙장'에 내려앉는 것을 물끄러미 바라보다가 다시 움직이기 시작했다. 온통 돌이 깔린 도로 위로 신발 소리가 따각따각 울려 퍼졌다.

소년이 달리는 동안 안개가 무리 지어 주위를 감싸기 시작했다. 진짜 이름보다 '바이블 J'로 더 잘 알려진 자펫 맥크레디에게 안개는 살아 있는 존재였다. 안개는 그의 친구였다. 자펫은 안개가 '친숙' 했다. 안개는 그를 따르는 충복의 야수였다. 하루 종일 자펫의 앞뒤를 맴돌며 도시 구석구석까지 따라왔고 자펫 같은 좀도둑들과 도시의 어두운 골목길을 주름잡는—질이 더 나쁜—깡패들까지도 모두 가려주었다. 모든 것을 한꺼번에 삼켜 버린 뒤 침묵을 지키겠다는 듯 안개가 도시의 중심부 위를 일렁거리고 있었다. 모든 진실을 한꺼번에 은폐할 수 있다는 듯이.

소년 앞으로 채 100미터도 떨어지지 않은 곳이 바로 두꺼운 안개가 시작되는 곳이었다. 바이블 J는 미처 눈치 채지 못했지만, 땅 밑 어디쯤에 깔린 하수구와 파이프를 통해 나온 공기가 바닥의 격자형 배수구 밖으로 뭉게뭉게 피어오르고 있었다. 안개는 다리를 넘어서자마자 기계적인 모양으로 한 줄로 길게 이어졌다. 그리고 램프 기둥과 난간을 야수처럼 맹렬하게 밀어내며 그 사이로 빠져나갔다. 안개 속에서는 후퇴가 없는 듯했다. 바이블 J에게는 지금까지 지나온 곳도, 앞으로 갈 곳도 보이지 않았다. 그러므로 안개는 언제나 바이블 J의 목적과 딱 맞았다. 시간과 장소가 잠시 동안 일시에 정지하는 곳. 안개 속에 숨어 있을 때면 바이블 J에게 언제나 행운이 따랐다.

❖

　망토를 입은 그림자는 계속 다급하게 움직였다. 거리는 더 넓어졌고 가스등의 환한 불빛과도 더 자주 마주쳤다. 그의 동작, 신속하게 방향을 바꾸거나 기민하게 움직이는 그의 몸과 그의 그림자까지, 모두 젊고 혈기 왕성한 청년의 그것이었다. 어깨 위로 불룩한 짐을 둘러멨지만, 그것 때문에 걸음이 느려지는 일은 없었다. 그림자는 높다란 빌딩을 에워싼 가설 울타리를 향해 오르막길을 걷기 시작했다.

　그는 온몸이 동강 나고 언뜻 봐도 머리가 없는 시체를 놔두고 얼른 자리를 떠났다. 동강 난 팔다리를, '쇼디치'라는 지역의 큰길 위에 비트루비우스의 인간(Vitruvian Man) 모양으로 넓게 펼쳐 놓았다. 그것은 자신의 부하들, 그리고 다른 모든 사람들에게 배반에 대한 가혹한 처벌을 상기시켜 줄 것이다. 그 시체에는 또 다른 메시지도 담겨 있었다. 짙은 어둠의, 광막한 황야의 세계에서 그가 돌아왔음을 알리는 은밀한 표시. 경찰들에게, 자기를 쫓는 다른 모든 멍청이들에게, 이제 자신이 예전의 바로 그 자리로 복귀했음을 알리는 신호였다.

　망토를 펄럭이는 그림자가 가설 울타리에 달린 판자문 앞에 섰다. 임시로 쳐놓은 가설 울타리 위에 두꺼운 글씨로 인쇄된 포스터들이 한 줄로 쭉 붙어 있었다. 판자문 위에는 각등 하나가 밝게 빛나고 있었다.

위험

접근 금지

대규모 철거 공사

예정지

그림자는 주위를 돌아본 뒤, 잠시 후 조심스레 판자문을 열고 들어갔다. 그러고는 얼른 문을 닫고 어둠을 뚫고 황량한 공터를 걸어 빌딩 안으로 들어갔다.

그는 곧 넓은 돌계단을 뛰어오르기 시작했다. 한때 화려하게 빛났을 계단은 이제 칠흑 같은 어둠 속에 묻혀 있었지만, 그림자는 속력을 늦추지 않았다. 망토가 펄럭거렸고, 소리의 속삭임이 대리석 벽과 철제 난간을 따라 다시 메아리쳐 돌아왔다. 그림자는 계단참을 성큼성큼 뛰어 계속 올라갔다. 이윽고 나무로 된 앙상한 다용도 계단에 도착했다. 그러나 그는 숨을 가다듬느라 쉴 필요가 없었다. 그는 계속 계단을 뛰어 위로, 위로 올라갔다.

드디어 좁은 복도에 다다랐다. 그림자는 우뚝 멈추어 선 채 망토 안에서 경찰들이 쓰는 순찰용 철제 카바이드램프를 꺼냈다. 벽에 반사된 불빛이 그의 셔츠를 비추었다. 하얀색 셔츠는 온통 붉은색으로 물들어 있었다.

주위에는 대규모 철거 공사가 임박했음을 보여주는 증거가 수

두룩했다. 복도 바닥은 위에서 떨어진 천장재와 이제 전기가 끊어져 쓸모없이 되어버린 전선들을 고정했던 긴 알루미늄 조각들로 뒤덮여 있었다. 이것이 과거 20세기에 세워졌던 '새로운 건물들'의 최후였다. 한때 위용을 자랑하던 최신식 건물이 금방이라도 허물어질 것 같은 회벽 덩어리로 전락하고 만 것이다.

그러나 이런 건물이야말로 그림자가 가장 편안하게 활동할 수 있는 곳이었다. 아무도 신경 쓰지 않는, 비밀스런 공간. 하늘 높은 곳이나 땅속 깊은 곳 혹은 칠흑 같은 어둠 속. 반쯤 짓다 말았거나 폐쇄된 어지러운 공간. 인적이 끊긴 음침한 터널이나 아찔할 정도로 높다란 지붕 위가 그에겐 최고 은신처였다.

램프 불빛 속으로 공중을 떠다니는 뿌연 먼지가 보였다. 둥지 속에 있던 비둘기들이 푸드덕거리며 날기 시작했다. 그 비둘기들은 진짜였다. 버클랜드 회사가 만든 로봇 비둘기가 아니었다. 비둘기들이 깜짝 놀라 위로 날아가다 천장에 부딪혀 떨어졌다. 미친 듯이 퍼덕이는 날갯짓 때문에 회벽 조각이 또 떨어졌다. 반들반들한 갈색쥐가 커다란 몸을 꿈틀거리며 바닥 위를 기어가는 게 보였다. 쥐는 마치 길을 가로막으려는 듯 망토 입은 남자 앞에서 정지했다. 쥐가 고개를 들자 벌겋게 이글거리는 두 눈이 보였다. 매서운 입매 사이로 아래위로 가지런히 난 날카로운 이빨이 번뜩였다. 쥐가 위협적인 목소리로 말했다.

―접근 금지! 제한 구역! 제한 구역!

2

이브의 일기에서.[1]

난 이브라고 한다. 난 엄마가 기억나지 않는다. 잭 아저씨를 뺀다면, 나에겐 진짜 아빠도 없었던 것 같다. 옛날에 내가 어린아이였을 때 일은 전혀 생각이 안 난다. 내가 아는 한 지금 난 열일곱 살이다. 키도 훌쩍 커서 173센티미터 정도 되었다.

이제부터 재미있는 일이 있으면 여기에 적어두려고 한다. 언제나처럼 꼼꼼하게 또 찬찬히 내 이야기를 기록해야겠다는 의무감 같은 게 든다. 아마 다른 사람들이 내 이야기를 읽게 되겠지? 누가 될지는 잘 모르겠지만.

---

1)사건 원본 기록. 녹취로 기록된 부분은 제외. 원본은 시간 순으로, 옛날 고급 종이에 암갈색 잉크를 사용하여 직접 손으로 써서 기록된 것임.

이른 아침이다. 겨울 하늘이 온통 올록볼록한 하얀 구름 덩어리로 뒤덮여 있다. 구름이 서로를 쫓고 쫓기며 흘러간다. 난 갑자기 자연의 창조력에 완전히 매료되어 버렸다. 이런 자연의 창조력을 언제쯤이면 완전히 이해하게 될까? 아마 그런 날은 오지 않을지도 모르겠다.

내 기억으로, 잭 아저씨는 내가 아주 어릴 때부터 항상 내 옆에 계셨다. 난 잭 아저씨를 아빠라고 생각했던 것 같다. 물론 그렇지 않다는 걸 나중에 알게 됐지만. 잭 아저씨는 그냥 나를 보호해 주는 거라고 하셨다. 내가 고아라면서 말이다.

둥글둥글, 꾀죄죄한 아저씨. 거기다 두꺼운 안경까지. 아저씨는 이제 시력이 많이 나빠져서 어느 것도 또렷하게 보지 못할 정도가 되었다. 하지만 나에겐 아주 다정하시다. 어떨 때 보면 아저씬 꼭 인형 같다. 거꾸로 뒤집으면 심술궂은 목소리로 울어대는 다 낡은 곰 인형 말이다.

아저씬 창문 밖의 큰 도시를 언제나 무서워하셨다. 난 밖으로 나가 본 기억도 거의 없다. 그런데 요즘 들어 옛날 기억과는 전혀 다른 어떤 느낌이 다시 살아나는 것 같다.

갑자기 어떤 연기 냄새가 기억 났기 때문이다. 불꽃이 튀고 연기가 피어오르는 불 위에서 내가 훌쩍훌쩍 뛰고 있는 장면도 떠올랐다. 이상하지만, 나에겐 진짜 현실 같았다. 이런 모든 일들에도 불구하고, 빈 서판처럼 텅 빈 내 과거에도 불구하고, 난 내 주위를 둘러싸고 있는 이 세상 전부를 왠지 이해할 수 있을 것 같다. 그것은 잭 아저씨가 나에게 많은 것을 말씀해 주셨기 때문일 것이다. 아저씨만의 독특한 방식으로 아주 잘 가르쳐 주셨기 때문에. 그렇게 잭 아저씨의 말들 때문에 기억하게 된 것들, 아저씨와 나눈 이야기들이 내 어린 시절의 전부라는 생각이 들 때가 가끔 있다.

그리고 어느 날 자고 일어나 보니 내가 열다섯 살이 되어 있었던 것 같은 느낌이 든다.

그런데 특별히 생생하게 기억나는 날이 있다. 그날 난 다락방 창문으로 밖을 내다보고 있었다. 그런데 마치 이제 막 눈을 뜬 것처럼 주위의 모든 것들이 생소하게 느껴졌다. 커다란 비행선이 지나가던 게 기억난다. 그때 옆에 있던 잭 아저씨가 말씀하셨다.

"사람들이 오는군, 보이지?"

이 순간이 왜 이렇게 뚜렷하게 기억나는지 잘 모르겠다. 그날 방 안에 다른 남자가 함께 있었기 때문인가? 보통 우리 집에는 손님이 전혀 찾아오지 않으니까.

그날 우리 집에 온, 옷을 잘 입은 남자가(난 혼자 '멋진 손님'이라고 불렀다.) 내 어깨를 잡더니 자기 쪽으로 돌려세우고는 내 얼굴을 빤히 쳐다보며 말했다.

"이런, 이 아이의 눈. 잭, 이 눈이 여러 사람 마음을 아프게 하겠군."

잭 아저씨도 한숨을 내쉬며 고개를 끄덕이셨다.

난 밤낮으로 다락방에 틀어박힌 채 조용하고 적적하게 하루를 보낸다. 나 혼자선 절대 밖으로 나갈 수 없다는 게 정말 이상하다. 두려움에 벌벌 떠시는 불쌍한 잭 아저씨가 외출하실 때만 나도 함께 나갈 수 있다.

"여긴 거대하고, 아주 무서운 도시다."

잭 아저씨가 말씀하셨다.

"저한테도 무서운 곳이에요?"

"그럼. 너 같은 여자아이에겐 특히. 두 배로 더 위험하다. 넌 아무것도 모르지. 바깥세상에는 너 같은 여자아이만 해코지하려고 덤벼드는 놈들이 많아."

잭 아저씨는 괴로운 듯 얼굴을 찌푸리며 말씀하셨다.

난 아저씨의 말씀을 믿었다. 하지만 속으로는, 혼자 세상에 나간다 해도 안전할 것 같은, 난 무엇이든 극복할 수 있지 않을까 하는 생각이 들었다. 그리고 정말 그렇게 될 수 있길 간절하게 빌었다.

잭 아저씨는 내가 언제나 아저씨 가까이 있어야 한다고 하셨다. 벽난로 위의 시계가 돌아갈수록, 아저씨는 나 때문에 점점 더 무서워하시는 것 같다.

우린 언제나 어둑어둑해져야, 그것도 아주 가끔씩만 밖으로 나간다. 항상 주위가 캄캄하고 사람들로 복잡한 거리로만 다녔기 때문에 우리 두 사람은 거의 눈에 띄지 않았을 것이다. 아저씨와 난, 마치 우리와 시간을 딱 맞춘 것처럼 넓게 깔리는 안개 속을 나란히 걸었다.

잭 아저씨는 시력이 점점 나빠졌기 때문에 내가 아저씨의 팔을 잡고 인도해야 했다. 우리를 조금이라도 유심히 본 사람이라면 참 이상하게 생각했을 것이다. 두루 뭉실한 몸매에 절룩거리는 잭 아저씨와 키만 삐죽 커서 '마른 나뭇가지처럼' 허우적거리는 나.

난 모든 것을 탐험해 보고 싶다. 한 번 거칠게 살아보고 싶다. 난 언제나 조바심이 난다. 밤이면 안개의 그물을 뚫고 멀리 도망치는 꿈을 꾼다. 난 달리고 싶다. 폴짝폴짝, 멀리멀리.

잭 아저씨는 우리가 걸어온 길을 항상 둘러보신다. 으스스한 어둠 속을 뚫어져라, 항상 불안에 떨며, 항상 초조한 모습으로. 걸음을 멈추고 아는 분과 이야기하실 때도 있다. 우리와 가끔 마주치는 아주머니가 한 분 있다. 우리 집 주변으로 미로처럼 펼쳐진 구불구불한 골목 어딘가에 사시는 분이다. 난 그 아줌마를 '고양이 부인'이라고 부른다.

"오늘은 쌀쌀하네요, 잭."

"정말 그렇군요, 여사님."

"오늘은 따님과 함께 나오셨네요?"

"늙어빠진 개 같은 나와 보조를 맞춰 천천히 걸어주니, 애가 참 착하죠."

"당신은 늙은 개이고, 저는 고양이와 함께 산책하고요. 우린 잘 어울리는 커플은 못 되겠어요, 그죠?"

잭 아저씨는 그 말에 후후 웃으셨다. 하지만 난 아저씨가 그냥 옷깃 사이에 얼굴을 묻고 조용히 걷고 싶어 하신다는 걸 알 수 있었다.

모든 것이 변했다. 이제 최대한 자세하게 그 이야기를 적어보겠다.

아저씨는 오늘 아침 일찍 혼자 나가셨다가 무서움에 사로잡혀 온몸을 부들부들 떨며 멍한 얼굴로 돌아오셨다. 아저씨는 날 불러 앉히시고 두꺼운 안경 너머로 쳐다보며 말씀하셨다.

"이브, 할 말이 있다. 내가 왜 너를 이렇게 노심초사하며 보살피고 있는지 그동안 궁금했지? 사실, 우리를 쫓는 사람이 있다. 꽤 오래되었어. 난 너에게 비밀로 하려고 했다. 이브, 오로지 너의 안전을 위해서 말이다. 그래서 얼마나 조심했는지 모른다. 그런데 이, 이 나쁜 놈이 기어이 우리 냄새를 맡은 것 같구나. 그래서 일이 정리되는 대로 다른 곳으로 이사하려고 생각 중이다. 여기서 아주 먼 곳으로."

아저씨의 목소리가 불안했다. 아저씨는 안절부절못하며 방 안을 서성거리셨다. 난 도대체 영문을 알 수가 없었다. 내가 도무지 알 수 없는 건 바로 이거다.

"그렇게 못된 사람이 우리에 대해 뭘 어떻게 안단 말이에요?"

"그놈은 알아. 우리 냄새를 맡았어."

아저씨가 고개를 끄덕이며 말씀하셨다. 아저씨가 똑같은 말을 자꾸 되풀이하시니까 나도 두려워졌다. '우리 냄새'. 이 말은 절대 '우리'를 뜻하는 게 아니다. 오직 나만 가리키는 거다. 누군가 나를 쫓고 있다니. 갑자기 정신이 번뜩 들었다.

내가 바로 중대한 비밀이었던 것이다.

난 숨겨진 사람이었다.

난 영원히 안전해야 한다. 난 동화 속 공주니까. 높은 탑 위에서 세상을 내려다보는 라푼젤처럼.

물론 벽난로 위 거울에 내 모습을 비춰 볼 때는 아니지만. 거울에 내 모습을 비춰 볼 때면 내가 동화 속 공주가 아니라는 게 다 드러났다. 내 머리가 저 아래 으스스한 골목까지 길게 늘어뜨릴 정도로 긴 금발도 아니고. 그래, 난 그냥 나다. 다시 생각해 보면, 내가 본 건 그냥 내 자신이었다. 매일 똑같은 평범한 흑갈색 드레스를 입어야 하는, 우중충한 나. 꼭대기 초라한 방에서, 날 보호하려고 안간힘을 쓰시는, 반쯤 눈이 먼 잭 아저씨와 함께 사는 나.

"왜 다른 사람들이 날 알고 있는 거예요? 게다가 날 해치려 한다고요?"

잭 아저씨는 고개를 절레절레 흔들었다.

"아직 네가 알면 안 되는 게 있어."

그리고 며칠이 지났다. 잭 아저씨의 이상한 친구, 그 멋진 손님이 다시 오셨다. 이번엔 두 분이 마주 앉아서 뭔가 심각한 이야기를 나누었고, 난 쥐 죽은 듯 조용히 있다가 그 손님의 부탁으로 아셈 홍차를 끓여 내갔다. 난 입을 꾹 닫고 두 분이 낮은 목소리로 조심스럽게 이야기를 나누는 모습을 바라보고만 있었다. 그 멋진 손님도 잭 아저씨만큼이나 안절부절못하는 것 같았다. 그때였다. 나 자신에 대해 뭔가 아주 낯설고 또 새로운 사실을 발견한 순간이.

사람들이 이야기를 나누는 것을 가까이서 보고 있으면, 내가 그 사람들의 입술 움직임을 읽을 수 있다는 걸 알았다. 마치 글씨가 적힌 종이가 머릿속에서 활짝 펼쳐지는 것처럼, 난 사람들이 하는 모든 말들을 알아들을 수 있었다.

잭 아저씨 : 너무 아까워서 난 도저히 그렇게 할 수 없어. 그렇다고 되돌아가지도 못해. 내 사정 잘 알겠지? 자네도 애가 있으니 말이야.

멋진 손님 : 물론 충분히 이해하네. 하지만 그렇게 생각하면 안 돼. 자네가 그렇게 애지중지 아끼다가 어느 날 그놈이 저 아일 발견하면 어쩔 텐가? 그때가 되면 자넨 방해거리밖에 안 될 거야. 그럼 자네도 끝이야.

멋진 손님은 홍차를 마시면서 나를 뚫어져라 쳐다보다가 고개를 설레설레 저었다. 그런 이상한 시간이 지나고 멋진 손님이 떠날 채비를 했다. 멋진 손님은 코트를 입은 어깨를 움찔거리며 옷매무새를 가다듬었다. 그리고 문간에서 아저씨에게 급하게 몇 마디 더 한 뒤 도망치듯 우리 집을 떠났다. 나도 더 이상은 알아듣지 못했다.

나 자신도 모르게 생긴 이 능력에 대해 아저씨한테는 아무 말도 하지 않았다.

그 손님이 떠나고 잭 아저씨가 얼굴을 돌렸을 때 난 완전히 절망적인 표정을 봤다. 멋진 손님이 무슨 말을 했는지 아저씨 얼굴이 고통으로 일그러져 씰룩거리고 있었다.

창가로 가서 사람들로 북적이는 거리를 내려다보았다. 사람들이 저마다 바쁘게 오고 가고 있었다. 난 다시 뒤돌아섰다. 잭 아저씨는 나에게 등을 돌린 채 의자에 앉아 계셨다. 이 초라한 방 안에서, 잔뜩 겁에 질려 어깨를 축 늘어뜨린 채 앉아 있는 아저씨의 뒷모습. 아저씨는 구부정한 자세로 의자를 돌려 앉다가 창밖에서 비치는 환한 햇살에 눈을 찌푸리셨다.

"미안하다, 이브."

"왜 그런 말을 하세요?"

"자세한 건 말할 수 없어."

아저씨가 나지막하게 말씀하셨다.

저녁때가 되어 아저씨와 난 얇은 양고기 몇 장과 빵, 피클로 저녁을 때웠다. 나이프와 포크가 접시 위에서 쨍그랑거렸다. 아저씨는 고개를 숙이더니 길게 한숨을 후 내쉬었다.

그날 이후로 아저씬 언제나 골똘한 생각에 빠진 듯했고 주위를 경계하는 눈초리였다.

그 멋진 손님이 "그놈이 저 아이를 발견하게 되면, 자넨 방해만 될 거야."라고 했는데, 도대체 누가 온다는 걸까? 날 구해주러 오는 사람이면 좋겠는데. 드디어 용감무쌍한 나의 왕자님이 하얀 백마를 타고 오시는 건가? 하지만 잭 아저씨가 저렇게 무서워하시는 걸 보면 그 사람은 나의 적일지도 모른다. 혹시 사악한 마법사? 왕자님과는 전혀 다르겠지만 그래도 어쨌든 백마를 타고 나타날까? 그러고는 불쌍한 우리 잭 아저씨를 무찌르고 나를 납치해 갈 건가? 좀 재밌기도 하지만 한편으론 무서운 생각이 들었다. 난 내 생각에 더욱 집중하게 되었고 그래서 내가 해야 할 일이 무엇인지도 깨닫게 되었다. 이제, 무슨 수를 써서라도 그런 무서운 운명으로부터 아저씨와 내 자신을 꼭 지켜야 한다는 결심을 하게 된 것이다.

잭 아저씨는 매일같이 신문과 주간지를 들여다보셨다. 돋보기안경을 쓰고 덜덜 떨리는 손으로 신문을 전등불에 바싹 갖다 댄 채 열심히 읽으셨다. 무언가 찾고 계시는 게 분명했다. 하지만 그게 뭔지, 왜 찾는지에 대해선 아무 말씀도 없으셨다. 신문을 읽다가 가끔씩 이렇게 중얼거리셨다.

"팬텀, 온통 팬텀 이야기뿐이군. 이런, 눈이 지랄같이 안 보이는군."

난 결심했다. 내일 떠나기로. 그냥 사라질 거다. 멀리 도망쳐서 내 운명을 시험해 보는 거다. 그럼 최소한 잭 아저씨가 두려움에 벌벌 떨지 않아도 될 테니까. 아저씨가 나쁜 놈에게 발견되어 공격당할 위험도 없어지겠지. 내가 스스로 높은 탑에서 내려가면 잭 아저씨도 더 이상 책임감에 시달릴 필요가 없을 것이다.

지금까지 한 번도 해본 적 없는 일이지만, 어쨌든 난 멀리 도망칠 것이다. 나 혼자서.

그리고 난 결국 해냈다.

도망치기로 결심하고 바로 다음날 아침, 일어나 창밖을 보고 난 밤 사이 눈이 내린 것을 알았다. 도톰하고 부드러운 눈송이가 지붕 기와 위에 소복하게 쌓여 있었다. 난 다락 창문을 조금 열고 알싸한 아침 공기를 들이마셨다. 그리고 이제 조금 있으면 이 집을 떠난다는 생각에 흥분된 마음으로 밝아오는 아침 하늘을 바라보았다.

난 이미 가져갈 것들을 꼼꼼하게 확인했다. 따뜻하게 덮을 게 필요할 것 같아서 나무 옷걸이에서 겨울 코트를 빼냈고 곰팡이 방지용으로 걸어뒀던 장뇌 주머니도 챙겼다. 작은 가죽 가방에 갈아입을 옷을 모두 챙겨 넣고 돈 항아리에 모아뒀던 내 돈도 모두 꺼냈다. 그리고 거실 의자 뒤쪽에 코트와 가방을 숨겨놓았다.

그날 잭 아저씨는 아침 일찍 근처 식료품점에 가서 차 봉지와 베이컨 몇 장을 사 들고 금방 돌아오셨다. 아저씨가 어깨 위 눈을 털어내며 말씀하셨다.

"후. 오늘 날씨가 아주 좋구나, 이브."

그러고는 여느 때와 다름없이 창으로 들어오는 환한 햇살을 받으며 조간신문을 활짝 펼쳐서 읽기 시작하셨다.

난 차를 진하게 우려내고 노릇하게 구운 식빵 위에 베이컨을 얹어서 아침을 준비했다.

"오늘 아침엔 제가 좀 읽어드릴까요?"

"그래, 그럼 좋지. 셜록 홈스는 그만 읽자. 그 사람 이야기는 너무 노골적인 것 같아. 디킨스 씨가 좋겠지?"

아침 식사가 끝난 후 아저씨는 등받이가 높은 의자에 앉으셨다. 그리고 쿠션 위에 다리를 편하게 얹고 불룩한 배 위로 팔짱을 끼고는 나를 향해 고개를 끄덕이며 시작하라고 신호를 보내셨다.

"위대한 유산, 제1장. 우리 아버지의 성은 피립이다. 그리고 내 세례명은 필립. 어린 나의 미숙한 혀로는 두 이름 다 '핍' 이상 길게 발음할 수 없었다. 그래서 나는 내 이름을 핍이라고 말하고 다녔고, 결국 다른 사람들도 나를 핍이라고 부르게 되었다……."

한 시간쯤 지나자 잭 아저씨의 눈꺼풀이 슬슬 내려앉기 시작하더니 곧 드르렁드르렁 푸— 하는 익숙한 코골이가 시작되었다. 내가 한두 페이지를 더 읽자 아저씨는 금방 잠에 곯아떨어지셨다. 난 보디스(코르셋 위에 입는 여성 웃옷. 가슴과 허리둘레가 꼭 맞게 되어 있다—옮긴이)에서 미리 써둔 쪽지를 꺼내는 동안에도 계속해서 큰소리로 책을 읽었다. 난 쪽지를 차갑게 식어버린 갈색 찻주전자에 비스듬히 세워두었다.

잭 아저씨께

전 멀리 떠납니다.

걱정하지 마세요.

절 찾으려 하지도 마시고요.

아저씨도 몸조심하세요.

—아저씨를 사랑하는 이브 올림.

난 계속 책을 들고 읽느라 나머지 한 손으로 코트를 입고 가방을 들어야 했다. 그런 뒤에야 책을 내려놓고 조용히 밖으로 나가서 찰칵 소리가 들릴락 말락 할 정도로 살짝 문을 닫았다. 아래층 사람들이나 1층 상점 사람들은 전혀 날 볼 수 없었을 거다. 내가 아무도 몰래 살짝…….

…바깥으로 나왔기 때문이다.

난 서커스로 도망쳐야겠다고 벌써부터 생각하고 있었다. 서커스를 찾는 것 이외에 딴 계획은 없었다. 이 거대한 도시 어딘가로 숨어 들어가 이곳저곳을 돌아다니며 일도 하고 여행도 하는 것이 나의 유일한 목표였다.

환한 대낮에 북적이는 거리 한복판을 혼자 걷는 것은 다소 충격적이었다. 사람들이 거리를 분주하게 지나다녀서 혼란스러웠다. 헤진 옷을 입은 아이들이 눈이 쌓여 미끄러운 길 위에서 시끄럽게 웃거나 서로 툭툭 밀치면서 지나갔다. 거리의 악사들은 한 무리로 모여서 큰소리로 노래를 불렀고 행상인들은 지나가는 사람에게 안전성냥, 구두끈, 따끈따끈한 군밤 같은 것들을 팔고 있었다.

바람이 불어 눈가루가 날리다가 금방 잠잠해졌다. 얼굴이 따끔거렸다. 갑자기 마음이 울컥했다. 생전 처음으로 살아 있다는 느낌이 들었기 때문이다. 차가운 공기가 알싸한 탄산수 같았다. 날 의지해서 걸으시던 잭 아저씨가 없으니 나도 모르는 사이에 걸음이 아주 빨라졌다. 난 달려보았다. 눈 위에서 폴짝폴짝 뛰기도 하고 훌쩍 제자리 뛰기도 해보았다.

어떤 남자가 거리에서 잘게 다진 고기가 들어 있는 민스파이를 팔고 있었다. 남자의 목에 걸린 커다란 판 위에 파이가 가지런하게 놓여 있었다. 따뜻한 김이 모락모락 피어나는 파이가 맛있게 보였다.

"얼마예요?"

"1페니요, 아가씨."

남자가 나를 향해 씽긋 웃으며 말했다.

난 돈 항아리에서 집어온 반짝반짝 빛나는 1페니 동전 하나를 그 남자에게 주었다. 다락방에서 아직 아무것도 모르고 잠들어 있을 잭 아저씨를 생각하니 죄책감이 밀려왔다. 하지만 민스파이는 맛있었다. 난 옆으로 지나치는 쇼윈도를 하나도 빼지 않고 모두 들여다보았다. 다 헤진 옷을 입은 한 남자가 빨간 우체통에 몸을 기댄 채 거리에 앉아 있는 게 보였다. 내가 옆을 지나려는데 그 남자가 슬픈 표정으로 날 바라보았다. 난 그 자리에 우뚝 서버렸다. 내 손에 들고 있는 파이는 너무 따뜻한데 창백한 그 남자의 손은 너무 차갑게 보였다. 난 얼른 되돌아가 그 남자에게 동전을 주었다. 이번에는 6펜스짜리 은화였다. 그 남자의 손에 돈을 놓는 순간 싸늘한 냉기가 느껴져서 깜짝 놀랐다. 남자의 손가락은 우리 집 홈통에 붙어 있던 고드름처럼 차가웠다. 남자는 처음엔 웃으며 감사하다는 듯 고개를 끄덕였다. 그런데 갑자기 표정이 차갑게 바뀌었다. 날 알아보는 눈치였다. 하지만 내가 아는 한 우린 한 번도 만난 적이 없었다.

"너야! 바로 너였어."

남자의 눈이 커졌다.

"무슨 말씀인지 모르겠어요."

난 그냥 웃으며 바로 자리를 떠났다.

"이리 와."

그 남자가 날 불렀지만 난 그냥 계속 걸었다.

잠시 후 온몸이 싸늘한 그 거지가 여전히 날 따라오고 있다는 것을 알았다. 빵가게 창문을 들여다보고 있는 거지를 발견했다. 내가 준 은화 한 닢이면, 식빵 반 덩이와 라디 케이크를 살 수 있을 테고, 아마 부서진 비스킷 한 봉지도 얻을 수 있을 텐데.

순간 그 남자가 얼굴을 돌리는 바람에 나와 눈이 마주쳤다. 그 거지가 동화에 나오는 붉은 늑대처럼 노려보는 것이 무서워서 얼른 고개를 돌려 버렸다. 난 북적이는 쇼핑객들 사이로 들어가 거리를 따라 다시 걷기 시작했다.

이윽고 시장에 다다랐다. 시장에선 서커스가 열리고 있었다. 물건을 사느라 정신없는 사람들 너머로 즐비하게 서 있는 커다란 상점들이 보였다. 넓은 판을 머리에 이고 머핀을 파는 남자는 목으로 조심스럽게 균형을 잡으며 사람들 사이를 지나갔다.

긴 오버코트를 입은 어떤 남자가 잠깐 동안 나와 같은 속도로 걷는 걸 눈치 챘다. 허리에 투박한 천을 빙빙 두른 그 남자는 발이 묶인 토끼들을 꿰어 단 장대를 어깨 위에 올린 채 걷고 있었다. 난 죽은 토끼들이 불쌍해서 얼른 고개를 돌렸다. 그러자 이번에는 푸줏간 유리창의 커다란 갈고리에 분홍색 돼지 머리가 대롱대롱 걸려 있는 것이 보였다. 파리하게 변한 돼지의 속눈썹까지 보일 정도였다. 그 아랫줄에는 돼지 몸통이 나란히 걸려 있고, 또 그 아래에는 커다란 도자기 접시 위에 두툼한 돼지고기 파이가 가지런히 놓여 있었다. 난 어디선가 풍겨오는 피와 톱밥 냄새를 피해 행인들 속으로 더 깊숙이 파고들었다. 겨울 축제를 맞아 시장 노점 사이에서 거리 공연과 서커스단의 무대가 함께 열리고 있었다.

내 옆으로 얼마 떨어지지 않은 곳에 캔버스 덮개를 덮은 밝은색의 마차들이 무리 지어 서 있었다. 마차 앞에는 밝은색 발레복을 입은 곡예사가 서 있었다. 그 옆에 또 다른 곡예사는 낡은 코넷을 연주하고 있었다. 마차 위에는 '야고의 놀라운 대지옥 쇼'라고 적힌 커다란 현수막이 걸려 있었다.

서커스에는 이미 꽤 많은 사람들이 몰려 있었다. 사람들은 비좁은 가운데서도 재미있게 쇼를 구경하고 있었다. 거지가 아직 따라올지도 모른다는 생각에 나도 그 사람들 틈으로 비집고 들어갔다.

피 냄새와 돼지 시체, 누더기를 걸친 거지에게서 최대한 멀리 떨어지고 싶었다. 난 "죄송합니다. 잠깐만요, 실례합니다."를 되풀이하며 사람들 속으로 깊이 들어갔다. 사람들은 내가 떠밀거나 나와 부딪혀도 너무나 흥에 겨운 나머지 아무것도 신경 쓰지 않는 듯했다.

모두 신선한 공기가 감도는 아침에 벌어지고 있는 재미를 즐기는 데 푹 빠져 있었다. 관객 중에는 거리 부랑자 같은 사람도 있었다. 눈이 퀭하고 볼이 쑥 들어간 남자 여자들, 모두들 허리가 얇고 삐쩍 마른데다가 더러운 옷을 걸치고 있어 꼭 며칠 굶은 사람처럼 보였다.

작은 무대 양끝으로 캔버스 천으로 덮인 마차가 서 있었다. 무대 위에는 높다랗게 세워진 장대 사이에 긴 줄이 탱탱하게 쳐져 있고, 화려한 옷을 입은 어릿광대가 북소리에 맞추어 익살스럽게 재주를 넘고 있었다. 또 다른 광대는 장대를 지지하는 밧줄을 붙잡고 쉰 목소리로 꽥꽥 소리치고 있었다. 얼굴엔 온통 하얀색을 칠하고 작은 입술은 밝은 빨강으로 활짝 웃는 모양을 그린 모습이었다.

"나옵니다, 나옵니다. 자, 야고가 줄 위를 걷는 것을 보십시오. 저기 멀리 인도에서 이곳 영국의 옛 도시까지 온 야고. 오늘 이 자리에서 우리와 함께하기 위해 푹푹 찌는 날씨에 먼지가 풀풀 날리는 먼 나라에서 여기 쌀쌀한 런던까지 왔습니다. 줄 높이는 땅 위 4.5미터. 안전 장치는 없습니다. 자, 이제 야고가 걷습니다. 자, 보세요. 걷습니다."

사람들의 박수 소리에 무대 한쪽 마차의 덮개가 열리면서 또 다른 광대 한 명이 무대 위로 올라왔다. 그는 얼굴이 하얀 다른 광대와 대조적으로 온통 새까맸다. 그 광대가 외줄의 낮은 곳에 올라서서 중심을 잡았다. 난 광대가 부드러운 신발을 신고 발가락을 동그랗게 오므리는 것을 보았다. 발가락으로 밧줄을 잡으려는 것이다.

인도 사람 분장을 한 그 광대는 화려한 색깔 천에 다이아몬드 무늬가 수놓인 파라솔을 들고 있었다. 그는 균형을 잡느라 파라솔을 아리저리 흔들면서 우스꽝스런 동작으로 장대를 받치는 지지대 꼭대기까지 올라갔다. 난 좀 더 잘 보이는 곳으로 가려고 사람들 사이를 뚫고 앞으로 나갔다. 광대가 줄 끝까지 올라가는 내내 북소리가 드르륵드르륵 울려 퍼졌다.

광대는 외줄 바로 앞까지 올라갔지만 바로 그 순간 앞으로 떨어질 듯 균형을 잃고 기우뚱거렸다. 처음엔 한쪽으로 기우뚱하더니 이번엔 손을 허공에서 휘휘 휘두르며 다른 쪽으로 기우뚱거렸다. 난 주위 사람들처럼, 놀라서 숨을 헐떡거렸다. 그때 누군가 웃음을 터뜨렸다. 그제야 난 그게 속임수라는 걸 깨달았다. 광대는 그냥 떨어지는 척한 것이다. 구경꾼들은 그런 장면을 좋아했고 박장대소가 터져 나왔다. 사람들은 저도 모르게 우! 아! 하고 환호성을 질렀고 아슬아슬한 광경에 더 큰 웃음을 터뜨렸다. 세상과 단절된 채 심심하고 가난한 삶을 살 동안에는 한번도 그렇게 재밌고 무서운 광경을 본 적이 없었다.

광대 한 명이 빈 깡통을 들고 우리 쪽으로 다가왔다. 난 코트 주머니에서 동전을 꺼내 얼마인지 살펴보지도 않고 그냥 깡통에 넣었다. 그러니 내가 진짜 얼마나 후한 사람인지는 나 자신도 아직 잘 모른다. 그 광대는 내가 깡통에 돈을 넣자 빙긋이 웃었다. 하얗게 분칠한 얼굴 아래로 다정한 표정이 드러났다. 친한 친구 같은 따뜻한 얼굴이.

사람들 머리 위에서 외줄을 타던 광대가 다른 쪽 끝에 무사히 다다랐다. 그 인도 광대는 교묘한 속임수를 써서 아주 여유롭게 땅까지 내려왔다. 어떻게 그렇게 할 수 있는지 난 정말 모르겠다. 난 사람들을 따라 열렬히 박수쳤다. 그제야 안도감이 들었다. 갑자기 행복해지고 마음이 따뜻해졌다. 사람들과 하나가 되어, 아주 가까운 곳에서 이런 화려한 공연을 보니 온몸이 흥분으로 부글부글 끓어오르는 것 같았다.

북을 치던 광대가 북을 내려놓고 무대 앞으로 테이블을 끌고 나왔다. 테이블에는 커다랗고 매끈한 천이 덮여 있었다. 파란색 천이었다. 하늘 같은 파란색, 영원의 파란색, 평온의 파란색. 자그마한 은색별이 가득 수놓아진 천이었다. 그 인도 광대는, 내 생각으론 아미 야고, 그 사람이었던 것 같다. 그가 손을 높이 들고 가느다란 손가락을 하늘 위로 치켜 올리자 구경꾼들이 그를 뚫어져라 쳐다보았다. 그가 '쉬잇' 신호를 보냈다.

구경꾼들이 일시에 조용해졌다. 코넷 주자가 바이올린으로 바꿔 들고 구슬픈 왈츠를 짧게 연주했다. 야고는 테이블로 다가가 파란색 천 아래로 손을 집어넣었다가 밖으로 뺐다. 손에는… 아무것도 없었다. 그는 아무것도 없다는 것을 구경꾼들이 확인할 수 있게 양팔을 내밀어 손바닥을 보여주었다. 다 떨어진 소매까지 걷어 올려서 아무것도 숨기지 않았다는 것을 보여주었다. 그런 다음 야고가 몸을 앞으로 숙였다. 정확히 말하면 날 향해 몸을 구부리더니 내 귀에 손을 갖다 댔다. 그의 손가락이 내 귀를 간질이며 스쳐 지나자 갑자기 그의 손에서 하얀 달걀이 나왔다. 야고는 달걀을 높이 들고 빙 돌면서 처음엔 나에게, 그다음엔 함께 구경하던 사람들에게 보여주었다. 야고의 검은 피부와 대조되어 달걀이 깨끗한 하얀색으로 빛났다.

여기저기서 웃음과 박수가 터져 나왔다.

"달걀 하나지요? 보이십니까? 달걀, 오직 달걀 한 알뿐입니다."

"오, 그래요."

나도 사람들과 함께 크게 대답했다.

그가 머리 위로 손을 높이 올렸다가 천천히 내리더니 달걀을 테이블 모서리에 대고 톡톡 쳤다. 그러고는 손을 동그랗게 감쌌다. 잠시 후… 손 밖으로 하얀 물체가 삐져 나왔다.

야고가 위를 향해 손을 벌렸다. 그러자 무엇인가 차가운 아침 공기를 가르며 휙 날아올라 외줄을 매어놓은 높은 장대 위에 사뿐히 앉았다. 우리는 다시 열렬하게 박수를 쳤다. 그렇게 신나는 광경은 정말 처음이었다. 다른 광대가 다가와 돈 깡통을 흔들었다. 또 다른 광대는 화려한 기구들을 주섬주섬 챙겨서 마차로 옮기기 시작했다. 이제 곧 떠나려는 모양이었다. 갑자기 실망감이 밀려왔다. 이제 곧 떠나는 건

가. 나도 저 사람들과 함께 가야겠다고 결심했다. 따라가서 그들이 공연하는 것을 다시 보고 싶어졌다. 나도 그들에게 도움이 되는 사람, 없어서는 안 될 사람이 되도록 노력해야겠다는 생각이 들었다.

그 순간 난 무엇인가 발견하고 깜짝 놀랐다. 다시, 누더기를 입은 그 거지였다. 내가 은화를 줬던 남자. 그 거지가 날 노려보면서 사람들을 헤치고 다가오고 있었다. 난 두려움으로 온몸이 뻣뻣해졌다. 무슨 경고종이 울린 것처럼, 내 몸 안에서 무엇인가 쫙 퍼져 나가는 것 같았다. 그런데 그런 느낌이 오히려 나에게 힘을 주었고, 모든 것에 대한 반응감각을 높여주었다. 그래서 그 거지가 나를 헤치려 한다는 것을 그냥 느낌으로 알 수 있었다.

난 언제나 이렇게 동시에 두 가지에 집중할 수 있었다. 이제 떠나려고 짐을 싸는 어릿광대들을 아쉬운 눈으로 바라보면서도, 무서운 얼굴을 하고 날 헤치려고 다가오는 사람을 본능적으로 알아차릴 수 있는 것이다. 열일곱 살이라면 누구나 그럴 수 있을지도 모르겠다. 갑자기 무언가를 깨닫고 삶을 열렬히 사랑하게 된 사람이라면 누구든지.

야고가 테이블에서 파란 천을 끌어당겼다. 천이 깃발처럼 펄럭였다. 그사이 테이블이 마차 안으로 옮겨졌다. 이제 마지막 마술을 하려는 것 같았다. 야고는 천을 툭툭 털어 넓게 펼치고 뒷면을 돌려 보여주었다. 아무것도 없었다. 구경꾼들은 계속 기다렸다. 난 두려움에 떨며, 다시 고개를 돌려 구경꾼 쪽을 자세히 살펴보았다. 사람들은 하나같이 공연에 취한 듯 무대 위를 멍하니 바라보고 있었다.

한 사람, 바로 그 누더기 거지만 빼고. 그는 나를 똑바로 쳐다보면서 사람들을 밀치고 다가왔다. 이제 몇 사람만 더 밀어내면 나에게 닿을 것 같았다. 난 몸을 돌려 어릿광대를 바라보았다. 야고의 검은 눈동자가 오로지 나만 보고 있는 것 같았다. 그 순간 내 어깨를 만지는 앙상한 손가락이 느껴졌다. 고개를 돌리자 얼굴이 지저분한 그 누더기 거지가 보였다. 거지의 얼굴을 더 가까이서 보게 되니 소름이 쫙 끼쳤다. 거지가 입을 벌리자 누렇고 삐뚤삐뚤한 이가 드러났다.

"자, 자, 이게 뭘까? 드디어 찾았군. 난 잘 알지, 푸른 눈의 예쁜 아가씨를 말이야."

어릿광대 야고가 무대 위에서 나를 내려다보며 물음표 모양을 만들 듯 눈썹을 들어 올렸다. 거지의 손이 내 어깨를 더 강하게 조여왔다. 난 고개를 들어 광대를 올려다보며 입으로 조용히 벙긋거렸다.

'도와주세요.'

그러자 야고가 재빠른 동작으로 파란 천을 던졌다. 천이 폭포처럼 내 위로 쏟아졌다. 내가 천에 싸여 있는 사이 무엇인가 거지를 막으려고 내 허리를 휙 끌어당기는 힘이 느껴졌다. 내 어깨가 거지의 손에서 빠지고 다리가 땅 위로 들어 올려졌다. 거지가 갑자기 소리를 질렀다.

"야!"

거지의 손이 천 속으로 들어와 나를 잡으려고 버둥거렸다. 하지만 갑작스런 힘이 나를 더 세게 끌어당겼고, 순간 세상이 뒤집어졌다. 파랗고 눈부신 하늘이 보이다가 갑자기 캄캄해지더니 다시 휙 돌아서 난 다시 가볍게 땅에 닿았다. 정신을 차리고 보니 내가 서커스 마차 뒤의 먼지가 풀풀 날리는 벨벳 더미 위에 내려져 있었다. 마차 덮개에 난 작은 구멍에 눈을 갖다 대보았다. 나도 모르는 사이에 마차 안으로 들어오게 되었지만 그 자리에서는 모든 것이 훤히 보였다. 거지가 펄럭거리는 파란 천을 만지려다 천과 뒤엉켜서 앞으로 고꾸라지는 게 보였다.

광대가 천을 다시 잡아당겨 구경꾼들 앞에서 펄럭거렸다. 앞으로, 뒤로, 다시 뒤에서 앞으로. 천에는 아무것도 없었다.

"여자가 사라졌다."

거지가 소리쳤다.

사람들에겐 내가 그냥 하늘로 훌쩍 사라진 것처럼 보였을 것이다. 다시 박수와 환호성이 터져 나왔다. 구경꾼들에겐 내가 사라지고 거지가 버둥거리는 모습이 쇼의 한 장면처럼 보였던 게 분명했다.

거지는 주위를 돌아보다가 거세게 소리쳤다.

"좋아. 이만하면 충분해. 쇼는 끝났어. 이제 여자를 돌려줘!"

광대가 손가락을 입술에 대고 소리쳤다.

"쉬잇! 여자는 돌아오지 않을 거예요."

그러고는 파란 천을 들고 손을 높이 올린 채 잠시 기다렸다가 머리에서부터 아래로 늘어뜨렸다. 광대가 천에 완전히 덮이자 순간 정적이 흘렀다. 거지도 미심쩍은 표정으로 천을 뚫어져라 쳐다보았다. 거지가 앞으로 다가가 천을 당기자 천이 나선형 모양으로 흘러내렸다. 그리고 다시… 아무것도 없이 텅 비게 되었다. 광대도 사라진 것이다.

어느덧 마차가 움직이고 있었다. 다른 광대 두 명이 구경꾼들을 등지고 달려오는 게 보였다. 사람들은 무대를 향해 다시 환호성을 보내고 있었다. 야고나 내가 땅으로 다시 떨어지기를 기다리는 듯 거지가 파란 천을 발로 차고 세게 흔드는 것이 보였다. 거지는 다시 나를 찾아 미친 듯이 두리번거리며 사람들을 이리저리 밀어내고 혼잡한 군중 밖으로 빠져나왔다. 그러고는 어느새 손만 뻗으면 내가 숨어 있는 마차에 닿을 정도로 가까이 다가왔다.

그때 달걀 안에서 완전히 다 자란 비둘기가 퍼덕거리며 날아올랐다. 비둘기는 거지의 손에서 펄럭이는 반지르르한 파란 천을 부리로 낚아챈 뒤 마차 안으로 다시 날아 들어왔다. 거지는 깜짝 놀란 듯 멍한 얼굴로 뒷걸음질 치다 눈이 녹아 질퍽한 흙탕물 구덩이로 넘어졌다. 마차는 사람들로 북적이는 광장을 재빨리 빠져나와 도로로 접어들었다.

겹겹이 개어놓은 의상과 부드러운 천 더미 사이로 내 몸이 자꾸 빠져들었다. 마차가 모퉁이를 지나는 사이에 다시 똑바로 앉았지만 먼지 때문에 계속 재채기가 나와서 정신이 멍했다. 아까 신기한 마술을 부린 검은 피부의 광대가 마차 안으로 고개를 쑥 들이밀었다. 그의 다정한 눈동자와 마주쳤다.

"괜찮아? 널 그렇게 잡아 올려서 미안해. 그래도 그런 방법이 좋을 것 같았어. 너무 걱정하지 마. 저 거지는 곧 따돌릴 수 있어."

마차는 계속 흔들리고 내가 처한 상황이 너무 무서워서, 난 머리가 잠깐 어질어질했다. 그 광대의 말이 잘 들리지 않아서 난 앞으로 기어갔다. 마차에는 공연에 필요한 도구들이 가득했다. 의상 한 무더기, 매끈한 장대와 밧줄, 유리잔과 은색별들, 웃는 얼굴이 그려진 어마어마한 크기의 종이 달.

"내가 너라면 몸이 안 흔들리게 마차를 꼭 잡을 거야. 우리 말 펠로가 좀 약해 보여도 꽤 빠르거든. 그런데 그 누더기를 걸친 거지가 왜 너를 쫓아오는 거야?"

나는 그 광대의 앙상한 등을 멍하니 바라보았다. 이제 아무도, 아무것도 믿을 수 없었다.

난 탈출했다, 아주 안전하게. 그런데 누가 날 구해줬을까?

"흠, 나를 보살펴 주시던 분이 혼자서는 아무 데도 가지 말라고 했어요. 누군가 나를 헤치려 한다고 말이에요. 하지만 난 별로 걱정할 게 없다고 생각했고, 그래서 혼자 나왔죠. 그런데 정신을 차리고 보니 누군가 나를 쫓아오고 있었어요."

"걱정 마. 우리와 함께 있으면 안전할 거야. 그런 거지들을 알아. 아주 잘 알지. 그런데 왜 하필 널 헤치려고 한 건지, 그건 좀 궁금한데? 네 옷차림을 보면 거리 부랑자 같진 않은데 말이야. 넌 여기서 사는 역할을 맡은 거지? 여기 거주민 배역을?"

"난 쭉 여기서만 살았어요. 그런데 거주민 배역이 뭐예요?"

"그럼 과거세계 시민이 맞네. 네 구역을 잠깐 벗어나긴 했지만."

광대가 미소를 지으며 말했다.

마차가 덜컹거리며 움직이는 동안 난 마차 뒤에 혼자 앉아 있었다. 마차가 멈추어 섰을 때는 이미 밤이 된 후였다. 조심스레 마차에서 내려오는데 찝찌름한 냄새가 풍겼다. 템스 강에서 나는 냄새였다. 말은 몸에 묶여 있던 끌채가 풀리자 여물통으로 가서 먹이를 씹어 먹었다. 우리들은 사방이 담장으로 둘러진 공원처럼 보이는 곳의 어느 나무 밑에 자리를 잡았다. 넓게 퍼진 나뭇가지 아래로 작은 천막이 한두 개 쳐졌고 다른 마차들도 우리 주위에 자리를 잡았다. 사람들이 피운 자그마한 모닥불에서는 불꽃보다 연기가 더 많이 피어올랐다. 그 위로 냄비가 걸리고, 솔솔 맛있는 음식 냄새가 풍기기 시작했다. 그제야 난 얼마나 배가 고픈지 비로소 느낄 수 있었다.

야고는 마차의 앞쪽 발판에 앉아 있었다. 야고는 나보다 나이가 약간 더 많아 보였다. 그는 자신의 구릿빛 피부와 정반대로 뽀얗게 빛나는 비둘기를 쓰다듬고 있었다. 야고가 날 내려다보며 빙긋이 웃어주었다. 모닥불에서 약간 떨어진 곳에서는 광대 하나가 숟가락을 코 위에 올려놓고 요리조리 균형을 잡고 있었다. 그가 고개를 휙 젖히자 숟가락이 하늘 높이 날아올라 뱅그르르 회전하더니 다시 코를 향해 떨어졌다. 그리고 아까처럼 남자의 코 위에 균형 있게 얹혀졌다. 어릿광대는 양팔을 쭉 편 채 숟가락을 다시 던져 올렸다. 그리고 떨어지는 숟가락을 한 손으로 잡아서 나에게 내밀었다.

"뭐 좀 먹어요."

광대가 찡긋 윙크하며 말했다. 난 엉거주춤한 자세로 숟가락을 받았다. 숟가락이 내 손에서 펄쩍 뛰어올라 다시 광대의 코 위로 날아가기라도 할 것 같았다.

야고가 웃으며 기지개를 켰다. 그의 어깨 위에는 비둘기가 여전히 편안하게 앉아 있었다. 야고가 냄비에서 뭔가를 떠서 접시에 담은 뒤 나에게 내밀었다. 꼭 수프처럼 냄새가 진했다. 노란 쌀이 들어간 수프는 냄새가 정말 환상적이었다. 속에 들어 있는 하얀 물체는 닭고기였다. 난 정신없이 먹었다. 수프 국물이 혀를 톡톡 찔렀다. 향료가 매콤해서 더 뜨겁게 느껴졌다. 야고가 차가 든 머그잔을 내밀었고 난 그것도 받아마셨다. 하지만 더 좋은 게 있는지, 야고는 머그잔을 다시 가져가서 땅에 쏟아버렸다. 땅에서 쉬— 소리가 났다. 그리고 이번에는 검은 병에 든 것을 따라주었다.

"마셔봐."

"음, 약간 써요. 신맛도 나고요."

"맥주야. 영국 맥주, 잉글리시 에일."

난 다시 홀짝였다. 맥주는 처음 마셔보았다. 난 모닥불 옆에 가서 앉았다. 이제 불씨가 거의 꺼지고 연기만 몇 가닥 피어오르고 있었다.

"난 야고라고 해."

그가 마른 손으로 입을 닦았다.

난 고개를 끄덕였다.

"그럴 것 같았어요, 전 이브예요."

그리고 그의 손을 살짝 잡았다. 그렇게 검은 피부를 직접 보거나 만져 본 건 처음이었다.

나무 위로 비행선이 다시 지나갔다. 비행선 아래에 붙은 곤돌라가 나무 꼭대기에 닿을 정도로 낮게 날았다. 프로펠러에서 나오는 바람이 나뭇잎을 아래위로 세차게 흔들었다.

"아름다운 아가씨에게 걸맞은 아름다운 이름이군."

야고가 말했다. 그가 고개를 들어 비행선을 바라보며 말했다.

"그리고 사람들은 아직도 계속 몰려오고 말이야."

지나가는 비행선을 보며 야고가 말을 이었다. 그의 얼굴에 미소가 번졌다. 그의 이가 얼마나 하얗고 깨끗한지 새삼 깨달았다.

"그런데 넌 왜 나한테 왔을까?"

"난 당신의 서커스에 들어오려고 도망쳤어요."

3

제1상황실.

버클랜드 주식회사 정보 센터. 아침 6시 40분.

찰스 캐치폴 경사는 진한 커피를 마시고 있었다. 아침 일과 중 제일 처음 하는 일이었다. 그러면서 통제실 스크린을 통해 과거 세계를 들여다보았다. 어둠이 깔린 도시 위로 새벽이 찾아왔다. 그 광경은 언제나 캐치폴을 사로잡았다. 기계 장치에서 안개가 퍼지기 시작하면 나란히 줄지어 선 가스등의 누런 불빛이 점차 희미해졌다. 아스라한 소리를 내며 지나가는 바지선(船), 모든 가스 공장에서 나오는 증기. 이런 것들이 더욱 신비스러운 풍광을 만들었다. J. M. 휘슬러의 그림에 맞먹을 만한 아침 풍경이었다.

몽롱한 눈으로 계기판을 보고 있던 캐치폴은 경고 신호가 들어오자 정신이 번쩍 들었다. 갑자기 불빛이 깜박거리고 워크스테이션을 가득 메운 수많은 모니터에 움직임이 포착되었다.

캐치폴은 일회용 컵을 책상 위에 내려놓고 뚜껑을 조심스레 닫았다. 그리고 움직임이 감지된 장면을 중간에 배치된 여섯 개의 작은 모니터에 분할하여 확대했다. 새로 띄운 최신 정찰 카메라가 제한 구역에서 움직임이 감지된 영상을 전송해 왔다.

캐치폴이 경고 신호 태그를 보려고 앞으로 바싹 다가앉았다. 그는 좌표를 확인하고 화면을 확대한 뒤 신속하게 제2급 경보인 '코드 오렌지' 스위치를 켰다. 건너편 부스에 앉아 있던 허드슨도 자동적으로 신경을 곤두세웠다. 캐치폴은 실시간으로 들어오는 정찰 영상을 작은 창에 띄워놓고 그 이전에 들어온 순찰 로봇의 이동경로를 확인했다. 동료 허드슨이 역시 부리나케 달려왔다. 수많은 모니터에서 나온 반짝거리는 불빛이 그의 보안경에 파란색 점으로 반사되었다.

"뭐가 나타났나?"

육중한 몸의 허드슨이 캐치폴의 책상 옆 의자에 털썩 앉으면서 물었다. 그는 '이번엔 좀 재밌어야 하는데.' 하는 자세로 팔짱을 꼈다.

"자, 이것 봐."

캐치폴이 가운데 스크린을 커피 스푼으로 두드렸다.

"여기 순찰 로봇 하나가 활동하고 있는 걸 15분쯤 전에 발견했어. 계기판을 다시 확인하고 타임라인도 봤지만 오작동이 아니었어. 침입자야. 그리고 1분 전에 정찰 카메라가 이상한 움직임을 포착하고 영상을 전송하기 시작했고. 이게 그 화면이야."

캐치폴이 메인 스크린을 가리키며 말했다. 야간용 적외선 카메라에 잡힌 녹색 영상에 오래된 타워 42빌딩의 윗부분이 보였다. 펄럭이는 망토를 입은 검은 물체가 허물어진 건물 꼭대기에 우뚝 서 있었다.

허드슨이 나지막하게 말했다.

"좀 더 바싹 당겨서 실물을 확인해 보세."

캐치폴이 계기판 위의 스크린에 손을 갖다 대고 쓱 밀자 잠깐 동안 하얀 점이 깜박거리다가 어떤 영상이 다시 나타났다. 동그란 눈동자가 반짝반짝 빛나는, 마스크를 쓴 얼굴이 화면에 잡혔다.

"이런, 그놈 같은데. 바로 그놈이 돌아왔어."

허드슨이 말했다.

캐치폴은 마스크를 쓴 물체의 얼굴이 드러난 화면을 정지시킨 뒤 다른 창에 띄워 보았다.

허드슨의 말이 맞았다. 정확히 그놈의 모습이었다.

캐치폴이 다시 손을 움직여서 그 그림자에 초점을 맞추었다. 더 확대된 화면을 보니, 그가 얇은 마스크를 끼고 숨을 쉬는 동안 입을 'O' 자 모양으로 벌렸다 오므리는 모습이 정확하게 나타났다.

"저놈이 뭔가 들고 있어. 확인해 볼까."

허드슨이 말했다.

캐치폴은 그 검은 그림자가 손에 들고 있는 것을 확대하기 위

해 초점을 맞추었다. 두 사람이 지켜보는 사이 검은 그림자는 손
에 들고 있던 것을 머리 바로 위로 뾰족하게 솟은 대들보 꼭대기
위에 조심스럽게 내려놓았다.

"이런!"

허드슨이 놀란 듯 말했다.

검은 물체가 사라졌다. 건물 끝에서 그냥 뛰어내린 것이다.

"저렇게 할 수 있는 놈은 그놈밖에 없겠지?"

"정말 그놈이 돌아온 것 같군. 자료 화면을 출력하는 게 좋겠
어. 그걸 모두 복사해서 다음 비행선 편으로 경감님께 보내야겠
어."

조사관이란 말에 캐치폴의 정신이 번쩍 들었다. 추적 작전이
공식적으로 재개된다는 것은 과거세계로 가야 한다는 것을 뜻했
다. 그것은 겉모습의 변화, 입고 있는 옷은 물론, 다른 모든 것들
도 바꾸어야 한다는 것을 뜻했다……

4

팬텀이 쥐를 내려다보았다.

"흠, 쥐들도 내가 왔다는 걸 잘 알고 있군."

그는 램프를 들어 부서진 천장을 비추었다. 사다리가 보였다. 팬텀은 무게를 견딜 수 있는지 시험해 본 후 재빠르게 사다리를 기어올랐다. 그는 부서진 철골보 위로 훌쩍 뛰어올라 바람이 황량하게 불어치는 어둠 속으로 올라갔다. 비둘기 한 마리가 천장에 뚫린 커다란 구멍을 통과하여 하늘 멀리 자유롭게 날아갔다.

팬텀은 부서진 지지보 사이를 통과하여 리벳이 박힌 대들보를 타고 계속 올라갔다. 목재 바닥이 부식되어 한 걸음씩 내딛을 때마다 획획 휘어지거나 힘없이 부러졌다.

이제 그의 위치에서 타워 전체를 내려다볼 수 있게 되었다. 팬텀은 가파르게 휘어진 철골보의 맨 끝에 망설이듯 잠시 서 있었다. 저 아래 강 어디에서 구슬픈 무적 소리가 아련히 들려왔다. 스쳐 지나는 새벽바람에 그의 망토가 파도치듯 너울거렸다. 팬텀은 어깨에서 가방을 벗어 발치에 내려놓은 뒤 조끼에서 금줄이 달린 시계를 꺼내 시간을 확인했다. 그는 시계의 분침을 보며 잠시 기다렸다. 구름 사이로 인공 태양이 떠오르기를.

그의 발아래로 아득히, 돌이 깔린 도로와 벽돌로 된 벽 밑에서, 어지럽게 뻗어나간 거리 아래에서, 도시 전체가 기어를 바꾸면서 비밀 시스템이 다시 살아나기 시작했다. 모든 것들이 정확하게 시간에 맞추어 움직였다. 저 멀리 하늘 끝에서 한줄기 햇살이 비추었다.

딱 그 순간에 팬텀도 그 자리에 우뚝 섰다. 그는 발치에 둔 가방에서 무엇인가 꺼내어 손바닥에 조심스레 올려 들고 그 물건이 잘 보일 때까지 기다렸다. 그들이 보고 있을 것이 분명했기 때문이다. 팬텀은 팔을 들어 잘린 머리를 대들보 위에 얹어놓고 피범벅이 된 채 빙긋이 웃고 있는 얼굴이 앞으로 잘 보이게 돌려놓았다. 그리고 다시 가방을 멨다. 큰 키가 빛을 받으니 후광이 비치는 듯했다.

팬텀은 나머지 몇 발자국을 조심스레 더 올라가 무너진 돔 천장의 가장 높은 곳에 올라섰다. 새롭게 떠오르는 아침 해의 완벽한 아름다움에는 그도 씁쓸한 감탄을 보내지 않을 수 없었다. 팬텀은 강 너머로 쏜살같이 날아가는 새들을 바라보았다. 눈앞으로 도시 전체가 시원하게 펼쳐졌다. 마스크 위로 그의 파란 눈이 날카롭게 빛났다. 그는 팔을 옆으로 활짝 펼치고 햄릿의 대사 한 구절을 큰소리로 외치며 껄껄 웃었다.

"아, 불쌍한 어릿광대여!"

팬텀은 목소리를 낮춘 채 옛날 누군가 1초씩 정확하게 셀 수 있는 방법이라고 가르쳐 준 대로 중얼거리기 시작했다.

"1초요, 2초요, 3초요……."

새 아침이 밝았다. 팬텀은 10초까지 센 후 둥글게 떠오른 인공 태양의 환한 햇살을 등진 채 앙상하게 뼈대만 남은 돔 천장 위로 훌쩍 날아올랐다. 그리고 차가운 아침 공기를 가르며 자유낙하하기 시작했다.

5

서커스 마차가 부산한 시장터를 떠나 넓은 대로로 접어들었다. 눈이 녹아 진흙탕으로 변한 땅바닥에서 거지가 천천히 몸을 일으켰다. 긴 목에 앙상한 몸, 결핵 환자처럼 창백한 피부. 거지는 훌륭한 전리품이 되어줄 그녀에게 손이 닿을 정도로 가까이 갔었다. 거지는 한데 모여 있어 따뜻한 기운이 감도는 구경꾼들을 뚫고 진흙투성이 허수아비처럼 흙탕물을 뚝뚝 떨어뜨리며 사라졌다.

모여 있던 사람들은 무신경한 고커(Gawker, 멍청히 바라보는 사람의 속어—옮긴이)들이 대부분이었다. 거지가 지나가자 그중 몇 명이 깔깔거렸다. 그에게 동전까지 던져 주는 사람도 있었다. 신기한 마술을 부리는 어릿광대에 비하면 어설프기만 한 그의 공연을 재미있게 즐긴 보답이었다.

거지는 먼저 죽은 사람들처럼 심장이 도려내지고 온몸이 조각

조각난 채 삶을 끝내고 싶지 않았다. 이제 어려운 결정을 해야 했다. 그 여자아이를 봤다고 보고한다면 그 이야기가 명령 계통에 따라 상부까지 전해지게 될 것이다. 아니면 그 아이를 처음 봤던 곳으로 되돌아가야 한다. 그곳으로 돌아간다면 그다음 포획물, 바로 그녀의 보호자를 찾을 가능성이 높다는 것을 알고 있었기 때문이다.

날씨가 쌀쌀했다. 거지는 덜덜 떨면서 걸었다. 옷이 진흙에 젖어 무겁게 축 늘어졌다. 너덜너덜해진 신발이 여전히 방수가 된다는 것이 행운이었다. 거지가 그 아이의 보호자를 발견하게 된다면, 그것은 또 다른 보상을 의미했다. 첫 번째 전리품만큼 좋진 않지만 그 보호자도 상당한 대가를 받을 수 있는 포획물이었다. 여자아이는 혼자서 돌아다니고 있다. 그것은 보호자가 그 아이를 찾으러 다닌다는 것을 의미한다. 아니면 여자아이에게 최소한 몸조심하라는 말이라도 전하려고 한다는 뜻이었다. 더 좋은 점은, 여자아이가 언제라도 돌아올 가능성이 있다는 것. 어떤 경우든 거지는 여자아이와 그 보호자를 동시에 잡을 수 있는 것이다. 그 것도 바로 한자리에서. 아주 간단하게.

그 여자아이를 처음 만난 빨간 우체통과 멀리 떨어지지 않은 곳에서 파이를 파는 행상인의 목소리가 들려왔다. 거지는 그곳으로 다시 갔다. 여자아이가 사라질 때를 생각하니 화가 치밀어 올랐다. 그렇게 가까이 갔었는데, 치사한 마술 속임수 때문에. 이제 거지는 언제 어디서 다시 만난다 해도 그 광대의 얼굴을 알아볼 수 있을 것 같았다. 만약 다시 만나게 된다면 그날이 그놈의 제삿

날이 될 것이다. 거지가 드디어 빨간 우체통에 다다랐다. 새로 내린 눈 때문에 우체통이 반쯤 파묻혀 있었다.

맞은편에는 어두컴컴한 상점들이 일렬로 줄지어 서 있었다. 유리창이 앞으로 둥글게 튀어나온 상점도 있었다. 모든 상점의 입구 위에는 금색이나 화려한 장식으로 가게 이름을 멋지게 새겨 넣은 간판이 달려 있었다. 식료품점, 철물점, 여성용 모자 상점까지 없는 게 없었다. 그 위층에는 싸게 머무를 수 있는 방이나 여인숙이 있었다. 조용히 쌓이는 눈 사이로 모임지붕과 빨간 굴뚝들이 듬성듬성 보였다. 크리스마스카드에서 볼 법한 거리 광경이었다. 그렇게 보이도록 사전에 이미 계획된 것이다. 거지는 기다리기로 했다. 덜덜 떨면서도 최대한 꼿꼿하게 서 있었다. 발은 아무런 감각이 없었고 반장갑을 낀 손은 백지장처럼 파랗게 질려 있었다. 그러나 그의 기다림은 금방 끝났다.

안경을 끼고 하얀 지팡이를 든 남자가 식료품점 옆으로 난 여인숙의 계단참을 초조한 걸음으로 내려오고 있었기 때문이다. 남자는 옷을 제대로 차려입지 못한 상태였다. 모직 스카프에 트위드 양복만 입었을 뿐, 코트도 걸치지 않고 밖으로 나오고 있었다. 거지는 한 손으로 철제 손잡이를 잡고 다른 한 손은 하얀 지팡이를 짚고 얼음이 얼어 미끄러운 계단을 힘들게 내려오는 그 남자를 뚫어져라 쳐다보았다.

늙은 남자는 고개를 이리저리 돌리며 여전히 북적이는 거리를 살폈다. 거지는 그 남자가 인도 한중간으로 나올 때까지 가만히 지켜보기만 했다. 이윽고 빨간 우체통에서 몸을 일으켜 눈이 내

리는 길을 따라 앞이 안 보이는 그 남자와 약간의 거리를 유지하
며 걷기 시작했다. 그 맹인 남자는 지나가던 사람들을 붙들어 세
운 뒤 무엇인가를 묻다가 다시 걷다가를 반복했다. 드디어 맹인
이 거리 한 모퉁이에 자리 잡은 선술집 버클랜드 암스에 다다랐
다.

선술집 문은 완전히 닫혀 있었다. 그러나 거지는 식초처럼 시
큼한 맥주 거품과 특히 겨울에 따뜻하게 마시는 버클랜드 펀치
냄새를 맡을 수 있었다. 입구는 고커들의 프라이버시를 위해 전
체가 에칭 유리나 무늬 유리로 장식되어 있고, 은 조각이나 면 처
리를 한 투명 유리가 간간이 끼어 있었다.

거지는 그런 투명 유리에 벌겋게 핏발이 선 눈을 바싹 갖다 대
고 안을 들여다보았다. 술집 안의 바(bar)는 온통 고커들로 북적
거렸다. 남자들은 동그란 모자에 체크무늬 트위드 재킷 아니면
납작한 모자에 스카프를 두른 모습이었다. 상판이 대리석으로 된
테이블에 둘러앉아 유쾌한 듯 깔깔거리는 여자들도 보였다. 따뜻
한 온기가 감도는 호박색 불빛 아래 모두 발그레하게 상기된 채
즐거운 분위기에 흠뻑 취해 있었다. 거지는 몸이 부르르 떨려서
목에 두른 꾀죄죄한 스카프를 더 세게 당겨 묶었다.

그 맹인은 살롱(salon, 신사들이 이용하는 일종의 특실―옮긴이)으로
들어가 바에 앉아 있는 사람들과 차례로 이야기를 나누었다. 그
러는 사이 벽에 난 창문을 통해 바로 옆의 퍼블릭 바에 앉아 있는
사람들과도 인사했다. 그는 무엇을 묻는 듯했지만, 번번이 고개
를 절레절레 흔드는 대답만 되돌아왔다.

이윽고 맹인이 바에서 돌아섰다. 자리를 뜨려는 것 같았다. 거지는 다시 흥분하여 얼른 뒤로 달려가 인도 한가운데에 버티고 섰다. 거기 있으면 맹인이 말을 걸어올 것이 분명했다. 선술집 문을 열고 나온 맹인이 계단을 더듬거리며 내려왔다. 더운 공기가 훅 불어왔다. 땅에서 미세한 흙먼지가 소용돌이치며 올라왔다. 맹인이 거지를 향해 다가오고 있었다. 맹인은 눈이 내려 위험해진 인도 위를 지팡이로 살살 짚어가다 거지의 발치까지 다다랐다.

"여보세요, 실례합니다. 제가 지금 여자아이를 찾고 있는데요."

맹인이 말했다.

"다들 그렇게 말하죠."

거지는 누런 이를 드러내며 어딘가 수상한 미소를 지어 보였다.

"아니오, 난 진짜입니다. 거짓말이 아니에요. 제발 저를 좀 도와주세요, 선생님. 그 애는 우리 외동딸인데, 집을 나가 버렸어요. 바보같이. 열일곱 살이고 몸이 호리호리해요. 눈이 반짝반짝 빛나는 아이지요. 혹시 보신 적 있습니까?"

"그랬으면 좋았을 텐데, 정말로요."

거지가 말했다. 런던 토박이 특유의 뻔뻔스러운 웃음이 사라지고 사악한 표정이 드러났다. 거지가 가까이 다가섰다. 오가는 사람들로 복잡한 인도 한복판에서 거지와 맹인은 아주 잠깐 동안 얼굴을 마주하고 서 있었다.

"그럼, 동전 한 닢만 줘봐요. 내가 딸을 찾도록 도와줄 테니."

그 말에 맹인이 거지에게 바싹 다가가 뚫어져라 바라보았다. 맹인은 손을 뻗어 거지를 더듬기 시작했다. 그의 손이 거지의 누더기 옷에 닿았다. 헤질 대로 헤져 거칠고 진득진득한 촉감이 느껴졌다. 맹인은 냄새를 맡기 시작했다. 차가운 공기 속에서도 때에 찌든 눅눅한 냄새를 맡을 수 있었다.

"음, 알겠어. 당신도 한패군."

맹인은 두려움에 뒤로 주춤 물러났다. 맹인의 검은색 구두가 얼어붙은 도로 위에서 미끌거렸다.

"동전이 없소. 오늘은 정말 줄 게 하나도 없어."

"당신 같은 사람들은 항상 그렇게 짜게 굴지. 부디 딸을 찾길 빌겠소."

"난 당신이 그런 소원을 빌지 않기를 빌겠소."

맹인이 나지막하게 중얼거렸다.

거지는 어느 상점의 현관 안으로 들어가 몸을 숨겼다. 그는 안주머니에서 담배 종이 뭉치와 담배 가루가 든 가죽 주머니를 꺼냈다. 종이에 담배 가루를 넣고 돌돌 말아 담배를 만들고, 성냥을 돌벽에 스윽 그어 불을 붙였다. 불꽃이 일자 거지의 얼굴이 붉게 빛났다. 거지는 따뜻한 연기를 들이마신 뒤 옅은 기침을 내뱉고는 앙상한 손으로 입을 닦았다. 그리고 담배 연기를 내뿜으며, 맹인의 숙소로 이어진 계단을 물끄러미 쳐다보며 기다렸다.

한 시간이 채 지나지 않아 맹인이 다시 밖으로 나왔다. 지팡이에 몸을 의지한 채 여전히 불편한 동작으로 계단을 내려오고 있었다. 거지도 상점 밖으로 나왔다. 맹인은 손에 쥔 하얀 봉투가 펄럭이는 코트 자락에 거치적거리지 않게 들고, 스카프가 풀어질까 머리를 아래로 푹 숙인 채 걷기 시작했다. 맹인이 느릿한 걸음으로 비틀거리며 우체통을 향해 걸어갔다. 거지는 우체통에서 불과 몇 미터 떨어진 곳까지 잽싸게 움직였다. 맹인과 더 가까워졌다. 거지는 불안하게 봉투를 들고 있던 맹인의 손을 툭 쳤다.

눈이 쌓인 거리 위로 하얀 봉투가 펄럭거리며 떨어졌다. 맹인은 화가 나서 고래고래 소리쳤다. 거지가 재빨리 봉투를 집어 들었다. 겉면에는 어린아이가 쓴 것처럼 커다란 글씨로 주소가 적혀 있었다.

"이거 미안하게 됐수. 이걸 떨어뜨렸네. 내가 대신 넣어줄까요, 선생?"

거지가 목소리를 부드럽게 낮추며 말했다. 거지는 철제 우체통의 입구를 봉투 가장자리로 툭툭 쳐서 봉투가 우체통 안으로 들어간 것처럼 꾸몄다.

"이것 보슈! 이제 쑥 들어갔수. 마지막 수거 시간에 딱 맞춰서 넣었수다."

거지가 봉투를 자기 주머니에 넣으며 말했다.

"정말 편지를 부치신 겁니까? 음, 고맙습니다. 선생님은 정말 친절하시군요."

　맹인은 우뚝 서서 뒷걸음질 치는 거지를 바라보았다. 그러나 그의 눈에는 뒤집어진 느낌표처럼 하얀 바탕에 검은 물체만 보일 뿐이었다. 맹인은 뭔가 미심쩍은 듯 허공을 향해 코를 킁킁거렸다. 하지만 이번에는 거지가 피운 담배 연기만 공기 중에 떠돌았다. 맹인은 눈이 쌓인 거리를 지팡이로 더듬으며 최대한 빠른 동작으로 다시 숙소로 들어갔다. 편지를 부쳤으니 조심하라는 경고의 신호를 보냈다고 생각하면서.

6

이브의 일기에서.

야고가 나를 위해 마차 뒤쪽 덮개를 들어주었다.

난 마차에 올라 먼지가 풀풀 날리는 공연 도구들 틈으로 비집고 들어갔다.

"푹 자둬, 이브. 잘 자."

"그래요, 야고도 잘 자요. 날 구해줘서 고마워요."

난 부드러운 의상들 속으로 파고들어 몸을 최대한 작게 웅크렸다. 바람이 나뭇잎을 스치고 지나는 소리가 들렸다. 불쌍한 잭 아저씨 생각이 머리에서 떠나지 않았다. 지금쯤 어디에선가 날 잃어버렸다는 생각에 절망하고 계실 텐데.

하지만 난 결국 비몽사몽, 천천히 잠에 빠져들었다. 내가 의식하는 모든 것에서 떨어져 완전히 혼자가 되었다. 머리 위로 날아가는 비행선 때문에 정해진 시각마다 사방이 계속 부르르 떨렸다. 그래도 난 이미 익숙해진 엔진 소리를 들으며 곯아떨어졌다.

칠흑 같은 어둠 속에서 갑자기 잠이 깼다. 개들이 짖는 소리와 금속끼리 쨍그랑 부딪히는 소리가 들렸다.

난 일어나 따뜻한 마차 덮개를 열려고 했다. 그런데 덮개는 밖에서 끈으로 단단하게 묶여 있었다. 갑자기 덜컥 겁이 났다.

"무슨 일이지? 뭐야?"

나는 어둠을 향해 크게 소리쳤다. 마차 주위에서 개들이 그르렁거리며 사납게 짖기 시작했다. 난 심장이 세게 도리질 쳤다. 갑자기 마차가 덜컹거리는 바람에 길게 줄무늬가 그려진 장대를 모아둔 마차 구석으로 떨어져 머리를 세게 부딪치고 말았다. 악! 절로 비명 소리가 났다. 덜컹거리던 마차는 어느덧 빠르게 달리고 있었다. 처음엔 풀이 무성한 작은 언덕을 넘는 것 같더니 그다음엔―아마 좁은 길을 가는지―흔들림이 조금씩 잦아들었다.

이번에는 돌이 깔린 도로에 접어들었는지 마차가 휘청거리고 말발굽이 돌에 부딪혀 달가닥거리는 소리가 들렸다. 난 막대기와 밧줄이 가득한 마차 구석에 웅크린 채 천막 끝자락을 꽉 잡고 찌릿한 아픔을 참아야 했다. 으르렁거리며 달려드는 개 소리도 차차 뜸해졌다. 난 다시 몸을 일으켜 마부석의 야고에게 가보았다. 야고는 말고삐를 쥐고 마차를 모느라 정신이 없었다.

"그게 뭐예요? 야생 개였어요?"

난 고삐를 쥐고 몸을 숙이고 있는 야고에게 다급하게 물었다.

"음, 야생은 아니고 공격하도록 훈련된 사냥개들이야. 아주 사나운 놈들이지. 버클랜드 회사에서 보낸 거야. 뭔가 나타난 게 분명해. 회사에선 언제나 밤에만 개들을 풀고 있어. 하지만 돈을 낸 관광객 근처에는 얼씬도 안 하지. 가난하거나 어디 피할 데도 없는 과거세계 주민들만 위협하는 거야. 아주 효과적이거든. 내 생각이 맞다면 그 개들 역시 버클랜드 경호대 소속이야. 우리 같은 사람들은 그런 개들 가까이 가지 않는 게 최선이야. 이제 움직여 볼까. 빨리 달려야 해."

마차는 어두운 거리를 덜그럭거리며 달리기 시작했다.

난 온몸이 덜덜 떨렸다. 난 한 손을 이마에 대고 나머지 손으로는 마부석을 꽉 잡았다. 이윽고 말이 속력을 늦추고 천천히 걷기 시작했다.

"개들이 뭘 쫓는 거예요?"

난 겁에 질린 채 야고에게 물었다. 맹렬하게 달려드는 개들과 나를 헤치려고 찾아다니는 누더기 옷의 거지. 어디선가 경고의 종이 울리는 것 같았다.

"그건 때에 따라 달라. 개들은 이런 데를 돌아다니는 부랑자들을 좋아하지 않아. 특히 부랑자들이 공원에서 자거나 하는 걸 아주 싫어하지. 그래서 사냥개들은 허가 없이 이런 데서 부랑자로 지내는 자들을 괴롭히는 일이라면 물불을 가리지 않아. 무방비로 노출된 자들을 겁주는 것 이상 편하고 효과적인 방법이 어디 있겠어? 배우들, 가난한 집시들, 불법 이주자들, 서커스 단원들. 회사에선 위협하고 싶은 사람이 있으면 개들과 막대기를 든 나쁜 놈들을 보내지. 아마 우리가 개나 곤봉 공격을 받는 걸 보려고 엄청난 돈을 주고 여기 온 정신 나간 고커들도 많을 거야."

조용하게 잠든 주택들에 둘러싸여 야고의 이야기를 듣고 있으니 이상한 기분이 들었다. 야고는 전혀 이해할 수 없는 이야기를 하고 있었다. 마치 나와 전혀 다른 세상에 살고 있는 사람처럼.

"저도 할 이야기가 있어요, 야고. 사실 오늘은 제가 처음으로 혼자 이 세상에 나온 날이에요. 최소한 내가 기억하는 한 말이에요. 잘 기억나진 않지만요."

"그럼, 네 신분은 뭐야? 그냥 관광객? 영구 거주민? 아니면 버클랜드 직원이야?"

"전 여기 주민이에요."

"그래? 그럼 알려줄게. 회사는 나와 우리 서커스 식구들을 괴롭히고 있어. 그냥, 우리를 포기하려는 거야. 우리는 불법 체류인은 아니지만 허가증이 없거든. 우린 저 멀리 북쪽 숲 속에 캠프를 차려놓고 비밀 통로로 왔다 갔다 하고 있어. 물론 관광객들은 다 비행선을 타고 오지. 회사가 우리를 묵인하는 건 관광객들이 우리를 좋아하기 때문이야. 우리가 꼬질꼬질하니까 굉장히 '특별해' 보이는 거지. 여기선 그런 게 아주 중요하거든."

그는 너덜너덜해진 옷소매를 둘둘 말아 올렸다.

"우린 특별한 사람들이야. 버클랜드 주식회사는 절대 우릴 길들일 수 없고 우리도 우리 자신을 절대 길들이지 않아. 우린 도둑질은 안 해. 물론 맘만 먹으면 누구보다 잘할 수 있지만 말이야. 위험을 감수할 가치가 없잖아? 여긴 경찰도 다니는데다 버클랜드 주식회사 소속 경호대도 있고 거기다 빅토리아 시대의 법까지 있으니까."

"너무 이상한 말이네요."

"뭐가?"

"계속 주식회사라고 하잖아요. 그리고 어젠 거주민 배역인가 뭐라고도 했고요."

야고가 고개를 돌려 나를 쳐다보았다.

"너 지금 농담하는 거지?"

"아뇨. 전 당신이 수수께끼를 내려고 그런 이야기를 하는 건가 생각했어요."

"이브, 넌 어디에 사니?"

"여기 런던에 살죠. 어제까진 어떤 상점 2층에서 살았고요."

"뭐, 그 말도 약간은 맞겠군."

"약간이라뇨? 그럼 완전한 진실은 뭔데요?"

"너나 나나 이렇게 과거의 런던에 살고 있긴 하지만, 사실 여긴 진짜 도시가 아니야."

"네? 어떻게 그럴 수 있죠? 그게 무슨 말이에요?"

"여긴 몇 년 전에 박물관의 용도로 지어진 도시야. 그런 걸 '테마파크'라고 해. 이 도시의 가장 바깥 경계선 안에 들어 있는 모든 것들은 과거의 런던을 그대로 본 따거나 다시 복구해서 만든 거야. 그러니까 모든 게 그냥 환상이란 말이지. 이 모든 것들이 옛날에 존재했던 도시를 그대로 재현한 거란 뜻이야. 우리 같은 사람들은 여기서 사는 걸 좋아해. 옛날 방식으로 사는 거 말이야. 다른 사람들은 돈을 내고 여기 와서 우리가 옛날 방식으로 사는 모습을 구경하는 거야. 마치 타임 머신을 탄 것처럼 과거를 경험하는 거지. 비행선 옆에 '버클랜드'라는 글씨가 찍혀진 거 봤지?"

"네, 그럼요."

난 조금 불안한 마음으로 대답했다. 이야기를 듣고 있으니 머리가 어질어질했다.

"버클랜드 주식회사가 이 도시 전체를 소유하고 또 운영하고 있어. 그들이 유료 '관광객'을 모아서 여기로 데려오는 거야. 우린 그렇게 비행선을 타고 오는 관광객을 멀뚱멀뚱한 표정으로 구경만 하고 가는 사람이란 뜻으로 '고커'라고 불러."

그쯤 되자 내 머리는 핑핑 돌고 있었다. 내가 역사적으로 한참 뒤떨어진 시대에 살고 있었다니? 그럼 내가 지금까지 '테마파크'라는 곳에 살고 있었단 말이야?

"이 도시 이름이 '과거세계'야. 과거의 런던이란 뜻이지. 그리고 관광객들은 우리가 사는 이 빅토리아 시대를 있는 그대로 체험하기 위해 엄청난 돈을 지불하고 오는 거고. 이 시대의 아름다움은 물론이고 천박함, 위험, 더러움까지 모두 체험해 보려고 말이야."

머리가 계속 어질어질했다.

"그럼 우리가 진짜 빅토리아 시대 사람이 아니란 말인가요?"

"그래, 이브. 사실 우린 1880년대를 훌쩍 넘어선 시대에 살고 있어. 과거세계의 바깥, 우리를 둘러싼 이 스카이 돔 밖은 2048년이야. 여기와는 완전 딴판이지."

"난 아무것도 모르겠어요. 왜 이런 일이 일어난 거예요?"

"글쎄. 이런 말이 도움이 될지는 모르겠지만, 너 혼자만 이런 상황을 이해 못하는 게 아냐. 여기 사는 수많은 사람들, 특히 여기서 가난한 집 자식으로 태어나 무시당하고 사는 사람들 모두 이 상황을 받아들이지 못하고 있어. 그들도 이 세계가 가짜란 걸 잘 알고 있으니까. 하지만 그런 사람들에게나 우리에게나 이 세계는 여러 면에서 현실이야. 그냥 이름뿐인 세계지만 말이야."

"난 그 말을 곧이곧대로 믿을 정도로 어리지 않아요. 그럼 나를 길러준 잭 아저씨는 왜 아무 말씀도 하지 않으신 거죠? 왜요?"

"그건 나도 모르겠어. 아마 나름대로 이유가 있었겠지. 그게 무언지는 모르겠지만 네가 진실을 알지 못하게 보호하고 싶으셨나봐."

우리는 돌이 깔린 도로를 걷다가 잠깐 앉았다. 내가 지금까지 들은 이야기를 그대로 받아들이려니 현기증이 났다. 이상하지만 어떻게 보면 말이 되기도 한다. 내 삶이 낯설게 느껴지는 것과 과거에 대한 기억이 별로 없는 걸 보면. 잭 아저씨는 왜 나에게 진실을 말해주지 않았을까? 뭐가 두려워서?

잠시 후 안개가 순식간에 걷히고 머리 위로 수많은 별들이 반짝반짝 빛나기 시작했다. 야고는 내 기분을 달래주려는지 손가락을 들어 별무리를 가리켰다.

"저게 오리온자리야. 사냥꾼 모습이지."

"나도 알아요. 한 줄로 나란히 배열된 별 세 개가 사냥꾼의 허리띠잖아요. 가장 바깥쪽 별이 사냥꾼의 활 끝이고요. 베텔게우스도 보이죠? 밤하늘에서 가장 밝게 빛나는 별에 속하니까요."

"별자리를 잘 알고 있군. 진짜 밤하늘이었다면 훨씬 좋았을 테지만 말이야."

"그럼 저 하늘도 진짜가 아니란 말이에요?"

"거대한 돔 벽에 빛을 쏘아 올린 거야."

야고가 조용히 말했다. 갑자기 뭔가 낯설고 불편한 기분이 들었다.

"그럼 내가 지금까지 단 한 번도 진짜 하늘을 본 적이 없단 말인가요? 아침에도, 밤에도?"

우린 듬성듬성 보이는 뾰족한 건물들 사이로 환하게 빛나거나 사라지는 별들을 바라보았다. 싸늘한 날씨라 입김이 새어 나왔다.

우린 거리 위로 얇게 쌓인 눈을 대나무 빗자루로 쓸고 있는 청소부를 지나쳤다. 청소부마저 없었다면 말끔한 돌바닥 길이 유령이라도 나올 듯 휑하게 느껴졌을 것이다. 그저 보여주기 위해 지어놓은 텅 빈 극장 세트처럼 말이다. 난 몸이 부르르 떨렸다.

야고에게 물어보고 싶은 게 너무 많았다. 하지만 모든 것을 이해하려고 이것저것 생각하다 보니 정작 뭘 물어야 할지 아무 말도 떠오르지 않았다.

야고가 말했다.

"공원에서 살 때 사건이 일어났었어. 진짜 사건 말이야. 아주 대형 사건이었지. 팬텀 살인사건. 창자가 다 드러난 채 죽은 사람이 발견되었어. 머리는 온데간데없이 사라졌고. 아마 그런 비슷한 일이 일어나서 사냥개들이 움직였는지도 몰라."

"팬텀 살인사건, 그럼 그것도 가짜예요? 다른 것들처럼 도시에 세워진 무대장치의 일부인가요?”

　“물론 아니지. 팬텀은… 잠깐, 팬텀에 대해 들어본 적 없단 말이
야?”

7

팬텀은 낮은 현관까지 길게 늘어진 누더기 조각을 옆으로 들어 올리고 머리를 숙여 어두운 방 안으로 들어갔다. 순찰용 카바이드램프를 들고 어두운 구석을 비춰 보았다. 벽에 비친 검은 그림자 한 덩이가 춤을 추는 듯 일렁였다. 팬텀이 검은 실크 마스크를 벗었다. 투명한 안경알 뒤의 눈동자가 날카롭게 빛났다.

"이런, 고약한 냄새. 메시지를 받았다. 긴급 사항이라고. 어서 보고를 해봐. 여기까지 오느라 정말 위험했다."

"그 애를 봤습니다."

거지 하나가 확실하다는 듯 앞으로 나왔다. 거지는 환한 불빛이 비치는 곳까지 똑바로 걸어왔다. 뒤에 있는 어두운 그림자들은 몸을 들썩거리며 계속 구시렁댔다.

"그 애가 분명했습니다. 백 퍼센트 확신합죠. 팬텀님이 알려준 모습 그대로였습니다. 처음엔 무슨 말도 못 드리겠더라고요, 제가 확신이 안 서서요. 근데 말입니다, 그 여자애가 지갑에서 동전을 한 닢 꺼내어 저한테 줬습니다요. 제가 올려다보았더니 절 보고 싱긋 웃었어요. 그래서 그 애의 '두 눈'을 보게 되었습니다. 그때 알았습죠. 그 애가 바로 그 사람이란 걸. 왜냐면 두 눈이 팬텀님이 말한 그대로였습니다. 완전히 똑같았어요……."

"계속 해봐."

방 한구석에 놓인 지저분한 테이블 위에 순찰용 램프를 조심스럽게 내려놓으며 팬텀이 말했다. 램프의 불빛이 정확하게 거지의 얼굴로 향했다.

"그것 말고는 별로 드릴 말씀이 없습니다요. 그 애를 뒤따라가긴 했습죠. 큰 시장에서 거의 잡을 뻔했습니다요. 진짜 잡았었는데……."

거지가 램프 불빛 앞에 갑자기 윗도리를 벗고 어깨를 드러내고 섰다.

"그 여자애의 작고 보드라운 어깨를 잡았단 말입니다. 바로 여기를요."

거지가 잠시 말을 멈추고 눈을 아래로 내리깔았다.

"계속 해봐. 그러고는?"

"그런데 갑자기 사라져 버렸습니다. 어떤 마술쇼에서요. 살갗이 까만 인도인 마술사가 사라지게 했습니다요. 그들이 그 애를 데려간 것 같습니다. 그 마술사가 뭔가 말도 안 되는 이상한 마술을 부렸거든요. 어쨌든 그래서 놓쳤습니다."

"왜?"

팬텀은 감정을 억누르는 듯 조용히 물었다. 그러나 언제라도 폭발할 듯한, 노여움이 가득한 비아냥거리는 목소리였다.

"제가 그만 넘어지는 바람에……."

거지는 말을 멈추었다. 뒤에서 어깨를 들썩이며 키득거리던 그림자들도 곧 조용해졌다. 팬텀이 고개를 들어 그들을 바라보고 있었다. 그 순간, 팬텀에게서 신비스런 아우라가 퍼져 나왔다. 세상 사람들이 수군거리는 그대로.

"그들은 지금 어디에 있나? 어떤 공연을 하는 자들인가? 여기 버려진 도시에서 장사를 하며 먹고사는 사람들이 몇십 명 있긴 한데 말이야."

팬텀의 목소리는 여전히 조용했으나 금방이라도 괴성을 지를 것처럼 아슬아슬했다. 뜨거운 김이 끓어올라 곧 뒤집힐 것처럼 덜거덕거리는 주전자 뚜껑처럼.

"잘 모르겠습니다. 제대로 못 봤습니다. 그 여자애와 마술사의 눈밖에 보지 못한 걸요."

거지가 뭔가 확신한다는 듯 갑자기 상체를 꼿꼿이 폈다.

"더 말씀드릴 게 있긴 한데."

"그래야지."

고양이가 쥐를 데리고 놀 듯 비아냥거리는 목소리였다.

거지가 더 큰 소리로 대답했다. 그의 목소리와 눈빛에서 웃음기가 싹 사라졌다. 거지는 이제 진짜 고양이 앞의 쥐 꼴이었다.

"팬텀님 말씀대로 그 여자애를 맡아 키우던 사람을 봤습니다."

“그 사람은 아마 장님일 텐데. 손에 화상 자국도 있고.”

“예.”

“좋아. 계속 해봐.”

“전 그 애를 처음 봤던 곳으로 되돌아갔습죠. 그 여자애가 6펜스 은화를 준 곳으로 말이죠.”

“6펜스라, 착한 아이군! 계속해.”

“그 여자애의 손이 잠깐 동안 제 손에 닿았습죠. 아주 따뜻했습니다요. 집에서 나온 지 얼마 안 된 것 같았어요.”

“그럴듯해. 계속.”

팬텀이 말했다.

“어쨌든 그 남자가 그 여자애를 찾고 있더군요. 아주 미칠 듯이 찾고 있던데요. 척 보면 알겠더라고요. 만나는 사람마다 붙잡고 여자애에 관해 묻더라고요.”

“그리고?”

“그러고는 가버렸어요. 하지만 전 기다렸습죠. 여자애가 다시 올지 몰라서, 춥지만 참고 기다렸습니다. 그때 그 맹인 남자가 편지를 부치려고 우체통으로 다가왔습니다.”

“편지?”

“예, 편지요.”

거지는 회심의 미소를 억누르지 못하고 요란한 손놀림으로 옷 주머니에서 맹인 남자의 편지를 꺼냈다.

“보세요, 아직 뜯지도 않았습니다요. 팬텀님을 위해 고이 가져왔습죠. 바로 지금 이 순간을 위해 그때부터 계속 여기서 기다렸습니다요.”

팬텀은 눈을 감았다. 그리고 편지를 손으로 조심스레 받아서 얼굴에 갖다 댔다. 물이 끓어 주전자 뚜껑이 낮게 달그락거리는 것만 제외하면 방은 조용했다. 팬텀은 눈을 뜨고 주소를 내려다보았다. 아이가 쓴 것처럼 크고 서툰 글씨였다.

“정말 오래된 주소로군.”

팬텀은 주소를 천천히 읽었다.

허츠, 레치워스

셸리 드라이브 19번지

2층 3호실

―루시우스 브라운 귀하.

주소를 다 읽은 팬텀은 강아지처럼 침을 꿀꺽 삼켰다. 거지는 씽긋 웃으며 마치 ‘봤지? 이제 난 안전해.’ 라는 몸짓으로 뒤에 있는 검은 그림자들을 향해 돌아섰다.

“네가 봉투를 뜯지 않았다면, 나도 뜯지 않아야겠지. 편지는 주소에 적힌 받을 사람이 뜯는 게 맞을 테니까.”

그는 가스레인지 쪽으로 가서 덜거덕거리는 주전자가 뿜어내는 김에 편지를 갖다 댔다. 봉투가 습기를 먹어 눅눅해지자 팬텀은 봉투 입구를 교묘하게 뜯어 편지를 꺼냈다. 종이 한 장에 주소처럼 어설픈 글씨체로 한 단어가 적혀 있었다.

팬텀은 그것도 큰소리로 읽었다. 그리고 다시 한 번 더 읽었다. 검은 그림자들이 모두 잘 들을 수 있게 한 자 한 자씩 또박또박 읽었다. 방 안은 쥐 죽은 듯이 고요했다. 팬텀은 종이와 편지 봉투를 가만히 응시하다가 조용히 킥킥거렸다. 그러고는 종이를 접어 봉투 속에 다시 넣었다. 그는 테이블로 돌아가 팔로 테이블 위의 물건들을 싹 밀어냈다. 컵과 접시와 유리그릇들이 바닥에 떨어졌다. 산산조각 난 유리 조각들이 램프 불빛을 받아 반짝거렸다. 팬텀은 테이블에 앉아서 봉투를 다시 붙였다. 그러고는 자신의 거지 하수인들을 바라보았다.

"아주 잘했다. 자, 받아라."

그는 감쪽같이 봉한 편지 봉투를 거지에게 돌려주었다.

"네가 말한 그 우체통에 편지를 넣고 기다려라. 이자가 올 것이다. 아이를 찾는 걸 돕기 위해 올 거야. 꼭 찾고 싶을 테니까. 하지만 우리가 먼저 찾을 거다. 이제 거의 장님이 되어버린 잭이 우리를 이자에게 곧장 인도하는 거지. 그럼 그 여자애도 함께 찾을 수 있어. 이제 시작이군. 열쇠는 우리 손에 있다. 앞으로 너희들은 모든 것을 보고해라. 그 서커스단이든 무엇이든 발견하는 대로 하나도 남김없이 보고해야 한다."

팬텀은 램프를 들고 나지막한 방의 벽을 천천히 비추며 어둠 속에 숨어 있던 거친 얼굴들을 하나씩 차례로 비춰 보았다.

“참, 깜박 잊을 뻔했군. 너희들에게 줄 저녁거리를 좀 가지고 왔는데 말이야. 어떻게 요리해야 할지는 미처 생각 못했다. 아주 신선하니까 소금과 버터를 두르고 살짝 튀기기만 해도 될 거야.”

그가 망토 아래에서 무엇인가 끄집어냈다. 온통 피범벅인 된 종이 봉지였다. 팬텀은 그것을 테이블에 남아 있는 접시에 담은 뒤 서서히 꺼지려는 램프 불빛을 비추었다. 팬텀이 축축한 봉지를 조심스럽게 찢자 내용물이 완전히 드러났다. 피범벅이 된 종이 봉지 한중간에 사람의 심장이 들어 있었다.

“이것 좀 봐. 아직도 벌떡벌떡 뛰는 것 같지 않아? 어때, 난 정말 너희들을 끔찍하게 생각하지 않나?”

리틀 플래닛 가이드 〈런던의 과거세계〉 편에서 발췌.

과거세계 관광객들은 다음 사항을 필히 명심해야 한다. 테마파크 외곽에는 지하 범죄 조직이 기생하고 있다. 서로 라이벌 관계에 있는 조직의 우두머리들이 디킨스 소설 같은 음침한 거리에 숨어서 테마파크에서 일어나는 범죄들을 꾸미고 있다. 관광객들 (테마파크 주민들은 '고커'라고 부른다)은 이 점을 주목해야 한다. 특히 우리들은 모두 실제 '현금'을 사용하는 데 익숙하지 않다. 그러나 이 테마파크에서는 오직 현금으로만 거래를 해야 한다. 신용카드나 e머니는 과거세계에서 통용되지 않는다.

여행 전에는 적응 훈련과 의상 착용 기간을 의무적으로 거쳐야 한다. 테마파크 전 지역에 CCTV 시스템이 갖춰져 있고 영상 분리형 스틸 카메라도 설치되어 있다. 그럼에도 불구하고 관광객들을 상대로 한 갈취, 어떤 경우에는 노상강도까지 빈번히 일어나는 상황이다. 최악의 경우에는 범죄 조직에 의해 살해당하는 경우도 있다.

8

호리호리한 체격에 검은 머리, 바다처럼 파란 눈동자를 가진 열일곱 살의 칼레브 브라운이 한적한 외곽의 햇살을 막아주는 빅토리아 스타일의 줄무늬 차양 아래에 서 있었다. 차양은 버클랜드 주식회사를 나타내는 화려한 색깔로 장식되어 있었다. 칼레브 옆에는 아버지 루시우스가 서 있었다. 두 사람은 다른 사람들과 함께 줄지어 서서 버클랜드 주식회사의 비행선에 탑승할 차례를 기다리고 있었다.

드디어 두 사람의 좌석 번호가 불려졌다. 출발 라운지로 가는 통로에는 복장 검사 요원들이 일렬로 서 있었다. 그들의 임무는 과거세계로 가는 관광객에게 불시 점검을 실시하는 것이었다. 검사 요원 한 사람이 고개를 끄덕이며 앞으로 나와 칼레브와 루시우스에게 검사실로 들어가라고 손짓했다. 검사실은 차양이나 환영 현수막과 똑같이 화려한 줄무늬 천으로 된 칸막이가 세워진 간이 탈의실이었다.

"버클랜드 주식회사를 대신하여 두 분을 환영합니다. 여러분의 복장과 소지품을 철저하게 검사하는 것이 우리 방침입니다. 오늘 이미 검사를 거치셨다면 또다시 번거롭게 해서 죄송합니다. 하지만 여기 버클랜드에서도 다시 확실한 검사를 받으셔야 합니다."

검사 요원은 두 사람을 아래위로 훑어본 뒤 마치 몰래 숨긴 소지품을 텔레파시로 찾아내겠다는 듯 고개를 끄덕이며 혼자 중얼거렸다. 검사 요원이 칼레브의 긴 프록코트 앞섶을 열고 넥타이와 넥타이핀을 살펴보았다. 칼레브의 조끼도 잡아당겼다. 그때 칼레브의 아버지가 앞으로 나서며 검사요원의 손을 가로막았다. 루시우스는 양복 조끼에서 카드를 한 장 꺼냈다. 카드를 살펴본 검사 요원은 머리를 잠깐 조아리고는 곧바로 되돌려주었다. 그러고는 자신의 옷매무새를 매만진 후 절도 있게 경례를 붙였다.

"더 이상 조사는 필요 없습니다, 브라운 씨."

검사관은 웃음 띤 얼굴로 루시우스와 칼레브에게 차례로 목례를 했다.

"두 분을 손님으로 모시게 되어 반갑습니다. 정말 영광입니다."

"바로 한 달쯤 전에도 이런 조사를 똑같이 거쳤소. 가장 마지막 방문 때였지. 그때도 당신들은 철저한 조사를 거쳐야 한다고 했소. 올바른 태도라고 생각하오. 진심이오."

검사관이 다시 한 번 경례를 붙였다.

"어떠냐? 종이 한 장이 어떤 위력을 발휘하는지. 모든 상황이 깔끔하게 정리되지 않니? 이 늙은 아버지가 그렇게 쓸모없진 않지?"

루시우스가 검사실을 나오면서 말했다.

"네."

칼레브가 씽긋 웃으며 대답했다. 칼레브는 글래드스턴 가방을 들고 잠시 서서 머리 위에 떠 있는 비행선을 올려다보았다. 불룩한 옆면을 따라 친숙한 글씨체로 쓰인 '버클랜드'라는 이름이 눈에 들어왔다. 칼레브의 표정이 일그러졌다. 순간 짜증이 일었다.

'버클랜드. 온통 저 말뿐이야. 우리를 졸졸 쫓아다니는 것처럼.'

루시우스는 비행선이 가까이 다가오자 그 거대한 크기에 정신을 빼앗겼다.

"비행선이다. 너도 알겠지만, 저건 순전히 내 아이디어로 만들어진 거란다."

루시우스가 고개를 끄덕이며 말했다.

두 사람은 흥분으로 들뜬 관광객들과 뒤섞여 계단을 올라갔다. 관광객들은 다들 빅토리아 시대의 주일예배에 가는 사람들처럼 잔뜩 성장(盛裝)을 한 모습이었다. 그중 몇몇은 비행선이 떠나는 것을 보기 위해 착륙장 펜스 뒤에 바짝 붙어서 있는 구경꾼들을 향해 스카프나 화려한 양산을 흔들기도 했다. 구경꾼들은 저 아래 착륙장의 펜스 뒤에 서 있었다.

칼레브는 승객들의 가방을 실은 카트가 화물칸으로 들어가는 것을 보았다. 납작한 트렁크, 모서리가 동으로 처리된 커다란 궤짝 모양의 캠페인 체스트, 가죽으로 된 빈티지 여행가방과 악어 가죽 가방 등 모든 가방들이 화물칸의 깨끗한 선반에 차례대로 쌓였다. 칼레브는 문득 여행 가방들이 한꺼번에 화물칸 밖으로 쏟아지는 상상을 해보았다. 하늘에서 가방이 쏟아지고 그 속에 들어 있던 '과거스러운' 귀중품들이 쏟아져서 과거세계의 더러운 지붕과 그을음으로 까매진 굴뚝 위로 떨어지는 광경이 눈앞에 선하게 그려졌다.

두 사람은 곧 비행선의 곤돌라로 안내되었다. 검은 조끼에 하얀 앞치마를 두른 지배인이 복도 맨 끝의 반들반들한 마호가니 바 뒤에 서 있었다. 그 반대쪽 끝에는 넓은 창을 통해 밖을 볼 수 있는 전망실이 있었다. 버클랜드사의 직원이 활기찬 걸음으로 다가와 두 사람의 겉옷을 받아 나무 옷걸이에 조심스레 걸었다. 칼레브와 루시우스의 방은 당장 남성 사교클럽을 열어도 될 만큼 분위기가 고풍스러웠다. 등받이가 높은 고상한 의자 두어 개와 가죽으로 된 체스터필드 소파가 놓여 있고, 벽에는 사람이 직접 판목 날염으로 무늬를 찍은 벽지로 도배되어 있었다. 벽에 난 둥근 현창(舷窓) 아래로도 의자들이 나란히 놓여 있었다.

스피커에서 출발을 알리는 안내방송이 곧 흘러나왔다. 과거세계로의 이 여행은 많은 사람들이 꿈도 꾸지 못할 정도로 비쌌다. 완벽한 위생 상태의 현재 시대를 벗어나 단 몇 주 동안이라도 지금 칼레브가 있는 방에 앉아보고 싶어 하는 사람은 많았다. 사람들은 누구나 엄청난 돈을 지불하고서라도 또 다른 시간대로의 우아한 항해를 떠나고 싶어 했다. 그럴 만한 여유가 있다면 말이다.

비행선의 선실에서는 옅은 가죽 냄새와 은은한 향기가 풍겨 나왔다. 담배 연기도 풍기는 듯했다. 일단 비행선에 탑승하고 나면 그때부터는 과거세계의 법을 따라야 했다. 그러므로 전체 금연법을 따르지 않아도 되었다. 칼레브는 의자에 앉았다. 의자의 푹신함이 그의 몸을 감쌌다. 칼레브는 흥분과 호기심으로 온몸이 끓어오르는 것을 참을 수 없었다. 아버지 루시우스는 칼레브의 정반대편 현창 가까이 자리를 잡았다.

로봇 스튜어드가 미소 띤 얼굴로 음료수를 권했으나 부드럽게 거절했다. 칼레브는 가늘고 긴 샴페인 잔을 들고 현창으로 들어온 빛이 샴페인 거품을 통해 굴절되는 것을 들여다보았다. 샴페인 거품이 혀끝에서 알싸하게 녹아들었다. 칼레브는 샴페인을 쭉 들이켠 뒤 로봇 스튜어드가 들고 있던 쟁반에 잔을 올려놓고 다시 채워지길 기다렸다.

"그만하면 됐다, 칼레브."

아버지가 부드러운 목소리로 말했다.

"휴가를 떠나는 건데 이쯤이야 어때요."

칼레브는 두 번째 잔을 천천히 들이켰다. 루시우스는 고개를 절레절레 흔들다가 과거세계 안내책자인 〈과거세계 가제트〉로 눈을 돌렸다. 루시우스는 이번 여행을 위해 일부러 초판본을 준비해 온 터였다.

"다시 한 번 말해야겠구나. 이제 우린 빅토리아 시대 형법의 적용을 받게 된다. 여기서 술에 취하거나 단정하게 행동하지 않으면 심각한 문제가 될 수도 있어."

"제가 고작 샴페인 두 잔에 난동을 부리겠어요?"

바다처럼 파란 칼레브의 눈동자가 반짝반짝 빛났다. 그의 웃음에서 애교가 묻어났다.

"레치워스에 사는 소위 네 친구라는 애들 몇 명은 과거세계에서 행실이 나빴지 않느냐. 빅토리아 시대 감옥은 방학 때 가는 캠프하곤 전혀 다르다. 그리고 반드시 명심해야 할 것이 있다. 여긴 사형제도가 있어."

"하지만 이거 마신다고 사형까지 당하겠어요?"

칼레브는 샴페인 잔을 높이 들고 호탕하게 웃었다.

비행선이 떠올랐다. 계류탑을 출발한 비행선이 당당한 위세로 하늘로 떠오르는 동안 선실 안의 구식 축음기에서 부드러운 음악이 흘러나왔다. 이미 오래전 세상을 떠난 음악가가 연주하는 살롱 왈츠와 탱고가 축음기의 득득 긁히는 소리와 함께 객실 안을 가득 채웠다. 순도 백 퍼센트의 경험, 과거로의 여행이 이제 막 시작된 것이다.

루시우스는 선실 의자에 앉아 음악을 지휘하는 흉내를 냈다. 칼레브는 샴페인에 취해 축 늘어진 채 현창을 통해 끊임없이 이

어지는 푸르른 하늘을 바라보았다.

여행은 부드럽고 순조롭게 계속되었다. 한 시간쯤 지났을까, 확성기를 통해 안내방송이 들려왔다.

—버클랜드 주식회사 비행선이 이제 곧 과거세계 스카이 돔의 에어로크에 도킹할 예정입니다. 승객 여러분께서는 잠시 선실에서 대기해 주시기 바랍니다. 도킹이 완료되면 과거세계 도착을 다시 알려 드리겠습니다. 그때 다시 대전망실로 나오셔서 경치를 감상하시기 바랍니다.

실내가 캄캄해졌다. 팽팽한 긴장감이 감돌았다. 잠깐 동안의 고립. 그리고 1, 2분이나 지났을까, 가스등이 다시 켜졌다. 불빛이 방금 전과 달라졌다. 비행선이 다시 앞으로 나아가기 시작했다.

"얘야, 이제 이리 오너라. 이건 필히 봐두어야 해."

루시우스가 벌떡 일어났다. 칼레브도 아버지를 따라 전망실로 갔다.

곤돌라는 내부 벽면 전체를 따라 바닥에서 천장까지 전망창이 둥그렇게 이어져 있었다. 넓은 전망창을 지지해 주는 것은 얇은 창틀이 전부였다. 그런 창을 통해 밖을 보니 하늘에 온전히 매달린 느낌이었다. 아래로 텅 빈 도시가 보였다. 과거세계를 짓는 첫 번째 대 건설 공사 때 주민들이 소개된 후 완충지대로 변한 오래된 근교 도시의 모습이었다.

두 사람이 넓은 창 앞에 서 있는 사이 안개가 길게 꼬리를 끌며 비행선 아래쪽으로 지나갔다. 선실도 안개에 싸였다. 칼레브는 한 덩이 얼룩처럼 짙은 회색의 그림자가 퍼져 나가는 것을 똑똑히 볼 수 있었다.

"어떠냐, 한 번 올 만하지?"

눈 아래로 펼쳐지는 장대한 광경에 입을 다물지 못하는 칼레브를 본 루시우스가 말했다.

"유명한 인공 무봉이다. 바다 위에 층운(層雲) 모양으로 안개가 짙게 끼는 거지. 오, 저걸 보렴."

루시우스의 목소리가 갑자기 작아졌다.

안개가 가장 높은 빌딩까지 주위의 모든 것을 감싸 버렸다. 처음에는 안개 자체 외에는 아무것도 보이지 않았다. 루시우스는 여전히 나지막하게 속삭였다.

"저 아래에는 과연 어떤 것들이 있을까? 칼레브, 기계로 만들어진 안개 아래에는 네가 알고 있는 교통수단 같은 건 아무것도 없단다. 자동차가 없단 말이지. 증기로 가는 기차와 말. 거리엔 온통 말 천지일 거다. 우리 발아래 펼쳐진 저 복잡한 거리는 이제 가스등으로 밝혀지겠지."

칼레브는 다시 창으로 다가가 천천히 꿈틀거리는 안개를 바라보았다.

"아무리 준비를 해도 실제로 과거세계로 들어가는 순간은 전혀 다른 경험이지?"

아버지 루시우스가 한숨을 후 내쉬며 말했다.

하강하던 비행선이 갑자기 거칠게 흔들렸다. 그리고 두 사람은 어느새 두꺼운 안개 밑으로 내려와 있었고, 창밖으로는 전혀 다른 세계가 펼쳐졌다. 다른 관광객들이 우레와 같은 박수로 환호했다.

전망실의 대형 유리창이 과거세계의 거리와 건물들로 가득 찼다. 마차도 보이고 사람들로 혼잡한 거리도 보였다. 둥글게 똬리를 틀며 흘러가는 탁한 색깔의 강, 초록으로 뒤덮인 광장과 공원, 교회의 하얀 첨탑들, 우중충한 지붕들. 검붉은색의 기관차가 증기를 뿜으며 아스라이 사라지고 있었다.

칼레브에게도 숨이 멎을 것만 같은 광경이었다. 그러나 칼레브는 발아래 펼쳐진 도시 생각으로 흥분한 자신의 모습을 아버지께 보여 드리기 싫었다. 새로운 세계에 대한 흥분이 두 배, 세 배로 미칠 듯이 증폭되는 것을 들키고 싶지 않았다. 이제 비행선은 어두침침한 무봉을 부드럽게 통과하여 그 자체가 꿈과 같은 과거세계의 하늘 위를 가볍게 떠다니고 있었다.

9

비행선에서 내린 칼레브는 짐이 나오기를 기다렸다. 옷장처럼 얇고 넓은 스티머 트렁크에는 특별히 맞춤 주문한 정장이 들어 있었다. 두 사람의 개인 가방에는 겉보기와는 전혀 다르게 화장품이 가득했다. 머릿기름과 종이 라벨이 붙은 면도용 로션, 진짜 오소리 털로 만든 면도솔도 있었다. 칼레브는 상아 손잡이로 된 칫솔, 독한 가루치약. 뒤판이 은으로 된 솔빗, 아버지가 쓸 일자형 면도기도 챙겼다(칼레브는 아직 그렇게 자주 면도를 해야 할 정도는 아니었다). 칼레브는 아버지가 따로 작은 가방을 하나 더 준비할 줄은 전혀 몰랐다. 아버지의 가방이 누구의 스티머 트렁크보다 더 무겁게 느껴졌기 때문이다. 루시우스의 양복 안주머니에는 단순한 하얀 봉투가 들어 있었다. 봉투 안에든 것이라고는 삐뚤삐뚤한 글씨로 글자 하나를 적은 종이 한 장뿐이었다. 그동안의 두

려움과 죄책감, 그리고 진실의 무게를 모두 담고 있는 단 한 글
자.

짐들이 수화물 수취대로 빠르게 쏟아져 나왔다. 두 사람도 가
방을 찾았다. 챙이 있는 피크 모자를 쓰고 화려한 줄무늬 조끼를
입은 짐꾼이 웃음 띤 얼굴로 그들의 가방을 손수레에 얹었다. 두
사람은 각자 트렁크를 들고 과거세계 도착 터미널 바깥쪽 끝에
위치한 아케이드에서 다른 관광객들과 함께 나란히 한 줄로 섰
다.

버클랜드 주식회사는

관광객 여러분을 열렬히 환영합니다.

여기는 과거세계 런던입니다.

출입구로 향하는 계단 높은 곳에 오래된 글자체로 이런 현수막
이 걸려 있었다. 칼레브와 루시우스가 마차 택시를 타기 위해 철
제 계단을 올라갈 차례가 되자, 짐꾼이 육중한 입구 문을 손으로
힘들게 열었다. 청동으로 주조된 두꺼운 문 위에는 비행선이 부
조로 조각되어 있었다.

문이 열리자 엄청나게 시끄러운 소리가 귓전을 때리기 시작했
다. 거칠고 낯선, 이국적인 고대의 소음들. 소란하게 지나가는 마
차 소리, 멀리서 들리는 기차 소리, 증기 엔진과 사람들의 고함
소리, 그 이외에 거리에서 들리는 온갖 소음들. 이상한 동물 냄새
와 화학 약품 냄새까지 함께 밀려들어 왔다. 과거세계의 시끄러

운 일상과 지저분한 현실이 관광객들의 코앞에서 생생하게 펼쳐 지고 있었다.

짐꾼이 트렁크를 인도로 밀어냈다. 매끈하고 흠 하나 없이 깨 끗한 착륙장의 그것과는 정반대로, 바깥 거리는 울퉁불퉁하고 지 저분하며 온통 진흙탕이었다. 칼레브는 그렇게 짧은 비행으로 얼 마나 먼 시간대를 거꾸로 돌아왔는지 새삼 실감했다.

"정말 먼 시대를 거슬러 온 것 같지?"

루시우스가 말했다.

두 사람이 마차 택시를 기다리는 동안 함께 줄을 선 다른 관광 객들은 새로운 예의를 익히느라 여념이 없었다. 남자들은 모자에 손을 살짝 올리고 파트너에게 인사했고, 여자들은 고개를 까딱거 리며 목례를 하다가 킥킥 웃음을 터뜨렸다. 아무리 해도 그 상황 이 현실처럼 느껴지지 않는 것이다.

루시우스와 칼레브가 탈 마차 택시가 가까이 왔다. 칼레브는 입에 재갈이 물린 채 땀을 흘리고 있는 얼룩덜룩한 회색 말에서 눈을 떼지 못했다. 짐꾼이 다가와 트렁크와 옷가방을 실었다. 그 때 줄지어 손님을 기다리는 마차들 한가운데에서 누더기를 입은 남자가 나타나 가방 올리는 일을 돕기 시작했다. 짐꾼이 금방이 라도 때릴 듯 주먹을 들어 올리자 거지 남자가 뒤로 물러섰다. 루 시우스는 불안한 눈빛으로 거지를 응시했다. 거지도 푹 덮어쓴 거친 삼베 모자 사이로 루시우스를 노려보았다.

짐꾼은 혼자 가방을 다 실은 뒤 모자를 벗었다. 루시우스는 주 머니에서 동전 하나를 꺼내어 짐꾼에게 조용히 내밀었다. 칼레브가 뒤따라 마차 택시에 올라탔다. 퀼트 천이 깔린 의자에 푹 앉으니 마차 전체가 흔들거렸다. 앞으로 며칠간 지내게 될 숙소로 가는 동안 칼레브는 과거세계 주민들이 관광객을 부르는 이름 그대로 '고커'로 변해갔다. 마차 창밖으로 목을 쭉 빼고 놀라움에 찬 눈으로 주위를 바라보느라 정신이 없었던 것이다. 놀라운 볼거리들이 너무 많아서 저절로 입이 헤벌어지고 눈이 휘둥그레졌다.

우선 제일 처음 만난 건 비였다. 칼레브는 곧 비가 쏟아질 것처럼 그렇게 우중충한 날씨를 한 번도 본 적이 없었다. 칼레브가 사는 곳에는 절대 그런 날씨가 없었다. 그런데 그날 아침 과거세계에서는 구름이 밀려와 하늘을 낮게 뒤덮었고 연한 인공 안개뿐 아니라 차가운 비까지 흩뿌렸다.

시야가 흐려지자 주위 풍경이 한층 부드럽게 변했다. 건물과 사람들이 온통 뿌옇게 보였다. 거리에서는 석탄이 타는 고약한 냄새, 후덥지근한 증기 연기 냄새가 진동했고 뜨거운 기름과 독한 잿가루도 흘러나왔다. 그러나 무엇보다 말똥과 오줌 냄새가 마치 목구멍에 걸리기라도 한 것처럼 얼굴 주위를 빙글빙글 맴도는 것 같아 칼레브는 정신을 차릴 수 없을 정도였다.

그동안 수없이 많은 사진에서 옛날 런던 모습을 보았고 실제 이곳에서 사는 주민도 만나봤지만, 직접 과거세계에 오는 것과는 비교도 되지 않았다.

칼레브가 본 사진들은 대부분 빅토리아 시대나 에드워드 7세 시대의 흑백사진이었다. 과거세계로는 어떤 최신식 카메라도 반입할 수 없었기 때문에 사진들은 모두 맥아식초나 담배 연기에 찌든 것처럼 누렇거나 불그스름한 갈색으로 빛이 바래 있었다. 그러니 총천연색의 분주한 거리를 직접 본 놀라움은 칼레브가 감당할 수 없는 충격이었다.

여자들은 꽃무늬가 그려진 밝은 옷을 입고 있었다. 강렬한 보라색과 노란색, 혹은 붉은색의 깔끔한 벨벳과 실크가 대부분이었다. 여자들 옷이 어두운 색깔의 남자 옷과 강렬한 대조를 이루었다. 남자들은 거의 검은색 정장 차림이었지만 그중에는 체크무늬의 트위드 양복에 금줄이 달린 조끼를 입은 신사도 보였다. 그리고 남자들은 모자를 쓰고 있었다. 요란한 장식이 달린 독특한 모자를 쓴 여자들도 있었다. 남자들은 반질반질 윤이 나는 모자, 혹은 페도라의 한 종류인 어두운 색깔의 트릴비나 홈버그를 썼다. 붉은 제복을 입은 버클랜드 주식회사 경호대와 검푸른색 제복에 깃털 달린 모자를 착용한 경시청 소속 경찰들도 눈에 띄었다.

그날 아침은 가히 첫 번째 몰입 교육 시간이라 해도 과언이 아니었다. 칼레브의 눈은 여기저기를 훑느라 정신이 없었다. 한꺼번에 너무 많은 것들이 밀려오니 혼란스러웠다. 그 분주함과 소란함. 혼잡스러운 교통이 빚어내는 끊임없는 소음. 딸가닥거리는 말발굽 소리와 철제 마구의 쨍그랑거리는 소리까지. 도로 한구석에 쌓인 끔찍한 배설물에서는 모락모락 김이 피어올랐고, 시궁창으로는 말 오줌이 쉴 새 없이 흘러내렸다. 모락모락 피어나는 수증기를 따라 세균이 끝도 없이 퍼져 나갈 것 같기도 했다. 돌이 깔린 도로에서 신발로, 신발에서 옷으로, 옷에서 피부로 세균 덩어리가 꿈틀대며 기어오를 것을 생각하니 몸서리가 쳐졌다.

칼레브는 근사한 차림의 고커들과 과거세계 주민들 사이로 헐벗은 차림의 사람들이 떼를 지어 몰려다니는 것을 목격했다. 칼레브는 떼로 몰려다니는 사람들의 모습에, 또 시끄럽고 난폭하게 행동하는 그들의 모습에 적잖이 놀랐다. 그 사람들의 피부색이 또 움직임이 빠른 것에도 놀랐다. 그들은 아무렇지 않다는 듯 사람들을 팔꿈치로 툭툭 밀어내며 걷고 있었다. 사람들이 서로 밀어내고 떠밀리고 하는 것만 봐도, 과거세계는 이미 위험한 곳이었다.

고커 중에는 그런 광경에 무서움을 느끼는 사람도 있었다. 부유하지만 무미건조한 정원 도시에서 온 호리호리한 열일곱 살 남자아이는 자신이 이제 무질서한 모험의 세계와 맞닥뜨렸음을 감지했다. 여기서는 무슨 일이라도 일어날 수 있을 것 같았다. 곧 무슨 일이 생길 것 같은, 반드시 일어나고 말 것 같은 느낌이 들었다.

10

마차 택시가 클로디즐리 스퀘어 이슬링턴의 조지아 왕조풍으로 지어진 커다란 주택 앞에 멈춰 섰다. 그곳은 과거세계의 중심에서 북쪽으로 조금 떨어져 있었다. 숙소 앞에 다다랐을 때, 순간적으로 칼레브는 아버지가 화가 났다는 것을 알아차렸다. 안개 속에서 누더기를 걸친 또 다른 거지가 나타났기 때문이다. 거지는 마부가 가방을 내리는 것을 도와 현관 앞 낮은 계단까지 무거운 가방을 질질 끌고 갔다. 그러고는 팁을 달라는 듯 마부 옆에서 손을 비비며 기다렸다.

아버지는 거지를 아래위로 훑어보았다. 닳아빠진 코트와 구멍이 숭숭 뚫린 신발. 루시우스가 거지에게 동전을 주었다. 거지는 동전을 쳐다보고는 루시우스 브라운을 다시 올려다보았다. 그러고는 앞으로 가까이 다가와서 그의 눈을 똑바로 쳐다보며 말했다.

"저건 아주, 아주 무거운 가방이었소."

거지가 중얼거리듯 낮은 소리로 말했다. 거지는 동전을 주머니에 넣고는 땅에 침을 퉤 뱉은 뒤 구시렁거리며 안개 속으로 사라졌다.

"비공식적으로는, 저자가 아마 우두머리일 겁니다. 확실합니다."

루시우스에게서 마차 삯과 팁을 후하게 받은 마부가 돈을 주머니에 넣으며 모자를 살짝 벗어 인사했다.

"이 도시에서는 밖에서나 안에서나 바로 저런 사람들을 조심해야 합죠."

마부는 쯧쯧 혓소리로 말을 출발시켰다.

"비공식적으로……."

루시우스가 중얼거렸다. 그는 양손으로 눈을 가린 채 두 발이 땅에 박히기라도 한 듯 그 자리에 한참 동안 조용히 서 있었다. 칼레브는 꼭 무대 공포증 때문에 괴로워하는 사람처럼 아버지의 손이 덜덜 떨리는 것을 보았다. 잠시 후 정신을 차린 듯 루시우스는 계단을 올라가 현관문을 두드렸다.

"블록 부인!"

루시우스가 모자를 벗고 가볍게 목례를 했다.

"에구머니, 브라운 씨와 아드님이 오셨네요!"

여자가 쾌활하게 문을 열어주었다. 긴 갈색 드레스를 입은 늙은 부인이었다. 여자는 문 옆으로 비켜서서 두 사람을 복도 안쪽으로 안내했다. 루시우스는 칼레브를 소개시켰다. 칼레브는 어색한 자세로 살짝 몸을 구부리며 최대한 밝은 미소로 인사했다.

"이렇게 잘생긴 젊은이가 되다니. 아드님 옆에 들러붙으려는 여자들 때문에 골치깨나 아프시겠네요, 브라운 씨."

얼굴이 불그스름해진 칼레브는 고개를 푹 숙인 채 복도 바닥에 어지럽게 장식된 무늬만 바라보았다. 복도는 어두운색 나뭇잎 장식이 그려진 벽지 위에 두꺼운 사진 액자가 걸려 있었다. 대리석 기둥 위에는 하얀 대리석으로 된 빅토리아 여왕의 반신상이 놓여 있고 그 옆에는 우산이 가득 꽂힌 예쁜 홀스탠드(hallstand, 옷걸이 모자걸이 우산꽂이 등이 있는 현관용 가구─옮긴이)가 있었다. 여기서도 냄새가 났다. 채소 끓는 냄새가 섞인 라벤더 향이었다.

블록 부인이 테이블에 놓여 있던 크림색 편지 봉투 두 개를 집었다.

"이 편지들이 여기로 왔어요. 모두 브라운 씨 앞으로 온 겁니다. 여기 상자 두 개는 카터 패터슨이란 사람이 가지고 왔어요. 봉투에 프라퍼 주식회사의 밀랍 봉인이 찍힌 걸 봤어요. 브라운 씨는 확실히 중요한 분이세요. 거장 브라운 선생님."

"옛날 옛적에는 그랬을지 모르죠."

루시우스가 고개를 옆으로 살짝 기울이며 대답했다.

블록 부인은 무슨 경의라도 나타내려는 듯 두 사람을 향해 겸손하게 고개를 숙였다.

"버클랜드 주식회사의 고명하신 임원 나리께서 우리 집에 묵으시는 건 정말 특별한 일이에요."

부인은 몸을 돌려 홀스탠드 위 장식을 먼지떨이로 탁탁 털면서 말했다.

"세심하게 보살펴 주셔서 감사합니다, 블록 부인. 자, 이제 괜찮으시다면 우리는 방으로 가보겠습니다. 여행이 너무 길었습니다."

"에구머니, 나 좀 봐! 브라운 씨, 2층의 제일 앞방이에요. 계단으로 올라가시면 바로 보일 거예요. 미리 램프를 켜두었어요. 뜨거운 물도 잘 나옵니다. 조용하실 거예요."

❖

루시우스는 문을 닫고 태피스트리 커튼에 몸을 기댄 채 눈을 감았다. 한 손에 편지 봉투를 꽉 쥔 채 한참 동안 그대로 서 있었다.

"무슨 편지예요?"

칼레브가 물었다.

"물론 우리를 환영한다는 초대장이지."

루시우스는 석탄불 앞에서 몸을 녹였다.

"우리 보스이자 버클랜드 주식회사 CEO인 아벨 버클랜드가 직접 주최하는 거창한 할로윈 분장 파티야. 내일 밤이구나."

루시우스는 초대장을 자랑스럽게 펼쳤다. 초대장 한쪽에는 'X' 자로 겹쳐진 뼈 위에 커다란 해골 문양이 찍혀 있고 다른 한쪽에는 과거세계 로고가 찍혀 있었다. 루시우스는 해골 그림을 손으로 만져 보았다. 해골 그림 문양이 종이 위로 올록볼록 튀어

나와 있었다.

"독특한 그림이지 않니?"

루시우스는 초대장 두 개를 난로 위 선반에 나란히 올려놓았다. 그리고 반쯤 돌아서서 이번에는 그의 안주머니에서 다른 편지를 꺼냈다. 칼레브는 아버지가 편지를 펼쳐서 읽는 모습을 물끄러미 바라보았다.

칼레브는 아주 잠깐 동안 아버지의 얼굴에 이상한 표정이 스치고 지나가는 것을 보았다. 찰나의 순간, 노여움의 파도가 아버지의 얼굴을 스치고 지나갔다. 파도는 순식간에 사라졌지만 칼레브는 확실히 알 수 있었다. 편지에는 크게 흘려 쓴 글자 한 자뿐이었다. 칼레브는 영문을 알 수 없었다.

루시우스는 이상한 글자밖에 없는 편지를 벽난로 속으로 던진 후 벽난로 선반에 기댄 채 머리를 숙이고 편지가 타 들어가는 것을 물끄러미 바라보았다. 동그란 종이 뭉치가 순식간에 검은 재로 타 들어갔다. 루시우스는 무거운 부지깽이를 들고 재를 완전히 부수어 이글거리는 석탄 덩어리 깊숙이 쑤셔 넣었다.

"그 편지는 뭐예요?"

칼레브가 물었다.

"음, 아무것도 아니다. 이 양복 안주머니에 쓸데없는 쪽지가 들어 있어서. 그런데 이제야 뭔가 흥미가 생겼니? 정말 재미있는 걸 봤다 싶으면 거기에 상응하는 표현을 좀 더 하면 좋겠구나."

"네?"

칼레브가 불만 섞인 목소리로 되물었다.

"우리는 이제 막 가장 획기적인 도시의 거리를 통과했다."

루시우스가 갑작스레 짜증스런 표정을 지었다. 그는 떨리는 손으로 부지깽이를 들고 칼레브를 향해 삿대질을 했다. 그리고 무기처럼 칼레브를 향해 내밀었다.

"이건 놀라운 기술 혁명, 현대의 불가사의라고 해도 과언이 아니야. 그리고 많은 부분은 나의 지대한 노력에 의해 이루어진 것이다. 그런데 넌 무슨 말을 했느냐? 아무 말도, 거의 한마디도 하지 않더구나. 그렇게도 의견이 없니? 너희들 세대를 보면 절망스러울 때가 한두 번이 아니다."

"전 모든 걸 유심히 관찰하고 있었어요. 아버지도 보셨잖아요. 지금 이 환경을 그대로 받아들이려고 최대한 노력하고 있단 말이에요."

칼레브는 아버지가 갑작스레 발끈하고 화를 내자 어리둥절했다. 전혀 아버지답지 않은 행동이었다. 아버지가 마음이 혼란스런 나머지 자신에게 짜증을 낸다는 느낌이 들었다. 칼레브의 아버지는 무엇을 두려워한 것일까? 편지 내용이 무엇이기에? 그 한 글자는 무엇이었을까? 편지는 왜 태워 버렸을까? 편지가 병균에 감염되기라도 한 것처럼, 그러지 않으면 편지가 공격이라도 할 것처럼. 칼레브는 무슨 일이 벌어지고 있다는 것을, 그 편지에 뭔가 다른 일이 연관되어 있음을 본능적으로 감지했다. 그러나 아무 말도 하지 않았다.

루시우스는 상자로 눈을 돌렸다. 거기에는 할로윈 의상 두 벌이 들어 있었다. 특별히 두 사람의 치수에 맞게 만들어진 옷이었다. 루시우스가 입을 옷은 빅토리아 시대에 유행했던 기본 정장과 긴 망토였지만, 양복 앞뒤로 사람 뼈대가 하얗게 그려져 있었다. 망토를 열어젖히면 하얀 뼈대가 드러나는 옷이었다. 칼레브 앞으로 온 상자에도 비슷한 옷이 들어 있었지만 뼈대는 그려져 있지 않았다. 대신 해골 가면이 들어 있었다. 쭈글쭈글한 해골이 칼레브를 향해 히죽거리는 것 같았다. 깔끔하게 개어진 옷 위의 해골 가면을 보니 옷상자가 작은 관처럼 보였다.

칼레브는 뻣뻣하고 낯선 빅토리아풍 옷에 여전히 적응하는 중이었다. 칼레브는 앞으로 묵게 될 작은 침실에서 옷을 갈아입었다. 침실 벽지는 복도보다 잎이 더 무성했고, 황금 액자 틀에 담긴 사진들도 더 많이 걸려 있었다. 고원을 뛰어오는 양 떼를 그린 수채화와 아득하니 보이는 피라미드를 그린 그림도 있었다. 칼레브는 황동 프레임으로 된 구식 침대에서 꿈도 꾸지 않고 깊은 잠에 빠지게 될 밤을 고대했다.

칼레브는 하루 종일 옷과 씨름한 터였다. 바지가 허리 위까지 높게 올라오고 탱탱한 멜빵이 어깨를 짓누르는 것이 못내 불편했다. 앵클부츠는 가죽이 너무 단단해서 발이 아팠다. 그는 벨벳 칼라의 오버코트가 걸린 옷걸이 옆에 재킷을 걸었다. 하얀 셔츠는 제대로 정리하기가 너무 어려웠다. 뗐다 붙였다 할 수 있는 뻣뻣한 칼라 때문에 목 주위가 가렵고 빨갛게 변했다. 커프스를 앞뒤로 잘 고정하기 위해 순금으로 된 커프스단추도 달아야 했다.

칼레브는 세면대 앞에 서서 둥근 주석통에 담긴 가루 치약에 칫솔을 비빈 뒤 이를 닦기 시작했다. 약처럼 쓰디쓴 맛이 났다. 칼레브는 고개를 들어 거울을 들여다보았다. 포마드 기름을 발라 납작하게 고정한 머리. 어깨에는 팽팽한 멜빵 때문에 빨간 자국이 남아 있었다. 칼레브는 정말 자기 자신인지 얼른 분간이 되지 않았다.

루시우스가 아침 일찍 칼레브를 깨웠다.

"진짜 아침을 먹어봐야지."

식탁 옆 사이드 테이블에 아침 신문들이 부채꼴 모양으로 나란히 정리되어 있었다. 루시우스는 신문은 거들떠보지 않고 앞에 놓인 오트밀 죽 한 그릇을 깨끗이 비웠다. 칼레브는 〈런던 머큐리〉 신문을 집었다. 거기에는 망토와 긴 모자, 검은 마스크를 쓴, 사악하게 보이는 남자의 판화 사진이 들어 있었다. 칼레브는 사진을 아버지에게 건네며 신문 머리글을 큰소리로 읽기 시작했다.

"'팬텀 돌아오다. 쇼디치에서 새로운 희생자 발견. 머리 실종, 사지 절단 상태. 사라진 목은 곧 철거 예정인 빌딩 꼭대기에서 발견.' 이렇게 나와 있어요."

루시우스는 안절부절못하고 급하게 기사를 읽어내려 갔다. 그러고는 마치 칼레브의 관심을 다른 데로 돌리려는 듯 말했다.

"팬텀이란 사람, 나중엔 배우로 밝혀질 게 분명해. 이 과거세계에서 일하는 다른 모든 사람들처럼 말이다. 쓰레기 같은 기사야."

"그런 놈한텐 교수형도 관대한 거죠."

분주하게 돌아다니던 블록 부인이 사진을 보고는 몸서리치며 말했다. 부인이 베이컨과 계란이 담긴 접시 두 개를 테이블에 놓았다.

"사람들 말로 저놈이 원래는 은행 강도였다는군요. 마치 그건 별로 나쁜 일이 아니라는 것처럼 말이에요. 지금 더 나쁜 놈이 되어서 그런가? 사람들은 저놈이 자기 심장도 꺼내갈까 봐 무서워하고 있어요."

블록 부인은 다시 몸을 부르르 떨며 금방 끓인 차와 토스트 한 접시를 더 내왔다.

11

그날 오후, 칼레브는 2층 거실 창가에 서 있었다. 새로 입은 깔깔한 정장이 그의 호리호리한 몸을 단단히 조여왔다. 칼레브는 과거세계 번화가를 활보하는 젊은이마냥 세련미가 흘러넘쳤다. 이곳 사람들 말로 '멋쟁이 신사' 그 자체였다. 칼레브는 굴뚝 선반 위에 가지런히 놓인 선덜랜드 도자기 인형처럼 꼿꼿이 서 있었다. 옆방 욕실에서는 루시우스가 옷을 입느라 끙끙대고 있었다.

"봐라, 이제 다 입었다."

루시우스가 양쪽 방을 연결하는 문을 통해 활기차게 걸어나왔다.

"돌아봐라, 칼레브. 어디 너의 멋진 모습도 좀 보자."

칼레브가 창을 등지고 돌아서자 루시우스는 유령이라도 본 것처럼 깜짝 놀랐다. 칼레브의 눈에는 아버지가 불현듯 무엇을 깨닫고 충격을 받은 것처럼 보이기도 했다. 까만 양복에 목 위까지 올라오는 하얀 칼라, 반짝반짝 빛나는 투명하고 파란 눈. 아들 칼레브는 전혀 딴사람 같았다.

"왜요, 무슨 일 있어요?"

"아니다, 얘야. 아무것도 아니다. 미안. 잠시 네가 전혀 딴사람처럼 보여서."

그때 현관을 요란하게 두드리는 소리가 났다. 곧 블록 부인이 위를 향해 소리쳤다.

"마차가 왔어요, 브라운 씨."

"고맙습니다."

루시우스가 아래를 향해 대답했다.

"자, 이제 내려가자, 칼레브. 생기있어 보이는구나. 증기기관차를 타게 되면 더 신날 거야."

루시우스는 기대감으로 양손을 마주 잡았다. 하지만 칼레브는 아버지의 눈 속에서 아직 가시지 않은 노여움과 공포의 빛을 보았다.

하이버리 코너 철도역 바깥에서 칼레브는 마차의 힘으로 돌아가는 이 도시의 생생한 현실을 체감했다. 교차로를 따라 마차 택시와 말들이 한 줄로 도열해 있었다. 칼레브는 지금까지 단 한 번도 살아 있는 진짜 말을 본 적이 없었다. 그런데 이제 수십 마리를 한꺼번에 보게 된 것이다. 말들은 고갯짓을 하거나 발을 굴러댔고 쉴 새 없이 콧김을 씩씩거리거나 진득진득한 침을 뚝뚝 흘렸다. 가만히 서 있을 때는 물론 심지어 걸어 다닐 때도 오줌을 누거나 똥을 쌌다. 입술을 위로 말아 올려 커다란 이빨들을 드러내기도 하고, 기다릴 때조차 가만히 있지 못하고 몸을 앞으로 꿈틀거리거나 돌길에 말발굽을 비벼댔다. 말 옆에 가까이 서 있는 것은 아주 위험해 보였다.

칼레브와 아버지는 복고풍으로 장식된 교외 증기 열차에 올랐다. 칼레브는 기차라는 것을 생전 처음 타보았다. 기차가 그렇게 느리게 달리는 것이 너무 이상했다. 열차는 시끄러울 뿐 아니라 소름이 끼칠 정도로 공격적이라는 생각도 들었다. 주택들이 기차 옆으로 미끄러지듯 지나가는 것을 보면서 칼레브는 숨을 깊이 들이마셨다. 그러나 곧 가늘게 퍼지는 증기와 열차의 덜컹거림이 점차 재미있게 느껴졌다. 반쯤 열린 창문으로 석탄 검댕이 날려 들어와도 개의치 않게 되었다.

루시우스는 깊은 생각에 잠겨 있었다. 그는 증기로 자욱한 창문 너머로 음울한 회색빛의 강을 바라보았다. 창문에 비스듬히 기댄 채 증기 낀 유리를 조금 닦은 뒤 손가락으로 가리켰다.

"저기다. 저기 남쪽 어딘가에 오늘 파티가 열릴 집이 있겠지. 강가에 있는 주택이야."

루시우스가 창을 톡톡 치며 말했다.

열차는 마치 거대한 생물체처럼 가만히 서서 증기를 칙칙 내뱉고 있었다. 열차 문이 철커덕 하고 육중한 소리를 내며 닫혔다. 칼레브는 머뭇거리며 뒤돌아섰다.

두 사람은 안개 낀 플랫폼을 걸어서 계단을 내려갔다. 스무 개가 넘는 플랫폼은 지하 터널로 연결되어 있었다. 반질거리는 타일 벽에 희미한 불빛이 비치는 터널 위로 거대한 증기 열차가 지나가는 소리가 우르르 울려 퍼졌다. 흥분에 들뜬 어떤 고커가 은으로 된 단검을 머리 위로 높이 흔들었다. 머리에서 발끝까지 온통 검은 옷에 긴 망토를 걸치고, 얼굴에도 검은 마스크를 쓴 그 남자는 무리 지어 지나가는 다른 관광객들을 신경질적으로 툭툭 치며 걸어갔다. 그는 칼레브를 아래위로 훑어보며 가짜 칼을 쑥 빼 들고 소리쳤다.

"나는 팬텀이다!"

옆에 있던 관광객들이 박장대소를 터뜨렸다. 칼레브는 아버지가 웃지 않는 것을 알았다. 아버지는 오히려 인상을 찌푸리며 혼잣말로 중얼거리고 있었다.

"얼간이 같으니! 아무것도 모르면서."

기차역의 개찰구도 사람들로 북적였다. 두 사람 앞으로 역시 할로윈 파티에 가는 듯 긴 망토를 차려입은 관광객들이 무리 지어 지나갔다. 칼레브는 두꺼운 종이로 된 기차표를 개표원에게 주고 고개를 들었다. 개표원 역시 가면을 쓰고 있었다. 칼레브가 주머니에 넣어 가지고 온 것과 똑같은 죽은 사람의 얼굴, 해골 가면이었다. 칼레브가 불길한 징조 같은 것을 믿는 아이였다면 그것이 앞으로 일어날 일들에 대한 나쁜 예시라는 것을 나중에 깨달았을지 모른다. 그러나 그날 밤에는 그런 비슷한 가면들이 거리에 넘쳐흘렀다.

12

루시우스 브라운은 아들에게 자신이 방향감각을 타고났다고 큰소리쳤다. 어디로 가야 할지 본능적으로 안다는 것이다. 그러나 칼레브는 아버지의 방향감각이 아주 구식이라는 것을 이내 깨달았다. 일단 역 밖으로 나오자 루시우스는 스스로 확실히 알고 있다고 말한 '옳은 방향'을 향해 걷기 시작했다. 칼레브는 하는 수 없다는 듯 아버지를 천천히 따라갔다. 그러나 두 사람은 곧 이상하리만치 인적이 드문 긴 골목으로 접어들었다.

칼레브는 기분이 영 이상했다. 아버지는 너무 고집만 앞세우는 것 같았다. 거리 모습이 왠지 꺼림칙했다. 가스등이 너무 띄엄띄엄 세워져 있어서 거리 전체가 어두컴컴했다. 마치 아무도 걸어 다녀서는 안 될 것 같은, 지도에도 나와 있지 않은 거리처럼 보였다.

시끌벅적한 대로에서 떨어져 나와 오로지 두 사람만 어둡고 습한 그늘을 따라 외롭게 걷고 있으니, 칼레브는 본능적으로 불안을 느꼈다. 그렇게 불안한 것이 음침한 거리 때문인지, 칠흑 같은 어둠 때문인지 칼레브는 언뜻 분간할 수 없었다. 할로윈 특유의 분위기 때문일 수도, 혹은 외로움이나 그것도 아니면 사방에서 천천히 밀려드는 안개 때문일 수도 있었다.

"할로윈은 다른 나라에서 들어온 축제야. 그래서 그런지 여기 방식은 좀 잘못된 것 같다."

루시우스가 갑자기 칼레브를 향해 몸을 돌렸다.

"할로윈은 미국 명절이었는데 아주 옛날에 우리에게 전해졌지. 버클랜드 회사는 이 과거세계의 모든 것이 틀림없는 사실이라고 자랑하지만, 가끔 실수를 저지른단 말이야. 한번은 내가 직접 회사로 메모를 보내기도 했지. 가이 포크스 제(Guy Fawkes 祭, 1605년 국왕을 시해하려 한 화약 음모 사건의 주모자 중 하나인 가이 포크스의 체포를 기념하는 축제. 11월 5일─옮긴이)를 지내는 게 훨씬 낫다고 말이야. 그런데 과연 한 사람이라도 내 메모를 읽었는지 궁금해질 때가 있단다."

루시우스는 몸을 돌려 다시 걷기 시작했다.

"나는 이런 생생한 옛 거리가 과거의 향수를 불러일으키는 최고의 장소라고 생각한다. 과거의 고통과 혼란이 벽돌과 석재로 된 이 거리 곳곳에 고스란히 각인되어 있다고 생각해."

루시우스는 걸음을 우뚝 멈추고 바로 옆의 축축한 벽을 손바닥으로 가볍게 두드렸다.

"그리고 그게 바로 이 도시가, 과거의 망령들을 고스란히 품은

이 과거세계가 성공하게 된 비결 중 하나가 아니겠니."

두 사람은 이제 나란히 걷고 있었다. 칼레브는 자신도 모르는 사이에 아버지 옆에 바싹 다가가 있었다. 칼레브는 주위를 둘러싼 그림자와 어둠 속에서 자신이 느끼는 공포를 아버지는 전혀 느끼지 않는지 궁금했다. 루시우스가 칼레브를 돌아보며 걸음을 멈추었다. 그러고는 칼레브의 팔을 잡고 속삭였다.

"나는 인간처럼 영혼을 가진, 고도로 복잡한 기계를 봤다. 자신의 존재를 스스로 확실히 인지하는 기계였어."

칼레브는 눈살을 찌푸렸다. 아버지가 그런 이야기를 하는 것이 몹시 낯설었다.

"우리 발아래 어딘가에 완전히 다른 도시가 있단다. 온통 기계로 가득한, 여기와는 완전 딴판인 곳이지. 안개를 비롯해서 그밖에 다른 모든 것을 조절하는 시스템이 그곳에 다 모여 있어."

루시우스는 쉴 새 없이 계속 이야기했다.

아버지는 확실히 딴 데 정신을 팔고 있었다. 그러니 아버지가 이런 이상한 길로 인도한 것도 놀랄 일이 아니라고 칼레브는 생각했다.

"아버지, 이 길이 확실해요? 너무 음침하고 황량해요."

"잠깐만 참아라. 이 길로 온 이유가 다 있어."

그 불길한 도로는 아치문을 통과하여 철길 지지용으로 지어진 비잔틴 양식의 거대한 제방을 따라 둥글게 곡선을 그리며 구부러졌다. 그 자리에 서니, 철도역의 지반이 마치 금방 새로 발굴된 유적처럼 보였다. 지금보다 훨씬 더 오래전 문명과 도시를 그대로 보여주는 고고학적 지층이 금방 파헤쳐진 것 같았다. 제방 벽에는 두꺼운 글씨의 광고 포스터들이 덕지덕지 붙어 있었다. 광고 문구로 뒤덮인 전단지도 있고 사람들에게 지정된 길로만 다니라는 경고판도 있었다. 루시우스는 그런 경고를 의도적으로 무시하고 있었다.

두 사람은 '구 배터시(Old Battersea)'라고 쓰인 거리 표지판을 지났다. 아래에 그려진 손가락 표시는 지금까지 걸어온 길처럼 길고, 음침하고, 황량한 길을 가리키고 있었다. 칼레브는 아버지를 멈춰 세우고 표지판을 가리켰다.

"구 배터시는 저 길로 가라는 거죠?"

"내가 알아서 하마, 칼레브."

화가 단단히 난 칼레브는 뒤를 한 번 더 확인하려고 몸을 돌렸다가 깜짝 놀랐다. 멀리 안개 속에서 누더기를 입은 거지가 따라오고 있었기 때문이다.

칼레브와 아버지는 좁은 인도를 따라 경사길을 올라갔다. 그러자 넓은 거리가 나왔고, 어느새 두 사람은 앞을 향해 걸어오는 사람들을 뚫고 반대로 가고 있었다. 눅눅한 안개를 뚫고 과거세계 주민들이 떼를 지어 지나갔다. 공장과 상점, 사무실에서 일을 끝내고 철도역을 향해 언덕을 내려가려는 사람들이었다. 칼레브에게 그들은 마치 다 헤진 옷을 입은 전쟁 포로들처럼 보였다. 아이들이 사람들을 향해 깡통을 내밀었다. 칼레브와 루시우스 역시 무수히 달려드는 거리의 아이들에게 시달려야 했다. 그중 몇몇은 정식 허가증을 받고 일하는 아이들이었다. 그러나 칼레브의 눈에는 분명 진짜 거지처럼 보이는 아이들이 있었다. 그 아이들은 훨씬 더 교활해 보였다.

루시우스는 머뭇거리다가 제자리에 우뚝 섰다. 그는 당황감과 좌절감에 빠져 주위를 돌아보았다. 그러고는 곧 안내 책자에 있던 지도를 꺼내어 다시 살피기 시작했다. 그러나 칼레브의 눈에는 아버지가 지도에는 없는 다른 무엇을 찾는 것처럼 보였다.

두 사람은 교차로에 서서 마차들이 지나가길 기다렸다. 칼레브는 길 반대편으로 건너가기 위해 옆으로 지나가는 한 무리 사람들을 쳐다보고 있었다. 바로 그때 창의 커튼이 내려진 마차 뒤에서 아까 그 거지가 불쑥 튀어나왔다. 칼레브는 자신들이 미행당하고 있다는 것을 아버지에게 알려한다고 생각했으나, 무슨 말을 하기도 전에 아버지는 벌써 길을 건너 오르막길을 올라가고 있었다. 칼레브는 그 거지가 여전히 따라오는 것을 보고 무서워서 얼른 아버지를 쫓아갔다.

그때 뒤쪽 어디선가 명랑한 외침이 들려왔다.

"과자 주면 장난 안 쳐요!"

루시우스와 칼레브는 채소가게를 지났다. 높다랗게 쌓인 비트 뿌리와 조각된 호박 머리, 탄산수가 들어간 오렌지 스쿼시, 각종 야채들이 바깥 선반과 나무 상자에 층층이 쌓여 있었다.

두 명의 여자아이와 그 엄마들이 칼레브 앞으로 지나갔다. 자그마한 소녀들은 재미있다는 듯 까르르 웃음보를 터뜨렸다. 둘 다 마녀 분장으로 검은색의 낡은 망토를 걸치고 할로윈 마스크를 쓰고 있었다. 손에는 돌아다니면서 사탕과 과자를 얻기 위해 깡통을 들고 있었다.

엄마 하나가 사람들로 붐비는 거리가 불안하다는 듯 두 소녀의 어깨를 잡고 걷기 시작했다. 칼레브는 잠시 장난을 칠 마음으로 주머니에서 해골 마스크를 꺼내어 썼다. 두 소녀 중 하나가 칼레브를 보더니 소리를 지르며 다른 소녀에게 안겼고 둘은 재미있다는 듯 킥킥 웃으며 오르막길을 올라갔다. 칼레브는 문득 뒤를 돌아보았다. 누더기를 입은 거지가 일정한 거리를 두고 여전히 따라오고 있었다. 칼레브는 기분이 더 불편해졌다. 거지는 분명 두 사람을 계속 지켜보고 있었다. 칼레브는 마스크를 쓴 채 아버지를 붙들어 세웠다.

"우리가 미행당하고 있어요."

칼레브는 마스크를 쓴 채 웅얼거렸다.

"보세요."

그는 손가락으로 뒤쪽을 가리켰다.

루시우스는 얼른 고개를 돌려 무리 지어 지나가는 사람들을 유심히 살펴보았다. 그 속에서 뒤따라오는 거지를 발견한 루시우스는 얼른 두 눈을 감고 양손으로 가렸다.

"이런. 안 돼, 안 돼."

루시우스는 중얼거리다가 홱 돌아서서 목적지가 표시된 지도를 펴 들었다. 칼레브는 아버지가 자신의 말을 제대로 알아들은 것인지 의심스러웠다.

몇 미터를 더 걸어가던 루시우스가 갑자기 말을 꺼냈다.

"칼레브, 중요한 일이 있다. 지금 잠깐 갔다 와야겠어. 만날 사람이 있다. 금방 돌아올게. 아주 중요한 일인데, 나만 가야 한다. 너무 걱정 마라. 꼭 여기서 기다려야 한다. 술 취한 사람을 조심하고. 오래 걸리지 않을 거야. 약속하마."

그리고 루시우스는 다시 오르막을 올라가기 시작했다. 얼마 지나지 않아 그의 모습은 사람들과 안개에 가려 사라졌다.

칼레브는 어리둥절해졌다. 그는 일단 어느 상점 현관으로 잠시 들어갔다. 칼레브는 누가 봐도 이상한 모습이었다. 해골 가면을 뒤집어쓰고 상점 현관의 그늘에서 서성이는 젊은 남자. 칼레브는 코트 깃을 높이 세우고, 혹은 우산 속에 몸을 파묻다시피 하고 걸어가는 사람들을 바라보았다. 아버지는 방금 또 한 번 이상한 행동을 했다. 보통 때와 전혀 다른 모습이었다. 무슨 일이 벌어지고 있는 게 분명했다. 아버지는 무엇 때문에 당황했을까? 그 편지 때문인가? 칼레브는 더 이상 기다리지 않기로 결심했다. 아버지를 찾아 나서기로 한 것이다.

칼레브는 오르막길을 올라 자욱한 안개 속으로 들어갔다. 중간에 난 작은 교차로에 도착하니 어둠 속에 우두커니 서 있는 두 사람의 그림자가 보였다. 한 사람은 건장한 젊은이로 낡고 헤진 우산을 들고 있어 얼굴이 반밖에 보이지 않았다. 나이가 더 들어 보이는 다른 한 사람은 지저분한 옷에 두꺼운 안경을 썼고 손에는 지팡이를 들고 있었다. 거지는 아니었지만 거지와 별반 달라 보이지 않았다.

칼레브는 나이 든 남자가 앞을 못 본다는, 아니면 거의 그 정도까지 시력을 잃었다는 것을 알 수 있었다. 그래서 옆의 젊은 남자가 이 앞 못 보는 남자의 코트 자락을 가볍게 붙들고 있었다. 그들을 지나치던 칼레브는 늙은 남자가 온몸을 떨며 불안해하는 것을 보았다. 옆에 있던 젊은 남자가 늙은이의 우산을 들고 있었다. 젊은 남자의 얼굴이 보였다. 아래로 처진 입에 잔뜩 찌푸린 표정, 포악하고 위험스럽게 보였다. 과거세계 적응 코스에서 배운 것처럼 젊은 남자는 허가증 없이 불법으로 거지 행세를 하는 사람임에 틀림없었다. 젊은 남자가 칼레브를 노려보다 턱을 앞으로 내밀며 소리쳤다.

"은화 있소? 젊은 해골 양반. 동전, 지폐, 다 좋소. 좀 나눠 씁시다."

그가 헤진 손가락장갑을 낀 손을 내밀었다. 칼레브는 적응 코스 때 배운 것들을 급하게 떠올리며, 걸음을 멈추고 젊은 남자를 바라보았다. 아무리 과거세계의 짙은 안개 속이라 할지라도 칼레브는 자신이 그렇게 무례한 행동을 할 수 있는지 꿈에도 몰랐다.

"대단히 미안합니다만, 오늘 할당액은 거지들에게 이미 다 나눠 줬습니다."

칼레브는 과거세계 적응 코스에서 배운 그대로 그런 상황에 대처하는 대답을 되풀이했다.

늙은 남자가 잘 보이지 않는 눈을 찌푸리며 소리가 나는 쪽으로 고개를 돌렸다. 건장한 젊은 남자가 옷소매를 놓아주자 늙은 남자가 앞으로 걸음을 옮겼다. 젊은 남자가 뒤로 약간 물러서면서 거친 목소리로 쏘아붙였다.

"이 지독한 구두쇠 해골 대가리 고커 같으니!"

젊은 남자는 여전히 가까운 거리를 유지한 채 어느 상점의 현관 앞 그늘에 들어가 두 사람을 지켜보며 기다렸다.

"도와주시오. 날 좀 도와주시오."

늙은 남자가 나지막한 소리로 말했다.

"도움을 못 드려 죄송합니다."

칼레브가 대답했다. 그러자 늙은 남자가 재빨리 말을 가로막았다.

"아니, 도와줄 수 있소. 난 중요한 사람을 만나기로 되어 있소. 아주 위급한 일이지. 사람 목숨이 왔다 갔다 할 정도로 급하오. 당신이라면 나를 그 사람들에게 데려다 줄 수 있을 것 같은데… 최소한 나와 함께 가줄 순 있겠지요? 난 여기 말고 다른 곳에 있어야 하오. 알겠소? 그런데 지금은 아무것도 보이지 않으니 원. 기독교의 가르침대로 자비를 좀 베풀어주시오. 여기서 별로 멀지 않은 곳이오."

"죄송합니다. 제가 여기 지리를 잘 몰라서요."

칼레브가 대답했다.

"'제발', 날 데려가 주시오. 내 말을 이해 못하겠소?"

"네, 압니다. 저도 도와드릴 수 있으면 참 좋겠지만 전 지금 여기가 어디인지도 잘 모르는 걸요."

칼레브는 늙은 남자의 손과 손목에 흉터가 심하고 다른 쪽 손보다 더 두껍다는 것을 알았다. 언젠가 심하게 화상을 입은 것이 분명했다. 그때 어디선가 칼레브의 아버지가 불쑥 나타났다. 꽤 오랜 길을 달려온 듯 숨을 헐떡거렸다.

"여기 있었군. 망할 놈의 안개 때문에 찾기 힘들었소."

루시우스가 늙은 남자를 보며 말했다. 그리고 그제야 눈앞에서 벌어지고 있는 상황을 알아챘다.

"아, 칼레브가 왔구나."

그러면서 루시우스는 팔을 뻗어 늙은 남자의 팔짱을 꼈다.

늙은 남자는 희뿌연 눈동자로 두리번거리며 말했다.

"이런, 이런. 내가 아는 목소리인 것 같은데, 그렇지? 우리 잠시 이야기 좀 할 수 있을까?"

"잠깐만 자리를 비켜주겠니, 칼레브?"

루시우스의 목소리가 무거웠다. 그사이 루시우스의 눈은 가까운 상점의 그늘에 서 있던 젊은 남자를 주시하고 있었다.

칼레브는 지금의 이 상황이 전혀 이해가 되지 않았다.

"자, 서두르세. 벌써 6시가 넘은 것 같으니. 어서 가세."

늙은 남자가 목소리를 낮추었다. 루시우스도 조용히 대답했다.

"자네가 무엇을 원하는지 알고 있어. 지금 어디로 가려는 거야?"

"우리를 기다리는 사람이 있어. 이브의 소식을 가지고 말이야. 자, 어서. 서두르지 않으면 그가 나를 발견할 거야. 아마 내 목을 따서 썩어 문드러지게 만들어 버릴 걸. 운이 나쁘면, 자네도 어떻게 될지 몰라."

늙은 남자가 앞을 똑바로 바라보며 쉰 목소리로 속삭였다.

"이브."

루시우스가 조용히 중얼거렸다.

"그래, 이브. 사랑스런 이브 말이야. 두말하면 잔소리지. 그런데 우리 이브가 도망쳐 버렸어. 멀리 가버렸다고. 이런 일이 아니라면 내가 왜 위험을 무릅쓰고 편지를 썼겠나? 지금 이브는 이곳 어딘가를 혼자 돌아다니고 있을 거야."

칼레브는 불과 몇 미터 떨어지지 않은 곳에서, 물론 야만스런 젊은 거지와도 그리 멀지 않은 곳에서 이 모든 상황을 지켜보았다.

"그들이 우리를 바싹 쫓고 있어. 게다가 한둘이 아니라네. 모두 그놈이 지옥으로부터 보낸 자들이야."

늙은 맹인이 목에 걸고 있던 녹슨 회중시계 뚜껑을 딸깍 열었다. 줄은 더러웠고 시계는 유리 뚜껑 없이 문자판이 그대로 노출되어 있었다. 떨리는 손가락으로 시계 침을 건드리는 모습을 보니 그 노인이 얼마나 두려워하고 있는지 칼레브도 알 것 같았다.

"6시 30분이 지났군. 그 여자가 아마 6시쯤부터 거기에서 나를 기다리고 있을 거야. 자네는 이 일이 얼마나 위험한지 몰라. 그 여잔 계속 기다리지 않을 거야. 자, 자, 이건 자네의 기회이기도 하지 않나. 난 꼭 무슨 일인지 알아봐야겠어. 이브는 자네가 꼭 구해주게."

늙은 남자는 고개를 돌리면서 어금니를 꽉 깨물었다.

그 순간 칼레브는 다른 거지를 발견했다. 역에서부터 계속 따라오던 바로 그 거지였다. 그는 거리 반대편에 서서 루시우스와 다른 모든 사람들을 지켜보고 있었다. 그러더니 멀리 분주하게 오고 가는 행인들 속 누군가를 향해 휘파람을 날카롭게 불었다. 우산을 들고 기다리던 포악하게 생긴 젊은 거지는 뒤로 슬슬 물러났다.

"내 팔을 잡게. 걸음 조심하고. 우리 아들이 다른 쪽 팔을 부축할 거야. 우리와 함께 가세. 그 애가 어디 있나?"

루시우스가 말했다.

세 사람은 도로 갓돌 옆에 잠시 서서 마차들이 지나가기를 기다렸다. 칼레브는 몸이 부르르 떨렸다. 멀리 떨어지지 않은 곳에서 무엇인가 칼레브의 눈높이로 움직이는 게 보였다. 벌레 혹은 가느다란 바늘 같은 은빛의 금속성 물체가 잠깐 동안 칼레브의 머리 주위를 빙빙 맴돌았다. 칼레브가 똑바로 쳐다보자 그 물체는 얼른 아래로 내려가서는 꿈틀거리는 안개 속으로 감쪽같이 자취를 감추었다.

다른 거지 하나가 빠른 발놀림으로 마차들 사이를 요리조리 피하며 거리를 건너왔다. 옆에 있던 젊은 거지가 얼른 다가가 늙은 맹인을 붙잡았다.

"자네가 나를 잡았나? 왜, 무슨 일인가?"

갑자기 행인들 속에서 거지 서너 명이 성난 개처럼 달려오기 시작했다. 루시우스는 금방 소리라도 지를 태세로 입을 벌린 채 몸을 돌려 늙은 맹인에게 달려갔다. 늙은 맹인은 번쩍 빛나는 무언가에 놀라 온몸이 굳은 듯 꼿꼿이 섰다가 마치 건물이 무너지는 것처럼 땅을 향해 풀썩 주저앉았다. 칼레브와 루시우스를 줄곧 따라오던 거지가 칼레브의 머리를 향해 무엇인가를 던졌다. 칼레브는 본능적으로 손을 뻗었다. 그리고 곧 손에서 찐득찐득하고 따뜻한 느낌이 들기 시작했다. 칼레브는 손을 쳐다보았다. 피범벅으로 변한 칼레브의 손에 역시 검붉은 피로 물든 단도가 쥐어져 있었다. 칼레브는 단도를 떨어뜨렸다. 늙은 맹인은 조용히 일어나 마차 바퀴가 딸그락거리며 지나가는 젖은 도로를 향해 혼자서 내려가려 했다. 칼레브는 자기도 모르게 팔을 뻗어 늙은 맹인을 잡으려 했다. 피범벅이 된 손으로 늙은 맹인의 목에 걸린 회중시계를 잡았지만, 줄이 뚝 끊어지고 말았다.

누군가 뒤에서 칼레브를 꽉 붙들었다.

"살인자다! 이자가 한 짓이다!"

어떤 거친 목소리가 크게 소리쳤다.

칼레브가 비틀거리는 사이 누군가 칼레브의 머리에서 가면을 벗겨냈다. 칼레브는 지금 벌어지고 있는 일이 도무지 믿기지 않았다. 그 순간 루시우스가 누군가의 주먹을 맞고 더러운 진흙투성이 땅으로 그대로 고꾸라졌다. 그러나 칼레브는 꼼짝달싹할 수 없었다.

차가운 비가 칼레브의 눈을 타고 하염없이 흘러내렸다. 칼레브는 어떻게 해야 할지 몰랐다. 일단 자신을 붙잡고 있는 손에서 벗어나려고 안간힘을 써보았다. 그때 누군가 날카롭게 비명을 질렀다. 칼레브는 반짝거리는 단도가 자신의 발치에 떨어져 있는 것을 보았다. 땅을 보니 늙은 맹인이 흘린 피가 비와 함께 섞여 똬리를 틀며 흘러내리고 있었다.

아버지는 해골이 그려진 옷을 입은 채 진흙탕에 처박혀 있었다. 어떤 거지 하나가 다가와 루시우스를 어깨에 둘러업고는 칼레브를 향해 손가락질을 하며 지나가는 사람들을 향해 크게 소리쳤다.

"맛있는 걸 안 주면 장난만 쳐야지. 이 불한당 같은 놈이 사람 둘을 모두 죽였다!"

칼레브는 꼼짝달싹할 수 없이 함정에 빠지고 말았다.

마차 한 대가 우뚝 섰다. 또 다른 마차도 섰다. 여기저기서 혼란스러운 목소리들이 들려왔다.

"피다! 정말 사람이 다쳤다!"

칼레브는 자신을 잡고 있는 손에서 빠져나오려고 머리를 세게 흔들며 안간힘을 썼다. 양옆으로 모인 행인들 중에 도와줄 사람이 없는지 찾아보려고 두리번거리던 그때, 아버지 루시우스의 목소리가 들렸다.

"도망쳐!"

그 소리에 누군가 루시우스의 얼굴을 세게 쳤다. 그러나 아버지는 다시 고개를 들었다.

"도망쳐라, 칼레브. 죽을힘을 다해 뛰어!"

우산을 든 흉악한 거지가 루시우스를 한 번 더 세게 후려쳤다. 순간 칼레브는 결심했다. 칼레브는 부츠를 신은 발로 자신을 잡고 있는 검은 그림자를 세게 찼다. 날카로운 외마디 비명 소리와 함께 칼레브를 조이던 손이 느슨해졌다. 그것으로 충분했다. 칼레브는 기회를 놓치지 않았다. 칼레브는 앞으로 재빨리 튀어 나가 오고 가는 마차들 사이로 달리기 시작했다. 마차 바퀴와 말 사이를 이리저리 피해 가며 오로지 앞만 바라보고 미친 듯이 도망쳤다.

13

제1상황실.

버클랜드 주식회사 정보 센터. 저녁 10시 37분.

보안 카메라에 찍힌 장면이 스크린에 반복적으로 나타났다. 허드슨 경사는 사건 전체의 녹화 영상을 찬찬히 살펴보았다. 카메라 한 대가 찍은 영상이라 여러 장면들이 혼란스럽게 나타났다. 소년을 중심으로 줌을 뒤로 당기자 좀 더 정확하게 보였다. 허드슨은 칼로 찌르는 장면을 반복하면서 맹인 남자가 쓰러지는 모습을 유심히 살폈다. 칼을 휘두른 순간과 누가 칼로 찔렀는지 정확하게 알아보기 위해서였다. 허드슨은 칼로 찌르는 장면만 확대하여 초점을 맞춘 뒤 화면이 뚫어져라 살피기 시작했다. 그리고 마침내 누더기 옷을 입은 거지가 단도로 맹인 남자의 가슴을 깊이 찌르는 것을 발견했다.

"저런!"

그가 화면을 향해 소리쳤다. 허드슨은 얼굴에 주먹을 맞고 힘 없이 쓰러진 고커를 주시했다. 뒤에 서 있던 악당이 곧장 그를 부축하여 일으켰다. 허드슨은 젊은이의 얼굴에서 해골 가면이 벗겨지는 것을 보았다. 그 순간 젊은이가 발길질을 하고는 냅다 뛰기 시작했다. 젊은이는 길을 건너 사람들 속으로 사라졌고 카메라도 그를 놓치고 말았다. 헤진 옷을 입은 거지 셋이 그를 쫓아갔고 다른 두 사람은 그 자리에 서 있었다.

또 다른 거지 둘이 나타나 해골 정장을 입은 남자를 인도 쪽으로 질질 끌고 갔다. 정찰 카메라는 거지 일행이 커튼이 내려진 마차 택시를 탈 때까지 계속해서 그들의 모습을 찍었다. 마차의 문이 열리고 거지들이 축 늘어진 신사를 안으로 밀어 넣었다. 허드슨은 창문 틈으로 양복 입은 남자의 얼굴이 보이는 것을 발견하고 그 장면을 정지시켜 저장했다. 경찰에게는 또 하나의 증거가 될 수 있는 장면이었다. 거지 옷을 입은 남자 하나가 고개를 돌리다가 바늘 크기의 정찰 카메라를 발견했다. 그가 손을 뻗치는 바람에 화면 전체가 남자의 손으로 가려졌다. 화면에 흰색과 녹색의 스파크가 일기 시작했다. 결국 카메라가 꺼져 버렸고 스크린도 까맣게 변했다.

허드슨 경사가 찰스 캐치폴에게 경보를 울렸다. 그가 도착하자 공격 사건 영상을 보여주었다.

"희생자 두 명의 신원을 벌써 조사했네. 납치당한 것으로 추정되는 남자는 루시우스 브라운이야. 버클랜드의 초특급 임원이더군. 이 회사를 제일 처음 구상한 사람, 한때 여기서 최고 거물이었던 자야. 칼에 맞은 남자는 맹인처럼 보이는데, 지금까지는 정확하게 일치하는 신원 기록이 없어. 우리가 찾을 수 있는 연관된 기록도 전혀 없고. 옆에서 지켜보는 저 소년, 저기 도망치는 아이는 칼레브 브라운이야. 열일곱 살, 루시우스의 아들이지. 칼레브와 루시우스 두 사람 모두 개인적으로 초대를 받고 버클랜드 자유통행권으로 이곳에 왔어. 그리고 피살된 거야."

"시체는 아직 못 찾았습니까?"

"한 십 분쯤 전에 구급 마차 한 대가 사건 현장에 나타났어. 소위 말해 '시체가 떠난 거야'. 무슨 이야긴지 알지?"

"불법으로 행해지고 있는 살인사건 관광에 팔렸다는 말이군요."

캐치폴이 대답했다.

"바로 그렇지. 남자아이의 흔적 역시 찾을 수 없었어. 위험을 감지한 건지 감쪽같이 모습을 감추었어. 그건 그렇고, 이것도 한 번 봐."

허드슨은 마차가 보이는 장면을 돌리다가 마차 안에서 마스크를 쓴 인물이 나타난 순간 화면을 멈추었다.

"어제의 공격 사건에다, 빌딩에서 뛰어내린 사람, 잘려진 머리, 사라진 심장이라……."

"팬텀이 루시우스에게 어떤 흥미를 느낀 걸까요?"

캐치폴이 물었다.

　"우리 둘 중 하나, 아님 더 불행하게도 우리 둘이 함께 사건을 조사해야 할지도 몰라. 이제 레스트레이드 경감님을 만나야 할 때가 된 것 같지? 우리가 찾은 것을 보여 드리자고."

　허드슨은 벌써 뻣뻣한 칼라가 생각나는 듯 손가락으로 목을 만졌다. 칼라 단추와 몸을 죄는 조끼도 눈앞에 아른거렸다.

14

이브의 일기에서.

"팬텀에 대해 전혀 못 들어봤어?"

야고가 물었다.

"아니, 전혀요."

난 그렇게 답했지만, 머릿속에선 이상한 기억이 아련히 떠오르고 있었다. 잭 아저씨가 구부정하게 숙인 채 신문을 읽으며 '팬텀'이라고 중얼거리던 장면이었다.

"팬텀은 그림자처럼 조용히 왔다가 사라져. 그는 여기 과거세계를 돌아다니는 아주 사악한 놈이야. 정말 무서운 놈이지. 지붕이나 굴뚝 위를 지나다니기도 하고 눈 깜짝할 사이에 땅속으로 사라지기도 해. 정말 이상한 괴물이지. 그는 옛날 방식으로 자신을 대담하게 과시하는 범죄자야. 고양이처럼 민첩하고, 항상 마스크를 쓰고 다녀. 사람의 목을 자르고 사지를 절단하고 심장을 갈기갈기 도려내지. 이곳의 참수인이라 불러도 될 걸. 불법으로 행해지는 모든 구걸 행위는 그가 지휘하는 거라고 사람들이 그랬어. 과거세계 도시 깊숙이까지 들어와서 그렇게 계속 구걸을 하니까 문제가 더 심각해지고 있어. 그는 거지들의 왕, 이 도시 전체에 기생하는 하류 범죄자들의 신이야. 게다가 팬텀은 아주 똑똑해서 잡히지도 않아. 자기가 저지르는 일엔 항상 완벽하지. 시장에 가면 팬텀 이야기를 민요로 만든 가사집을 팔 정도라니까.”

난 야고가 하는 이야기에 덜컥 겁이 났다. 누군가 심장을, 사람의 심장을 도려낸다고 생각하니 끔찍했다. 그때 야고의 혓소리에 말이 움직였고 우리는 다시 길을 떠났다.

“팬텀에게 막대한 포상금이 걸려 있지만 그걸 타간 사람은 아무도 없어. 그를 봤다고 신고한 사람도 없고 말이야. 그만큼 교묘한 자야. 가난한 사람들이 그를 우러러 보는 게 참 이상해. 그들은 팬텀이 이렇게 신화적인 인물로 떠올라서 노래까지 만들어진 걸 부러워한다니까. 이제 사람들은 팬텀을 거의 초인적인 존재로 떠받들고 있어. 그는 높은 건물 꼭대기에서 뛰어내릴 수 있어. 20세기엔 그런 걸 ‘스카이다이빙’이라고 불렀다나 봐. 한번은 그가 높은 굴뚝에서 떨어졌는데 붉은색 망토를 활짝 펴서 하늘을 가볍게 날더니 땅에 사뿐히 내려앉았다지, 아마.”

우리는 강 가까이 도착했다. 다 무너진 창고와 작달막한 건물들이 들쑥날쑥 서 있는 모습이 꼭 이가 썩은 것처럼 보였다. 야고는 말을 늦추고 마차를 세웠다.

"이제 내일이면 우리 나머지 가족을 만나게 될 거야."

"가족?"

내가 물었다. 직접 소리 내어. 지금까지 한 번도 해보지 못한 말이었다. 왠지 모르게 그런 느낌이 들었다.

"우린 그 사람들을 가족이라고 불러. 사실 그냥 밑바닥 사람들이 모여 사는 거야. 우리처럼 거리에서 공연하는 사람도 있고 집시, 젊은 부랑자들, 하여튼 온갖 종류의 사람들이 모여 있어. 일종의 대가족이라고 할 수 있지. 우린 서로에게 꼬치꼬치 묻지도 않고 차별도 안 해."

"나처럼 도망자도 있겠네요?"

"너랑 똑같은 도망자도 있어. 그러니 넌 대환영이야. 우리와 함께 있어도 돼. 네가 원한다면 우린 언제나 너를 보호하고 보살펴 줄 거야."

야고가 날 아래위로 훑어보았다. 마치 처음으로 날 조사하는 사람처럼. 그의 시선이 내 몸 구석구석까지 와 닿는 게 느껴졌다.

"네가 부탁한다면 우린 널 다른 사람으로 만들어줄 수도 있어. 넌 무용가의 몸을 가졌어. 넌 아주 쓸모 있을 거야. 우리가 널 훈련시켜서 네가 우리랑 함께 있을 동안 생활비를 벌 수 있도록 해줄게. 물론 네가 원하면 원래 있던 자리로 되돌려줄 거고 말이야."

야고가 팔을 뻗어 내 손목을 꽉 잡았다. 삐쩍 마른 그의 손은 싸늘했지만 굉장한 힘이 느껴졌다.

"난 한 번도 춤을 춰본 적이 없어요."

난 그렇게 대답했지만 내 자신에게 놀라고 말았다.

"하지만 춤추는 걸 굉장히 좋아해요. 줄 위에서 걸어본 적은 없지만 한번 해보고 싶어요."

"흠, 그렇게 될 거야."

야고가 웃으며 대답했다. 그리고 다시 헛소리로 말을 출발시켰다.

난 야고와 나란히 앉아서 옆으로 지나가는 건물들을 바라보았다. 주변 모습은 절망적이었다. 완전히 무너진 건물들도 있었다. 가로등도 다 어두침침했고 거리에는 살아 있는 생명체의 흔적이라곤 찾아볼 수 없었다.

"캄캄해졌어요."

"우린 지금 폐쇄된 길로 가고 있어. 지도에도 나와 있지 않고 감시도 없는 길이지. 번지르르한 옷에 올이 살짝 풀린 것 같은 길이라고 해야 할까. 우린 이런 길로 다니는 걸 좋아해. 여긴 건설, 혹은 복구, 회사가 뭐라고 부르든 하여튼 그럴 예정인 곳이야. 좀 황량해 보이지만 걱정 마. 아주 안전하니까. 내가 너무 쉽게 말하고 있나? 어쨌든 난 건강하고 힘이 세니까 걱정 안 해도 돼. 게다가 완전무장하고 있으니까."

야고는 우리가 앉은 좌석 밑을 툭툭 쳤다. 그 아래 무기가 있다는 것을 알려주는 것이다.

"날 보호해 준 잭 아저씨는 이런 곳이 있다고 말한 적이 없어요. 아저씬 날 최대한 집 안에만 붙어 있게 하셨거든요. 밖에 나갈 땐 아저씨와 항상 함께였고요. 난 우리가 정말 빅토리아 여왕이 통치하시는 런던에 사는 줄 알았어요."

야고가 웃으며 말했다.

"지도에 나와 있지 않은 장소들은 또 있어. 도시에서 멀지 않은 곳에 나무들이 많고 숲이 우거진 곳이 있어. 우린 가끔 그런 곳에 가서 진짜 나무 아래서 신선한 공기를 들이마시며 쉬다 온단다."

적적한 다락방에서만 틀어박혀 있던 나에게 잭 아저씨는 왜 이런 곳이 있다고 말해주지 않았을까? 아무리 생각해도 이해할 수 없었다. 난 오직 내가 살아온 세계만 진짜라고 알고 있었다. 물론 아저씬 날 위해서 그러셨을 것이다. 그럼 아저씨가 날 숨기려 한 이유는 무엇일까? 야고도 모르겠다고 했다. 야고에겐 잭 아저씨 이야기도 좀 이상하게 들렸을 것이다. 아저씨가 미쳤다고 생각했을지도 모르겠다. 어린 소녀를 다락에 가두고 그 애가 진짜 어디에 살고 있는지 숨겨야 했을 이유가 도대체 무엇이었을까?

"이봐, 일어나. 잠꾸러기."
야고의 목소리였다.
난 물결처럼 일렁이는 커다란 실크천을 타고 하늘 위를 날아다니는 꿈을 꾸고 있었다. 그 천은 깜깜한 밤하늘을 감싸는 스카프처럼 끝도 없이 펼쳐져 있었다. 그러다 천이 다시 감기기 시작하면서 그 사이로 회색빛 하늘이 보이기 시작했다. 공기가 차가웠다. 이제 조금 있으면 '가족'을 만난다. 차가운 하늘이 숨을 들이마시기라도 하듯 마차 안의 따뜻한 공기가 밖으로 빨려 나갔다.
하늘에서 커다란 눈송이가 떨어지기 시작했다. 난 마차 밖으로 나와 오들오들 떨면서 서 있었다. 난 눈이 궁금했다. 눈이 어떻게 만들어지는지, 우리를 완전히 뒤덮은 스카이 돔은 또 얼마나 높이 세워져 있는지도 궁금했다.

우리는 패링던에 있는 큰 시장 같은 넓은 공터에서 하룻밤을 보냈다. 하지만 여기 있는 건물들은 모두 텅 비었고 반쯤은 부서져 있었다. 창문 유리도 모두 깨졌고 낡고 헤진 커튼만 텅 빈 방 안에서 펄럭이고 있었다. 마차들은 반원형으로 띄엄띄엄 서 있었는데 그 속에 우리 마차도 있었다. 공기가 차가우니 말들의 몸에서 김이 모락모락 피어올랐다. 야고가 둥그렇게 둘러앉은 사람들한테로 갔다. 모두 커다란 머그잔을 들고 서로 시끄럽게 떠들고 있었다. 나는 사람들의 머그잔 속에 뜨거운 차가 담겨 있기를 빌었다.

모여 있는 사람들 틈에서 밝은 빨간색 드레스를 입은 몸집이 큰 여자를 발견했다. 그 여자 옆에는 똑같이 몸집이 거대한 남자가 표범 무늬 튜닉을 걸치고 앉아 있었다. 남자의 팔이 너무 굵어서 다리처럼 보였다. 두 사람 사이에 놓인 드럼통 위에 내 키의 3분의 1정도밖에 안 보이는 체구가 작은 남자가 서 있었다. 그 남자는 족히 60센티미터는 되어 보이는 엄청나게 긴 신발을 신고 있었다. 그는 사람들 머리 위로 올라가 발끝으로 균형을 잡고 서서 발아래 사람들과 웃으면서 떠들썩하게 이야기를 나누고 있었다.

"이리 와. 사람들을 만나야지, 이브. 아침도 좀 먹고."

난 야고 쪽으로 가서 이상한 사람들 틈에 섰다. 한 여자가 내 쪽으로 돌아보았다. 그 여자는 옷깃에 털이 달린 우아한 코트를 입고 있었다. 난 여자의 옷깃이 제멋대로 움직이는 것을 보고 깜짝 놀랐다. 번쩍거리는 눈도 달려 있었다. 그건 옷깃이 아니라 살아 있는 동물, 작은 얼룩무늬의 왠지 낯이 익은 고양이였다. 그 여자가 바로 고양이 부인이었던 것이다.

잭 아저씨와 내가 저녁 무렵 산책을 나갈 때마다 마주쳤던 바로 그 부인. 이렇게 가까이 있으니 그 부인이 날 알아볼 수도 있겠지만 난 두렵지 않았다. 만약 고양이 부인이 잭 아저씨께 말한다면 아저씨가 날 데리고 갈 것이고 그럼 다시 위험한 상황에 빠지게 될 것이다. 그 부인은 검고 긴 콧수염만 빼면 완벽하게 평범해 보일 것 같은 어떤 여자와 이야기하고 있었다. 거기 모인 사람들은 모두 이국적이거나 굉장히 낯선 옷을 입고 있었다.

야고가 차가 든 머그잔을 주었다. 차가운 내 손을 녹여줄 정도로 머그잔은 따뜻했다.

"이 사람들이 모두 서커스 단원들이야. 여기도 과거세계지만 다행히 아직까진 버클랜드의 통제나 감시 카메라가 미치지 못해. 일종의 무인지대라고 할 수 있지. 우린 그렇게 부른단다. 여기 온 걸 환영해."

'무인지대, 무인지대.'

나는 마음속으로 몇 번이나 되뇌었다. 주위를 둘러보았다. 피에로와 어릿광대들, 공중제비를 돌거나 줄을 타는 곡예사들, 그리고 온갖 잡다한 역을 맡은 사람들이 모여 있었다. 사자와 호랑이와 곰도 있었다. 집에 걸려 있던 석판화 서커스 그림과 같았다.

"봐, 여긴 고커들이 없지? 나도 아직 한 사람도 못 봤어. 오직 우리뿐이야, 우리 식구들만 있지."

"가족."

난 싸늘한 볼에 따뜻한 머그잔을 갖다 댔다.

"가족……."

"그래, 우리 모두. 키 큰 사람도, 키 작은 난쟁이도, 힘센 사람도, 약한 사람도. 저기 드럼통 위에 있는 난쟁이 말시도 보이지? 우린 서로를 보살펴 줘. 형제자매처럼 말이야. 잭 아저씨가 널 돌봐준 것처럼. 이브, 이런 곳에서 외톨이로 지내는 건 정말 끔찍해. 여긴 옛날 방식으로 서로를 잡아먹고 먹히는 경쟁의 장소니까. 하지만 최소한 우리는 믿어도 돼."

난 다정하게 보이는 사람들을 둘러보며 고개를 끄덕였다. 야고는 내 어깨를 잡고 사람들 한중간으로 밀어 넣었다. 난 담요를 온몸에 두른 채 우뚝 섰다. 내 주위를 삥 둘러싼 사람들이 조금 무서웠다.

"얘가 이브예요. 내가 거리의 부랑자들에게서 구했어요. 여기서 우리 기술의 비밀을 배우고 싶대요."

사람들이 모두 왁자지껄 웃음을 터뜨렸다. 유쾌한 목소리가 나를 격려해 주었다.

"행운을 빈다, 예쁜이."

붉은 옷의 여자가 두꺼운 팔을 내 어깨에 둘렀다.

"어서 오렴."

여자가 내 몸을 꽉 조이는 바람에 난 반사적으로 몸을 비틀어 여자에게서 떨어지려고 했다. 그 바람에 담요가 벗겨졌고 난 온몸이 부르르 떨렸다. 고양이 부인이 그 여자 옆에 앉아 머리를 비스듬히 기울인 채 말했다.

"예쁜 아가씨, 널 전에도 한 번 본 적이 있는 것 같아. 너처럼 예쁜 아가씨를 어떻게 잊을 수 있겠어?"

"전 아닌데요."

"서커스를 하기에 좋은 몸이군. 야고, 아가씨 발이 아주 작고 귀여운데."

차력사가 끼어들었다. 사람들 틈에서 다시 기분 좋은 웃음이 터져 나왔다. 차력사가 나를 향해 몸을 숙였다.

"난 신경 쓰지 마쇼, 아가씨."

차력사 아저씨는 내 팔을 잡고 근육을 꾹꾹 눌러보더니 내 몸 곳곳을 꾹꾹 누르며 허벅지와 종아리까지 내려갔다. 아저씨는 마치 말 다리를 검사하듯이 손가락으로 내 복사뼈를 만졌다. 지금까지 그 누구도 내 몸을 그렇게 만진 적은 없었다. 갑자기 화가 치밀어 올랐다. 부끄럽기도 했다. 또 그것과는 좀 다른, 불꽃이 이는 듯한 황홀한 느낌도 들었다.

차력사 아저씨는 손을 떼고 이번에는 이상한 눈길로 나를 쳐다보았다. 내가 예의를 모르는 아이였다면 아저씨가 나를 빤히 쳐다보는 순간 난 분명히 짜증스런 표정을 지었을 것이다. 난 의심으로, 아니, 두려움으로 벌벌 떨고 있었으니까.

그 아저씨는 내가 깃털만큼 가벼운 듯 내 허리를 잡고 이번에는 하늘을 향해 높이 들어 올렸다. 살포시 떨어지는 눈송이를 맞으며 내 몸이 가볍게 위로 솟아올랐다. 난 균형을 잡기 위해 팔을 뻗어 이리저리로 흔들었다. 주위의 다른 사람들은 환하게 웃고 있었지만 야고만은 심각한 표정으로 날 바라보고 있었다.

나중에 야고가 장대를 세우고 그 사이에 줄을 쳤다. 차력사 아저씨가 장대가 잘 설 수 있게 당김줄로 단단하게 고정하는 것을 도와주었다. 야고가 줄 위에서 몇 번이고 앞뒤로 오고 가며 연습하는 것을 지켜보니 나도 한번 해보고 싶다는 생각이 머리에서 맴돌았다.

"나도 줄 위에 올라갈 수 있을까요?"

"처음부터 줄에서 시작하면 안 돼. 똑바른 줄 위에서 뛰고 춤추는 게 다가 아니거든. 그 이상의 기술이 필요해. 무엇보다 이건 아주 위험한 일이야."

"그러니까 딱 한 번만이요."

야고는 커다랗고 검은 눈동자로 날 심각하게 바라보았다.

"너, 정말 하고 싶니?"

"오, 그럼요."

차력사 아저씨가 야고를 부추겼다.

"야고, 그러지 말고 한번만 해보라고 그래. 이브는 일단 몸이 좋고 내가 보니 아주 강해. 만약 이브가 떨어지면 내가 밑에서 잡으면 되잖아. 하하하, 아무 일도 아닌 것 가지고 왜 그러나."

야고가 내 허리에 가죽끈으로 된 안전 장비를 매주었다. 버클과 끈도 다시 확인했다. 차력사 아저씨가 나를 들어 탱탱한 외줄의 한쪽 끝 발판에 올려주었다. 갑자기 한기가 몰려왔다. 야고가 나를 발판에서 살짝 들어 올려 안전띠를 시험하는 동안 난 발가락에 힘을 주고 불안하게 서 있었다.

"명심해. 아래를 내려다보면 안 돼. 어지러우면 똑바로 서서 숨을 천천히 내쉬어. 넌 안전하다는 걸 기억해. 안전띠를 맸으니까 혹시 떨어진다 해도 넌 그냥 줄에 대롱대롱 매달릴 거야. 그러니 겁낼 필요 없어."

내가 준비가 되었을 때쯤 마차 몇 대가 과거세계의 번화가를 향해 슬슬 출발하기 시작했다. 차력사 아저씨는 야고를 돕기 위해 남았다. 내 발밑으로 아저씨가 작은 화롯가에 서서 몸을 녹이며 서 있는 게 보였다. 그게 실수였다. 난 사정사정해서 외줄 위에 올랐고, 정말 잘해보고 싶었다. 그러나 그러려면 혹독한 연습이 먼저였다는 걸 깨달았다.

발이 줄밖으로 미끄러졌기 때문이다. 난 발을 앞뒤로 최대한 가깝게 붙이고 외줄에 서보려고 안간힘을 썼다. 발가락을 구부려서 줄을 감아야 한다는 걸 본능적으로 깨달았지만, 그러기엔 외줄이 너무 두꺼웠다.

몸이 흔들렸다. 난 팔을 쭉 펴서 어깨와 평행하게 들고 6미터 앞에 있는 반대편 장대를 똑바로 바라보았다. 한쪽 발을 드니 온몸의 무게가 다른 쪽 발에 실리는 것을 금방 느낄 수 있었다. 처음엔 한쪽 다리를 앞으로 옮길 수 없어서 몸이 흔들렸다. 난 균형을 잡기 위해 팔을 양쪽으로 마구 흔들었다. 그 순간 안전띠가 헐거워지는가 싶더니 가슴까지 올라와 내 몸을 강하게 조여왔고 난 나도 모르게 하얀 김을 뿜으며 숨을 내뱉었다. 난 안전띠에 연결된 줄에 대롱대롱 매달린 채 사다리 끝에 올라와 있던 야고를 지나쳤다. 야고는 마치 '내가 그랬지?' 하는 듯한 웃음을 짓고 있었다. 내 몸이 끌어 올려져 발판 위에 털썩 닿는 순간 마음속에서 새로운 결심이 생겼다. 약간 불안해지기도 했지만.

"무서워하지 마. 그냥 앞으로 천천히 걸어. 자신있게. 거리를 걷다 보면 금이 간 곳이 있지? 그걸 밟고 따라간다고 생각해 봐. 한 발을 다른 발 앞으로 보내는 거야. 아주 어릴 때 이런 놀이 해봤지?"

"아니, 기억이 안 나요."

　난 몸을 숙여 무릎을 잡은 채 숨을 쌔근거리며 잠시 서 있었다. 그러나 곧 다시 몸을 곧추세우고 줄 위로 걷기 시작했다.

　이번에는 야고의 웃음에 용기를 얻었다. 차력사 아저씨가 고맙게도 밑에서 호각을 불어주었다. 난 줄 위를 빠른 속도로 걷기 시작했다. 팔을 옆으로 쭉 편 채 아무 생각 없이 앞으로 걸어갔다. 내 발에 닿은 줄이 양옆으로 훤히 트인 넓은 도로라고 생각했다. 나도 할 수 있다는 걸 야고에게 보여주고 싶었다. 그리고 결국 줄을 건너고 말았다. 이번에는 하늘이 거꾸로 돌거나 안전띠가 죄어오지 않았다.

　"훨씬 나아졌는데. 좋아. 사실 아주 놀라워. 다시 한 번 해보자. 하지만 잘 걸을 수 있을 때까지 뛰면 안 돼."

　난 그 쌀쌀한 아침 내내 외줄 타기를 연습했다. 차력사 아저씨는 화롯가에 웅크리고 앉아서 야고가 나에게 주의를 주는 모습을 올려다보았다. 아마 나의 근성과 야고의 인내심에 놀랐을 것이다. 날씨도 춥고 너무 높아서 위험할 수도 있는데, 난 줄 위로 한 발 한 발 내딛을 때마다 자신감이 생겼다. 줄을 몇 번이나 건넜는지 세다가 잊어버렸다. 그때 야고가 다른 걸 해보자고 했다. 야고는 한 손에 화려하게 수놓아진 양산을 들고 당김줄을 타고 올라와 외줄 한가운데로 걸어갔다. 그러고는 한 발로 중심을 잡은 채 엉덩이를 돌려 줄과 나란히 서서 양산을 하늘 높이 던졌다. 양산이 공중에서 아래위로 회전했다. 야고는 고개를 들어 머리로 떨어지는 양산을 거꾸로 받으며 다시 한 발로 균형을 잡았다. 발판 위에서 그 모습을 지켜본 나는 간이 조마조마하면서도 야고의 기술에 다시 한 번 깊은 감명을 받았다.

　그런 기술을 조금이라도 배울 수 있으면 얼마나 좋을까. 그럼 난 아마 저 사람들과 영원히 함께 숨어 지낼 수 있을지도 모른다. 그 작은 다락방에서 두려움에 덜덜 떨면서 태연한 척 사는 게 아니라면 어떤 것도 괜찮다는 생각이 들었다. 난 이제 내가 할 수 있는, 꽤 잘할 수 있을 것 같은 일을 찾아냈다. 이것이 새로운 생활로 가는, 자유를 찾을 수 있는 기회가 되지 않을까?

야고는 내 발전 속도에 대해 많이 놀라는 것 같았지만 또 무척 기뻐했다. 우리는 함께 짐을 꾸려서 마차에 실었다. 야고는 비쩍 마른 말에 마구 채우는 일을 내가 거들 수 있게 해주었다.

"그런 건 어디서 배웠니? 분명 예전에 해본 적 있지?"

"한 번도 해본 적 없어요. 그냥 할 수 있겠다는 느낌이 든 것뿐이에요."

"흠, 넌 정말 여러모로 큰 도움이 될 것 같아."

"근데 이 말 이름이 뭐예요?"

"펠로라고 해. 펠로 구두약이랑 색깔이 같아서 내가 그렇게 이름 붙였어."

"펠로."

내가 이름을 부르자 말이 이빨을 드러내고 히힝거리며 갈기를 양옆으로 세게 흔들었다.

"자기 이름을 아는군요."

"아, 그럼. 잘 알지."

고양이를 목에 두른 채 화로 옆에서 몸을 녹이던 고양이 부인이 나에게 다가왔다.

"이제 네가 누군지 알겠다, 예쁜 아가씨. 내가 결국 기억해 냈지. 너, 내가 묵던 여인숙 근처로 불쌍한 잭이랑 이따금씩 함께 산책 나오던 그 애 맞지? 너, 그 사람 딸이니?"

"다른 사람으로 착각하신 것 같아요."

난 대담하게 거짓말을 해버렸다. 차가운 공기 속에서도 볼이 화끈 달아올랐다.

"그래? 미안하다. 하지만 확실한 것 같은데."

고양이 부인이 고양이를 쓰다듬으며 잠시 날 뚫어져라 쳐다보았다. 고양이 부인은 내가 거짓말한다는 것을 알고 있었다.

난 야고와 다른 식구들과 함께 행복하게 살았다. 야고는 내가 어디서 왔는지 궁금해하지 않았다. 그것보다는 내가 줄 위에서 균형을 잡고 곡예를 하는 신비한 능력을 어떻게 갖게 되었는지 더 궁금해했다. 정말, 나의 그런 능력들은 어디에서 온 것일까?

난 시장에서, 또 거리 한구석에서 어릿광대들과 함께 연극 공연을 하기 시작했다. 우린 함께 도시 외곽을 돌았다. 그러는 사이 난 우리가 매일 지나다니고 가끔 그 앞에서 연극 공연을 열기도 하는 빼빼마른 불법 거지들과 정식 허가증을 받고 '합법적으로 일하는' 거지들 사이에 얼마나 큰 차이가 있는지 차츰 알게 되었다. 난 이 새로운 생활을, 진짜 모험을 계속해야 한다는 걸 잘 알고 있었다. 게다가 난 외줄타기에 대해 이상하리만치 본능적인 감각이 있었다.

겨우 며칠 만에 가느다란 줄 위에서 달리고 깡충깡충 뛸 수 있게 되었으니까. 이젠 가느다란 외줄이 매일 지나다니는 거리처럼 넓게 느꺼졌다. 난 자신감으로 충만했고 야고는 그런 날 보며 기뻐했다.

며칠 후 고양이 부인이 고양이를 어깨에 얹고 나를 다시 찾아왔다.

"너야. 그렇지, 얘야? 저번에 내 말이 맞았어. 거리에서 잭을 만났는데 네가 떠났다고, 멀리 도망쳤다고 그러더구나. 그러니 네가 그 애가 확실해. 잭은 요즘 널 걱정하느라 꼴이 말이 아니야."

난 아저씨에게 그렇게까지 잔인해지고 싶지 않았다. 아무리 잭 아저씨가 날 숨기고 진짜 내 상황을 말씀해 주지 않았다고 해도 말이다.

"네, 맞아요. 전 도망쳤어요. 왜 그랬는지 이유는 말씀드릴 수 없지만, 전 지금 행복하고 안전해요. 전 여기서 야고랑 살고 싶어요. 제가 편지를 쓸 테니 잭 아저씨께 전해주시겠어요? 그럼 잭 아저씨도 마음 놓으실 거예요."

"그래, 그 정도는 해야지. 네 소식을 들으면 불쌍한 잭도 참 좋아할 거야."

그래서 난 아저씨가 안심할 수 있게 편지를 썼고, 고양이 부인은 아저씨에게 전하겠다고 약속했다. 난 양심에 거리낌이 없었다. 잭 아저씨는 내가 아무것도 모르게 키우셨으니까. 아저씨는 우리 엄마 아빠에 대해서도 전혀 말해주지 않았다. 왜 그랬는지 모르지만 아저씬 진실은 덮어둔 채 내가 오로지 지금 사는 세계만 진짜라고 믿게 하셨다. 사실 모든 것이 환상, 모조품 같은 세상이었는데 말이다.

난 곧 더 많은 관중 앞에서 공연을 하기 시작했다. 내가 옷자락이 풍성하게 늘어진 하얀 드레스를 입고 있던 어느 날이 기억난다. 이따금씩 난 당김줄 꼭대기에서 진정한 공포의 순간을 맞이했다. 사람들은 모두 내 발밑에 모여 있었다. 야고는 그의 '원맨밴드(one—man—band)' 옷을 입고 사다리 꼭대기에 서서 발로 페달을 밟아 큰북을 치고 입으로는 코넷을 불며 짧은 곡을 연주했다.

그날 오후에는 내가 양산이 필요할 때를 대비해서, 다른 마차의 곡예사가 양산을 들고 사다리 한중간까지 올라와서 나를 지켜봐 주었다. 난 그날도 어김없이 내가 외줄 위에서 눈부시게 빛나는 모습을 야고에게 보여주고 싶었다. 그래서 줄무늬로 된 버팀목 위 좁은 발판에 사뿐히 섰다. 이제 안전띠나 그물 같은 건 없었다. 그러니 두 번째 기회도 없었다. 난 완전히 혼자였다. 차력사 아저씨는 내가 떨어질 때를 대비해 구경꾼들 속 어디엔가 서 있었다.

야고가 코넷 연주를 멈추고 작은북을 드르륵드르륵 두드렸다. 북소리가 차가운 공기를 뚫고 멀리 퍼져 나갔다. 음악 소리가 멈추면 난 뒤돌아보지 않고 줄 위를 건너야 했다. 난 야고를 바라보았고, 야고는 고개를 끄덕였다. 사다리에서 기다리던 곡예사가 양산을 건넸지만 난 고개를 저었다. 드디어 작은북 소리가 멈췄다.

발아래에 모인 온갖 색깔의 옷을 입은 사람들 중에는 화롯불이 꺼지지 않게 지키는 사람들도 섞여 있었다. 그들의 일은 가죽장갑과 앞치마를 입고 긴 쇠꼬챙이로 화로에 석탄을 넣는 것이었다. 화로에서 튄 커다란 불똥이 불꽃놀이처럼 차가운 공기 속으로 피어올랐다. 흥겹게 물건을 파는 머핀 행상도 보이고 포크파이를 파는 주인도 보였다.

그런데 사람들 맨 앞에 내 또래 정도의 남자아이가 서 있는 게 보였다. 저번에 다른 곳에서도 본 적이 있는 아이였다. 그 아이에게선 뭔가 특별한 것이 느껴졌다. 왠지 그 아이에게 끌렸다. 아주 이상한 느낌, 전에는 한 번도 느껴보지 못한 감정이었다.

그 아이가 고개를 들더니 나를 뚫어져라 쳐다보았다. 그 기분을 어떻게 표현해야 할지 잘 모르겠다. 어쨌든 난 그 아이가 날 바라보는 게 좋았다. 심장이 살짝 떨려왔다. 그 아이가 웃을 때면 얼굴 전체에 함박꽃이 피는 것 같았다. 사람들이 쉬쉬하며 공연에 대한 기대감으로 숨을 죽인 그 짧은 순간, 우린 서로 눈이 마주쳤다. 난 갑자기 힘이 풀렸고 줄 위에서 약간 휘청거렸다. 사람들이 아―! 하며 웅성거렸다. 난 얼른 균형을 잡았다. 발아래가 너무 고요해서 오히려 내 귀가 먹먹해질 정도였다.

난 아주 조심스럽게 앞으로 움직였고, 야고도 작은북을 다시 울리기 시작했다. 난 깡충깡충 뛰면서 외줄을 반쯤 건넜다. 줄 한중간이 푹 내려갔다. 난 야고만큼 말랐고 깃털만큼 가벼웠지만 외줄은 차가운 공기 속에서 여전히 흔들리고 있었다. 몸이 부르르 떨리고 팔에 소름이 쫙 돋았다. 한 번에 달려나갔기 때문에 난 줄 위에서 앞뒤로, 옆으로 사정없이 흔들렸다. 바람이 머리카락을 헝클이고 얼굴을 스쳐 지나갔다. 한기가 엄습했다. 작은북은 계속 울리고 있었다. 난 잠깐 동안 줄 위에 얼어붙은 듯 서 있었다. 앞으로도 뒤로도 움직일 수 없었다. 공연을 보던 구경꾼 중 고커 몇 명이 내 쪽을 향해 소리를 질렀다. 무슨 말인지 잘 들리지 않았지만 웅성웅성 말소리가 들릴 때마다 사람이 뒤따라서 크게 웃었다. 문득 양산 생각이 났다. 잠시라도 양산을 들고 있었으면 균형을 잘 잡을 수 있었을 텐데 하는 후회가 밀려왔다.

목을 쭉 빼고 뒤를 돌아보니 곡예사가 어느새 줄무늬 버팀목 꼭대기 근처까지 와 있었다. 그가 만약을 대비해 양산을 활짝 펴서 나에게 내밀었다. 나도 양산을 잡으려고 팔을 뻗었다. 그런데 그 순간 바람이 돌풍처럼 휘몰아쳤고, 양산은 어릿광대의 손에서 떨어지고 말았다. 우리 둘 다 양산이 구경꾼들 머리 위로 높이 날아가는 것을 바라볼 수밖에 없었다.

작은북 소리가 멈추었다. 관중들은 뱅그르르 돌며 머리 위로 유유히 내려오는 작고 예쁜 양산을 쳐다보느라 나라는 존재를 잠깐 잊은 듯했다. 그러니 내가 움직여야 했다. 난 재빨리 줄을 건넜다. 그리고 팔을 양쪽으로 쭉 뻗고 양산을 되찾으러 가듯이 재빨리 되돌아갔다. 너무 빨리 달려서 사람들은 내가 떨어지는 줄 알았을 것이다.

아래에서 우레와 같은 박수가 터져 나왔다. 난 줄 위에서 춤을 추고 하늘을 향해 훌쩍 뛰어 뱅그르르 돌았다. 즉석에서 안무를 만들어서 여러 가지 변형된 동작을 보여주니 사람들이 미칠 듯이 환호했다. 난 외줄 위에서 앞뒤로 열심히 움직였고, 계속해서 훌쩍 뛰고 춤을 추고 뱅그르르 돌았다. 갑자기 완벽한 균형감이, 줄에 대한 자신감이 생겨났다.

난 내가 떨어지지 않을 것을, 떨어질 수 없다는 것을 알고 있었다. 멋진 기술을 보여주는 바로 그 순간 난 나에게 부여된 진정한 사명을 발견했다. 그리고 진짜 구원의 길이 무엇인지도 깨달았다.

사람들 역시 내가 안전장치 하나 없이 줄을 타는 모습을 보았다. 사람들 눈에 보이지 않는 쇠줄을 감고 있다거나 몸을 보호해 줄 안전 기구를 찼다거나 하는 게 아니라는 것을 말이다. 이윽고 작은북이 멈추고 코넷 소리도 작아졌다.

난 떨어지는 눈을 맞으며 줄 위에서 혼자 춤을 췄다. 눈송이가 얼굴에 닿을 때마다 차가운 감촉이 느껴졌다. 시간이 느릿느릿 흘러가는지 내 위로 살포시 떨어지는 눈꽃송이가 아주 자세하게 보였다. 공연이 끝났고, 난 동작을 멈추었다. 그리고 아래로 축 늘어진 외줄 한가운데에 서서 팔을 머리 위로 높이 들어 올린 뒤 고개 숙여 인사했다. 아래로부터 우레와 같은 박수갈채와 환호가 터져 나왔다. 내가 사람들에게 깜짝 놀랄 재밋거리를 선사하는데 성공한 것이다.

야고도 분명 깜짝 놀랐을 것이다. 그가 한 손에 북채를 쥔 채 나를 올려다보며 긴장 풀린 얼굴로 활짝 웃어주었다. 자기 눈앞에 돈이 쌓이기 시작한다는 걸 야고가 깨달은 것이다.

15

늙은 맹인의 몸이 반은 하수구에, 반은 인도에 걸쳐진 채 널브러져 있었다. 그 옆에는 거지 하나가 무기를 들고 지키고 있었다. 맹인이 흘린 피가 비에 섞여 대리석 무늬처럼 둥글게 똬리를 틀며 옆 하수구로 흘러들었다. 한 무리의 사람들이 죽은 망령들처럼 주위를 빙 둘러싼 채 그 광경을 지켜보았다. 다들 우산이나 양산, 석간신문 아래에 삼삼오오 모여 비를 피했다. 그대로 비를 맞는 사람도 있었다. 비옷을 입은 경찰이 사람들 사이를 뚫고 다가왔다. 그는 앞으로 곤봉을 휘둘러 사람들을 찌르고 밀치며 나갈 길을 정리했다. 거지가 경찰을 바라보았다. 경찰은 시체를 향해 램프를 비추었다.

"아니?"

경찰이 놀랐다.

"어떤 놈이 찔렀어요. 검은색 신사복을 입은 젊은 놈이요. 검은 머리에 목까지 해골 가면을 내려쓴, 체격이 호리호리한 놈이었어요. 그러고는 도망쳤어요."

경찰이 사람들 쪽으로 몸을 돌렸다.

"어디 구경거리라도 났습니까? 자, 어서 움직이세요. 안 그럼 법률 위반으로 입건하겠습니다."

경찰이 곤봉을 다시 휘두르며 사람들을 밖으로 밀어냈다. 사람들은 구시렁거리면서 뿔뿔이 흩어져 음침한 안개 속으로 흔적 없이 사라졌다.

"얼마나 '쓸모있는' 시체가 될 거 같나?"

경찰이 나지막이 속삭였다.

"네, 아주 쓸모있습죠."

거지가 붉은 실로 묶인 지폐 한 다발을 꺼내며 말했다.

"겨우 이 정도?"

"네, 그 정도요."

경찰은 무엇인가 적기 시작했다.

"이번엔 도착해 보니 시신이 이미 사라지고 없었다고 보고하겠다. 우리에게 범인 몽타주가 있으니 수배 전단지를 만들어서 한번에 뿌리도록 하지."

"그게 좋겠습니다요. 이런 사건을 저지른 놈이라면 반드시 잡아야 합죠. 그런 놈들은 오직 한 가지 벌만 알아들을 겁니다."

거지는 눈을 크게 치켜뜨고 벙어리장갑을 낀 손으로 목을 긋는 시늉을 했다. 경찰은 고개를 끄덕이며 모자를 고쳐 쓴 뒤 메모 종이를 안주머니에 넣고 일어섰다. 그러고는 시체를 놔두고 길을 내려갔다.

경찰이 떠나자마자 남아 있던 거지들도 감쪽같이 사라졌다. 그들은 시궁창에 빠져 있던 늙은 맹인의 축 처진 시체를 다 같이 들어 올렸다. 다른 거지들이 병원에서 쓰는 낡은 손수레를 어두운 현관 밖으로 끌고 나왔다. 그들은 울퉁불퉁한 나무판자 위에 노인의 시체를 냅다 내동댕이쳤다. 축축한 시체가 육중한 소리와 함께 손수레 바닥으로 떨어졌다. 거지들은 그 위에 마치 병원 환자처럼 하얀 천을 덮어씌우고는 손수레를 끌고 돌이 깔린 좁은 도로를 따라 내려가기 시작했다. 다른 거지들은 뿔뿔이 흩어졌다.

16

칼레브는 도로를 건너 분주하게 지나다니는 사람들 틈으로 파고들었다. 뒤에서 거지 하나가 소리쳤다.

"저놈 잡아라. 사람을 죽였다. 저놈 손이 온통 피범벅이다!"

칼레브는 용기를 내어 뒤를 돌아보았다. 또 다른 거지 하나가 쫓아오고 있었다. 칼레브는 무작정 달리기 시작했다.

칼레브는 살인 누명을 덮어쓰고 말았다. 살인은 분명 사형감이었다. 교수대에 매달리거나 그렇지 않으면 거지들에게 발각되어 총살당하고 말 것이다. 칼레브는 달리는 내내 목에 밧줄이 묶인 것처럼 답답했다. 심장에는 칼이 꽂힌 것 같았다.

칼레브는 거리를 빽빽하게 메운 사람들 행렬을 뚫고 전속력으로 달렸다. 비를 뚫고 다시 경사길을 내려가 아까 지났던 길고 텅 빈 거리로 되돌아왔다. 음침한 동굴 같은 길을 달려 철길이 지나가는 제방 아래의 아치문을 통과했다. 칼레브는 달리는 동안 잠시 뒤를 돌아보았다. 쫓아오던 거지들은 아직 모퉁이를 돌기 전이었다. 비에 젖은 인도 위를 미끄러지듯 멈춰 선 칼레브는 앞으로 휘청거리던 몸을 곧추세우고 얼른 방향을 돌려서 벽돌 아치의 어두컴컴한 구석으로 들어갔다.

칼레브는 숨을 죽였다. 곧 누더기를 입은 거지 세 명이 나타났다. 칼레브는 무릎에 손을 얹고 최대한 숨을 멈춘 채 세 사람이 지나가는 것을 지켜보았다. 그중 두 명은 주위를 자세히 살피지 않고 칼레브가 웅크린 바로 앞을 지나갔다. 그러나 뒤따라오던 마지막 거지는 달리다가 갑자기 멈춰 섰다. 그러고는 어두운 아치 통로 아래쪽을 뚫어져라 쳐다보며 앞으로 걸어가 방금 어둠을 뚫고 지나온 아치 입구에 웅크리고 앉았다.

칼레브는 희미한 불빛 속에서 곧 그의 윤곽을 찾을 수 있었다. 어두운 그림자는 금방 다시 일어나더니 이번에는 칼레브를 향해 걸어오기 시작했다. 칼레브는 숨을 죽인 채 주먹을 꽉 쥐었다. 축축한 땅에서 조심스레 발을 들어 올려 약간 물러선 뒤, 최대한 조용히 일어섰다. 칼레브 뒤쪽은 일종의 진입 터널 입구가 시작되는 곳이었다. 칼레브는 이끼가 끼고 곰팡내 나는 낮은 진입 터널 입구에 섰다. 당황한 칼레브는 어쩔 줄 모르고 축축한 벽을 짚어가며 천천히 터널 속으로 들어갔다. 더 깊고 더 낮은 어둠 속으로 들어가느라 고개를 숙여야 했다. 진입 터널 벽면을 짚어보니 벽 안으로 움푹 들어간 벽감이 만져졌다. 칼레브는 그 안으로 쑥 들어가 웅크리고 앉았다.

그리고 기다렸다. 심장이 쿵쾅거렸다. 칼레브는 눈을 감고 마음을 가다듬었다. 머릿속으로 숫자를 세고 또 셌다. 누군가 툴툴거리며 좁은 아치 통로 벽을 발로 툭툭 차는 소리가 들렸다. 벽을 긁거나 탁탁 때리기도 했다.

"이제 나와, 이 쪼그만 해골바가지야. 그만 포기하는 게 좋을 텐데. 내가 나서서 찾게 하지 말고."

그 목소리는 우산을 들고 있던, 체구가 우람한 젊은 거지였다.

칼레브의 숨소리가 안정을 찾기 시작했다. 진입 터널의 낮은 천장에서 물방울이 똑똑 떨어졌다. 칼레브는 눈을 감았다. 눈을 뜨면 젊은 거지가 마치 쥐를 노리는 고양이처럼 자신을 죽일 태세로 우산을 받쳐 들고 떡하니 서 있을 것만 같았다. 그렇게 눈을 꼭 감고 있으면 아무에게도 들키지 않을 것 같았다. 말도 안 되지만 칼레브는 바보처럼 자꾸 그런 생각이 들었다. 아버지가 천성적으로 방향감각을 타고 나서 절대 길을 잃지 않는다고 스스로 철석같이 믿었던 것처럼 말이다.

칼레브는 그리 멀지 않은 곳에서 거지가 우산으로 벽을 찌르거나 긁으며 지나가고 있다는 것을 알았다. 칼레브의 머리 가까운 곳에서 단단한 쇠가 벽돌 벽을 때리고 불꽃이 튈 정도로 거칠게 드르르르륵 긁는 소리가 들렸다. 벽감 안으로 들어가 숨은 칼레브는 다행히 들키지 않았다. 돌이 깔린 도로를 따라 이윽고 발자국 소리가 멀어지기 시작했다. 주변이 다시 고요해졌다.

칼레브는 축축한 벽에 기댄 채 한참 동안이나 웅크리고 있었다. 칼레브는 이제 딱히 갈 만한 곳이 없었다. 이 거대하고 음침한, 사람들로 북적이는 가짜 도시 어디에는 의지할 친구 하나 없었다. 칼레브는 할로윈 파티 장소가 어디인지 주소조차 모른다는 사실에 덜컥 겁이 났다. 글씨가 도톰하게 인쇄된 초대장에 전혀 신경 쓰지 않았고 아버지가 그 초대장을 블록 부인에게 자랑하는 것에도 콧방귀를 뀌었는데.

숙소가 있는 이슬링턴은 몇 킬로미터나 떨어져 있었다. 거기까지 가는 길도 희미하게 기억날 뿐이고, 그것도 기차를 타고 가는 길밖에 몰랐다. 기차역은 멀지 않았지만 넝마 입은 그 거지들이 역 입구에서 자신을 찾고 있을 거라는 걸 칼레브는 알고 있었다. 자신이 갈 만한 장소는 기차역이 유일했기 때문이다. 이제 기차역은 포기해야 했다.

칼레브는 일어서서 기지개를 켰다. 온갖 생각과 감정들로 머릿속이 복잡했다. 문득 '팬텀' 같은 범죄자들이 생각났다. 과거세계는 날카로운 칼이 난무하는 세계로 유명했다. '이 과거세계의 창시자'로 과거 버클랜드 회사의 중역을 지냈다는 아버지도 칼을 피하진 못했다. 아버지는 이제 과거세계의 사망 통계만 한 건 더 올린 셈이 되어버렸다. 칼레브의 아버지는 소지품을 완전히 털린 채 길바닥에 쓰러져 언제 죽을지 모르는 생사의 갈림길을 헤매고 있을 것이다.

그러나 칼레브의 행방을 아는 사람은 없었다. 칼레브는 무거운 짐을 막 내려놓은 것처럼, 문득 잔인하고도 가혹한 자유를 느꼈다.

칼레브는 지금까지 참고 있던 온갖 감정들을 모두 토해내기라도 하는 듯 크게 숨을 내쉬었다. 그리고 아치 통로 벽에 몸을 기대었다. 이제 원한다면 칼레브는 언제라도 자기 자신에게서 도망칠 수 있다. 완벽하게 짜인 계획에서, 과도한 보호에 둘러싸이고 지나치게 정형화된 틀에 박힌 삶에서 결국 도망칠 수 있게 된 것이다.

이제 칼레브는 어두운 안개 같은 무질서 속에 몸을 숨기고, 이곳에서 살면 된다. 지금까지 이곳으로 도망친 수많은 다른 사람들처럼, 칼레브도 이제 자기 마음대로 삶을 꾸려갈 수 있게 된 것이다. 탐험가가 될 수도 있고 군인, 도둑, 복수에 불타는 비밀의 살인자가 되어도 그 누구도 간섭할 자 없었다. 이런 혼란스럽고도 놀라운 생각들이 칼레브의 어지러운 머릿속 깊은 곳까지 파고들었다. 그리고 의식의 층위가 아닌 더 깊은 곳에서, 지금까지 겪은 온갖 두려움과 충격과 맞서 싸우고 있었다.

진짜 세계를 독특한 방식으로 본 따 만든 모조품인 이 과거세계에서 칼레브가 가지고 떠날 것이라곤 몸에 걸친 옷가지와 주머니에 든 여러 종류의 묵직한 동전들, 맹인 거지가 목에 걸고 있던 녹슨 회중시계뿐이었다. 칼레브는 더러운 줄이 달린 회중시계를 여전히 꼭 쥐고 있었다.

그는 희미한 빛이 비치는 입구를 향해 조금씩 걸어갔다. 그는 시계를 내려다보았다. 유리판이 없었기 때문에 맹인이라도 시침을 만져서 시간을 알 수 있었을 것이다. 칼레브는 희미한 불빛 아래에서 시계를 귀에 대고 소리를 들어보았다. 여전히 째깍거리고 있었다. 시계를 뒤집어보았다. 뒷면에는 무엇인가 새겨져 있었

다. 칼레브는 컴컴한 어둠 속에서 그게 무언지 알아내려 했다. 손
가락에 침을 묻힌 뒤 은빛으로 빛나는 시계 뒷면을 살살 닦기 시
작했다. 세밀하게 조각된 흘려 쓴 글씨체가 보였다.

루시우스 브라운에게,
버클랜드 주식회사의 고마움을 담아.

2032년 2월 19일.

그것은 원래 아버지의 시계였던 것이다.

17

　팬텀은 커다란 에나멜 테이블 위에 널브러진 시체를 내려다보았다. 시체는 옷을 급하게 벗겨 소독약 비슷한 것으로 대충 씻은 흔적이 역력했다. 팔다리가 쭉 펴진 상태로 레오나르도 다빈치의 유명한 비트루비우스 인체도와 비슷한 자세를 취하고 있었다. 팬텀은 다소 초조한 모습으로 테이블로 다가갔다. 반쯤 예상했던 대로 그 시체는 잭이었다. 옆에 앉아서 이야기를 나눌 정도로 다정했던 잭. 팬텀은 그에게서 숫자를 열심히 배우던 기억이 떠올랐다.

　"정말 당신이군요, 잭."

　팬텀이 나지막이 말했다. 팬텀은 전체를 내려다볼 수 있게 시체의 머리 쪽으로 갔다.

　"당신이 뛰어든 난장판을 좀 보시오. 못 본 지 너무 오래되었는데 이제야 소식을 듣게 되었군."

팬텀은 마치 시체가 예의 거친 목소리로 대답이라도 할 것처럼 동작을 멈추고 가만히 서 있었다.

"당신, 무슨 말이라도 좀 해봐."

팬텀은 시체의 뭉툭한 목을 내려다보았다. 그러고는 일자 면도날을 꺼내어 곧장 잭의 목을 푹 찔렀다. 피가 조금 흘러내렸다.

주위에는 적막감만 가득했다.

팬텀은 면도날을 내려놓았다. 사이드 테이블 위에는 온갖 도구가 가득한 그의 작은 여행 가방이 놓여 있었다. 장대 위에 걸린 기름 램프가 죽은 몸뚱이의 파리한 피부를 달빛처럼 비추고 있었다. 시체의 손과 팔꿈치 아래, 불룩한 배에 불에 덴 화상 자국이 보였다. 피부가 검고 딱딱해서 마치 까맣게 구운 양고기 껍질 같았다.

"쯧쯧. 이제 불 가지고 장난하면 안 된다는 걸 깨달았겠군. 이것도 오래 걸리지 않을 거야, 친구. 약속하지. 그 손은… 언뜻 봐도 내가 심하긴 좀 심했어. 난 그저 그 사건의 본질을 알고 싶었던 건데 말이야. 난 당신이 잘 보고 있는지 확인해야 했거든. 물론 진짜 '볼 수 있는지' 궁금했던 건 아니고."

팬텀은 웃음을 억지로 참으려는 듯 헛기침을 했다.

팬텀은 수술용 메스로 시체의 어깨에서 치골까지 'Y' 자로 절개했다. 이내 갈비뼈가 드러났고, 시체는 축산물 시장에 내걸린 고기와 같이 변했다. 팬텀은 서글퍼 보이는 멍한 표정으로 위를 응시하고 있는 시체를 보며 말했다.

"굳이 닫을 필요 있을까, 잭?"

팬텀은 잭의 심장을 꺼내어 푸줏간 저울에 올려놓았다.

"인간의 심장 무게는 386그램이구만. 당신 심장은 무겁군. 나에게 한 짓을, 아, 미안. 나와 '우리 모두'에게 하려 했던 짓을 보면 당연히 그럴 거야."

팬텀은 미끈거리는 심장을 테이블 한쪽에 올려놓았다.

팬텀은 해부한 시체를 최대한 정성스럽게 다시 꿰맸다. 꿰맨 자국이 말끔하진 않았지만 어쨌든 피부가 다시 봉합되었다. 팬텀은 시체의 자세를 반듯하게 한 뒤 전혀 어울리지 않는 행동을 하기 시작했다. 동정심인지 혹은 완전히 뒤틀린 자비심인지 몰라도 어쨌든 팬텀은 멍하게 쳐다보는 잭의 눈꺼풀을 닫은 뒤 손가락으로 꾹 눌러주었다.

팬텀은 타일 벽으로 된 더럽고 긴 복도를 걸어갔다. 거지 하나가 흔들리는 기름 램프 아래에서 무기를 들고 보초를 서고 있었다. 피로 물든 복도 벽에는 텅 빈 병원 손수레가 기대어 세워져 있었다. 팬텀은 주머니에서 꼬깃꼬깃 접은 종이쪽지를 꺼내어 그 거지에게 건넸다.

"이 광고가 오늘 아침 일찍 〈런던 머큐리〉에 실릴 거야. 일은 다 끝났고 돈도 받았다. 장소는 이곳이야. 우리가 얘기했던 대로 시체에 옷을 입혀서 여기로 보내."

두 사람은 함께 방으로 돌아갔고, 보초를 섰던 거지가 시체를 손수레에 싣고 긴 복도를 따라 다시 나왔다.

팬텀은 다시 기름 램프 근처로 가서 불빛을 받아 번질거리고 있는 심장을 오래도록, 뚫어져라 바라보았다.

18

칼레브는 벽돌 사이에서 흘러나온 가는 물줄기가 물웅덩이까지 내려가는 것을 바라보았다. 그는 아주 오랫동안 침묵을 지키고 있었다. 나중에는 입을 잘 뗄 수가 없었다.

"날 발견하면 반드시 죽일 거야."

칼레브는 혼잣말로 중얼거렸다.

물론 어떤 대답이 들리길 기대한 건 아니었다.

칼레브는 계속 가야 했다. 그는 깜깜한 아치 통로 밖을 빠끔히 살펴본 뒤 어두침침한 거리로 나왔다. 누더기를 입은 거지들은 눈에 띄지 않았다. 거리 반대편에서는 행상들이 어슬렁거리고 있었다. 칼레브는 통로의 어두컴컴한 그림자 안으로 다시 들어가 눈을 감고 기다렸다. 옆으로 지나가는 발자국 소리가 들렸다. 칼레브는 눈을 감은 채 꼼짝도 하지 않고 서서 머릿속으로 숫자를 셌다. 정확히 1초씩 지키려고 노력했다. 하나요, 둘이요……. 이렇게 하면 정확하게 1초씩 셀 수 있다고 누군가에게 들은 적이 있었다. 그것은 매사에 철두철미했던 아버지의 가르침이었다. 거지의 주먹을 맞고 일그러진 아버지의 얼굴이 떠올랐다. 3초요, 4초요……. 칼레브는 마음을 가라앉힌 뒤 눈을 떴다. 그리고 눅눅한 아치 통로에서 나와 거리로 되돌아갔다.

18

어떤 사람들의 눈에는 멍청이 바이블 J 역시 완벽한 존경의 대상처럼 보였다. 겉으로 보이는 그의 외모 때문이었다. 바이블 J는 미술품 수집가이자 중매인인 예술 애호가 윌리엄 레이튼의 조수였다.

윌리엄 레이튼은 푸르니에 거리의 역사가 오래된 주택에 살았다. 사실 바이블 J는 좀도둑질을 밥 먹듯이 하는, 그러니까 평범한 소매치기였다. 손기술이 좋은 마술사, 손가락으로 신비한 마법을 부리는 데는 따라올 자가 없는 대가였다. 그는 지갑이나 동전지갑들을 감쪽같이 훔쳐냈고 사람들은 시간이 꽤 지나고 나서야 자기가 당한 줄 알았다. 태어나서 지금까지 18년 중 족히 반 이상은 과거세계의 거리에서 거칠게 산 젊은이였다. 그러나 마음 깊은 곳에는 동정심의 뿌리가 남아 있었다. 따뜻하고 감성 짙은 심성도 아주 사라진 것은 아니었고, 무엇보다 유머 감각과 다른 사람을 사로잡는 매력이 있었다.

바이블 J는 거리에서 흔히 마주치는 여느 부랑자들과 달랐다. 다른 부랑자들은 철면피에다 무모했고 주먹이나 발로 사람을 잘 때렸으며 칼을 쓰는 데 재빨랐다. 나이를 좀 더 먹고 팬텀의 거지 하수인이나 하면 딱 어울릴 자들이었다. 그러나 바이블 J에게는 부드러움이 있었다. 진짜 어려움에 처한 이를 구별할 줄 알고, 다른 사람의 노여움에 공감하며 그에 상응하는 행동을 할 줄 아는 청년이었다. 그는 별난 부랑아들을 푸르니에 거리의 집으로 데려왔고, 거리 아이들은 그 집에서 기거하며 용돈도 조금씩 받아가며 스스로 살 길을 찾았다.

바이블 J는 은행에 들어가 도둑질을 할 때면 항상 장전된 연발 권총을 흔들어 댔다. 굴뚝과 지붕이 들쑥날쑥 이어진 높다란 곳에 서 있는 팬텀의 거지 하수인들에게 총을 쏜 적도 있었다. 버클랜드 회사 소속 경호대와 경찰들에게 쫓긴 적도 여러 번이었다. 이미 경찰에 지명 수배된 상태였고 포스터와 각종 공고문에도 단골로 등장하는 인물이었다. 그러나 사실 사람을 죽인 적도, 실제로 경찰에 잡힌 적도 없었다. 경찰에 잡힌다면 이 과거세계에서 아주 심각한 문제가 될 것이다.

할로윈 밤, 바이블 J는 파티에 늦은 사람들과 다른 부랑자들 사이에 섞여 어디론가 바쁘게 걸어가고 있었다. 종종 그는 시내에 사는 똑똑하고 매력적인 신사들처럼 차려입곤 했다. 그러나 오늘 밤에는, 스스로 '멍청이의 옷'이라 부르는 집에서 입는 제복 차림에 캡 모자를 쓰고 있었다. 하루 이틀도 아니고 며칠째 계속 '다 떨어진' 그 제복만 입고 있었다.

팬텀과 마주쳤지만 그가 알아보지 못한 덕분에 토막 나서 죽을 위기를 넘긴 뒤로는 계속 그 옷만 입고 있었다. 그때 팬텀은 무슨 이유인지 바이블 J의 얼굴을 전혀 알아보지 못했다. 바이블 J는 사람들의 주목을 끌기 위해 그 일을 떠벌리고 다녔다. 그러나 레이튼 씨에게만은 직접 보고하지 않고 레이튼 씨가 스스로 알아낼 때까지 기다렸다. 레이튼 씨는 팬텀이 돌아왔다는 사실을 전혀 반기지 않을 것이기 때문이었다.

몇몇 술주정뱅이들이 경사길 아래 클래펌의 큰 기차역 사거리를 향해 비틀거리다시피 걸어가는 게 보였다. 바이블 J는 양 떼 속에 숨은 여우처럼 그들 무리에 슬쩍 끼어들었다. 그러고는 술에 거나하게 취한 사람들을 요리조리 훑어본 뒤 그들의 주머니를 흔들어보았다. 그는 사람들의 시계와 반지를 슬쩍한 다음 밀렵꾼처럼 날렵한 동작으로 자기 주머니에 옮겨 담았다.

바이블 J는 자기 주머니를 툭툭 만지며 재빠르게 모퉁이를 돌아서 한적한 샛길로 접어들었다. 어둡고 텅 빈 거리에는 띄엄띄엄 서 있는 가스등 불빛만 희미하게 깜빡거릴 뿐이었다. 도망치기엔 더없이 좋은 장소였다.

바이블 J가 고개를 숙이고 빠르게 걷고 있는데 뒤에서 다른 그림자가 그를 앞질러 갔다. 말쑥한 옷차림에 바이블 J와 비슷한 또래의 젊은이였다. 바이블 J도 몇 걸음 뒤에서 그를 따라 최대한 빨리 걸어갔다. 자기와 나이가 비슷한 누군가에게 뒤처지는 건 기분 좋은 일이 아니었다. 자기보다 몸이 좋고 잘 뛰는 남자라는 걸 인정하는 게 되기 때문이었다. 바이블 J는 나란히 걸으면서 그 남자아이를 옆에서 유심히 살펴보았다.

'검은 머리에 하얀 얼굴이라.'

거리에 넘쳐 나는 할로윈 해골 가면처럼 핏기 하나 없이 하얀 얼굴의 그 남자는 바이블 J가 안중에도 없다는 듯 계속 걷기만 했다. 바이블 J는 몸을 옆으로 기울여 남자아이의 팔을 툭툭 쳤다. 옷깃 사이에 턱을 파묻고 눈을 아래로 내리깐 채 걸어가던 남자아이가 갑자기 우뚝 걸음을 멈추었다.

"어이, 친구. 동전 좀 있나?"

바이블 J는 최대한 명랑한 목소리로 소리쳤다.

남자아이는 아무 말 없이 바이블 J를 쳐다보았다.

"이봐, 괜찮아? 꼭 피 흘리는 유령 같은 몰골이군. 물론 오늘 같은 날은 별스런 일도 아니지만 말이야. 온 도시가 유령들 소리로 웅웅거리고 있으니까."

바이블 J는 마치 자기 말을 입증이라도 하듯 유령처럼 주위를 두리번거리면서 손을 아래위로 휘휘 내저었다.

남자가 고개를 살짝 끄덕였다. 바이블 J의 눈에는 그렇게 보였다. 마치 그게 유일하게 할 수 있는 행동인 것처럼.

"이봐, 동전 몇 개만 줘봐."

바이블 J가 명랑하게 말했다.

"동전요?"

젊은 남자가 물었다.

"돈 좀 있어 보이는데 왜 그래, 친구."

바이블 J가 앞으로 다가가 남자의 말쑥한 코트를 살짝 흔들었
다.

"아, 떨지 말고. 내가 뭐 해코지하려는 것도 아니잖아."

바이블 J는 웃으며 한 발짝 더 앞으로 다가가 손바닥을 쫙 펴
서 손에 아무것도 없다는 것을 보여주었다.

"너, 고커야? 옷차림이 꼭 그래 보여."

바이블 J가 아리송한 얼굴로 물었다. 남자는 시선을 다시 아래
로 내리깔고 고개를 끄덕였다.

"살인사건 관광을 하다 길을 잃은 거야, 뭐야?"

바이블 J는 다시 걷기 시작한 그 남자 앞에서 뒤로 걸어 내리
막길을 내려가며 물었다. 남자는 고개를 저었다. 그러더니 갑자
기 우뚝 섰다. 바이블 J 역시 걸음을 멈추었다.

"1페니짜리, 6페니짜리 아무거나 동전은 다 좋아. 금화나 은화
나 다 괜찮다는 말이지. 1실링짜리는 없나?"

바이블 J는 예의 매력적인 함박웃음을 띤 채 다시 물었다. 남
자아이는 넋을 잃은 듯 멍한 얼굴로 바지 호주머니에 손을 넣어
동전을 한 움큼 꺼냈다. 손바닥을 펴자 구리동전과 은화가 한 무
더기로 나왔다.

바이블 J는 나지막하게 휘파람을 불었다.

"바로 그거야. 이게 다 얼마야? 이거면 너와 나, 둘이 한동안 황제처럼 살 수 있겠는걸."

바이블 J는 남자의 떨리는 손바닥 위에 놓인 동전들을 이리저리 헤집어보았다.

"무서워서 그래? 괜찮아. 이게 얼마인지 함께 세어보기나 하자."

바이블 J는 숨을 멈춘 채 한 손 가득 동전을 집어 들고 은화니, 금화니 일일이 이름을 부르며 빠르게 세기 시작했다. 한참 후 그는 여전히 웃음 띤 얼굴로 고개를 들었다.

"우리 두 사람이 저녁식사로 기름기가 번지르르한 두꺼운 양고기를 먹고도 남을 돈이네. 동전도 많고. 그럼 좋은 식당에 가야겠군."

남자가 고개를 끄덕이며 조용히 물었다.

"날 도와줄 수 있어요?"

"좋아, 친구. 도와줄게. 그게 뭐 어렵나? 오늘 밤 처음으로 제대로 된 말을 했군. 이봐, 나 굶어 죽겠어. 따라와, 어서. 물어뜯지 않을 테니 걱정 말고."

"난 도움이 필요해요."

남자가 다시 말했다. 바이블 J는 그제야 정색을 하며 어깨를 축 늘어뜨렸다.

"왜, 무슨 일 있어?"

바이블 J가 한숨을 후 내쉬며 말했다.

"그래요."

남자아이가 처음으로 고개를 들었다. 눈동자는 반짝거렸지만 얼굴은 창백하고 슬퍼 보였다.

"큰 문제야, 작은 문제야?"

바이블 J는 어떻게 질문해야 할지 몰랐다.

"큰 문제예요."

"아주 심각한?"

"네, 아주 심각해요."

바이블 J는 그 아이의 말을 들어보기로 했다. 얼마간 돌보아야 할 또 다른 부랑자가 나타났다고 생각했다. 바이블 J는 기꺼이 그 아이를 도와주기로 했다.

바이블 J는 의아한 생각이 들었다. 자신은 동전 몇 개 얻기가 왜 항상 이렇게 힘든 것인가? 왜 항상 이렇게 유난스런 일에 말려들고 마는 걸까.

그 젊은 청년은 할로윈 복장을 하고 왁자지껄 웃으며 이제 막 지나간 사람들 무리에 섞여 아무 생각 없이 기차역 앞까지 떠밀려 온 것 같았다. 바이블 J가 말했다.

"자세한 건 나중에 말해줘. 나에게 바싹 붙어 있으면 안전할 거야."

바이블 J는 이제 곧 먹게 될 풍성한 저녁식사 생각에 한껏 부풀어 동전을 찰랑거리면서 함께 걸어갔다.

수많은 그림자들이 두 사람을 지나쳐 갔다. 젊은 남자는 이상한 옷을 차려입은 사람들이 마치 날씨의 일부라도 되는 듯 자기를 툭툭 밀치고 지나가도 아무 상관 하지 않았다.

역에서 한참 떨어진 어두침침한 거리에 다다랐다. 바이블 J가
담배 가게의 유리 진열대에서 시가 한 개를 고르는 동안 남자는
우뚝 서서 가만히 기다렸다.

"너도 필래?"

바이블 J가 웃음 띤 얼굴로 돌아보며 물었다.

"아뇨."

한참 후 두 사람은 더 어두침침한 거리로 접어들었다. 이윽고
하얀색과 금색으로 화려하게 장식된 리용 코너 하우스 레스토랑
의 문 앞에 다다랐다. 김이 서린 창밖으로 노란 불빛이 포근하게
빛났다. 레스토랑이 차가운 안개에 싸여 흐릿하게 보였다.

"다 왔어."

바이블 J는 젊은 남자에게 고개를 끄덕이며 레스토랑 현관문
을 힘차게 밀고 들어갔다.

20

런던 경시청의 레스트레이드 경감은 우스꽝스런 복장을 벗었
다. 그러자 기분이 새로워졌다. 버클랜드사에서 주최하는 할로윈
파티는 영 마음에 들지 않았다. 레스트레이드 경감은 사무실에
딸린 개인 욕실에서 샤워를 끝내고 금방 날을 간 것처럼 예리한
면도기로 면도를 했다. 몸이 깨끗해지니 기분도 훨씬 상쾌해졌
다. 그는 세면대 위에 달린 거울을 통해 자신의 얼굴을 찬찬히 살
폈다. 비눗물이 세면대 구멍을 통해 빠져나갔다.

레스트레이드 경감은 완전히 지친 상태였다. 거울 속의 자신
도 그렇게 보였다. 무척 긴 하루였다. 사무실은 조용했고 차분한
분위기가 감돌았다. 그가 좋아하는 분위기 그대로였다. 누군가
의 방해를 걱정하지 않아도 될 만큼 늦은 시각. 책상 위에는
17x13인치 풀스캡 판(版) 크기의 갈색 봉투 하나가 놓여 있었다.

1급 기밀이라는 꼬리표가 붙은 봉투는 밀랍 봉인되고 끈으로 묶여 있었다. 레스트레이드 경감은 책상에 앉아서 봉인을 뜯고 황동 페이퍼 나이프로 봉투 날개를 뜯었다. 파일 몇 개와 6x8 크기 사진 두서너 장이 나왔다. 놀란 듯 두 눈을 동그랗게 뜬 꾀죄죄한 어른과 아이들이 항상 그렇듯이 분필로 숫자를 적어 넣은 석판을 목에 걸고 있는 사진이었다.

"가난한 자들은 축복을 받을 것이니."

레스트레이드 경감이 중얼거렸다. 그는 예의 조심스런 손놀림으로 파일을 펼쳐 보았다. 거의 매일 비슷한 파일들을 수십 개씩 읽는 그였지만 파일을 열 때는 언제나 조심스러웠다. 언제 어디서 아름답고 독특한 그 얼굴을 만나게 될지 몰랐으므로. 실종된 그 소녀, 한두 번밖에 못 봤지만 절대 잊히지 않는 얼굴. 그러나 그의 눈을 사로잡을 만한 사진은 없었다. 그는 파일을 넣고 다시 끈을 묶었다. 그때 노크 소리가 들렸다.

"들어오세요."

허드슨 경사였다. 성격이 거칠고 직업 정신이 투철한 이 프로 형사는 과거에 대한 일말의 상상이나 환상도 다 부질없는 것이라고 생각하고 있었다. 그는 캐치폴 경사처럼 뼛속까지 회사 조직에 적합한 인물이었다. 그러나 과거세계에 대해서는 의견이 달랐다. 과거세계를 감시하는 것만큼 비효율적이고 사람을 미치게 만드는 일은 없다고 생각했다. 눈 가리고 아웅 식의 일은 정식 경찰 업무에 막대한 지장만 초래한다고 여겼다. 누런 가스등과 안개. 그는 둥근 현창(舷窓) 밖으로 보이는 깊은 밤의 도시 풍경에 우울해졌다. 허드슨은 저런 곳에서는 절대 살지 않으리라 다짐했다. 과거세계에 익숙해지거나 이곳의 진정한 매력을 알고 싶다는 생각은 눈곱만큼도 없었다.

그의 동료인 캐치폴 경사는 반대로, 과거세계라면 항상 끓어오르는 흥분을 느꼈다. 과거세계 위를 비행할 때면 언제나 고향에 돌아가는 것 같은 내밀한 안도감이 밀려왔다. 캐치폴은 낭만적이었다. 기계가 만든 것이긴 했지만 짙은 안개가 깔려 있으니 옅은 노란색의 가스등 불빛이 더욱 포근하게 보였다. 그는 허드슨은 절대 이해 못하는 과거세계만의 아름다움을 볼 수 있었다.

캐치폴 경사는 역사 속으로 깊이 침잠하는 흥분된 순간을 사랑했다. 역사의 계단을 내려가는 생생한 기분이란. 그 순간 캐치폴은 스스로 변하는 기분이 들었다. 과거세계로 가까이 다가갈수록 캐치폴은 변하고 있었다.

비행선을 타고 과거세계로 건너갈 때는 모든 정보나 파일은 종이로 복사한 것만 휴대할 수 있었다. 사진은 허용되었지만 정확히 과거 시대 방식으로 인화된 것만 가능했고, 이메일로 전송된 사진이나 동영상은 허용되지 않았다. 컴퓨터는 물론 어떤 형태의 전화도 금지였다. 전보라는 방법이 있고 과거세계의 일부 지역에서는 기끔 전기를 쓸 수 있었지만, 그 이외의 모든 가능한 테크놀로지는 '지하'에 숨겨져 있었다. 치안 방법 역시 과거세계의 시대에 맞는 것으로 바뀌었다. 따라서 보안 카메라 네트워크 역시 숨겨져 있었다.

버클랜드 주식회사는 보안에 관계된 시설이나 기구들을 최소한으로 제한했다. 과거세계에서는 과거에 대한 순도 높은 경험이 무엇보다 중요했다.

일여 년 전, 허드슨은 치열한 로비를 통해 하늘을 날 수 있는 작은 정찰 카메라를 과거세계에 설치하는 데 성공했다. 가느다란 바늘 크기에 겉모양이 잠자리와 비슷해서 런던의 안개 속에서는 거의 눈에 띄지 않는 카메라였다. 버클랜드 경호대에서 원격조종이 가능했고 '비정상적 움직임'이 포착되었을 때만 자동으로 작동하는 카메라였다. 미심쩍은 장면들은 런던 경시청이 아닌, 버클랜드 회사의 정보 센터로 곧장 전송되었다. 정보 센터에서는 즉시 이미지를 분석하여 심각한 상황이라 판단되었을 때 그에 상응하는 조치를 내렸다.

허드슨과 캐치폴은 도착 수속을 재빨리 끝낸 뒤 곧장 사무실로 올라갔다. 허드슨은 제복을 입으면 언제나 그렇듯 충만한 자신감으로 사무실 문을 두드렸다.

'바깥세계'에서 비행선을 타고 과거세계로 건너온 부하대원들은 어색하고 당황해하는 기색이 역력했다. 레스트레이드 경감은 그 모습을 보면서, 과거세계에서 일하면서 느끼는 긴장과 좌절감을 인내한 보람이 있다는 생각이 들었다. 경감은 놀랍고 반가운 미소로 허드슨과 캐치폴을 맞이했다. 이렇게 늦은 시각에 부하직원들이 사전 약속이나 아무 기별 없이 불쑥 나타났다는 사실에 레스트레이드는 가슴이 두근거렸다. 가슴 한구석에서 작은 흥분이 꿈틀거렸다. 이들이 여기 왜 왔을까. 설마, 설마……?

"오, 깜짝 방문이군. 어서 앉게. 편하게 앉아, 제군들."

경감은 자신이 살고 있는 환상의 세계에 어울리는 정중한 예의로 그들을 맞았다.

허드슨과 캐치폴이 의자에 앉았다. 허드슨이 커다란 갈색 봉투를 테이블 위에 놓았다.

"그가 돌아왔습니다."

허드슨이 목 끝까지 올라온 깃을 당겨 매끈하게 정리하면서 말했다. 경감은 봉투를 뜯기 전에 물었다.

"확실한가?"

"네, 확실합니다. 쇼디치에서 시신 한 구가 발견되었습니다. 사지가 절단되고 심장은 없어진 상태였습니다. 머리는 타워 42빌딩의 꼭대기에서 발견되었습니다. 이게 정찰 카메라가 찍은 사진입니다. 그놈 같습니다. 모방범은 아니고요."

캐치폴이 대답했다.

경감은 봉투를 열어 첫 번째 사진 묶음을 꺼낸 뒤 타워 42가 찍힌 사진들을 넘기기 시작했다. 마스크를 쓴 남자. 죽음이 가소롭다는 듯한 공중 점프.

"그런 것 같군."

경감은 시선을 아래로 고정한 채 책상 위에 사진을 쭉 펼치면서 대답했다. 그리고 책상 서랍에서 돋보기안경을 꺼낸 뒤 사진들을 비교해 가며 자세하게 살펴보았다.

"이건 우리 '젠틀맨' 같은데."

"그것뿐만이 아닙니다."

캐치폴은 얼른 대답하고 다른 사진이 들어 있는 봉투를 내놓았다. 맹인의 죽은 시신과 루시우스 브라운의 납치 장면을 캡처한 사진들이었다.

"여기 검은 코트를 입고 있는 형체, 해골 패턴이 그려진 옷을 입고 있는 자의 신원은 확인했습니다."

"이자가 누구인지는 나도 알겠군. 어쨌든 고맙네."

레스트레이드 경감은 한 손을 들어 인사를 표하고 다시 사진을 뚫어져라 쳐다보았다.

"이자는 루시우스 브라운, 과거세계를 최초로 고안한 박사야. 버클랜드 주식회사의 최고 이사이자 설립 멤버야."

"맞습니다. 칼에 찔린 희생자는 아직 신원이 확인되지 않았습니다만, 아마 거리의 부랑자가 아닐까 생각합니다. 루시우스 브라운 씨 일행의 물건을 훔치려다가 그들이 저항하는 바람에 죽은 것으로 추정됩니다. 여기 이 사진과 이 사진의 젊은이가 공격한 것 같습니다."

허드슨이 뭉툭한 손가락으로 사진 뭉치를 가리켰다.

"칼레브 브라운, 루시우스 브라운 씨의 외동아들이었습니다. 현재까지 가장 유력한 범죄 용의자입니다. 과거세계의 어떤 기차역에는 벌써 현상 수배 포스터까지 붙었습니다."

허드슨은 소년이 손에 쥔 칼을 가리켰다. 손가락에는 검은 얼룩이 묻어 있었다.

"손이 이런 이유를 아시겠지요?"

경감은 묵묵부답이었다.

"경감님?"

　허드슨은 경감이 사건의 위급함을 못 느끼는 것에 어안이 벙벙했다. 경감은 마치 전혀 다른, 현실보다 더 느리게 흘러가는 시간대에 있는 것 같았다. 그러나 사실 과거세계 사람들은 정말 그렇게 더 느린 시간대를 살고 있었다.

　"흠."

　레스트레이드 경감은 솟아오르는 흥분도, 급작스런 불안감이나 두려움도 드러내고 싶지 않았다.

　"자네 생각이 맞는 것 같군. 이 모든 걸 다 가지고 오다니, 그것도 이렇게 신속하게. 아주 잘했네. 내 생각엔 목격자 하나가 모든 것을 다 바꾸어놓았군. 누군가 이 소년을 지명 수배범으로 조작하고 벌써 포스터까지 만들어서 붙인 게 틀림없어. 그렇다면 우리가 이 아이를 먼저 찾아서 데려와야 해. 그래야 아이를 보호할 수 있어. 과거세계 사람들이 아이를 먼저 찾는다면 우리가 안전하게 구출해야 해. 분명 이 아이는 살인자가 아니니까. 사진 속 놈들 중에 한 명이 범인인 건 알겠지? 이놈들을 최대한 빨리 막아야 할 것 같은데. 나를 도와줄 대원이 필요하겠어. 이 사건에 관해 내가 완벽하게 신뢰할 수 있는 인물로 말이야. 오늘 밤부터 바로 이 과거세계에서 비밀 수사에 착수하면 좋을 텐데, 상황이 점점 신가해지고 있으니까. 진짜 여기 출신처럼 보이는 사람, 이 과거세계에 잘 어울리는 사람 없을까?"

　레스트레이드 경감은 허드슨을 보며 빙긋이 미소 지었다.

　"자넨 이 일에서 빠지라는 말을 듣고 싶겠지, 허드슨 경사?"

　허드슨은 조용히 안도의 한숨을 내쉬었다.

"원한다면 다음 비행선을 타도 좋아. 20분쯤 뒤에 떠나는 비행선이 있을 거야. 여기 캐치폴을 우편을 통해 도와주길 바라네. 수사가 필요하면 대신 해주고 말이야."

"네. 알겠습니다."

잠시 후 허드슨이 떠나자 경감이 말했다.

"좋아, 캐치폴 경사. 이 사건이 얼마나 극비인지 내 솔직히 말하지. 나는 처음부터 여기에 있었네. 이 도시가 처음 계획될 단계부터라고 해도 과언이 아니야. 아벨 버클랜드와 나는 아주 친한 친구 사이야. 지금은 실종되어 버린 불쌍한 희생자 루시우스 브라운과도 친했지. 아벨은 과거 역사 속 런던의 강렬함과 해학을, 그 시대의 향기로운 삶을 보존하는 방법을 찾고 싶어 했어. 그리고 마침내 성공했지. 오히려 이 과거세계를 너무 성공적으로 건설한 게 아닌가 싶어. 여길 둘러보게. 이제 이곳엔 수백만 명이 살지. 부자도 있고, 가난한 사람도 있고. 이제 과거가 우리들의 새로운 미개척 분야로 떠올랐어. 신흥 기업가들뿐 아니라 우리의 친구 팬텀 같은 사악한 범죄자들까지 기회의 장으로 생각하고 덤비고 있으니 말일세."

"그는 초능력자 같더군요."

캐치폴이 대답했다.

"뭐, 그럴지도 모르지. 아주 기괴한 면으로 보면 그럴 거야. 그에겐 범죄자 이상의 무언가가 있어. 제일 처음 이 과거세계에 신비롭게 나타나 범죄를 저지른 뒤부터 사람들은 팬텀이 이곳의 특별한 신화라도 되는 듯 떠들고 있어. 하지만 그놈에게도 아킬레스건이 있지. 난 지금 자네에게 털어놓을 수 있는 것보다 훨씬 많은 것을 알고 있다네. 그놈은 어떤 어린 소녀를 좋아해. 무한한 애착심 같은 걸 가지고 있어. 그런데 옛날에 그 애와 연락이 완전히 끊어진 것 같아. 그래서 다른 어떤 일보다 그 여자를 찾는데 총력을 기울이고 있어. 여자를 찾기 위해서라면 무슨 일도 서슴지 않을 놈이야. 그 여자애에 관해서는 다른 신상 기록을 참조하게. 이 사건의 죽은 희생자가 바로 그 애의 보호자야. 그 사람 역시 버클랜드 주식회사 초기에 활약했던 중요인물이지. 시체가 클래펌의 사건 현장에 없었으니 십중팔구 살인사건 관광 장소 어디엔가 숨겨져 있을 걸세. 시신을 찾아서 신원을 확인하도록. 그 여자애가 실종되자 버클랜드 회사의 최고 경영진에서도 그 애를 어서 빨리 찾아서 안전하게 데려오려고 안달이야. 우리가 팬텀보다 먼저 그 여자애를 찾아야 해. 그리고 이제 루시우스 브라운과 그 아들 칼레브 브라운까지 찾아야겠지. 그 두 사람이 이 사건의 핵심인물이니까. 우리 수사 작전에 그 어떤 것도 방해가 되어서는 안 되네. 그러니 법적인 문제는 제쳐 두고 필요하다면 팬텀을 원하는 대로 처리해도 돼."

레스트레이드 경감은 양복장 바닥에 볼트로 고정되어 있는 금고로 갔다. 금고는 작지만 묵직해 보였다. 경감은 비밀번호 순서대로 회전식 다이얼을 돌린 후 두꺼운 금고문을 열고 봉투 몇 개와 파일 하나를 꺼냈다. 경감은 그중 봉투 하나를 파일 뒤에 끼워서 책상으로 가져왔다.

"이 기록을 읽어보게. 완전한 신상 기록이야. 물론 자네 혼자만 봐야 하네. 이 기록을 완전히 숙지하고 배후 정황 관계까지 완전하게 파악한 후에 루시우스와 그 아들을 찾으러 나가게."

경감은 손을 뻗어 캐치폴과 악수했다.

"이건 중요한 사건이야. 그러니 날 실망시켜선 안 돼, 캐치폴 경사."

캐치폴이 파일을 들고 숙소로 돌아간 후, 경감은 전혀 다른 장소에서 이루어질, 또 다른 미팅을 준비했다. 그것은 훨씬 어렵고, 까다로운 심야 회동이 될 것이었다.

21

바이블 J가 리용 코너 하우스의 문을 세게 밀고 들어가자, 육중한 스테인드글라스 문이 부르르 떨렸다. 레스토랑 안의 세계에는 온기가 흐르고 음식 냄새가 진동했다. 구운 베이컨과 소시지, 감자, 양고기, 맥주, 진한 커피 냄새, 그리고 눅눅한 모직 외투들. 실내는 상당히 시끄러웠다. 기름이 지글거리는 소리, 접시와 포크들이 달그락거리는 소리, 주문받은 메뉴를 외치는 소리. 할로윈 파티를 위해 분장을 한 사람들과 관광객인 고커들, 과거세계 주민들이 삼삼오오 모여 앉아 웅성웅성 이야기를 주고받거나 시끌벅적 웃는 소리도 들렸다. 검은 옷에 하얀 앞치마, 하얀 레이스 모자를 두른 활기찬 웨이트리스들이 부산하게 움직이고 있었다. 바이블 J와 칼레브가 나무 옷걸이가 가지런히 세워진 곳까지 걸어갔을 때 웨이트리스 하나가 앞을 막았다.

"여긴 안 됩니다, 두 분 모두요."

웨이트리스가 두 사람을 아래위로 훑어보며 말했다. 그러자 바이블 J가 재빨리 말했다.

"난 여기 멋진 젊은 신사분과 함께 왔어요. 이분이 날 초대한 겁니다. 이분은 훌륭한 고커예요. 옷도 완전히 정장 차림이잖아요? 이분을 보세요, 안 그렇습니까?"

웨이트리스는 촌스러운 옷을 입은 바이블 J를 쳐다본 다음 파리한 얼굴에 놀란 듯 겁을 집어 먹은 젊은 남자에게 시선을 돌렸다. 풍성한 검은 머리, 투명하게 빛나는 파란 눈동자, 말쑥한 코트와 고급 구두. 웨이트리스는 고개를 끄덕였다. 바이블 J가 은화 몇 개를 꺼내자 웨이트리스는 주춤거리다가 옆으로 비켜섰다. 그러나 두 사람이 발걸음을 떼기도 전에 웨이트리스가 다시 가로막았다.

"매너를 지켜주세요. 실내에서는 모자를 벗으셔야 합니다."

웨이트리스는 바이블 J의 머리에서 캡 모자를 빼앗듯 낚아채서 마치 병균이 득실거리기라도 하는 듯 바이블 J 앞으로 얼른 내밀었다. 바이블 J는 그녀에게 마음씨 좋은 미소를 싱긋 웃어 보였다. 그는 모자를 양손에 공손하게 모아 쥐고 창가의 테이블로 갔다. 그리고 안색이 창백한 남자를 위해 예의 바르게 의자를 빼준 뒤 고개를 끄덕였다.

"재수없는 년 같으니."

바이블 J가 히죽 웃으며 중얼거렸다. 바이블 J는 의자에 앉아 다리를 쭉 뻗고 코트 안으로 손을 집어넣었다. 안주머니에서 아까 산 시가가 나왔다. 그는 시가에 불을 붙인 뒤 짙은 담배 연기를 한 모금 내뿜다가 급하게 콜록거렸다. 엉겁결에 침이 튀어나왔다. 바이블 J는 맞은편에 앉아 있는 젊은 남자를 향해 싱긋 웃으며 윙크를 했다.

"고급품에 적응이 안 돼서."

젊은 남자도 바이블 J를 바라보았다. 그의 얼굴은 평범했다. 반짝반짝 빛나는 연한 초록색 눈동자만 아니면 그다지 특별한 점은 없어 보였다. 그러나 바로 그 눈이 어떤 사람을 생각나게 했다. 가장 중요한 점은, 레스토랑의 갑작스런 온기와 소란스러움에 당황한 그의 모습이, 바이블 J의 눈에는 어떤 도움을 절실히 바라는 사람처럼 보였다는 것이다. 또 그는 바이블 J가 친구로 삼고 싶어 하는 부류의 사람과 비슷하게 닮아 있기도 했다.

이제 조금 후면 바이블 J는 그를 레이튼 씨에게 데리고 갈 것이다.

"난 동이 트는 첫 새벽부터 내 멍청이 역할에 최선을 다 하고 있어. 우리 보스를 위해서 말이야."

바이블 J는 담배 연기를 한 모금 더 자랑스럽게 내뿜었다.

"오늘은 거의 아무것도 못 먹었어. 네 몰골도 나와 별로 달라 보이진 않지만."

젊은 웨이트리스가 테이블로 다가왔다. 그녀는 앞치마 주머니에서 메모판을 꺼낸 뒤 귀 뒤에서 볼펜을 빼내어 주문받을 준비를 했다.

"자, 아가씨. 할로윈 스페셜 두 개요. 고기도 두 덩어리. 저기 커다란 돼지고기와 구운 베이컨, 호박과 감자 으깬 것, 커다란 버섯, 맛있게 잘 튀긴 감자튀김도 두 접시. 모두 넉넉하게. 참, 고객는 내가 아니고 여기 이분이오.”

웨이트리스는 싱글싱글 웃는 바이블 J의 주문을 종이에 열심히 받아 적었다. 그리고 바이블 J 맞은편의 창백한 남자에게 쌩긋 웃어 보였다.

“아, 그리고 큰 컵 가득 흑맥주도. 주는 김에 이 신사분에게도 한 잔 부탁해요.”

“알겠습니다.”

웨이트리스는 칼레브에게 고개를 까닥거렸다. 칼레브는 그녀가 되돌아가는 것을 멍하니 바라보았다.

“오래전엔 저런 여종업원들하고 잘 놀았는데, 지금은 아니지만. 저 여자가 당신을 좋아하는 것 같아. 한번 놀아보지 그래, 신사 양반?”

바이블 J는 젊은 남자의 반응을 기다렸다. 그러나 아무런 대꾸가 없었다.

바이블 J는 의자에 걸어두었던 모자를 손가락에 끼우고 빙빙 돌리기 시작했다. 담배 연기로 흐물흐물한 동그라미를 만들어 후 내뿜기도 했다. 둥근 담배 연기가 두 사람 사이를 떠돌았다. 칼레브는 둥근 고리 모양의 연기가 가장자리부터 옅어져 결국 형체도 없이 사라지는 것을 물끄러미 쳐다보았다. 바이블 J는 미소를 지으면서 모자를 의자 등받이에 다시 걸었다.

“좋아. 단도직입적으로 말해보자고. 가장 중요한 것부터. 이름은 뭐야, 친구?"

"내 이름은 칼레브, 칼레브 브라운이오."

"그림이 그려지는군. 부모님이 경제적으로 파산하고 가세가 기울어 밑바닥으로 완전히 내려앉은 거지? 지금은 위대한 종교에 의지해 살고 있겠지? 청빈한 삶을 사는 청교도인으로 새로 태어나서 말이야. 어때, 네 이름 하나만 듣고도 이렇게 다 알아맞히는 내가?"

칼레브는 고개를 끄덕였지만, 바이블 J가 하는 말에 그다지 집중하지 않았다. 웨이트리스가 흑맥주 두 잔을 들고 왔다. 바이블 J가 하얀 테이블 덮개 위로 거품이 몽글몽글한 맥주잔을 내밀었다.

"목말라?"

바이블 J가 물었다.

칼레브는 두 손으로 맥주잔을 들었다. 손가락을 통해 어떤 느낌이 전해졌다. 차가운 유리잔 때문에 피부가 따끔거렸다.

"이름 이야기가 나왔으니, 난 바이블 J라고 해. 멍청이 J라고도 하지."

그는 맥주잔을 내려놓고 주머니에서 뭔가 꺼내는 시늉을 했다. 마치 누군가 자신의 손놀림을 봐주기를 기대하는 것처럼 바이블 J는 잠시 주위를 둘러보았다.

"그래, 바이블 J. 그게 나지. 요론 건 내가 최고야. 이래 봬도 난 꽤 유명한 사람이야. 나에게 도움을 요청하다니, 게다가 나에게 저녁까지 사주고, 넌 참 기가 막히게 운이 좋은 놈이야. 난 이

번화가 최고의 '도둑'이야. 그러니 무슨 일이든 부탁만 해. 난 나에게 친절을 베푸는 사람은 절대 잊지 않거든."

바이블 J는 특유의 다정한 미소를 지으며 칼레브를 향해 팔을 뻗었다. 칼레브가 팔을 뻗으며 고개를 끄덕이자 바이블 J도 고개를 끄덕이며 칼레브와 악수를 나누었다.

웨이트리스가 음식을 들고 왔고, 테이블은 금세 접시들로 가득 찼다.

"쑤셔 넣어. 부디 배가 아주 많이 고프길 빌어."

바이블 J가 말했다. 칼레브는 고개를 들어 처음으로 바이블 J를 바라보며 불안한 웃음을 지어 보였다.

바이블 J는 분주한 레스토랑을 둘러보았다. 그는 실내의 소란함을 틈타서 조용히 말했다.

"오늘 밤에 뭔가 정말 나쁜 일이 일어났던 거지?"

"그래."

칼레브가 고개를 끄덕이며 입을 열었다. 바이블 J는 경찰 한 명이 무거운 현관문을 열고 들어오는 것을 보았다. 뿌연 안개의 흔적이 꼬리처럼 따라들어 왔다. 바이블 J는 재빨리 손을 입술에 가져다 댔다.

"쉿. 문제 일으키지 말자. 고개 처박고 밥이나 먹어. 이야긴 잠시 후에."

바이블 J는 맥주를 조금 들이켰다. 칼레브는 파란 제복에 높다란 모자를 쓴 경찰을 훑어보았다. 경찰관은 불그스름해진 얼굴을 손수건으로 연신 닦으며 한 웨이트리스와 웃으며 이야기하고 있었다.

"자, 여기 이것 좀 먹어봐."

바이블 J는 튀긴 감자를 건넨 후 브라운소스를 듬뿍 쳐 주었다.

"훨씬 좋군. 이래야 제맛이 나지. 네가 지금 도망치는 중이란 거 알고 있으니, 일부러 대답하지 말고 고개만 움직여. 어디, 갈 데가 필요한 거야? 안전하게 숨을 만한 곳이라도?"

칼레브는 고개를 끄덕였다.

"좋아. 그럼 내 특별 은신처로 피신할 수 있는 영광을 줄게."

칼레브는 고개를 끄덕인 뒤 금방 출발할 것처럼 벌떡 일어섰다. 의자를 급하게 뒤로 미는 바람에 타일 바닥에서 끼익— 손톱으로 칠판을 긁는 소리가 났다. 레스토랑 안이 갑자기 쥐 죽은 듯 조용해졌다. 경찰관도 칼레브를 쳐다보며 눈살을 찌푸렸다. 잠시 후 누군가의 호탕한 웃음소리가 들렸고, 사람들은 다시 웅성거리기 시작했다. 접시 딸그락거리는 소리도 곧 다시 시작되었다.

바이블 J는 테이블을 가로질러 칼레브를 쏘아보았다.

"나라면 이 문제에서 경찰은 배제시킬 거야. 경찰은 믿을 수 없어. 근데 너 정말 너무 새파랗게 질렸구나. 도대체 무슨 일이 있었기에 유령처럼 하얗게 된 거야? 잽싸게 말해봐."

칼레브는 팔꿈치를 테이블 위에 올리고 팔로 얼굴을 가려 경찰의 시야를 피하면서 몸을 앞으로 살짝 기울였다.

"우선, 사람이 죽는 걸 봤어. 우리가 거리에서 강도를 당했는데, 바로 내 앞에서 어떤 맹인이 칼에 찔려 죽었어. 그런데 사람들이 날 보고 소리쳤어. 거리 한가운데에 서 있는 나를 가리키며 내가 죽였다고 덮어씌우는 거야. 그 사람들이 우리 아버지도 때려서 쓰러뜨렸어. 난 도망칠 수밖에 없었어.”

칼레브는 의자 등받이에 다시 몸을 구부정하게 기댄 후 앞에 놓인 기름진 음식들을 바라보았다. 갑자기 뜨거운 눈물이 솟구쳤고 콧물도 줄줄 흘러내렸다.

“심각하군. 너한테 덮어씌우다니. 그 말을 또 누가 들었지?”

바이블 J가 말했다.

“사람들이 다. 거리 전체가 다 들었어.”

바이블 J가 휘— 하고 낮게 휘파람을 불었다.

“큰일 났군. 만약 네가 이곳에서 누군가를 죽였다는 혐의를 받으면, 그럼 어떻게 되는지 알고 있지?”

바이블 J는 손을 목에 갖다 대고 밧줄에 목이 걸리는 동작을 흉내 냈다.

“알아, 잘 알지.”

칼레브가 조용히 읊조렸다. 칼레브는 그들을 향해 다가오는 예쁜 웨이트리스를 쳐다보았다.

“손님, 친구분은 괜찮으신가요?”

웨이트리스가 종이 한 장을 테이블 위에 올려놓으며 걱정스러운 표정으로 물었다.

“이 친구는 괜찮아요. 오늘 밤 할로윈 파티에서 술을 너무 많이 마셔서 그래요. 그게 이 친구의 문제지. 그렇게 보이죠?”

바이블 J가 칼레브를 향해 고개를 끄덕였다.

"배를 먼저 채우라고 했지만 막무가내네요. 정말 고집이 너무
세요."

"안타깝네요. 다음에 기분이 괜찮으실 때 다시 오시라고 해주
세요."

칼레브는 테이블 위에 엎드렸다.

"자, 그럼 모두들 안녕!"

경찰이 술을 다 마셨는지 명랑하게 외치며 밖으로 나갔다.

"서두르자. 이제 갈 시간이야."

바이블 J가 말했다. 두 사람은 벌떡 일어섰고 바이블 J가 돈을
지불했다. 두 사람은 밥값으로 과거세계의 돈 1실링 6펜스를 냈
다. 칼레브와 바이블 J는 레스토랑 현관문을 열고 나와 싸늘한
밤 속으로 들어갔다.

여관이나 호텔을 찾아 어슬렁거리는 고커들 때문에 밤거리는
여전히 혼잡했다. 모두 술에 흥건히 취한 상태였고, 할로윈 가면
은 얼굴의 반쯤 아래로 벗겨져 있거나 턱 아래에 달랑달랑 매달
려 있있다. 옷도 어수선하게 헝클어져 있었다.

바이블 J는 이 도시의 모든 골목길과 샛길을, 모든 모퉁이를
훤히 꿰고 있었다. 칼레브는 지금 어디로 가고 있는지 전혀 알 수
없었다. 바이블 J가 가는 데로 따라갈 뿐이었다. 칼레브는 고개
를 푹 숙이고 걸었다. 눈은 거의 다 녹았지만 안개는 여전히 자욱

했다. 공기 속에도 여전히 눅눅함이 묵직하게 남아 있었다. 바이블 J는 술에 취해 비틀거리는 사람들을 찾아내는 솜씨가 좋았다. 그런 사람들에게 다가가 툭툭 치며 동전 몇 개만 달라고 주의를 끈 뒤, 마법사 같은 솜씨로 사람들의 코트 주머니를 뒤졌다. 칼레브는 놀란 눈으로 쳐다보기만 했다. 작은 보석, 스카프, 지갑, 심지어 돌돌 말아놓은 과거세계 지폐까지. 손목만 까닥하면 모든 것들이 바이블 J와 칼레브의 코트 주머니 속으로 들어왔다.

"아버지가 도망치라고 했어."

칼레브가 갑자기 입을 열었다.

"뭐?"

"아버지가 도망치라고 했단 말이야."

칼레브는 비틀거리는가 싶더니 갑자기 몸을 휙 돌려 도망치기 시작했다. 바이블 J는 뒤쫓아가며 서라고 소리쳤지만 칼레브는 어둠 속을 뚫고 안개 속으로 무작정 달려갔다. 바이블 J는 망설였다. 그를 그냥 보내줘야 했지만 그럴 수 없었다. 바이블 J는 그를 쫓아 다시 뛰기 시작했다.

바이블 J는 돌이 깔린 도로를 건너 계단을 내려갔다. 멀리 앞에서 딸그락거리는 칼레브의 구두 소리가 들려왔다. 계단은 교회 벽을 따라 묘지 옆으로 이어져 있었다. 축축하게 젖은 해골 모양의 종이 등불이 실에 한 줄로 나란히 걸려 있었다. 등불은 모두 꺼진 상태였다. 바이블 J는 결국 칼레브를 붙잡는데 성공했다. 손을 쭉 뻗어서 칼레브의 재킷을 꽉 잡았다. 둘은 한데 엉킨 채 도로 위로 나뒹굴었다.

“어디 가는 거야?”

바이블 J가 숨을 헉헉 몰아쉬며 물었다.

“아버지가 도망치라고 했으니 도망치는 것뿐이야. 난 얼굴에 주먹을 맞고 쓰러진 아버지를 시궁창에 버려둔 채 그냥 도망쳤단 말이야.”

“아버지가 도망치라고 한 건 네가 다치는 걸 원하지 않았기 때문이야. 네가 잘못한 게 아니라고. 만약 사람들이 네가 살인자라고 믿는다면 넌 내가 말한 대로 심각한 문제에 빠지게 될 거야. 그러니 이렇게 도망치는 건 전혀 도움이 안 돼. 넌 다른 사람의 보호가 필요해. 하지만 경찰은 너를 제대로 대우하거나 보호해 주지 않을 거야. 그러니 지금은 내 옆에 딱 붙어 있는 게 최선이야.”

“우린 어디로 가는 거야?”

“아까 말한 우리 보스의 은신처로. 걸어서 갈 수 있는 거리야. 그러니 어서 움직이자.”

하늘이 희뿌옇게 변하고 있었다. 겨울의 새벽이 장막을 걷기 시작했다. 거리는 여전히 부산스러웠다. 술에 취해 비틀거리는 사람들 사이로 군데군데 청소부들이 보였다.

서로 어깨동무를 하고 ‘히깨비’에 관한 노래를 목청껏 불러대며 걸어가는 남자 둘이 보였다. 바이블 J는 마치 그들과 어깨동무라도 하려는 듯 고개를 숙이고 두 사람 사이에 쑥 끼어들어 그들의 비틀거리는 걸음걸이에 맞춰 걷기 시작했다. 그러다가 가장 가까운 코트 주머니에 손을 뻗어 손가락 두 개로 순식간에 차가운 가죽 지갑을 집어냈다. 하지만 그중 한 고커가 바이블 J의 도둑질을 알아챘다. 그는 몸을 제대로 가누지도 못해 휘청거리면서도 바이블 J의 옷깃을 꽉 붙잡았다. 그가 술이 거나하게 취한 목소리로 시끄럽게 외치기 시작했다. 그의 입에서 과거세계의 싸구려 술 냄새가 진하게 풍겨 나왔다.

“경찰, 어이, 경찰관 나리. 여기 좀 보쇼. 여기, 여기 도둑을 잡았소. 야, 이 쥐새끼 같은 도둑놈아!”

바이블 J가 그의 손을 뿌리치고 두 사람 사이에서 빠져나왔다. 술 취한 고커의 손아귀를 벗어나느라 빙그르 돌 때 코트 깃이 찢어졌다. 바이블 J가 칼레브를 향해 소리쳤다. 두 사람은 술 취한 고커를 뒤로하고 재빨리 달아났다.

“정지!”

고커가 소리쳤지만 그들을 잡으려고 달려오는 사람은 아무도 없었다. 머리부터 발끝까지 할로윈 복장으로 차려입은 사람들은 너무 흥에 겨운 나머지 도망치는 남자를 붙잡는 것 따위에는 아무런 관심이 없었다. 번지르르한 차림을 한 취객 한 무리가 서로를 향해 큰소리로 인사하는 통에 거리가 금방 시끌벅적해졌다.

“이제 못 따라올 거야.”

바이블 J가 달리면서 소리쳤다.

두 사람은 모퉁이를 돌아 스트랜드 거리 근처의 높은 벽으로 둘러싸인 좁은 골목을 따라 달려갔다. 그러나 얼굴이 불그스름한 경찰 두 명이 갑자기 안개 속에서 나타나 길을 막고 섰다.

칼레브와 바이블 J가 미끄러지듯 멈춰 섰다.

“자, 너희 둘, 그 자리에 서라. 고커들이 강도를 당했다는 신고를 받았다. 살인사건도 있었고. 용의자가 너희들 또래의 젊은이야. 너희들 신분증명서 좀 보자.”

한 경찰이 말했다. 칼레브는 난처한 얼굴로 경찰을 바라보았다. 칼레브는 골목 벽을 손으로 짚으며 뒤로 몇 발짝 물러섰다. 몸을 기댈 곳이 필요했다. 주머니가 유달리 딸랑거렸다. 바이블 J가 보석과 다른 훔친 물건들을 주머니에 마구 쑤셔 넣은 탓이었다.

“이봐, 괜찮나. 젊은이?”

경찰관이 물었다.

칼레브는 고통스런 표정을 지었다. 경찰은 램프 뚜껑을 연 채로 칼레브의 얼굴 가까이 비추었다.

“신분증은 가지고 있나?”

다른 경찰관이 물었다.

“물론이죠. 우리는 정당한 시민입니다. 잠깐만 시간을 주세요, 이 호주머니에 있어요.”

바이블 J가 옷을 아래로 훑으며 말했다.

“너희들 같은 아이들은 신분증 이야기만 나오면 항상 그렇게 말을 하더라고. 너희들이 정말 결백한 고커라면 증거를 대야지.”

“지금 그 증거를 찾으려고 이러는 거 아닙니까.”

“특히, 너. 미안하지만, 넌 과거세계를 보러 온 여행객이 아닌 것 같은데. 고커들은 항상 말쑥한 차림이거든.”

칼레브는 그들의 모습을 물끄러미 쳐다보고만 있었다.

"잠깐만. 혹시 우리 아는 사이 아닌가?"

가까이 있던 경찰이 램프를 들어 바이블 J의 얼굴에 똑바로 비추며 말했다.

"날 어떻게 아시죠?"

바이블 J는 자신이 문제를 일으킬 사람이 아니라는 걸 보여주려는 듯 오히려 램프 가까이로 얼굴을 더 바싹 갖다 댔다. 그 순간, 바이블 J는 발을 들어 올려 가까이 서 있던 경찰의 뭉글뭉글한 뱃살을 세게 걷어찼다. 경찰은 철제 램프를 떨어뜨리고 배를 잡고 고꾸라졌다.

"서둘러."

바이블 J가 마차와 말들이 분주하게 지나가는 이른 아침의 도로 안으로 쏜살같이 달려가며 소리쳤다. 칼레브는 그 자리에 우뚝 서 있었다.

"도망쳐, 이 바보야. 저들이 수갑을 채우고 열쇠를 던져 버릴 거야. 제발!"

"사람을 그렇게 잔인하게 죽이다니!"

다른 경찰이 칼레브를 향해 곤봉을 던졌다.

칼레브는 도망치기 시작했다.

22

칼레브는 바이블 J를 따라 달렸다. 두 사람은 덜컹거리는 마차 사이로 뛰어들었다. 그리고 말이 끄는 커다란 승합마차 뒤에 몸을 숨긴 채 마차와 함께 달리기 시작했다. 경찰의 날카로운 호각 소리가 귀를 찢을 듯 울렸다. 바이블 J는 그 소리를 신호 삼아 칼레브를 불렀고 둘은 함께 승합마차 바깥에 달린 사다리 계단 위로 풀쩍 뛰어올라 계단 손잡이에 매달렸다. 승합마차가 구멍이 푹푹 팬 도로 위를 덜컹거리며 달리는 동안 칼레브는 가쁜 숨을 몰아쉬며 몸의 균형을 잡았다. 경찰은 연신 호각을 불어대며 그들을 쫓아 거리의 행인들을 밀치고 계속 달려왔다.

승합마차의 차장이 계단 난간으로 나와 소리쳤다.

"이제 꽉 잡아주세요!"

그때 차장이 난간에 붙어 있던 두 사람을 발견했다. 다급하게 쫓아오는 경찰의 호각 소리도 들었다.

"요 말썽꾸러기들, 딱 5분만 봐준다. 그 뒤엔 여기서 내려야 해. 계단 아래에 서 있다가 휙 뛰어내려. 민첩하게."

이른 아침의 승객들은 얇은 널빤지를 댄 좌석에 앉거나 혹은 선 채로 승합마차의 흔들거림에 따라 서로 어깨를 툭툭 부딪치며 달리고 있었다. 바이블 J는 끝까지 상냥하게 웃으며, 서 있는 승객 사이를 비집고 들어갔다.

"죄송합니다, 선생님. 1페니만 덜 쓴다 생각하시고 이 불쌍한 놈에게 주시면 안 되겠습니까?"

승객 하나가 쯧쯧 혀를 찼다.

"딱 1페니면 됩니다."

불그스름한 얼굴의 남자가 지갑을 꺼내더니 두꺼운 손으로 동전을 한 줌 집어 들었다. 그러고는 환한 미소를 지으며 미국식 억양으로 말했다. 칼레브는 경찰이 따라오고 있는지 창밖을 불안하게 주시하고 있었다.

"자, 젊은이. 이것들 중 1페니는 뭔가? 자네 나라 돈은 아무리 봐도 모르겠어."

남자가 껄껄 웃었다.

바이블 J는 동전 무더기에서 반들거리는 새 동전들을 집어서 남자에게 보여주었다.

"좋아, 그게 1페니군. 그건 자네가 갖게. 작은 비누 하나 정도는 살 수 있겠지?"

옆에 앉아 있던 여자가 중얼거렸다.

“냄새가 너무 고약한 아이군요.”

“바로 그거예요. 그러니 진짜인 거죠.”

다른 승객이 말했다. 그 말에 마차 안 승객들이 폭소를 터뜨렸다. 두 소년은 마차 한중간으로 더 깊이 파고들었다. 바이블 J는 고커 두 명에게서 동전을 더 거두어들였다. 칼레브가 계단 난간으로 돌아가려는데 누군가 손목을 꽉 잡았다.

“이봐, 젊은이.”

검은 양복에 하얀 옷깃을 높이 세운 신사가 말했다. 칼레브는 손을 잡아 빼려 했지만 남자가 더 세게 붙잡았다.

바이블 J는 그가 사복 경찰임을 단번에 알아보았다. 바이블 J는 뒷걸음질 쳐서 주변의 승객들 뒤로 얼른 숨었다. 남자가 둥그스름한 얼굴을 칼레브에게 들이밀었다. 그가 말을 할 때마다 입에서 박하향이 비릿하게 풍겨 나왔다.

“널 본 적이 있어. 너와 네 패거리들에 대해 모조리 알고 있지. 신분증을 보자.”

승합마차가 천천히 멈추자 차장이 크게 소리치며 종을 울렸다.

“패링던 로드!”

사복 경찰이 일어나 칼레브를 계단 난간으로 밀쳐 세웠다. 승객들 몇 명이 박수를 쳤다.

“난 아무 짓도 안 했어요.”

칼레브가 차장 옆으로 질질 끌려가면서 소리쳤다. 차장이 팔을 들어 종을 울리자 사복 경찰이 칼레브를 끌고 인도로 내려섰다. 칼레브는 고개를 돌려 출발하는 승합마차의 창문을 바라보았다.

바이블 J가 되돌아서서 칼레브를 바라보고 있었다. 바이블 J는 팔을 뻗어 손바닥을 보여주었다. 자신이 칼레브 아버지의 시계를 가지고 있다는 것을 알리기 위해서였다. 바이블 J는 손목 시계판을 가리키며 고개를 끄덕였다. 그러고는 사람들 틈에 섞여 멀어지면서 칼레브에게 입으로 벙긋거렸다.

'기다려!'

리틀 플래닛 가이드 〈런던의 과거세계〉 편에서 발췌.

사람들은 여러 가지 이유로 과거세계를 방문한다. 대부분의 사람들은 시끌벅적한 과거의 분위기를 그대로 체험해 보기 위해 과거로 간다. 이런 종류의 여행은 과거세계가 만들어지기 전까지 전무후무했던 것이다. 22세기 초 세계 경제의 붕괴라는 끔찍한 일이 일어났고, 그 이후 대도시 런던을 새로 '복구'하자는 결정이 내려졌다. 과거세계는 빅토리아 여왕의 전성기 시대를 완벽하게 재현하고 있다.

과거세계 개장식은 완전히 파괴되었다가 다시 복구된 유스턴 아치(Euston Arch)의 제막행사에 맞추어 거행되었다. 그날은 옛 도시의 건축물을 그리워한 사람들에게 너무나 큰 감동을 안겨주었다.

과거세계를 방문하고 싶은 여행자라면 그곳의 법률 체계가 허술하고 약점이 많다는 사실 또한 주지해야 한다. 버클랜드 주식회사는 그곳의 법체계 역시 옛날 시대에 맞게 거꾸로 돌려놓았기 때문이다. 버클랜드 회사의 막대한 자금 지원이 끊길 것을 우려한 과거세계 정부는 특별의회법을 제정하여 이미 사라진 옛날 법체계를 다시 도입했다. 이에 따라 특정 범죄에 대해서는 남녀노소를 막론하고 모두 교수형에 처하고 있으며, 이로 인해 일반 주민들 사이에도 긴장감이 돌고 있다. 그러나 일부 관광객들, 모험이나 스릴을 찾아다니는 사람들, 또 가십거리를 즐기는 이들에게는 이런 위험이 거역할 수 없는 매력으로 느껴질 것이다.

특히 공개적으로 거행되는 교수형을 즐기러 오는 사람들이 있다. 살인자 '리퍼'가 시체들을 조각조각 절단 내는 장면이나 잔인하고 광적인 사건 현장에 직접 가보고 싶어서 돈을 지불하고 과거세계로 오는 관광객들도 많다. 한 예로 현재 인기를 끌고 있는 불법적인 살인 사건 관광이 있는데……

23

캐치폴 경사는 기분이 한껏 들떴다. 과거세계로 돌아왔기 때문이다. 그리고 이번에는 풀어야 할 미스터리까지 함께 가지고 왔다. 물론 충분히 해결 가능한, 적절한 임무라고 생각했다. 경찰 본부를 떠난 캐치폴은 밤길을 뚫고 지금까지 수도 없이 묵었던 하숙집으로 향했다. 늦은 시간임에도 불구하고 하숙집 여주인은 그가 돌아온 것을 보고 반갑게 맞이해 주었다. 그리고 다소 요란한 환영 인사로, 위스키를 약간 뿌린 강한 차를 내왔다.

캐치폴은 방으로 들어가 여주인이 석탄을 듬뿍 넣어둔 벽난로 옆의 푹신한 안락의자에 앉았다. 그리고 레스트레이드 경감이 준 사건 기록부를 읽기 시작했다. 전화벨 소리도, 문자메시지 알림음도 전혀 들리지 않는다는 사실에 캐치폴은 마음이 편안해졌다. 살펴봐야 할 이메일도, 들여다봐야 할 모니터도 없었다. 오직 장작이 타 들어가는 소리뿐. 사건 기록부를 한 장 한 장 넘길 때마다 진짜 종이가 바스락거리는 소리가 났다.

사건 기록은 모두 유선(有線) 노트에 필기체로 깔끔하게 적혀 있었다.

파일명 : 팬텀.

극비 사항.

인물 : 팬텀. 일명 젠틀맨.

나이 : 명확하지 않음. 20대 초반으로 추정.

공범자 : 거지와 좀도둑 무리들. 도시 전체에 조직적으로 퍼진 소위 '거지 하수인'이라고 알려진 자들. 대부분 몇 년간 팬텀을 따라다니며 그의 보호를 받은 것으로 알려진 전과자, 혹은 거리의 아이들. 정확한 숫자 모름. 레스트레이드 경감은 버클랜드 주식회사 경호대 병력을 동원하여 '정밀 선제공격'을 실시, 거지 하수인들을 일제히 소탕했다고 주장. 그러나 버클랜드사는 지금까지 밝혀진 사실과 실제로 그런 허가를 내렸는지에 대해 모두 부인하고 있음.

인물 평가 : 하층민들에게는 두려움과 동시에 용기를 북돋우는 존재. 반면 고귀들은 팬텀이 과거세계에서 즐길 수 있는 오락거리, 버클랜드사가 세밀하게 조종하는 또 하나의 부속품에 지나지 않는다고 생각한다. 그러나 그것은 완전히 잘못된 생각이다. 팬텀은 과거세계에서 더 이상 할 수 없을 정도의 극악무도한 법죄를 저지르고 있다. 물론 현재로써는 팬텀에게 최대한 조심스럽게 접근해야 한다는 정도만 밝혀둔다. 그가 거지 하수인들의 보호를 받고 있기 때문이다. 거지 하수인들이야말로 팬텀을 찾아

무너뜨리는데 가장 중요한 핵심 조직이다. 거지 하수인들은 점조직 단위로 팬텀을 보호하고 지원하는 병력을 구성하여 서로 연계하여 활동하고 있다.

지금까지 팬텀은 난폭한 은행 절도 범죄를 일삼으며 세력을 과시해 왔다. 그 결과 팬텀은 훨씬 수월하게 자신의 조직을 통치하고 은폐할 수 있게 되었다. 최근 들어 그는 거리에서 반대파 조직원들을 상대로 대규모 폭력전을 펼치며 공공연하게 모습을 드러내고 있다. 그는 높은 건물과 굴뚝 사이를 자유롭게 날아다니는 능력을 지녔으며 신출귀몰하게 부활하고 훔친 돈을 아낌없이 나눠 준다.

그러나 이것은 빙산의 일각일 뿐이다. 그는 조직을 배반하거나 자신을 없애려고 쫓아오는 자들을 귀신같이 찾아내어 싸이코패스적인 방법으로 잔인하게 살해한다. 자신의 적이나 혹은 적으로 추정되는 자들을 죽이는데 만족하지 않고, 이스트 런던의 살인자 리퍼(Jack the Ripper)를 패러디 하거나 그에 대한 경쟁심으로 토막 살인극을 벌이고 있다. 역사적 전설이 된 연쇄 살인사건을 재현함으로써 스스로 이 과거 도시의 꿈같은 분위기를 고조시키는데 일조하고 있다고 여기는 것 같다.

캐치폴 경사는 고개를 들었다. 파일 뒤쪽에 밀랍으로 봉인된 봉투가 끼워져 있는 게 보였다. 붉은 글씨로 '극비사항' 이라고 찍혀 있었다. 그는 봉인을 찢었다. 안에는 타자기로 작성된 긴 서류의 한 부분을 잘라낸 종이가 들어 있었다.

인물 : 잭 멀혜른 박사.

미국 MIT에서 생물 박사학위를 딴 뒤 런던에 돌아왔으나 그 직후 런던 경제가 붕괴하면서 바이오메드(Bio—Med) 연구기관의 종신 재직을 취소당했다. 버클랜드 주식회사의 연구원으로 근무하면서 유령의 집 프로젝트, 강령회(降靈會) 및 유령 조작 프로젝트, 특히 프로메테우스 프로젝트 등 버클랜드 주식회사에 실시한 수많은 일급 기밀 프로젝트에서 루시우스 브라운 박사를 도와 일했다. 프로메테우스 프로젝트는 실험실이 불의의 화재로 완전히 전소되는 바람에 회사 측에서 종결시킴.

팬텀은 그 사건 이후 실종, 공식적으로 사망한 것으로 기록됨. 그러나 비공식적으로 과거세계 내 주거 구역 B에 숨어 지내는 것으로 알려져 있다. 공식적인 목격 기록은 전혀 없는 상태. 그러나 화재 등으로 인해 큰 부상을 입었다 해도 그의 외모가 크게 변했을 가능성은 없다. 그의 손목 안쪽에는 버클랜드 주식회사 최고 핵심 인물 몇 명에게만 허가된 생체인식용 보안 문신이 새겨져 있음.

24

레스트레이드 경감이 버클랜드 주식회사 본부 건물에 도착했다. 본부 근처에는 새로 복구된 코벤트 가든 청과물 시장과 그 옛날 배우와 변호사들이 드나들던 술집이 자리 잡고 있었다. 경감은 거대한 첫 번째 방으로 안내되었다. 책상 끝에는 앤티크 스타일의 대형 지구본이 떡하니 자리 잡고 있고, 방 한중간에는 거대한 크기의 과거세계 런던 모형이 놓여 있었다. 모형 건물들 위로 철사 줄에 대롱대롱 매달린 비행선이 보였다. 화려한 누빔 목욕가운을 입은 아벨 버클랜드가 모형 건물 하나를 고치고 있었다. 그가 고개를 들어 레스트레이드 경감을 쳐다보며 웃었다.

"나는 이 모형 전체가 움직일 수 있도록 밑에 정교하고 복잡한 증기기관과 태엽 장치를 설치해 놓았네. 밑에는 지하 철도도 있지. 단면으로 잘라놓은 부분을 보면 구조를 잘 알 수 있을 거야.

아마 태엽 장치로 작동할 수 있는 가장 완벽한 모형일 걸. 이 모형 위로 사실 커다란 스카이 돔을 얹으려고 했지. 진짜 과거세계처럼 말이야. 그리고 실제 과거세계의 하늘처럼, 스카이 돔을 밤낮으로 가동해서 계절에 맞는 별자리가 그대로 나타나게 하려 했네."

레스트레이드가 헛기침을 했다.

"이건 공식적인 방문이 아니네, 아벨. 잘린 머리는 타워 42빌딩 꼭대기의 어느 대들보에서 발견되었어. 루시우스 브라운은 납치되고 말이야. 버클랜드에서 주최하는 할로윈 파티에 가던 중 강제로 끌려간 것 같아. 거지 하수인들을 칠 수 있도록 이제 허락을 내려주게."

경감은 작은 기계가 드르륵 돌아가는 것을 잠시 쳐다보다가 다시 말했다.

"자네가 봐야 할 사진이 있어."

레스트레이드는 성큼성큼 걸어가 골동품과 장난감이 가득한 책상 위에 사진을 올려놓았다.

아벨 버클랜드가 가까이 다가와 의자에 앉았다. 안경을 끼고 사진을 내려보던 그는 사진 한 장을 집어 들었다.

"이거 저 고물 정찰 카메라가 찍은 것 같군. 그런데 나더러 이 짧은 시간 동안 살인사건 전체를 살펴보란 말인가?"

"아니, 아니야. 그냥 사진만 좀 자세히 봐주게."

아벨은 사진을 쭉 넘기다가 우뚝 멈추고 어떤 사진 한 장을 유심히 들여다보았다. 그리고 또 다른 사진 한 장도.

"흠, 이건 루시우스가 아니고 잭이군."

아벨이 말했다.

"그래. 현장에서 바로 살해당했어."

"그는 화재 때문에 실명했지. 아마 거의 그런 상태가 됐을 거야. 그럼 즉시 돌아왔어야지, 우리에게."

"잭은 딸을 보호하고 있었어."

"우리 똑똑한 친구, 젠틀맨이 모든 일을 꾸민 것 같군."

버클랜드가 고개를 들었다. 램프 불빛 아래 얼굴이 창백해 보였다. 손에 들고 있던 사진이 책상 위로 힘없이 스르르 떨어졌다.

"지금 두 가지 작전을 계획하고 있네. 우선 믿을 만한 사람을 보냈네. 그가 살인 현장을 따라다니면서 발견 사항에 대해 모두 보고할 거야. 루시우스 브라운과 그의 아들을 찾는 거지. 또 다른 계획은 회사 경호대를 보내는 거야. 특수 기동대를 투입하는 방법. 허락만 해주면 한 시간 안에 거지 하수인들을 소탕할 수 있어."

"자네가 보낸 자는 믿을 수 있나?"

아벨은 경감의 요구를 무시하듯 대답했다.

"완벽하게 신뢰할 수 있네. 캐치폴 경사는 자네처럼 낭만적인 대원이야. 뭐, 나도 한때는 그랬을지 모르겠지만. 어쨌든 그는 이곳의 꿈을 소중히 여기는 대원이야. 내가 장담하지."

"좋아, 좋아. 우린 무슨 일이 있어도 이 꿈을 지켜 나가야 해. 이 도시 자체가 바로 꿈이니까."

버클랜드는 방 한중간에서 빛을 반짝이며 윙윙 작동하고 있는 거대한 모형을 가만히 바라보았다.

"찾게. 젠틀맨을 꼭 찾아야 하네. 시간이 너무 흘러 버렸어. 난 되도록 젠틀맨을 구하고 싶으니까. 물론 그 여자애, 그 소녀도 찾아야지. 그것만큼 중요한 일이 없다는 건 두말할 필요도 없겠지. 이제 곧 거대한 철거 공사가 있을 거야. 진정한 장관이 펼쳐지겠지. 낡고 오래된 건물이 최첨단 폭발 기술에 의해 멋지게 무너져 내릴 테니까. 그때까지 일이 다 해결되었으면 좋겠군. 그날이라면 거지 하수인들을 자네 '식'으로 처단하기에 딱 좋을 것 같은데 말이야. 경호대를 모두 출동시켜 일망타진하게. 팬텀은 놔두고. 팬텀은 내 거니까."

경감이 대답했다.

"애당초, 그게 우리의 실수였어. 만약 우리가……."

버클랜드가 다시 말을 가로막았다.

"우린 과학을 위해 순수한 연구 목적으로 그렇게 한 거야. 그러니 됐어. 우리 스스로 자책할 필요는 전혀 없어. 나는 아무런 양심의 가책을 느끼지 않으니까. 오히려 자랑스럽게 생각하는 걸. 암, 그렇지. 자네도 자긍심을 가지게."

레스트레이드가 사진을 집어 들자 버클랜드가 손으로 막았다.

"사진은 여기 두게. 이곳에 오고 싶어 하는 여행객과 여기서 살고 싶어 하는 주민 신청자가 앞으로 5년 이내에 두 배로 뛸 거야. 알고 있나? 우린 과거세계 체험 센터도 더 열어야 하고 새 비행선 제작도 시작해야 해. 조잡하고 불결하고 생생한 날 것 그대로의 과거, 하지만 돌처럼 단단한 역사적 사실을 품은 과거. 이런 과거세계야말로 앞으로 수많은 사람들에게 커다란 의미가 될 걸세."

그는 반짝이는 거대한 모형을 향해 양팔을 활짝 벌리며 말했다.

"그러니 그들을 찾아오게, 레스트레이드. 이제 진실을 알고 있는 사람들 중 남은 사람은 자네와 나뿐이네. 그들을 찾게. 최선을 다해서 둘 다 살려서 데려와 주게."

<h1 style="text-align:center">25</h1>

캐치폴 경사는 불법 살인사건 관광의 집합 장소인 스피털필드 마켓 근처에 모인 사람들 사이를 어슬렁거렸다. 시체 안치소가 들어서기에 안성맞춤인 곳이었다. 지금은 온 사방이 축제 분위기였다. 캐럴을 부르러 아침 일찍부터 나온 사람들이 크라이스트처치의 거대한 입구 앞에 모여 있었다. 캐치폴은 그들의 노랫소리에 귀 기울였다. 사람들 머리 위로 살포시 눈이 내리고 있었다. 아무것도 모르는 사람의 눈에는 너무나 아름다운 풍경이었다.

캐치폴은 뚱뚱한 남자 뒤로 사람들이 일렬로 줄지어 선 것을 발견했다. 남자는 경찰 차림이었지만 어딘가 수상해 보였다. 뚱뚱한 경찰은 허공을 향해 곤봉을 휘두르며 가볍게 호각을 불고는 줄지어 선 사람들을 향해 낮은 소리로 속삭이기 시작했다. 비밀스러운 정보를, 사악한 비밀을 퍼뜨리는 것이다.

캐치폴은 너무 멀리 있어서 아무것도 들리지 않았지만, 모두 끔찍한 살인 현장의 소름 끼치는 증거들을 보기 위해 모여든, 기대감으로 한껏 들뜬 고커들임을 대번 알 수 있었다.

캐치폴은 한 손을 뒤로한 채 굳은 표정으로 재빨리 뛰어갔다. 가짜 경찰은 캐치폴이 다가오는 것을 의심스러운 눈초리로 바라보았다. 캐치폴은 5파운드짜리 지폐를 안주머니에서 재빨리 꺼냈다. 보통의 살인사건 관광 비용보다 훨씬 큰 액수였다. 캐치폴은 그 돈을 뚱뚱한 가짜 경찰에게 건넸다. 그리고 가짜 경찰이 모자에 손을 대고 까닥 인사를 하는 사이 얼른 그 무리에 끼어들었다.

"이렇게 모시게 되어 기쁩니다."

경찰로 분장한 가이드가 조용히 말했다. 그러고는 줄지어 선 흥분한 고커들을 향해 소리쳤다.

"자, 여기서 수다나 떨면서 허송세월할 순 없겠지요? 살인사건이 기다리고 있습니다. 이쪽으로 오세요."

사람들은 관광 가이드를 따라 한 줄로 길게 걷기 시작했다. 캐치폴은 몇 걸음 뒤에서 따라갔다. 모퉁이 선술집에 다다르자 가이드가 곤봉을 높이 들고 사람들을 세웠다.

"이제 이 선술집으로 들어가 뒷마당으로 나갈 겁니다. 거기서 오늘 아침 한 남자가 변사체로 발견되었습니다. 그는 심하게 구타당한 뒤 죽었고 토막 난 채 버려졌습니다. 범인은 시체의 배를 가르고 내장을 휘저어놓았습니다. 이건 완전 미친놈의 소행이라고밖에 할 수 없습니다. 이 사건은 최근 몇 년 사이 일어나고 있는 비슷한 사건들과 공통점이 있는데, 범인이 의학 기술을 가진 미친놈이란 사실입니다. 팬텀이란 놈과 그놈이 저지른 일에 대한 기사를 모르는 분은 없겠지요? 이제 여러분도 곧 신문과 현상 수배 포스터에 찍힌 팬텀의 얼굴을 보게 될 겁니다. 아마 희생자들의 얼굴도 보게 될 거예요. 현장에서는 아무것도 손대거나 흐트러뜨리면 안 됩니다."

관광객들이 모두 시끄러운 선술집으로 들어갔다. 선술집은 천장이 낮았고 실내가 복잡하고 어둑어둑했다. 바에 모여 있는 사람들은 대부분 더러운 작업복을 입은 남자들이었다. 벽을 따라 난 긴 의자에는 여자들 한두 명이 긴 포도주병을 들고 앉아 한 무리의 남자들과 웃음을 주고받고 있었다. 고커들이 쭈뼛거리며 곧장 지나가려 하자 여자 하나가 크게 소리쳤다.

"메리 크리스마스!"

관광객들이 모두 작고 어두운 뒷마당으로 나갔다. 마당은 너무 작아서 크리스마스의 아름다운 눈송이가 하나도 떨어지지 않을 정도였다. 선술집 뒷면과 옆 교회의 뾰족한 첨탑 사이로 한줄기 빛이 가늘게 비쳐 들어왔다. 마당 위로 보이는 조그만 하늘은 환하게 빛났지만 그 빛이 마당 바닥에 닿을 때쯤엔 회색으로 우중충하게 변해 있었다.

고커들은 가짜 경찰을 마주 보고 뒷마당 벽을 따라 일렬로 섰다. 살얼음이 낄 정도로 추운 아침이었는데도 벽돌에서는 시큼한 오줌 냄새가 풍겼다. 무엇인가 벽에 기대어 웅크린 채 담요를 덮고 있었다. 돈을 가장 많이 낸 캐치폴은 가이드와 함께 제일 앞에 서 있었다. 담요에 싸인 그것과 가장 가까운 위치. 다른 고커들 역시 기대에 잔뜩 부풀어 숨을 죽였다. 이런 것을 보려고 돈을 낸 게 아닌가. 무시무시한 살인사건의 진짜 증거를 보기 위해.

"이 시체, 이 불쌍한 인간은, 아마 팬텀이란 유명한 놈의 또 다른 희생자일 가능성이 높습니다."

가짜 경찰이 요란한 몸짓으로 담요를 홱 잡아당겼다.

순간 고커들이 숨을 헐떡였다. 입을 손으로 가로막고 비명을 참는 사람들도 있고 얼굴을 벽 쪽으로 돌리는 사람도 있었다. 시체의 머리는 벽 쪽을 향하고 있었다. 가이드가 무릎을 꿇었다. 그리고 머리카락을 잡고 생명이 끊어진 머리를 끌어당겼다.

"이거 보세요. 머리를 잘라내기 위해 목 부분을 칼로 깊이 찌른 자국이 보이죠."

캐치폴은 목을 쑥 빼고 시체를 들여다보고 있는 고커들의 얼굴을 바라보았다. 그들은 무서워서 바르르 떨면서도 시체 머리에서 눈을 떼지 않았다. 가이드는 장갑 낀 손으로 사람들을 향해 잘려진 머리를 높이 들고 목에 생긴 깊은 상처를 가리켰다. 잘려진 목의 피부가 마치 또 다른 입처럼 펄럭거렸다. 살인사건 관광에서 볼 수 있는 그런 시체는 대부분 비렁뱅이 부랑자들의 그것이었다. 당연히 받아야 할 벌을 받은 것이거나, 여자의 경우 소위 창녀라고 불리는 사람들이었다. 가이드가 황량한 마당을 돌아보니 고커 한두 명이 금방이라도 구토를 할 것처럼 속이 메스꺼운 표정으로 멀리 구석진 곳에 서 있는 것이 보였다. 덫에 걸린 동물처럼 충격을 받아 겁에 잔뜩 질린 얼굴이었다.

가이드는 잘린 머리를 마당 위에 살며시 내려놓았다. 가이드가 예의 그 화려한 손놀림으로 담요를 다시 들어 올리자 급히 꿰맨 자국이 역력한 몸뚱이가 드러났다. 고커들은 더 깜짝 놀랐다. 그 중 한 사람은 귀청이 떨어져라 소리 지르기 시작했다. 그와 동시에 선술집 안에서 웃음소리가 터져 나왔다.

캐치폴은 시체를 향해 몸을 숙였다. 담요 아래가 두꺼운 암갈색의 진득한 액체로 얼룩져 있었다. 얼룩은 진하고 기름기가 있어 번들거렸다. 캐치폴은 그것이 철분 특유의 냄새라는 것을 쉽게 알 수 있었다. 흥건하게 고인 피에서 나는 철분 냄새, 영혼 속에 담겨 있던 철분 냄새. 그 시체는 살인사건 관광 장소에 일부러 놓아둔 것이 뻔했다. 팬텀은 그런 짓을 저질러 놓고 귀신같이 빠져나간다는 것을 보여주기 위해 전시해 놓은 자극적인 광고물 그 이상의, 그 이하의 것도 아니었다.

고커들은 좀 더 가까이서 보기 위해 캐치폴과 가이드를 덮칠 기세로 달려들었다. 가이드는 진정하라는 듯 손을 들고 고커들에게 뒤돌아 멀리 벽 쪽으로 떨어지라고 손짓했다.

"신사숙녀 여러분, 부탁합니다. 여러분은 지금 온전하게 보전되어야 할 사건현장을 훼손하고 있습니다. 단서들이 짓밟히고 있어요. 이러다 증거들이 모두 없어집니다. 멀리 떨어져 주세요."

캐치폴이 멀리 뒤쪽을 가리키며 말했다.

"그럼 이 사람은 가까이 있어도 괜찮고요?"

한 고커가 캐치폴을 가리키며 물었다.

"이분은 돈을 더 많이 내셨으니까요."

가이드는 사실이 그렇다는 듯 태연하게 대답했다.

캐치폴은 남자의 목에 난 깊고 깔끔하게 베인 상처를 들여다보았다. 눈이 내리는데도 불구하고 갑자기 얼굴이 달아오르고 속이 메스꺼워졌다. 지금 '바깥 세계'에 살고 있는 사람들에게는 이런 종류의 잔인한 범죄의 결과를 직접 보는 일이 거의 불가능했다. 너무나 슬픈, 완전히 죽어버린 사람의 시체. 그것은 타워 42빌딩의 꼭대기에서 발견된 머리와 똑같이 생생한 현실이며, 생명이 완전히 사라져 버린 사람이었다. 캐치폴의 태도가 바뀌었다. 그는 어느덧 현대의 프로페셔널 형사로 돌아와 있었다. 캐치폴은 가이드를 팔꿈치로 밀어내고 경찰 신분증을 꺼내어 가이드의 코 앞에 갖다 댔다.

"사람들을 내보내시오. 이 현장은 지금 봉쇄해야 합니다. 사람들을 다른 곳으로 데려가요, 어서."

캐치폴이 숨죽여 말했다.

"이런 망할 놈의 경찰 나부랭이 같으니."

가이드가 중얼거렸다. 가이드는 불평을 늘어놓는 고커들을 데리고 어둡고 시끄러운 선술집 안으로 들어갔다. 사람들은 어리둥절해했다. 돈을 더 내겠다던가 시체를 차례로 보면 되지 않겠냐고 말하는 사람들도 있었다.

"불행하게도 진짜 경찰의 조사에 걸려들었습니다."

가이드가 관광객들을 조용히시키자 사람들은 구시렁거리며 거리의 다른 관광객들 속으로 뿔뿔이 흩어졌다.

캐치폴은 시체를 담요로 다시 덮은 뒤 어두운 술집 안으로 들어갔다. 바깥에서 순찰을 돌고 있던 한 경찰을 만났다. 그가 신분증을 보여주자 경찰이 거수경례를 붙였다.

"구급마차를 불러주세요. 즉시."

채 몇 분도 안 되어 구급마차가 도착했다. 병원복을 입은 두 남자가 뒤에서 내려와 들것을 들고 술집 안으로 들어왔다. 커머셜 거리의 선술집 바깥으로 사람들이 금방 몰려들었다. 경찰들이 우르르 몰려와 선술집에서 사람들을 몰아낸 뒤 일렬로 늘어서서 입구를 봉쇄했다. 머핀 장수는 경찰들은 안중에도 없는 듯 무조건 선술집 안으로 뚫고 들어가려 했다.

캐치폴은 고커들에게서 등을 돌렸다. 그가 방금 본 것은 어느 누구에게도 보이고 싶지 않은 끔찍한 사건 장면이었다. 고커들 중에 바로 이런 현장을 보려고 과거세계를 찾은 사람도 있다고 생각하니 진저리가 쳐졌다. 위장이 꼬이고 배가 뒤틀리는 것 같았지만 신경 쓰지 않으려고 애써 노력했다. 경찰관들이 시체를 덮어서 들것에 들고, 고커들 사이로 만들어진 통로를 따라 사건 현장을 떠났다. 캐치폴은 아이들이 눈싸움을 하며 놀던 곳을 잠시 바라보았다. 그곳은 텅 비어 있었다. 아이들은 이제 눈가루를 날리며 광장을 가로지르는 구급마차를 쳐다보느라 정신이 없었다.

캐치폴은 사람들 쪽으로 다시 고개를 돌렸다. 송장처럼 넋이 나갔던 고커들은 흔적도 없이 사라진 뒤였다. 다른 사람들은 일이 바쁘다는 듯 저마다 분주하게 움직이기 시작했다. 그런데 딱 한 사람, 어떤 여자 하나만 사람들로 붐비는 인도 위에 꼼짝 않고

서 있었다. 사람들이 그녀 옆을 물 흐르듯 지나갔지만 그녀는 석상처럼 꼿꼿이 서 있었다. 그녀는 거리를 유심히 살피는 것 같았다. 캐치폴은 궁금한 마음에 그 여자에게 다가갔다.

"저도 어린 시절로 돌아갔으면 좋겠어요. 물론 그땐 눈도 이렇게 많이 오지 않았고 절대 깨끗하지도 않았지만요."

캐치폴은 뒤에서 눈싸움을 하고 있는 아이들을 가리키며, 다정하게 들릴 수 있게 밝은 목소리로 말했다.

여자가 어딘가 심란한 표정으로 고개를 돌렸다. 넓은 챙이 다 찌그러진 검은색 펠트 모자를 쓰고 모피 목도리를 목에 꽁꽁 둘러맨 모습이었다. 그때 목에 둘렀던 털목도리가 움직였다. 얼룩덜룩한 다리가 앞으로 쭉 펴지더니 고양이 머리가 불쑥 튀어나와 캐치폴을 노려보았다.

"내려가, 나비야."

여자가 말했다. 검은 목줄을 맨 고양이가 아래로 훌쩍 뛰어내려 여자의 다리에 몸을 부비기 시작했다.

"아주 온순하네요."

"저기 무슨 일이에요? 시체가 발견되었나요? 그랬나 보죠? 여자예요, 남자예요?"

여자는 장갑 낀 손으로 술집을 가리키며 물었다.

"남자였습니다."

"어떻게 생긴 사람인데요? 저, 제가 너무 캐묻는 건가요?"

캐치폴이 조용히 대답했다.

"허름한 차림의 남자였어요. 이도 다 빠지고, 눈동자도 허옇게 변한, 거의 맹인이 된 사람이요."

여자는 점박이 고양이를 내려다보았다.

"오, 이런. 소름 끼쳐라. 누군지 알 것 같아요. 내가 며칠 동안이나 찾아다녔던 바로 그 사람 같아요."

여자는 몸을 숙여 작은 점박이 고양이를 안아 올렸다. 여자는 고양이 털 속에 얼굴을 잠시 파묻었다가 고개를 들었다. 여자가 고양이에게 중얼거렸다.

"잭 아저씨 같지, 나비야? 불쌍한 잭."

"남자를 잘 아십니까? 그럼 신원을 확인해 주실 수 있나요?"

"네. 우린 그를 알아요. 자세하게는 아니지만요. 하지만 알죠. 그렇지, 나비야? 우린 그를 장님 잭이라고 불렀어요. 물론 그건 딱 맞는 말은 아니에요. 그는 앞을 볼 수 있었거든요. 자세하게 볼 순 없었겠지만 말이에요."

"시신은 시체 보관소로 옮길 겁니다. 여기서 걸어가면 되는데, 함께 가셔서 공식적으로 신원을 확인해 주시겠습니까?"

"정말 이런 일이 생길 거라곤 꿈에도 생각 못했어요. 하지만 조금이라도 도움이 된다면 최선을 다해야죠. 아, 불쌍한 잭……."

"그분이 맞다면요."

캐치폴이 대답했다.

두 사람은 활기차게 오고 가는 사람들로 북적이는 겨울 거리를 따라 나란히 걸어갔다.

26

칼레브는 뒤에서 쿡쿡 찔러대는 바람에 어쩔 수 없이 높다란 붉은 벽돌 건물의 계단을 올라가 아치형 입구를 통과했다. 현관 안에는 경찰관 한 명과 붉은 제복의 버클랜드 회사 소속 경호대원 한 사람이 서 있었다. 두 사람은 거수경례를 붙였고 경호대원이 문을 열어주었다.

넓은 현관의 타일 바닥 곳곳에는 푸줏간처럼 톱밥이 어지럽게 깔려 있었다. 높다란 접수계 데스크 위로 가스등 샹들리에가 달려 있었다. 건물 깊숙한 곳 어디에선가 술 취한 사람의 노랫소리가 들려왔다. 거친 목소리가 온갖 고함과 비명 소리와 함께 크게 울렸다가 다시 나지막하게 사라졌다. 타일로 된 벽을 따라 놓인 긴 나무 벤치에 사람 한두 명이 구부정한 자세로 앉아 기다리고 있었다. 황동 막대에 걸린 붉은 줄 너머 반대편 벽에는 한 무리의 고커들이 나란히 앉아 있었다. 그들은 이 모든 상황을 다 보고 있는 듯했다.

파리한 얼굴의 남자가 칼레브를 끌고 높다란 접수계 데스크 앞까지 왔다. 데스크에 앉아 있던 직원이 상체를 곧추세우고 옷매무새를 정리했다.

"안녕하십니까, 프린셉 경위님."

그는 마치 이 순간을 기다렸다는 듯 이미 펜을 들고 있었다. 접수계 직원이 고개를 살짝 숙인 채 접수 대장에 펜을 갖다 댔다.

칼레브가 그를 뚫어져라 쳐다보았다.

"신분증이 없으니 이름을 기록해야 합니다. 평소에 쓰는 이름을 말해주세요."

"칼레브라고 합니다."

"청교도식 이름이군요. 성은요?"

접수계 직원은 거만한 태도로, 그러나 친근한 미소를 지으며 다시 물었다.

칼레브는 지친 눈을 가늘게 뜨고 그를 멍하니 바라보았다.

"브라운이요."

직원이 접수 대장에 펜을 대고 쓰기 시작했다.

"이름 하나에 시와 산문적인 분위기가 다 들어 있군요. 나이는 몇 살이죠?"

"열일곱 살입니다."

"열네 살에서 열일곱 사이라고 적게."

프린셉이 조바심을 내며 말했다.

"전 제가 정확하게 몇 살인지 잘 압니다."

직원은 접수 대장을 긁는 소리를 내며 계속 써 내려갔다.

"교육받은 적 있나? 학교나 다른 비슷한 기관에서?"

"네, 물론입니다."

"글을 읽을 수 있나?"

접수계 직원이 쓰던 것을 정지하고 칼레브를 바라보았다.

"네."

칼레브는 쏘아붙이듯 대답했다.

"회사의 허가를 받은 정식 방문객인가요?"

직원이 물었다.

칼레브가 미처 입도 떼기 전에 프린셉이 대답했다.

"그렇진 않은 것 같네. 비행선 티켓과 방문 허가증, 신분증을 가지고 있긴 했지만……. 자기가 방문객이라고, 고커라고 우기긴 하는데, 하지만 이걸 좀 봐."

프린셉은 칼레브의 코트 주머니에 손을 넣고 뒤지기 시작했다. 그러고는 딸랑거리는 소리와 함께 진주목걸이, 보석, 동전들을 한 움큼 꺼내어 펼쳐진 접수 대장 위에 던지듯 늘어놓았다.

데스크 직원이 휘— 낮게 휘파람을 불었다. 그리고 접수 대장에 뭔가를 쓰기 시작했다.

"사실 오늘 아침에 신고가 들어온 게 있어요, 경위님. 어젯밤에 심각한 사건이 있었다면서요. 살인사건이요."

접수계 직원은 기록한 내용이 번지지 않도록 블로터로 눌렀다. 칼레브는 고개를 들어 반대편 벽을 바라보았다. 긴 유리판 속에 지명수배 포스터가 한 줄로 붙어 있었다. 회사 경호대 한 명이 그 옆 빈자리에 새 포스터를 붙이고 있었다.

살인자.

현상수배.

〈사진 부착〉

다음의 인상착의와 비슷한 젊은이를 찾습니다.

16세~19세 전후.

검은 머리, 흰 피부.

무기 소지 가능성, 위험인물.

'살인자'란 글씨 아래로 무슨 죄목을 갖다 붙여도 어울릴 것 같은 젊은 남자의 얼굴이 걸려 있었다. 그런 지명수배 포스터로는 칼레브의 신원을 도저히 긍정적으로 확인할 수 없었다. 오히려 칼레브는 이제 자신이 쫓기는 신세가 되었다는 걸 확실히 깨닫게 되었다. 경찰의 보호를 받으려면 이제 자수밖에 다른 도리가 없었다.

접수계 직원이 고개를 들고 짧게 물었다.

"인상착의를 작성하겠습니다. 키는요?"

프린셉은 칼레브를 벽 쪽으로 밀어붙인 뒤 신장표가 그려진 곳에 세웠다. 미터와 센티미터가 짙은 녹색 눈금으로 표시되어 있었다.

"177.8센티미터."

프린셉이 불렀다. 데스크 직원이 받아 적었다. 기록부를 긁는 소리가 났다.

"머리 색깔은요?"

프린셉이 칼레브를 경멸의 눈초리로 쏘아 보았다.

"검은색."

"눈동자 색깔은요?"

"파란색."

"피부색은요?"

"백인."

"출생지는요?"

칼레브는 바닥을 쳐다보았다.

"런던지구, 구역 미확인이라고 적게."

"하는 일, 혹시 직업이 있나요?"

"허가증 없는 불법 거지, 한마디로 도둑이야."

"아니에요."

칼레브가 힘있는 목소리로 조용히 대답했다.

"난 널 봤어. 넌 다른 부랑자 놈이랑 한패로 일하고 있었어. 네가 저런 진주목걸이를 자주 하고 다니나? 정말 그래?"

"불쌍한 부랑자, 거지. 도둑."

접수계 직원이 안경 너머로 칼레브를 흘끔 쳐다보며 말했다.

"눈에 띄는 특이사항은요?"

"특별한 건 없군."

남자가 칼레브를 아래위로 훑어보았다.

"체포 현장 주소는요?"

"특정 주소는 쓰지 않는 게 가장 안전해."

프린셉이 말했다.

이 질문은 칼레브 역시 그냥 넘어가기로 했다. 처음엔 이슬링턴에 숙소가 있다고 말하려 했다. 그런데 어떤 생각 때문에 대답을 멈추었다. 아버지까지 살인사건에 휘말릴지 모른다는 두려움.

'그냥 물건을 훔쳤다고 인정하는 게 나을까?'

"체포 혐의는요?"

데스크 직원이 물었다.

"다른 사람과 함께 소매치기를 했습니다."

"오, 갑자기 자백을 다 하시네. 절도에다 불법 구걸 행위, 무단 가택 침입도 했잖아."

프린셉이 죄목을 더 나열했다. 접수계 직원이 프린셉을 올려다보았다. 그는 펜을 책상 위에 놓고 천으로 펜촉을 깨끗이 닦았다.

"일단 공식적인 혐의 하나만 적어야 합니다, 경위님. 허가가 없다는 게 이곳에선 불행한 일이긴 하지만 딱히 범죄라고는 할 수 없는데요."

직원이 나지막이 말했다. 잠시 침묵이 이어졌다. 칼레브는 두 사람을 번갈아 쳐다보았다. 유치장에서 노랫소리가 다시 들리기 시작했다. 상황을 계속 지켜보던 고커 몇 명이 킥킥거렸다. 칼레브는 건물 아래 어느 곳엔가 쥐가 득실거리는 어두컴컴한 감옥이 있을 거라고 상상했다.

“경위님, 어떻게 할까요?”

“지금은 소매치기라고 적게. 자, 코트 주머니를 깨끗이 비워 봐.”

칼레브는 재킷 안쪽 깊은 주머니에서 물건들을 꺼내어 책상 위에 늘어놓았다.

“저것들을 주머니에 넣고 기록해 두게.”

직원은 한숨을 쉬며 펜을 황동 잉크병에 담갔다가 다시 천천히 기록하기 시작했다.

“체포 시각과 장소는요?”

“서기 XXXX년 11월 1일, 오전 8시 45분. 과거세계, 런던 1지구의 패링던 로드, 등등.”

접수계 직원이 접수 대장을 프린셉에게 넘겼다. 프린셉이 펜으로 뭔가를 쓰자 직원이 내용을 불렀다.

“체포 경찰이 직접 확인하고 서명함.”

직원이 블로터로 사인을 깨끗하게 눌렀다.

“동행해 주게.”

프린셉이 제복을 입은 경호 대원 한 명을 불렀다. 두 사람은 함께 칼레브를 데리고 접수계 뒤쪽의 문을 열고 들어갔다. 세 사람은 옆으로 난 많은 문들을 지나 긴 복도를 걸어갔다. 술에 취한 노랫소리가 더 크게 들렸고, 가스등 불빛은 더 어두침침해졌다. 제멋대로인 노랫소리 위로 시끌벅적한 소음도 들려왔다. 뭐라 설명할 수 없는 소란한 싸움 소리였다. 빳빳하게 풀을 먹인 앞치마에 하얀 캡 모자를 쓴 여자가 문을 열었다.

"이자를 데리고 가서 사진을 찍어주세요."
프린셉이 말했다.
"네, 경위님."

27

캐치폴과 고양이 부인이 동쪽의 올더게이트 근처에 있는 대형 병원으로 향했다. 시체 안치소를 찾아가는 길이었다. 검은 물체들이 들것에 실려 구급마차에서 차례로 나오고 있었다. 캐치폴 경사는 뒷문 앞에서 피에 물든 손을 가죽 앞치마에 닦고 있던 환자 운반원에게 다가갔다. 고양이 부인은 멀리 혼잡한 거리 쪽으로 고개를 돌렸다.

"오늘은 좀 많이 도착했어요. 터널에서 기차 사고가 있었거든요."

들것을 진 운반원이 누런 이를 드러내며 씨익 웃었다.

"네 명은 죽고, 다른 놈들은 팔다리가 떨어져 나갔어요. 누가 일부러 꾸민 일이라고 그러대요. 아주 비겁한 사건을 저지른 거지요. 모두 팬텀을 욕하고 있어요. 근데 내가 보기엔 그냥 꾸며낸

이야기 같아요. 저기 '저 사람' 들을 재미있게 해주려는."

운반원은 길 건너편에 나란히 서 있는 고커들을 보며 고개를 끄덕였다.

"저 사람들이 돈을 내고 여기까지 오는 것도 따지고 보면 다 이런 사건 때문이니까요. 운이 좋으면 팔다리가 잘린 시체도 몇 구 볼 수 있겠죠."

캐치폴은 조끼 주머니에서 빳빳한 5파운드짜리 지폐 한 장을 꺼냈다.

"전 완전히 다른 사건을 알아보고 있습니다. 살인사건인데요. 어떤 남자가 심하게 구타를 당한 뒤 변사체로 발견되었습니다. 내장은 완전히 도려내진 상태였고요. 팬텀의 '진짜' 희생자죠. 한 시간 전쯤 발견되었을 텐데 말이죠."

"네. 팬텀의 소행으로 여겨지는 시체 한 구가 들어왔어요."

"바로 그 사람입니다."

"그 시체를 보고 싶은 거군요?"

운반원은 장의사 같은 진지한 목소리를 흉내 내며 말했다.

"그리고 저기 여자 친구에게도 살짝 보여주실 건가 보죠?"

"그렇다고 할 수 있습니다."

캐치폴은 노련한 손놀림으로 지폐를 흔들며 대답했다.

운반원은 피로 얼룩진 손가락 두 개로 지폐를 휙 낚아채서는 가죽 앞치마 안에 쑥 집어넣었다.

"정 그렇다면, 이리 오시오."

그는 캐치폴을 병원 안으로 인도했다.

세 사람은 대리석 바닥이 반짝거리는 어두침침한 복도를 따라 내려갔다. 물론 대리석 바닥도 피로 흥건히 물들어 있었다. 두 사람은 기차 사고 환자들이 들것에 실린 채 어지럽게 흩어져 있는 입구 로비를 지났다. 수술 장면을 직접 보기 위해 수술실에 들어가려고 계단 발치에 줄지어 서서 기다리는 한 무리의 고커들도 보았다. 제복을 입은 경찰관들이 한 줄로 길게 서서 그들을 가로막고 있었다. 하얀 가운을 입은 의사가 그 사이를 밀치고 나왔다. 의사가 운반원을 불렀다.

"이쪽으로 좀 와주세요."

"난 이만 가봐야겠소. 지하실 복도에 당신이 찾는 시체가 있소. 제일 끝 방이오. 냄새나는 곳을 따라가시오."

캐치폴과 고양이 부인은 어두운 불빛을 따라 지하실 복도를 걸어갔다. 복도 끝에 커다란 쌍여닫이문이 보였다. 양쪽 문짝에 '시체 안치소'라고 새겨진 도자기 판이 걸려 있었다. 캐치폴은 고양이 부인을 돌아보았다.

"괜찮겠습니까? 그리 기분 좋은 경험은 아닙니다."

"우리 잘할 수 있지? 그렇지, 나비야?"

캐치폴이 양쪽 문을 활짝 열어젖혔다. 깜박거리는 누런색의 불빛만 보다가 갑자기 가스등이 환하게 켜진 하얀색 타일 방 안에 들어가니 잠시 동안 눈을 제대로 뜰 수가 없었다. 하얀 천이 덮인 에나멜 테이블과 에나멜 양동이들이 한 줄로 놓여 있고 저울도 있었다. 캐치폴은 하얀 천에 덮여 선명하게 드러난 사람 몸의 윤곽을 보았다.

더러운 가죽 앞치마를 입은 다른 운반원 하나가 테이블 옆 의자에 구부정하게 앉아 있었다. 그는 두 사람이 들어오자 읽고 있던 신문을 접었다. 그러고는 바닥까지 끌리는 앞치마에 손을 비비고 비틀거리며 일어났다.

"여긴 보안 구역이오."

"그렇습니까."

캐치폴은 가장 가까운 테이블로 어슬렁거리며 걸어갔다.

"어서 나가는 게 좋을 거요. 당신 둘 다. 동물도 안 돼요."

남자가 고양이 부인을 향해 고개를 저었다.

"아주 깨끗한 방이군요."

캐치폴은 덮개가 덮인 테이블 모서리를 손가락으로 따라가다 덮개 천을 풀럭거려서 반듯하게 잡아당겼다.

"해결해야 할 문제가 있는데 말이죠."

캐치폴은 덮개를 들어 아래를 들여다보고는 얼른 신분증을 꺼냈다.

"우리는 사람을 찾고 있습니다. 실종자지요."

"그 사람들이 도착했는지 모르겠군. 이것 때문에 나중에 온다고 했수. 하여튼 빨리 떠나시오."

"그 사람들이요?"

"회사 말이오. 회사의 높은 사람들. 골치 아픈 일이 생길 수도 있소."

"그런가요?"

"왜 그런지는 묻지 마시오. 절대 말할 수 없으니까. 난 아는 게 없소. 우리가 그 남자 옷을 벗겼을 때 그걸 보긴 했지만……."

"봤어요? 뭘 봤습니까?"

테이블을 보고 있던 캐치폴이 고개를 들며 말했다.

"이런, 내가 말을 너무 많이 했군."

"잠깐만요. 내가 간단히 정리하죠. 당신은 보던 신문을 계속 보시오. 난 그저 이 부인에게 이곳을 잠깐만 보여주겠습니다. 이 부인이 신원을 확인해야 할 사람이 있습니다. 당신에겐 아무런 폐도 끼치지 않겠소."

그는 신분증을 다시 흔들어 보이고 조끼 주머니에 넣었다.

"그럼 아주 잠깐만. 그걸로 끝이오."

캐치폴은 남자의 허리까지 하얀 덮개를 걷어냈다. 상반신이 드러났다. 맹인은 온몸이 마치 인어처럼 창백했다. 어깨에서부터 심장까지 예리하게 베인 흔적. 목을 깨끗하게 긋고 지나간 칼자국, 배를 어설프게 꿰맨 자국이 아니었다면 평온하게 잠든 사람처럼 보였다.

"악랄하군."

캐치폴은 구멍이 뻥 뚫린 시체의 목 위로 덮개를 다시 덮었다.

"자, 이제 보세요."

캐치폴이 조용히 말했다. 고양이 부인이 에나멜 테이블로 다가왔다. 그녀는 눈을 감고 고양이의 머리를 쓰다듬으며 머뭇거렸다. 그러다 눈을 뜨고 평화롭게 잠든 머리를 내려다보았다.

"잭이에요. 그렇지, 나비야? 불쌍한 장님 잭이 맞아요. 그는 현

명한 사람이었어요. 너무 착해서 벌레 한 마리도 못 죽이는 사람
이었죠. 항상 딸과 함께 산책을 나왔는데. 그는 항상 여기 있었는
데.”

그러고는 창문 하나 없는 환한 방을 둘러보았다.

“물론 ‘여기’는 아니고요. 제 말이 무슨 뜻인지 알죠? 여기 과
거세계 말이에요. 내가 아는 한, 그는 이곳이 처음 문을 열었을
때부터 쭉 여기서 산 사람이에요.”

캐치폴이 시체 위로 천을 다시 덮었다.

“자네가 보지 못한 게 있어. 그 사람들이 이자의 배를 갈랐을
때, 어땠을 것 같소?”

운반원이 말했다.

“글쎄요, 심장이 없었나요?”

캐치폴이 물었다.

“한 번에 맞췄군. 그게 무슨 뜻인지 아시오?”

고양이 부인이 성호를 그었다. 고양이가 어깨에서 풀쩍 뛰어
내려가 테이블 아래의 피로 범벅이 된 에나멜 통을 향해 야옹거
렸다. 고양이 부인은 목줄을 세게 잡아당겨서 자신의 버튼 부츠
가까이 고양이를 끌어당긴 뒤 테이블에서 다시 멀리 떨어졌다.

캐치폴은 덮개를 들고 마지막으로 시체를 한 번 더 살펴보았
다. 맹인 남자는 팔을 옆구리에 똑바로 붙이고 누워 있었다. 캐치
폴은 그의 한 팔을 들어보았다. 차갑고 무거웠다. 그 순간 캐치폴
은 보았다. 팔뚝 안쪽에 새겨진 문신을. 여러 숫자들과 검은색 직
선으로 이루어진. 옛날에 사용되던 바코드 모양의 문신이었다.

"바코드를 봤군요."

운반원이 무언가 불안한 듯 문 쪽을 힐끗 쳐다보면서 말했다.

"이 사람은 그냥 불쌍한 술주정뱅이가 아니오. 저런 표시를 새길 수 있는 사람은 이 과거세계에 몇 사람 되지 않으니까. 저건 보안 허가 표시지. 몇 년 전에 최고 비밀 이사들만 했던 표시. 지금은 필요없게 됐지만. 곧 이 사람을 직접 보러 버클랜드 회사에서 올 거요. 만약 내가 당신과 이 여자랑 함께 있는 걸 본다면 난 아마 해고를 당할지도 모르오. 난 아무 말도 안 했소. 못 들은 걸로 하고 당장 여기서 나가요."

그는 천으로 맹인 남자를 머리까지 덮개 천으로 완전히 덮은 뒤 침상을 한쪽 옆으로 밀어놓았다.

캐치폴은 고양이 부인의 손을 잡고 다시 조용히 어두운 복도를 빠져나갔다.

두 사람이 계단 앞에 다다랐을 때 복도 위쪽에서 목소리가 들렸다. 캐치폴은 고개를 숙였다. 두 사람이 계단을 올라가는데 위에서 사람들이 내려오는 게 보였다. 검은 양복을 입은 버클랜드 회사 사람 하나가 경호 대원 둘을 데리고 계단을 내려오고 있었다.

캐치폴은 고양이 부인을 번잡한 선술집으로 데려갔다.

"독한 술이 필요하지 않겠습니까?"

"괜찮다면, 물을 탄 브랜디로 주세요."

두 사람은 선술집 한구석에 나란히 앉았다. 고양이는 여자의 무릎 위에 조용히 누워 있었다.

"그럼 부인은 여기 주민이란 말씀이죠. 고커가 아니라요?"

"네, 나는 모자 가정 일자리 정책에 따라 여기 왔어요. 그런데 결국 아무 소용 없게 되어버렸죠. 아이가 디프테리아에 걸려 죽어버렸으니까요. 그 후엔 불법시민이 되어버렸고 거리 공연단에서 일하게 됐죠. 당신은 바깥 세계에서 왔죠? 그곳은 요즘 어떤가요? 너무 오래 못 가봤네요. 그렇지, 나비야?"

"바깥 세계는 그냥 바깥 세계죠. 솔직히 부인이 여기에 처음 정착했을 때보다 바깥 세상이 그렇게 많이 바뀌었는지 모르겠습니다. 여러 가지 제약 사항이 더 많아진 것을 뺀다면 말이죠. 더 많은 통제, 더 많은 간섭. 오히려 점점 더 '일률적'으로 변해 간다고 해야 할까요. 사람들이 정해진 시간에 따라 올바른 일만 하니까요. 동시에 똑같은 일을 하는 느낌이라고나 할까요. 충분히 자유롭긴 한데, 편협한 동질성이 숨통을 죄어옵니다. 아무런 위기가 없는 삶. 무채색의 인생이라고 하면 이해가 될까요? 그러니 이 세계가 이렇게 인기가 있는 게 아니겠습니까?"

그녀는 사람들로 북적이는 술집을 둘러보며 고개를 끄덕였다.

"갑자기 이브가 불쌍해지네요."

"이브요?"

"잭의 딸 말이에요. 어느 날 아침 홀연히 도망쳐서는 지금까지 돌아오지 않았어요. 정말 잔인하죠. 참 착한 아이 같아 보였는데 말이에요. 잭은 그 이후 끝나 버렸어요. 그 앤 자기가 도망치고 나서 잭이 어떻게 변했는지 잘 모를 거예요. 잭은 그 바보 같은 아이를 찾는데 필사적이었어요. 나도 그 애를 한 번 본 것 같긴 한데, 그 애는 자기가 아니라고 부인하더군요. 그 뒤에 다시 한 번 더 봤어요. 얼마 후에, 높은 줄 위에서 춤을 추고 있더군요. 정말 잘 췄어요. 그때 그 애가 이브란 걸 알아챘죠. 그 애와 아주 잠깐 이야기를 나눴는데, 자기가 쪽지를 쓸 테니 잭에게 전해달 라고 하더군요. 잭을 안심시키려고요. 난 쪽지를 잭의 집 현관 밑 으로 그냥 쑥 집어넣고 올 수 없었어요. 직접 만나서 전해주고 싶 었죠. 만나서 직접 이야기를 해주면 잭도 안심할 것 같았거든요. 내가 그 애를 만났다, 이야기도 해봤다고 말이죠. 잭은 굉장히 불 안한 상태였어요. 전 그의 집 아래에 있는 상점에 우리가 만날 시 간과 장소를 적은 쪽지를 남겼죠. 그런데 잭은 이제 딸의 쪽지를 영영 받을 수 없게 되었네요. 너무 불쌍한 사람이에요.”

그녀는 장갑을 낀 채 손가락 관절을 구부려서 딱딱 소리를 냈 다.

“그 사람과 당신이 아는 팬텀과 무슨 연관이 있습니까?”

그녀는 고개를 저었다.

“어느 날 잭이 누가 자기를 쫓고 있다고, 자기를 끝내려 한다 고 그랬어요. 그래서 만약 자기가 없어지거든 불법인 살인사건 관광 장소를 확인해 보라고 했어요. 거기에 자기 시체를 버릴 것 같다면서요. 그 말이 진짜였던 것 같네요. 난 잭과 팬텀에 대해 아무것도 모르지만 말이에요. 난 팬텀이 그저 우리를 겁주려고 고용된 가짜 도둑인 줄 알았어요. 우리가 함부로 굴지 못하게 하기 위해서요. 늙고 불쌍한 잭이 팬텀 같은 작자와 연관이 있을 거라곤 상상도 못했어요.”

그녀는 핸드백을 더듬거리더니 편지 봉투 하나를 꺼냈다.

“그가 내 쪽지를 받으러 나타나지 않았을 때 그가 한 말이 기억났어요. ‘그들은 내 시체를 살인사건 관광 장소에 숨길 거야.’라고 말이죠. 내가 하고 싶은 말은 다 한 것 같네요. 이제 이브를 찾아서 직접 말해주는 건 당신의 몫이에요.”

“그 쪽지를 볼 수 있을까요?”

고양이 부인은 장갑 낀 손에 쥐고 있던 꼬깃꼬깃 접은 종이를 잠시 내려다보았다.

“이제 잭이 죽었으니 이 종이쪽지도 위험하지 않겠죠?”

그녀는 고개를 내저으며 캐치폴에게 봉투를 내밀었다. 캐치폴이 쪽지를 받으려 했지만 고양이 부인은 여전히 봉투를 꼭 쥐고 놓지 않으려 했다.

“저를 믿으셔야 합니다.”

캐치폴이 다정하게 말했다. 그제야 고양이 부인은 편지를 순순히 내주었다.

“부인을 다시 만나야 할 일이 생긴다면 어디로 가면 될까요? 제가 이브라는 소녀를 찾는 일이 중요하게 되었군요. 이런 일이 생겼으니 그 애도 분명히 위험할 거예요.”

고양이 부인은 아무 말 없이 검은색 눈동자를 깜박거리며 캐치폴을 바라보았다. 캐치폴은 자신의 숙소 주소가 적힌 공식적인 방문자 명함을 그녀의 손에 꼭 쥐어주었다.

"만약 이브를 보시거든 여기 이 주소로 나를 찾으라고 전해주세요. 부인이 절 찾고 싶으시거나 연락할 일이 생겨도 여기로 오면 됩니다."

"좋아요."

그녀가 심란한 목소리로 대답했다. 고양이 부인은 명함을 들고 물을 섞은 브랜디를 다 마신 뒤 자리에서 일어섰다.

"이제 집으로 가야겠어요. 즐거운 시간이었다고 할 순 없지만, 그래도 그 사람한테 무슨 일이 생겼는지는 알았으니까요."

고양이 부인의 까만 코트가 길거리에 내린 하얀 눈과 뚜렷한 대조를 이루었다. 얼룩 고양이가 꼬리를 휘휘 움직이며 멀어졌다.

캐치폴은 고개를 푹 숙인 채 숙소로 돌아왔다. 새하얗게 쌓인 눈 위로 어지럽게 흩어진 사람들의 신발 자국이 보였다.

숙소로 돌아온 캐치폴은 밤 늦도록 거실의 부드러운 불빛 아래 앉아 있었다. 그는 봉투를 열었다. 편지는 짧았고 가슴이 찡할 정도로 순수한 내용이었다. 커다란 편지지에 반듯한 글씨로 적혀 있었다. 캐치폴은 시력이 약한 누군가 읽기 쉽게 하려고 그렇게 쓴 것이 아닐까 하는 생각이 들었다.

제가 가장 사랑하는 잭 아저씨.

저에 대해선 걱정하지 마세요. 전 안전해요. 지낼 곳도 찾았고요. 그리고 이제 새로운 삶을 시작했어요. 아저씨, 저를 찾지 마세요. 그냥 아저씨만 조심히 지내시면 돼요. 저도 항상 조심하겠다고 약속드릴게요.

—사랑하는 이브 드림.

허드슨이 루시우스 브라운에 대한 버클랜드 주식회사의 공식 기록을 보내왔다. 캐치폴은 파일을 열어보았다.

기밀문서.
루시우스 브라운.
이 파일은 버클랜드 주식회사의 소유이며 파일 내용은 극비에 붙인다.

특히 서류 두 개가 흥미로웠다. 첫 번째는 프로메테우스 프로젝트에 관한 것이었다. 캐치폴은 그 서류부터 읽기 시작했다.

첨부 보고서 1.
프로메테우스 프로젝트.
브라운 박사가 상기된 프로젝트를 2년간 더 연장하기 위해 보조금을 요청했다. 브라운 박사와 멀헤른 박사가 그동안 연구한 결과가 최근 비밀 연구실에서 나와 버클랜드 씨 앞에 공개되었다. 그것은 정말 놀라운 경험이었다. 개인적인 의견으로는, 브라운 박사와 멀헤른 박사가 요구한 수준의 연구 자금이 계속 지원되어야 한다고 생각한다. 하지만 박사들이 비밀을 지키겠다는 단서를 달아야 한다. 이 연구의 모든 결과를 보호할 수 있는 새로운 종류의 독점 계약을 반드시 맺어야겠다.

승인됨(approved).

그는 아까부터 계속 신경이 쓰였던 두 번째 서류를 훑어보았다.

신상 기록.

루시우스 브라운 박사는 대학에서 생물학과 물리학을 전공했으며 건축 역사학 박사학위도 취득했다. 대학 재학 중 아벨 버클랜드를 만나 함께 수학했다. 과거세계 여러 구역에서 브라운 박사의 천재적인 재능을 엿볼 수 있다. 그는 천재적인 아이디어로 도시에 흉가 단지를 계획하고 유령과 다른 여러 장비들을 적절하게 설치하는 계획을 추진했다. 그 흉가 단지는 개장 첫날밤에 열린 축하 파티에서 대성황을 이루었다. 이런 눈부신 성공에 힘입어 브라운 박사는 회사 내에서 창립 임원이라는 확고한 지위에 오르게 되었다.

브라운 박사와 잭 멀헤른 박사는 또 다른 특별 프로젝트에도 공동 참여했다. 엄청난 재원이 필요한 프로젝트였지만 잠정적인 연구 결과가 대성공이었고 회사 내에서도 충분한 지지를 얻었기 때문에 두 번째의 대규모 자금 지원 역시 승인받은 상태였다.

그러나 브라운 박사와 멀헤른 박사 두 사람은 처음과는 달리 자신들의 성과를 부정하는 의견을 내놓았고, 실험 추진을 위한 두 번째 로비 과정에서 실험 계획 전체가 완전히 중단되어 버렸다. 실험 추진 계획은 버클랜드 최고 경영진 선에서 완전히 묵살되었다. 그 이후 분명히 사고로 보이는 화재가 발생하여 실험실과 관련 시설이 전소되었다. 멀헤른 박사는 화재로 인한 사망으로 공식 기록되었고, 그때까지 모든 최종 실험 결과 역시 파괴되었다. 그러나 현재 멀헤른 박사는 은신처에 도피한 것으로 알려져 있으며 루시우스 브라운 박사는 그 화재 사건 이후 곧바로 은퇴했다.

기밀 서류 추가 문서 A 참조.

추가 문서 A는 파일에 들어 있지 않았다. 캐치폴은 파일을 뒤적여 보았다. 이상한 이야기와 기묘한 관계들, 비밀스런 실험들에 관한 이야기가 하나둘 씩 드러나기 시작했다. 그런데 대체 무엇에 관한 실험일까? 캐치폴은 허드슨 경사에게 간단하게 편지를 써서 멀헤른 박사에 관계된 자료라면 무엇이든 보내달라고 부탁했다. 그리고 가능하다면 기밀서류 부록 A의 복사본도 보내달라고 썼다.

28

"너를 잡으려는 사람들도 네가 사람들 머리 꼭대기 줄 위에서 걸어 다니고 춤을 추리라곤 전혀 생각하지 못할 거야. 나무에 달린 나뭇잎 처럼 누구나 볼 수 있는 곳에 숨는 거지. 이건 아주 오래된 수법이야. 우린 네가 러시아에서 왔다고 할 거야."

나는 '러시아'든 아니든 아무 상관 없었다. 그래서 야고는 자신의 트럼펫 연주가 끝나면 나를 항상 '저 멀리 러시아에서부터 온, 아름다 운 이브!' 라고 소개했다.

어느 날 오후 내내 마차 안에 들어앉아서 톱질을 하고 망치를 두드 리던 야고가 자신이 완성한 것을 보여주었다.

"비밀 계단을 만들었어. 우리가 마술을 할 때 쓰는 것과 같은 가짜

마룻바닥을 깔았어. 여기 마차 바닥을 들면 언제라도 탈출할 수 있어. 이게 언제 필요하게 될지 누가 알겠어? 그 거지 하수인들이 너를 쫓고 있다면, 우린 최대한 조심해야 해."

매번 공연을 할 때마다, 하얀 모슬린 드레스를 입고 높은 줄 위에서 뱅그르르 돌고 춤을 출 때마다 난 그가 거기 서 있는 것을 보았다. 그 아이는 언제나 구경꾼 제일 앞에 자리를 잡는 것 같았다. 내가 그를 찾으려고 두리번거릴 때마다 언제나 쉽게 눈에 띄었기 때문이다. 난 언제나 그 아이를 발견했고 복잡한 사람들 속에서도 그가 어디 있는지 찾을 수 있었다. 그의 시선이 줄 위의 내 몸짓을 따라 함께 움직이는 것이 느껴졌다. 무슨 이유에서인지 몰라도 수많은 사람들 속에서도 오직 그 아이만 나를 보고 있다는 느낌이 들었다.

"너를 좋아하는 팬이 날로 늘어나는 것 같아, 이브. 그런데 너를 보러 자꾸 찾아오는 젊은 남자가 있어. 그가 믿을 만한 사람인지 잘 모르겠어."

야고가 말했다.

높은 줄 위에서 춤을 추는 나를 보러 오는 사람들 중에, 유독 내 눈에 띄는 사람은 한 사람뿐이었는데. 검은 눈동자에 환한 웃음을 띤 다정해 보이는 그 아이.

어느 날 오후, 쇼가 끝난 뒤 그 아이가 결국 나를 찾아왔다. 그는 내 귀를 핥고 있는 귀여운 말 펠로 옆을 서성거리고 있었다. 그는 나에게 무관심한 척, 마차 발판을 내려오는 나를 애써 외면하고 있었다. 그는 나에게 말을 걸려고 하지 않았지만 난 그가 신경 쓰였다. 결국 야고가 그 아이를 멀찍이 보내 버렸다. 야고는 항상 나를 지켜준다.

"걱정 마세요, 야고. 다음번엔 그 사람이 나한테 다가와서 말을 걸어도 모른 체해주세요."

그가 우리 마차 행렬이 서 있는 곳으로 다시 찾아왔다. 야고는 마치 '내가 저 남자를 쫓아줄까?' 하고 말하듯 언제나처럼 다정한 갈색 눈동자로 날 바라보았다. 난 고개를 저었다. 그리고 그 남자에게 가까이 오라고 손짓을 했다.

가까이서 보니 그 아이는 웃음을 머금은 눈매에 다정한 얼굴이었다. 헝클어진 머리에, 그렇게 하얗거나 검지 않은 피부, 크지도 작지도 않은 키. 지극히 평범한 모습의 남자아이. 그는 부끄러운지 모자를 꽉 움켜쥐고 서 있었다.

"아가씨는 줄 위에서 진짜 잘하는 것 같아요. 어떻게 그렇게 잘하나요."

그가 내 발을 쳐다보며 어색하게 말을 걸어왔다.

"고마워요. 그냥 연습하면 되죠."

"나는……."

그가 잠시 머뭇거리다가 씽긋 웃으며 이름을 말했다.

"나는 **자펫 맥크레디**라고 해요. 적어도 내가 일하는 곳에서는 그렇게 불러요. 하지만 친구들에겐 바이블 J로 통하죠."

그가 손을 내밀었고 난 그와 악수했다.

그날 이후 바이블 J라는 그 남자아이는 매번 쇼가 끝난 뒤 나를 찾아왔다(그래서 나도 우리 펠로를 계속 토닥여 주기로 했다). 그는 최소한 일주일에 두세 번 정도는 꼭 나를 보러 왔다. 그는 자기가 대장으로 모시고 있는 윌리엄 레이튼 씨를 위해 심부름 같은 것도 하고 또 항상 사람들을 구하러 ‘사방팔방으로’ 다닌다고 했다.

야고도 레이튼 씨를 알고 있었다.

“레이튼 씨는 집에서 강령회를 열어. 엄청난 입장료를 받고 말이야. 그는 비밀리에 활동하는 사기꾼이야. 한마디로 도둑놈이지. 레이튼 씨와 바이블 J를 조심해야겠는걸.”

29

쇠창살이 붙은 창문의 맞은편 벽에 하얀 천이 길게 드리워져 있었다. 칼레브는 그 앞으로 높은 스툴 의자가 놓여 있는 것을 보았다. 스툴 의자 뒤에는 황동 죔쇠가 달린 스탠드가 서 있었다. 한 경찰관은 뭔가 네모난 것을 쥐고 있었다. 여자가 번호 몇 개를 연달아 부르기 시작했다.

"일, 구, 이, 사, 팔."

경찰관은 나무틀이 둘러진 석판에 그 숫자를 받아 적은 뒤 석판을 번쩍 들었다. 여자가 슬쩍 보고 고개를 끄덕이자 경찰관이 그 석판을 칼레브의 목에 걸었다. 딱딱한 태도의 간호사가 날카로운 쇠 빗으로 칼레브의 뻣뻣한 머리카락을 이마에서부터 뒤로 빗어 내렸다.

"최소한 이는 없어야지."

간호사가 퉁명스럽게 말했다.

칼레브는 바로 앞에 서 있는 구식 카메라 상자를 자신도 모르게 똑바로 바라보고 있었다.

"금방 끝납니다."

하얀 가운을 입은 남자가 말했다.

칼레브는 높은 스툴 의자 위에 앉았다. 목은 죔쇠에 고정되어 움직일 수 없었다. 칼레브는 다리가 부들부들 떨렸다. 반대편 벽을 따라 한 무리의 고커들이 조용히 앉아 있었다.

석판이 너무 무거워서 목이 끊어질 것 같았다. 하얀 가운을 입은 남자가 카메라 뒤로 늘어진 검은 보자기 안으로 고개를 집어넣었다.

"움직이지 마세요. 조명."

경찰관이 말했다. 그러자 조명등이 갑자기 환하게 밝아졌다.

"자, 하나, 둘, 셋. 끝났습니다."

보자기 안에서 남자가 말했다. 경찰관이 카메라의 텅 빈 유리 렌즈 앞으로 넓은 황동 뚜껑을 내렸다. 딸깍! 하는 소리와 함께 환하던 빛이 차츰 어두워졌다.

칼레브는 눈을 깜박거리고 몸을 꿈틀거리며 머리를 움직여 보았다. 그러나 황동 죔쇠가 머리를 꽉 조이고 있었다. 간호사가 다가와 머리를 조였던 죔쇠를 풀고 칼레브의 목에서 석판을 빼낸 뒤 적혀 있던 숫자를 말끔하게 지웠다.

"따라오세요."

간호사가 말했다. 두 사람은 시끄럽고 우중충한 복도를 따라 접수계로 갔다. 거지와 멋쟁이 여성들, 고커들까지 온갖 부류의 사람들이 타일 벽을 따라 놓인 벤치에 나란히 앉아 있었다. 누군가 칼레브에게 책상 가까이 앉으라고 했다. 칼레브는 벤치 아래에 먼지와 톱밥 뭉치가 서로 뒤엉켜 있는 것을 물끄러미 쳐다보았다. 핏자국으로 얼룩덜룩한 톱밥 뭉치도 쌓여 있었다. 칼레브는 혹시 그 속에 누군가의 이가 들어 있지 않을까 하는 생각이 들었다. 칼레브는 일부러 고개를 들지 않았다. 고커나 벤치에 앉아 있는 그 누구와도 눈을 마주치지 않으려고 주의했다.

칼레브는 불쌍한 아버지를 떠올렸다. 무슨 말이든 아버지의 목소리를 단 한 마디라도 들을 수 있다면 어떤 대가라도 치를 텐데. 그러나 칼레브는 아버지를 두고 도망쳤다. 칼레브는 이제 스스로에게 묻고 있었다. 거지 하수인들이 칼로 아버지를 찔렀을 때, 그리고 아버지의 몸에서 피가 흘러내리는 것을 보고 있을 때 아버지가 정말 '도망쳐' 하고 소리쳤던가? 아니면 그냥 아버지가 그렇게 소리쳤을 거라고 상상하면서 겁에 질려서 도망친 것인가?

프린셉 경위가 벤치 옆을 지나치다 칼레브의 어깨에 잠깐 손을 얹었다.

"명심해. 19248번, 칼레브 브라운. 지금부터 널 주시하겠어. 난 소매치기나 도둑을 특히 싫어해서 말이야."

칼레브가 고개를 들었다. 그의 파란 눈이 날카롭게 빛났다.

"난 도둑이 아⋯⋯."

칼레브가 말하려다 이미 물건을 훔쳤다고 자백한 것을 깨달았다. 칼레브는 얼른 고개를 숙였다.

프린셉 경위가 그의 곁을 휙 지나쳐 현관 밖으로 나갔다. 벤치에 앉아서 하염없이 기다리는 시간이 계속되었다. 칼레브는 피가 얼룩덜룩한 톱밥 뭉치가 몇 개나 되는지 물끄러미 세어보았다.

시계의 시침이 '툭' 하고 돌아가는 소리가 들렸다. 건물 어디선가 종이 울렸다. 제복을 입은 경찰관과 접수계 직원이 서로 중얼거리며 이야기를 나누고 있었다.

가스등이 켜진 접수실의 긴 벤치에 혼자 남겨진 칼레브는 멍한 눈빛으로 기다리고 또 기다렸다. 이따금 옆으로 지나간 고커들만 쳐다보며 몇 시간을 보내다 보니 자신도 모르게 살짝 선잠에 빠져들었다. 그때 문이 삐걱 열렸다. 칼레브는 깜짝 놀라 일어났다.

30

월리엄 레이튼은 역사적으로 유서 깊은 자신의 집 응접실 문
뒤에 숨어 있었다. 집안일을 돕는 볼터 부인을 지켜보려고 응접
실 문을 살짝 열어둔 채. 그는 볼터 부인이 무슨 일을 꾸미고 있
다고 확신했다. 레이튼이 2층의 응접실에 앉아 있을 동안 똑같은
거지들이 집 앞을 두 번이나 지나갔다. 그는 한 남자가 집 앞을
지나가다가 잠시 걸음을 멈추고 현관을 쳐다본 후 사라지는 것을
목격했다. 그리고 볼터 부인이 바깥 계단으로 나갔다. 레이튼은
볼터 부인이 거리를 좌우로 훑어본 뒤 집 안으로 들어오는 모습
을 보았다. 그리고 잠시 후, 똑같은 모습의 거지가 다시 집 앞에
나타나 현관 앞에서 잠시 머뭇거리다가 사라졌다.

레이튼은 재빨리 그리고 조용히 1층으로 내려갔다. 그리고 녹
색 패널 벽 위에 가짜 조상들의 초상화가 나란히 걸려 있는 복도

를 지나 보물처럼 소중한 장식품들이 가득한 서재로 갔다. 그는 기다렸다. 역시나, 볼터 부인이 안절부절못한 채 복도에 나타났다. 볼터 부인은 레이튼이 강령회를 여는 2층의 응접실에 있을 거라 생각했으나, 레이튼은 볼터 부인이 현관문을 열고 들어오는 모습을 쭉 지켜보고 있었다.

그때 바이블 J가 불쑥 안으로 들어왔다. 바이블 J는 엉겁결에 볼터 부인을 잡고 옆으로 밀쳐냈다.

"요 생쥐 같은 놈이 날 잡아당겨?"

"화내지 마세요, 볼터 아줌마. 나리는 어디 계세요?"

"2층에."

볼터 부인이 큰 앞치마를 탁탁 털고 까만 목걸이를 반듯하게 펴면서 말했다.

'사실 여기 있지.'

레이튼은 서재 문틈으로 내다보면서 조용히 속삭였다.

볼터 부인이 무엇에 놀란 듯 몸을 움찔거렸다. 그녀는 현관 쪽을 바라보며 고개를 설레설레 흔들고 얼른 문을 닫았다.

볼터 부인은 당연히 바이블 J를 보고 그러는 것이라고 레이튼이 생각해 주길 바랐을 것이다. 그러나 레이튼은 거리에 있는 누군가에게 보내는 신호라는 것을 대번에 알아차렸다.

"여기야, 맥크레디 군. 지금이야!"

레이튼이 조용히 소리쳤다. 레이튼은 서재로 돌아가 입술에 손을 대고 바이블 J에게 조용히 하라는 신호를 보냈다. 그러고는 창가로 가서 밖을 살폈다. 아까 그 거지의 뒷모습이 반대편 거리를 따라 교회 쪽으로 사라지는 것을 확실히 볼 수 있었다.

"볼터 부인이 뭔가 일을 꾸미고 있어."

레이튼이 나지막하게 바이블 J에게 말했다.

바이블 J는 놀란 토끼눈으로 레이튼을 바라보았다.

"그게 무슨 말씀이세요?"

"자세한 건 나중에. 그런데 지금까지 어디에 있었던 거야, 뭘 가져왔느냐?"

바이블 J는 주머니에서 훔친 것들을 꺼내어 서재의 테이블에 죽 늘어놓았다.

"더 있습니다요. 그걸 딴 놈 주머니에 넣어두었는데 그놈이 프린셉 경위에게 잡혀 버렸어요."

"무슨 다른 놈? 아, 새로운 떠돌이를 찾은 거냐?"

"거의 그렇다고 할 수 있습죠. 허우대가 멀쩡한 고커 한 놈을 발견했거든요. 제 나이 또래고 꽤 점잖은 애였는데, 자기 아버지가 납치되었다고 했어요. 어떤 놈이 칼로 찔렀는데 거지들이 몰려들어서 그 애가 한 짓이라고 소리치는 바람에 도망쳤다고 했습니다. 전 그놈이 클래펌을 서성이고 있을 때 발견했고요. 좀 불안해 보였습니다."

"납치? 누가 납치되었단 말이냐?"

레이튼의 호기심이 발동했다.

"그 애의 아버지요. 거지 하수인들한테 끌려갔대요. 그 애한테 도망치라고 소리치면서요."

"난 '납치'란 말을 들으면 왜 항상 '몸값'이란 말이 떠오를까?

‘은혜로운 회사가 엄청난 보상’을 줄 것 같단 말이야. 그놈은 지금 어디 있지?”

“늙은 프린셉이 데리고 갔는데, 패링던 거리에 있는 경찰서로 데려가지 않았을까요?”

“어서 가서 놈을 빼내와. 그놈이 왜 잡혀 들어간 거야?”

“우리가 버스에서 고커들에게 구걸하는 걸 프린셉이 보고 말았습죠. 아마 지금쯤이면 그 애 주머니에 들어 있던 물건들도 다 발견했을 거예요.”

“그럼 소매치기범으로 잡혔겠군. 편지와 뇌물이 필요하겠어.”

늦은 밤, 바이블 J가 패링던으로 가는 승합마차에 올라탔다. 그는 집에서 입는 제복을 입고 있었다. 깨끗이 목욕을 하고 면도까지 한 뒤라 말쑥하고 점잖아 보이기까지 했다. 촌스럽지만 귀여운 바이블 J보다 자펫 맥크레디 군이라는 호칭이 더 어울려 보였다. 바이블 J는 버클랜드 회사가 발부한 위임장과 돈을 가지고 있었다. 동료들과 메릴본에 있는 한 은행 금고를 멋지게 털어서 찾아낸 진짜 위임장을 이전에도 여러 번 꽤 실용적으로 사용한 적이 있던 터였다.

바이블 J는 어떻게 해야 하는지 잘 알고 있었다. 일단 경찰서 현관문을 열고 힘차게 걸어 들어가 보초를 서고 있는 경찰에게 가볍게 목례를 한 뒤 옷매무새를 가다듬고 다시 쌍여닫이문을 열고 접수계로 똑바로 들어가면 되었다.

바이블 J는 접수계 들어서자마자 긴 나무 벤치에 구부정하게 누워 외롭게 잠들어 있는 칼레브를 발견했다. 일단의 고커 무리들이 지명수배범 포스터들을 살펴보고 있었다. 바이블 J는 그중에 칼레브의 포스터가 붙어 있는 것을 발견했다.

접수계 직원이 따분한 표정으로 바이블 J를 쳐다보았다.

"고커는 저쪽 벽으로 가세요. 죄송하지만 특별한 용무가 없으시면 이쪽으로는 오지 마시고요."

직원이 펜을 흔들며 말했다.

"저는 고커가 아닙니다. 그리고 볼일이 있고요."

바이블 J가 편지를 건네며 말했다. 접수계 직원이 내용물을 검사했다. 바이블 J는 책상 모서리에 기대어 5파운드짜리 빳빳한 지폐 4장을 사건 접수 대장 사이로 슬쩍 밀어 넣었다. 직원은 모른 체하며 사건 대장을 다시 앞으로 내밀었고 바이블 J는 차분하게 서명을 한 뒤 꼿꼿하게 서서 주위를 돌아보았다.

"그는 어디 있습니까? 저 사람입니까?"

접수계 직원이 고개를 끄덕이며 지폐를 챙기려는 듯 접수 대장을 탁 닫았다.

바이블 J는 성큼성큼 걸어가 칼레브 앞에 소복이 쌓여 있는 더러운 피투성이 톱밥 뭉치 앞에 무릎을 굽혔다. 그는 칼레브의 얼굴을 내려다보며 교묘하게 눈짓을 보냈다.

"칼레브 브라운인가요? 저는 자펫 맥크레디라고 합니다. 당신을 데려가려고 왔습니다. 이곳에서 일어난 일에 대해서는 진심으로 사과드리겠습니다.”

자리에서 일어난 칼레브는 어지러운 듯 잠깐 동안 비틀거렸다. 그러고는 다시 벤치에 주저앉아 마치 고장 난 인형처럼 앞으로 푹 고꾸라졌다. 보호자로 위장하고 나타난 꾀 많은 바이블 J가 몸을 부축해 주었지만 칼레브는 나무 벤치에 넘어져 머리를 부딪쳤다. 칼레브 브라운이 경찰서에서 기억나는 가장 마지막 소리는 책상 위 시계가 정각을 알리는 종소리였다.

그날 저녁 6시경이 되자 숫자가 쓰인 석판을 목에 건 칼레브의 얼굴이 포스터로 깨끗하게 인쇄되어 건조까지 말끔하게 끝났다. 접수계 직원은 최대한 깨끗한 글씨로 색인 카드를 작성한 후 그 내용을 봉투에 다시 옮겨 적었다. 포스터가 담긴 그 봉투는 과거 세계 본부 보안센터로 곧장 발송되었다. 본부에 도착한 봉투는 누군가의 손을 기다리며 얌전하게 놓여 있었다.

31

그 집은 어린아이들이 그림 그릴 때 한편에 그려 넣을 만한 영국의 도심 저택이었다. 집 밖에는 유리창 틀과 똑같이 검푸른 색으로 칠해진 목조 작품이 서 있었다. 바깥 덧문과 현관문 역시 짙은 푸른색이었다. 4층과 다락층이 지붕선과 평행하게 뻗어나간 네모반듯한 집이 어둠 속에서 우뚝 서 있었다.

바이블 J는 짙은 남색 프록코트 주머니를 뒤져서 열쇠 하나를 찾아냈고, 문을 열어 칼레브를 안으로 안내했다. 복도 벽은 나무 패널로 둘러져 있고 짙은 녹색 수성 페인트가 칠해져 있었다. 집에서 불에 그슬린 왁스 냄새가 났다. 금방 끈 것 같은 양초 냄새, 바닐라 향, 케케묵은 천 냄새가 희미하게 풍겼다. 진정한 역사의 냄새였다.

바이블 J는 문이 찰칵 닫히자마자 뒤로 돌아 입술에 손가락을 갖다 댔다. 옛날이었다면 당연히 급사나 지배인, 하녀 같은 사람이 나와 맞아주었을 법한 집이었다. 그러나 이제는 시계 소리만 째깍거릴 뿐, 아무런 인기척도 느껴지지 않았다. 당연해 보이는 고요함만이 온 집을 가득 메우고 있었다. 집 안에는 정성스레 손질을 한 화려함이 배어 있었다. 벽에는 유명해 보이는 그림들과 유화로 그린 초상화, 판화로 인쇄된 런던의 풍경 그림이 빽빽하게 걸려 있었다. 바이블 J가 자기 호주머니에서 열쇠를 꺼내어 직접 문을 열어주었다는 사실이 낯설 정도로, 그와 같은 거리의 부랑아들이 쉽게 들락날락할 수 있는 집은 아니었다. 바이블 J는 계단을 올라갔다.

두 사람은 2층에 있는 거실로 올라갔다. 복도보다 약간 더 밝은 방이었다. 벽난로 선반 위 촛대에는 촛불 하나가 외롭게 타고 있었다. 칼레브는 박물관 이외에는 이런 방을 본 적이 없었다. 그런데 바로 이 집에, 다른 곳에서나 구경할 법한 매우 귀중하게 보이는 물건들이 가득한 방이 있었던 것이다. 널찍한 마룻널은 왁스칠이 잘 되어 있고 그 위에는 화려한 무늬의 밝은 동양식 러그가 깔려 있었다.

방 중간에는 긴 타원형의 반질반질한 테이블과 멋있는 의자들이 놓여 있었다. 나무 패널로 둘러진 벽을 따라 구식 의자들이 아무렇게 포개져 있었다. 심지어 한쪽 구석에는 검은색 의자식 가마도 있었다. 바이블 J는 덧문이 내려진 창문 아래 낮은 소파에 앉았다.

"부끄러워하지 말고, 거기 앉아. 그래 거기. 이 집, 진짜 같지?"

바이블 J가 속삭였다.

"사람들이 다들 '좋은 집'이라고 부르더라. 누가 살아도 진짜 과거를 느낄 수 있는 그런 집 말이야. 우리도 여기서 잘 살고 있어."

바이블 J는 조용히 웃으며 고개를 끄덕였다.

"극장 같은 이런 집을 가진 우리 주인님은 착하신 분이야. 나리는……."

바이블 J는 말을 멈추고 잠시 생각에 잠겼다.

"나리는 수집가야. 그래, 그게 정확한 표현이겠다. 이렇게 오래된 물건, 오래된 집에 미친 사람이라고 할 수 있지. 우리 나리는 그런 걸 나의 '난파선', 나의 '보물들'이라 불러. 나리는 홀본 거리에서 골동품점을 운영하고, 여기 진짜 옛날 집에서 거의 흠잡을 데 없는 신사로 살고 있지. 나는 나리의 심부름을 해. 특별한 물건들을 찾아드리는 일을 하는 거야. 생각해 봐. 친애하는 당신의 바보 얼간이 바이블 J가 어떻게 이보다 더 나은 삶을 살겠어?"

그는 일어서서 벽 쪽에 서 있는 골동품 수납장으로 가서 문을 열고 디캔터(decanter, 식탁용 술병—옮긴이)와 유리잔을 내왔다. 그는 디캔터에 담긴 술을 유리잔에 부어 칼레브에게 건넸다.

"실컷 마시자. 하지만 조용하게."

칼레브는 술을 들이켰다. 목구멍이 뜨거웠다가 차가워졌다. 이상한 기분이었다. 쿨럭쿨럭, 연신 기침이 나왔다.

"조용하라고 했잖아. 이게 우리 나리께서 가장 아끼는 브랜디란 말이야."

바이블 J가 칼레브에게서 잔을 뺏으며 말했다. 위에서 소리가 들렸다. 발소리가 천장을 지나갔다.

"조심해, 살피러 오실지도 몰라."

칼레브는 브랜디가 온몸에 퍼져 온기를 느꼈다.

"누가?"

"누구긴 누구야. 골동품 수집가, 우리 나리 말이야. 나리가 방금 너한테 한턱 크게 쏜 줄이나 알아."

바이블 J가 고개를 들어 천장을 보며 말했다. 그리고 얼마 지나지 않아 윌리엄 레이튼이 문을 열고 들어왔다.

"이런 이런, 맥크레디 군. 이 소란은 다 뭐지? 지금이 도대체 몇 시인지 아나?"

바이블 J가 벌떡 일어섰다. 그리고 예의 다정스런 웃음을 지어 보였다.

"죄송합니다, 레이튼 나리. 지금 막 이 불쌍한 놈과 경찰서에서 돌아오는 길입니다."

레이튼이 방 안으로 들어갔다. 그는 검은 조끼에 소매가 불룩하고 깃이 높은 하얀 셔츠, 하얀 양말 차림이었다. 한때 검었을 머리에는 이제 듬성듬성 은발이 자라고 있었다. 그는 긴 구레나룻을 부드럽게 쓸어내렸다.

"궁금하군. 왜 이런 멋진 젊은이가 나와 너 같은 건달들의 도움이 필요할까, 맥크레디 군?"

그는 사람 좋은 말투로 이야기하더니 가스맨틀(가스등의 점화구

에 씌워 강한 빛을 내게 하는 그물 모양의 통—옮긴이) 앞으로 가서 성냥
에 불을 붙였다. 팍! 하는 소리와 함께 부드러운 녹색 빛이 감도
는 환한 불빛이 방 안을 가득 채웠다.

"지금 보니 브랜디를 마시고 있었군."

레이튼이 진열장의 디캔터를 보고 고개를 끄덕이며 말했다.

"죄송합니다, 나리. 이자가 금방이라도 기절할 것 같아서요."

"무슨 일이 있었는지 말해보게."

칼레브가 이야기를 시작했다. 끔찍한 사실, 그날의 생생한 진
실이 커다란 망치처럼 그의 머리와 배를 다시 강타했다. 칼레브
는 숨이 가쁜 듯 소파 위에 고꾸라졌다.

"이자에게 술을 한 잔 더 따라줘, 맥크레디 군."

칼레브는 한두 모금 더 홀짝인 후에 다시 일어났다.

"진짜 일을 저지른 자가 오히려 저더러 범인이라며 죄를 덮어
씌웠어요. 제 얼굴이 그려진 지명수배 포스터도 이미 붙었을지
몰라요."

"사실이에요. 패링던에서 제가 봤습니다."

"이 도시에서 살인죄는 심각한 일이야. 내 말은 돈을 버는데
큰 문젯거리가 된단 말이지. 당분간 여기서 우리와 함께 지내는
게 좋겠군. 재미있어, 정말 재미있는 일이야."

"구해주셔서 감사합니다."

"연줄을 좀 이용해야겠다. 필요하다면 몇 놈쯤 매수하는 건 식
은 죽 먹기니까. 여기 바이블 J가 네 딱한 사정을 다 말해주었으
니, 이제 함께 간단한 계획을 꾸며보자. 이런 도시에서 혼자 버려

지는 기분이 어떤 건지 난 잘 알고 있거든. 칼레브, 네가 받았을 충격도 충분히 이해가 돼.”

칼레브는 욕실 문을 닫고 한숨을 길게 내쉬었다. 밤이 깊었고, 창밖은 칠흑같이 어두웠다. 멀리 지붕들이 이루는 선과 아른거리는 교회 첨탑을 바라보면서 칼레브는 생각했다.

‘이제 아버질 찾는 일은 글렀어. 아버진 지금쯤 저세상으로 가셨을 거야. 이 유리처럼 차갑게 변해서.’

그는 작은 캘리코 커튼에서 물러섰다. 어떤 거지가 거친 삼베 후드를 뒤집어쓰고 집 앞을 천천히 지나가는 걸 보았기 때문이다. 거지는 고개를 푹 숙인 채 거리를 따라 걸어갔다.

벽난로 위의 등불이 희미하게 타고 있었다. 칼레브는 잠자리에 들었다. 그러나 잠이 오지 않았다. 낮은 천장에 어른거리는 그림자를 가만히 쳐다보았다. 수많은 거지 하수인들이 떠올랐다. 창문 아래 거리에 꼭 한 무리의 거지들이 모여 있을 것 같았다. 모두 똑같은 후드를 덮어썼거나 칼레브 자신이 할로윈 날 썼던 것과 같은 해골 마스크로 얼굴을 가린 모습이었다. 거지들이 음모를 꾸미느라 수군거리는 것 같았다. 칼레브는 정말 수군거리는 소리가 들렸다고 생각했다.

칼레브는 침대에서 빠져나와 다시 창밖을 내다보았다. 거리는 텅 비어 있었다. 반대편 집에서 불빛이 비치지 않았다면, 돌이 깔린 젖은 도로와 그 위로 엷게 깔린 안개밖에는 아무것도 보이지 않았을 것이다.

칼레브는 다시 침대로 들어가 이웃집에서 나는 끽끽 소리에 귀 기울였다. 칼레브는 억지로 눈을 감았다. 아버지의 얼굴이 떠오르면서 동시에 크게 외치는 소리가 들렸다. '도망쳐!' 칼레브는 숫자를 세려고 노력했다. 하나요, 둘이요, 셋이요. 이렇게 하면 정확하게 1초씩 셀 수 있다고 누군가 알려주었다. 결국 칼레브는 숫자를 잊고 잠 속에 빠져들었다.

갑자기 하늘에서 자신을 쫓아 비행선이 날아오는 게 보였다. 칼레브는 하늘에서 천천히 떨어지다가 높이 솟은 탑의 가파른 계단에 닿았다. 칼레브는 아찔한 나선형의 계단을 부들부들 떨면서 뛰어내려 갔다. 돌이 깔린 도로에 닿자마자 예전과는 전혀 다른 속도로 맹렬히 뛰기 시작했다. 이번에는 해골처럼 창백하고 앙상한, 커다란 달에게 쫓기고 있었다. 희미한 안개 무리가 노상강도가 쓴 모자처럼 달 위를 감싸고 있었다. 달이 히죽거리며, 돌길 위까지 낮게 내려와 그를 빠르게 쫓아오고 있었다.

32

레스트레이드 경감이 회사 경호 대원 두 사람의 보호를 받으며 버클랜드사 본부의 계단을 다시 올라갔다. 그가 올라가는 것을 본 운반원은 대충 거수경례를 붙인 뒤 차려 자세로 섰다. 레스트레이드 경감은 본부 계단을 쏜살같이 올라가 곧장 아벨 버클랜드의 사무실로 들어갔다. 경호 대원들에게는 밖에서 기다리라고 지시한 뒤 사무실의 쌍여닫이문을 열었다.

버클랜드는 높다란 발판 사다리에 올라가 모형 도시를 내려다보고 있었다. 그의 발아래 펼쳐진 모형 도시를 비추는 작은 램프 불빛만 아니면 방은 깜깜한 어둠으로 뒤덮였을 것이다. 버클랜드는 문이 열렸다가 다시 닫히는 것을 보고 고개를 돌렸다.

"응?"

"잘 있었나, 아벨. 우리가 옳았다는 것을 알리러 왔네. 그 시체는 멀헤른 박사가 맞았어. 우리 대원의 보고를 받았는데, 잭을 개인적으로 아는 사람을 데려가 직접 확인까지 했다고 하네."

버클랜드는 거대한 장난감 도시를 바라보던 자세 그대로 꼼짝도 하지 않았다. 모형 도시의 거리 위로 작은 비행선이 불을 깜박거리며 줄에 매달려 있었고 가장자리를 따라 깔린 교외선 철길 위로 조그만 증기 열차가 폭폭거리며 지나가고 있었다.

"그런데 말이야. 과거세계 현지 경찰이 자네 대원들을 훨씬 능가하는 것 같아 유감이군. 내 책상을 좀 보게."

버클랜드가 우울한 목소리로 말했다.

레스트레이드 경감은 거대한 모형 도시를 돌아 책상으로 갔다. 밝게 불타는 기름 램프 불빛이 어떤 기록 대장 위에 쌓인 봉투들을 훤히 비추고 있었다. 그곳에 끈이 풀린 채 이미 개봉이 된 갈색 봉투가 하나 놓여 있었다.

"안을 살펴보게."

버클랜드가 말했다. 봉투 속에는 체포된 범인의 사진과 진술서가 들어 있었다.

"자세히 들여다봐."

19248번, 소매치기, 자백.
승합마차에서 절도 중 체포.

"담당 경관에게 이름을 말했어."

"그렇군, 여기 모두 적혀 있군. 아, 성은 브라운, 이름은 칼레브."

“브라운, 칼레브 브라운. 그래, 바로 그 이름이지. 자넨 부하 하나를 파견해서 그자와 아버지를 찾으려고 했지만, 과거세계 현지인들이 그 아들의 목에 뻣뻣하게 쇠틀을 대고 자기네 카메라로 사진을 찍었네. 아이러니하지 않나?”

“유감이군, 아벨. 내 생각에는…….”

“자네 생각은 상관없어. 이 아이는 한때 내 파트너였던 루시우스 브라운의 아들이야. 이곳을 처음 건설하고 개척한 사람이란 말이네. 말이 더 필요한가? 칼레브 브라운은 지금 끔찍한 위험에 처해 있어. 우리 소중한 젠틀맨 역시 위험한 상태고 말이야. 난 그를 구해야 해. 그러려면 어디 있는지 알아내는 게 먼저겠지. 그리고 이제 우린 그 기회를 얻었어. 드디어 진짜 기회를. 자네 부하들에게 즉시 이 정보를 주게. 어설프기로 둘째가라면 서러울 현지 경찰 접수계 직원이 말도 안 되는 ‘공식’ 사기꾼 윌리엄 레이튼에게 20파운드의 ‘사례금’을 받고 어린 칼레브 브라운을 넘기는데 사인을 했어. 여기 이 아래쪽에 검은 글씨로 반듯하게 쓴 것 보이지? 체포 시간, 소위 말하는 신원 보증서, 주소 같은 것들. 자, 이제 정보를 알아냈으니 자네 부하들에게 전달해서 즉시 움직이도록 하게.”

“그래, 물론 그래야겠지. 정말 미안하네…….”

“이제 그만하게, 레스트레이드. 계속 얼버무리면 더 이상 용서하지 않겠네. 가기 전에 자네 옆에 있는 모형의 타워 42빌딩의 꼭대기를 한번 봐주게.”

경감은 이제 곧 무너질 듯한 마지막 구식 건물의 모형을 유심히 들여다보았다. 망토와 마스크를 한 작은 피규어 하나가 건물 제일 높은 곳에 올려져 있었다.

"팬텀이라네. 저 높은 곳을 떠나려는 순간이야. 저 손에 들린 게 나나 자네 머리가 아니길 앞으로도 계속 기도해야겠지."

33

칼레브는 다음날 아침 일찍 누가 방으로 들어오는 인기척을 느끼고 일어났다. 잠에 취해 몽롱한 상태에서 처음에는 그곳이 자신의 집이며 방으로 들어온 사람이 아버지라고 생각했다. 칼레브는 벌떡 일어났다. 그러자 제정신이 들면서 모든 것이 생각났다. 그 사람은 아버지가 아니었다. 절대 그럴 수가 없었다. 그 사람은 지저분한 검은색 드레스를 입은 창백한 얼굴의 여자였다. 머리를 뒤로 빗어 넘겨 동그랗고 단단하게 묶고 가슴팍에는 유난히 반짝이는 검은색 유리 보석을 한 여자.

여자가 창가로 가서 커튼을 거칠게 잡아당기자 회색빛 아침 햇살이 방 안으로 들어왔다. 그러고는 칼레브를 향해 돌아서서 이리저리 유심히 살펴보았다. 여자가 기세등등하게 말했다.

"그래, 네놈이 신참이란 말이지. 네 이름은 뭐냐, 어디에서 바이블 J에게 발견된 거야?"

"전 칼레브, 칼레브 브라운이라고 해요."

칼레브가 방어하듯 말했다.

"그래, 그게 네 이름이라면, 칼레브. 잠은 잘 잤고?"

"네, 제 이름이 맞아요."

칼레브가 이불을 밀치며 말했다.

"나는 볼터 부인이다. 이 집을 관리하고 있지."

칼레브는 그녀의 까만 눈동자를 들여다보았다. 아무 표정 없이 무섭기만 한 얼굴에서는 칼레브를 맞이하는 환영의 빛이라곤 찾아볼 수 없었다. 짜증만 가득한, 조금의 온기도, 일말의 유머도, 어떤 표정도 찾아볼 수 없는 얼굴이었다.

"어서 일어나서 옷 갈아입고 부엌으로 내려오너라. 그래야 아침을 좀 얻어먹을 수 있다. 꾸물거리지 말고. 난 바쁘니까."

잠시 후 바이블 J가 아침 인사를 하며 활기차게 나타났다.

"안녕!"

그가 벽난로 가리개 위로 옷가지를 훌쩍 던졌다.

"야, 꼬질이. 이거 입어봐. 이게 우리 집에서 입는 제복이야."

칼레브는 새 옷을 입고 세면대 위 거울을 바라보았다. 반듯하게 빗어 넘긴 머리카락, 이마를 가로질러 고슬거리는 앞머리. 검은색 조끼와 하얀 린넨 셔츠 때문에 나이가 더 들어 보였다. 세면대 거울 위에는 검은색과 은색 반짝이 실로 '하나님은 사랑이시라!'라는 글씨를 써놓은 액자가 걸려 있었다. 칼레브는 그 말을 믿을 수 있으면 좋겠다고 생각했다.

칼레브는 좁은 계단을 내려와 지하의 부엌으로 갔다. 때가 낀 두꺼운 사각 유리창을 통해 바깥의 어두운 불빛이 비쳐 들어왔다. 볼터 부인이 야채와 고기를 넣은 잡탕 죽 그릇을 내밀었다.

칼레브가 부엌에서 걸쭉한 죽을 먹을 동안 볼터 부인은 싱크대에서 덜거덕거리며 설거지를 했다.

"여기 있으려면 이 집의 법을 따라야 한다고 바이블 J가 알려주던?"

"그런 말 못 들었는데요. 저도 여기 오래 있을 것 같지 않고요."

그 말에 볼터 부인이 싱크대에서 휙 고개를 돌리더니 칼레브를 아래위로 훑어보았다.

"여기 있는 다른 애들과 똑같이 도둑처럼 생겼구만 뭐. 몸도 별로 실해 보이지 않고. 이 집에선 처신을 잘 하는 게 좋을 거다. 그리고 이층 나리가 무슨 얘기를 하시면 얼른 실행에 옮기고."

바이블 J가 부엌으로 바람같이 들어왔다.

"잘 주무셨어요, 아줌마?"

바이블 J는 식탁에 놓인 차를 따라 마셨다.

"엘(L) 나리가 아침 인사 전하셨어요. 그리고 칼레브에게 아침 식사 쟁반을 들려서 거실로 올려보내래요."

"들어오너라."

바이블 J가 문을 활짝 열고 식사 쟁반을 든 칼레브를 먼저 들여보냈다. 칼레브는 값나가는 물건들이 복잡하게 쌓여 있는 방 한가운데에 우뚝 섰다.

레이튼은 타원형 테이블의 한쪽에 앉아 있었다.

"오, 잠은 잘 잤니? 이리 오너라. 쟁반은 거기 두고."

칼레브는 쟁반을 조심스레 내려놓고 그대로 서 있었다.

"우리 집 제복이 너한테 아주 잘 어울리는구나. 우선 좀 재미없는 우리 집 규칙에 관해 몇 가지 일러둘 것이 있다. 이 집에서는, 특히 이 방에서는 손님이나 고객이 찾아왔을 때 언제나 나를 윌리엄 씨라고 불러야 한다. 손님들에게 신뢰감을 줘야 하니까. 사람들이 있는 곳에서는 나를 항상 그렇게 불러주면 좋겠다. 내 말 알겠지, 칼레브?"

"네."

"난 우리 집이 사람들을 반갑게 맞이하는 쾌적한 곳이 되었으면 좋겠어. 이 집 관리는 볼터 부인이 전적으로 맡고 있어. 난 여기 거리 출신 젊은이들의 명석함을 굳게 믿고 있지. 그동안 난 자네와 같은 젊은이들을 여러 명 도와줬네. 아주 오래전에 맥크레디 군을 발견해서 지금까지 도와주는 것도 그런 이유야."

바이블 J는 싱긋이 웃으며 양손으로 양복 깃을 잡고 고개를 끄덕였다.

레이튼은 토스트를 먹으며 손수건을 한 장 펼쳐 보였다. 그 속에는 녹슨 회중시계와 더러운 시곗줄이 들어 있었다.

"맥크레디 군이 이걸 보여주더군. 어젯밤 가져온 장물 속에 들어 있었어."

"살해당한 사람의 것이에요. 그 시계에는 우리 아버지께 드
린다고 적혀 있지만요. 옛날에 아버지의 시계였던 것 같습니
다."

레이튼은 시계를 뒤집어 글씨가 새겨진 부분을 손수건으로 닦
아보았다.

"네 아버지가 중요한 인물이었던 것 같군, 칼레브. 그래서 거
지 하수인들이 네 아버지를 잡아간 것 아닌가?"

칼레브는 뭐라 대답을 해야 좋을지 몰라 우물거리며 대답했다.

"잘 모르겠습니다."

"최소한 버클랜드 주식회사에서는 꽤 중요 인물이었던 것 같
아. 경찰서에서 네 본명을 그대로 말했나?"

"네."

"시간이 좀 걸리긴 하겠지만, 어쨌든 그들도 알게 되겠지. 여
기 과거세계에서는 소문이 좀 천천히 돌긴 하지만 어쨌든 퍼지게
되니까. 그럼 자네와 자네 아버지는 어딘가 미스터리한 인물들이
란 말인데. 그렇지 않은가, 브라운 군?"

그는 혼자 빙긋이 웃었다.

"네, 윌리엄 씨."

"아주 좋아. 난 미스터리를 좋아하지. 자, 이제 자네와 자네
아버지의 무사 귀환을 위해 잠깐 기도드려 볼까. 고개를 숙이
자."

레이튼이 눈을 감았다. 바이블 J가 칼레브에게 슬쩍 윙크를 해
보였다. 칼레브도 고개를 숙였다.

"거룩하신 하나님, 이 불쌍한 아이를 굽어살피시어 사랑을 베푸소서. 그의 아비에게도 자비를 베푸소서. 꼭 원하신다면 아무런 고통과 번민 없이 이들을 거두시어 이들에게 영원한 위안을 주소서, 아멘."

"아멘."

바이블 J가 히죽거렸다. 그는 뾰족하게 다듬은 성냥개비로 이를 쑤시고 있었다.

칼레브가 고개를 들자 레이튼이 말했다.

"넌 정말 미스터리해. 널 돌봐주도록 하지. 우리 집에 있을 동안 네가 할 일이 있을지 볼터 부인에게 알아봐야겠군."

레이튼은 칼레브에게 회중시계를 건넨 뒤 물러가라고 손을 휘휘 내저었다. 바이블 J는 칼레브에게 다시 윙크를 하고 문을 닫고 나왔다. 두 사람은 부엌으로 돌아갔다. 칼레브는 볼터 부인의 지시대로 따분한 부엌 잡일을 해야 했다. 우선 몇 가닥 남지도 않는 자루걸레와 물통을 들고 돌바닥을 청소했다. 그다음엔 고무 밴드가 달린 검은색 부츠 두 켤레에 무두질을 하고 반질반질하게 닦아서 광을 냈다.

칼레브는 이제야 한결 마음이 놓였다. 거지 하수인들을 공격하여 완전히 파멸시킨 뒤 차가운 거리에서 아버지를 데려올 수 있다는 상상만 해도 기분이 좋았기 때문이다. 한참 후에 바이블 J가 부엌으로 내려왔다. 그러고는 식탁에 다리를 비스듬히 걸치고 앉았다.

"윌리엄 나리가 눈앞에 선 너를 보고 좋아하셨어. 너한테서 뭔가 심상치 않은 냄새를 맡으신 것 같아. 내가 널 잘 찾은 거지. 네가 나간 후에 말씀하시더라. 오늘 밤 '과학' 모임이 있으니 너랑 함께 2층 의자와 방을 잘 정리하라고. 난 깜박하고 있었지 뭐야.
이봐, 꼬질이. 너 무서움 잘 타니? 윗층의 나리는 죽은 사람과 이
야기하는 걸 좋아하시거든."

34

몇 컬레의 부츠와 신발을 열심히 닦은 후 정각 한 시가 되자 칼레브는 무거운 점심 쟁반을 운반해야 했다. 점심은 이상했다. 뜨거운 스프, 빵과 버터, 곰팡이가 슨 종이에 싸인 썩은 치즈 조각. 칼레브는 식사 쟁반을 들고 지하 부엌에서 구불구불한 계단을 올라 2층 거실까지 갔다. 레이튼은 식탁에 앉아 있었고 바이블 J는 창가에 서서 거리를 내려다보고 있었다.

"잠깐 앉아라, 칼레브."

바이블 J가 문을 닫았다.

"문제는 말이야. 우린 무법자들이고 지금은 너도 우리와 같은 처지가 되었다는 거다. 관계 당국으로 보면 좀 밥맛없는 사람이란 말이지. 너를 찾는 현상수배 포스터가 온 사방에 붙었다. 바이블 J, 브라운 군을 위층으로 데려가서 방을 보여줘. 여기 열쇠다."

그가 바이블 J를 향해 열쇠를 던졌다. 바이블 J는 칼레브에게 위층을 가리켰다. 그가 복도 맨 끝 방의 문을 열었다.

"이 방에는 진열장마다 특별한 소장품들이 가득 들어 있어. 지금은 절대 아무것도 만지지 않는다고 약속해야 보여줄 거야, 알았지?"

"그래, 아무것도 만지지 않을게."

소박한 장식의 간소하고 작은 방이었다. 복도와 비교하면, 특히 온갖 가구와 화려한 장식품으로 가득한 다른 방과 비교하면 더욱 그랬다. 하나뿐인 창문에는 블라인드 커튼이 내려져 있었다. 소박한 벽난로 선반 위에는 학교에서나 볼 법한 투박한 모양의 시계가 째깍거리고 있었다.

바이블 J는 작은 사이드 테이블 위 등잔에 불을 붙였다. 유리문이 달린 큰 참나무 선반과 평행을 이룬 수많은 그림자들이 벽으로부터 튀어 올라와 있었다. 유리문 뒤의 걸쇠와 선반에는 온갖 권총들이 가지런히 진열되어 있었다. 모제르, 콜트, 베레타, 스미스 앤 웨슨. 결투용 수발총, 윈체스터, 여러 가지 앤티크 군용 리볼버와 장총들이 열을 맞춰 진열되어 있었다. 바이블 J는 진열장 문을 열고 나무 손잡이가 달린 무거운 리볼버 한 자루를 꺼냈다.

"1858년식 44구경 레밍턴이야. 미국의 남북전쟁 때 쓰던 거지. 나도 이걸로 거지 하수인 놈의 무릎을 쏜 적이 있어. 팬텀 바로 앞에서 말이야. 그래서 팬텀이 날 알지. 그가 나와 윌리엄 씨를 위협했거든. 여기 1858년에 나온 새 육군 리볼버도 있어. 스필러 앤 버 36구경과 1836년 패터슨도.”

바이블 J는 손바닥 위에 총을 올려놓고 총의 각 부분을 짚어가며 칼레브에게 설명해 주었다.

“작은 원통처럼 생긴 약실에 총알을 장전하면 여섯 발을 쏠 수 있어. 약실이 돌아가면서 탕. 탕. 탕!”

바이블 J가 약실을 돌리자 기름을 잘 먹은 소리가 톡톡 나며 총신이 돌아갔다. 방아쇠를 당기자 공이가 빈 약실을 치면서 탁! 하고 빈 발사 소리가 났다.

“윌리엄 씨는 이런 게 왜 필요한 거야?”

칼레브가 물었다.

“음, 우선 그냥 물건으로 좋아하셔. 총들을 수집하는 거야. 그럼 대체 진짜 용도는 뭘까 궁금해지지? 윌리엄 씨에게는 이 집이나 강령회와는 전혀 다른, 또 다른 생활이 있어. 물건을 훔치고 도박자금을 대는 일 같은 거야. 물론 팬텀 때문에 잠시 못하고 있지만 말이야. 윌리엄 씨가 계속 강도질을 하면 사지를 절단 내겠다고 팬텀이 협박했거든. 문제는, 우리도 도둑질을 너무 잘한다는 거야. 난 그때나 지금이나 내 이 기술을 썩히고 싶지 않아.”

바이블 J는 불룩한 총신을 내려다보며 한숨지었다.

“하지만 총을 사람한텐 절대 겨누면 안 돼. 절대로. 내 말은 진짜 일이 터지기 전까진 말이야. 윌리엄 씨와 내가 진짜 일을 벌일 때도 있거든. 내가 팬텀의 거지 하수인에게 이 총을 겨누었을 때 반응을 봤어야 하는데. 내가 그놈 얼굴 바로 앞에 총을 들이밀었거든.”

바이블 J가 계속 말을 이었다.

“여기 있어. 너도 한 번 쏴봐. 들어봐. 괜찮아, 총이 네 손을 물겠어? 이젠 이런 것도 사용할 줄 알아야 해.”

바이블 J가 칼레브에게 권총을 건넸다.

칼레브가 총을 받아 들었다. 갑자기 온몸이 흥분으로 들끓으며 자신감이 솟구쳤다. 이것이 바로 그가 원하는 것이었다. 무기, 거지 하수인들에 맞서 몸을 보호할 수 있는 무기. 총은 무거웠고 기름 냄새가 났다. 칼레브는 리볼버의 나무 손잡이를 잡고 어깨 높이까지 들어보았다. 그리고 창문을 향해 방아쇠를 당겼다. 방금 전과 똑같이 공이가 빈 약실을 때리며 탁! 하는 헛발사 소리가 났다. 그의 손안에서 총이 살짝 움찔거렸다.

“언젠가 적당한 연습을 할 수 있게 해줄게.”

바이블 J가 이번에는 진열장 아래 서랍을 열었다. 그곳에는 뇌관이 장착되지 않은 탄환과 총탄이 가득 차 있었다.

“이게 권총에 딱 맞아.”

그가 한 손 가득 동과 구리로 된 총알을 내밀었다.

바이블 J는 총알 하나를 장전하고 약실을 돌렸다. 약실이 딸깍딸깍 소리를 내며 빙그르르 돌았다. 바이블 J는 손바닥으로 재빨리 회전을 멈추었다. 그리고 미소를 띤 얼굴로 총신을 들어 자신의 머리 한쪽에 겨누었다.

“절대로 총을 다른 사람에게 겨누어선 안 돼.”

칼레브가 고개를 끄덕였다.

"그리고, 칼레브. 절대 이렇게 해서도 안 되고."

그가 천천히 방아쇠를 당겼다. 칼레브는 본능적으로 움찔했다. 탕! 소리와 함께 바이블 J의 머리가 피범벅이 될 줄 알았기 때문이다. 그러나 다시 딸깍! 속이 빈 발사 소리뿐이었다.

"미안, 칼레브. 속임수였어."

바이블 J가 빈손을 내밀었다. 휑한 손바닥 한가운데 총알이 희미하게 빛나고 있었다.

"보통 우리는 권총집 두 개를 서로 엇갈리게 차고 다녀."

바이블 J는 허리춤에서 권총 두 개를 동시에 뽑아서 쏘는 시늉을 해 보이며 입으로 탕탕 소리를 냈다.

"만약 언젠가 우리가 궁지에 몰리게 되면 총알을 재빨리 장전해야 할 사람이 네가 될지도 몰라. 싸움이 벌어지면 말이야. 그러니 윌리엄 씨가 이제 곧 총알 장전 연습을 시킬지도 모르겠어. 이게 다 팬텀을 상대로 싸워야 하니까 그래. 팬텀은 윌리엄 씨의 최대의 적이야. 끔찍한 악몽 같은 적. 나에게도 그렇고. 그러니 윌리엄 씨는 팬텀을 물리칠 수 있다면 무슨 일이라도 하실 걸. 그러니 이 집에 가만있는 게 너에겐 최선일지도 모르겠다. 하지만 네가 우리를 돕는다면 우리도 너를 도울 거야. 팬텀은 거지 하수인들을 거느리고 있어. 그자들이 네 아버지를 데려갔을 거야. 그러니 우리에게 딱 붙어서 함께 그자들을 쫓는다면 아버지를 반드시 찾을 수 있을 거야."

바이블 J는 총을 서랍장 안에 넣고 등잔불을 껐다.

칼레브는 바이블 J의 웃는 눈을 바라보았다. 그를 믿어도 될지 확신이 서지 않았다. 바이블 J는 아주 친절했고 사람을 기분 좋게 만드는 재주가 있었다. 하지만 물건을 훔치고 사람의 눈을 속이는 데도 최고였다. 요술쟁이, 마법사 같은 사람을 믿을 수 있을까? 하지만 바이블 J라면 그를 훈련시켜 줄 수도 있을 것이다. 음침한 구석에서 자신을 기다리고 끊임없이 자신의 뒤를 쫓는 거지들 때문에 칼레브는 길거리에서조차 항상 공포와 죽음을 느껴야 했다. 칼레브는 항복의 깃발을 흔들 듯 손을 내밀었다. 바이블 J는 그 손을 낚아채듯 부여잡고 힘차게 흔들었다. 바이블 J가 음흉한 표정으로 크게 웃기 시작했다.

"나에게 감자튀김을 사준 뒤로 최고의 선택을 한 거야."

레이튼이 쟁반을 옆으로 밀어놓고 냅킨으로 입술을 가볍게 두드렸다.

"오늘 밤 늦게, 바로 이 방에서 내가 멋있게 이름 붙인 '신성하고 과학적인 모임'을 열려고 한다. 우린 가끔씩 이런 모임을 연단다. 네 생각엔 네가 그 모임에서 우리를 도와주면 좋을 것 같구나. 밤의 연회에 참석하는 고객들을 친절하게 맞이하는 일을 맡아라. 그리고 모임에도 직접 참석해서 여러 가지를 도와주면 좋겠다. 우리 모임에 온 참가자들 앞에 어떤 신비한 힘이 구체적으로 나타나게 될 거야. 아마 그런 모습이나 소리를 참지 못하는 사람들도 생길 거야. 어쨌든 중요한 건, 참가자들이 그 실체를 정확히 파악할 수 없어야 한다는 거야. 우린 그 모든 것들이 새로운 과학의 위대한 계획이자 목적의 한 부분처럼 보이게 해야 해. 손님들은 그동안 자기들이 풀 수 없었던 어떤 미스터리를 내가 그 과학을 통해 완전히 풀었다고 믿게 될 거야."

그는 말을 멈추고 잠시 훗훗 조용히 웃었다.

"고커들, 아 미안. 우리 모임에 온 참가자들은 내 과학이 잠깐이라도 영원의 세계를 들여다보고 오래전에 세상을 떠난 사랑하는 이와 조우할 수 있는 통로라고 믿을 거야. 그러니 이 방의 불을 반만 밝히도록 해. 그리고 필요할 때마다 자네가 벽난로 선반 위 가스등의 탭을 돌려서 불빛을 조절해 줘야 해. 그래야 환상적인 분위기를 고조시킬 수 있거든. 할 수 있겠니?"

"네, 해보겠습니다."

레이튼이 일어서서 칼레브를 데리고 벽에 붙은 가스등 쪽으로 갔다.

"여기 파이프 밑에 붙은 작은 나사를 이쪽으로 돌리면 불이 밝아지고 이쪽으로 돌리면 어두워진다. 한 번 해봐."

칼레브는 손을 뻗어 작은 나사를 돌렸다. 노란 불빛이 환하게 밝아졌다. 반대편으로 돌리자 벽난로 전체가 어두워지면서 이글거리던 불빛도 한층 포근해졌다. 칼레브는 벽에 비친 자신의 손 그림자가 순식간에 갈색으로 변하는 것을 지켜보았다.

"잘하는군. 아주 간단하지? 지금은 이게 다야. 이제 아래층으로 내려가도 돼. 하지만 나를 소개하는 법은 잘 명심하도록. 오늘 밤 같은 날은 아주 중요하니까. 앞으로 이 집에서 네가 보게 될 것은 모두 우리 일에 꼭 필요한 특급 기술이야. 일급비밀이란 말이다. 바깥의 어느 누구에게도 누설하면 안 된다."

"네, 윌리엄 씨."

칼레브는 옛날 영화에서 본 급사처럼 몸을 숙여 인사를 하고 방을 나왔다.

"좋아."

레이튼이 미소로 답했다.

칼레브는 부엌으로 내려갔다. 부엌에서는 볼터 부인의 흔적이 전혀 느껴지지 않았다. 칼레브는 의자에 앉아 식탁 위에서 희미하게 깜박이는 불빛을 바라보았다. 그는 '바깥 세계'의 삶에서 이제 완전히 멀어져 있었다. 그곳 사람들은 지금 칼레브에게 어떤 일이 일어났는지 짐작조차 못할 것이다. 그러나 결국 소식은 퍼져 나가게 될 것이니, 그때가 되면 누군가 칼레브를 구하러 오지 않을까?

35

바이블 J는 집에서 입는 제복을 한 벌로 차려입은 채로 심부름을 하러 나갔다. 그는 늘 입는 더러운 멍청이 코트를 걸쳐 입고 레이튼 씨가 부탁한 꾸러미를 배달하러 나갔다.

그는 인도를 빽빽하게 메운 고커들 사이를 비집고 걸어갔다. 그 와중에 살짝 소매치기까지 했다. 동전 몇 개, 실크 손수건 한 장 같은 사소한 물건들을 훔쳤고 아무도 눈치 채지 못했다. 바이블 J가 운반하는 꾸러미는 레이튼이 커다란 광장 근처에 있는 어느 집으로 보내는 것이었다. 집사가 현관에서 꾸러미를 받고 레이튼 씨 앞으로 봉투를 하나 주었다. 누가 의심스럽게 보기라도 할까 봐 교환은 집 현관 안에서 은밀하게 이루어졌다.

바이블 J는 봉투를 제복 안쪽 비밀 호주머니에 넣고 거리로 나왔다. 이제 잠깐 동안 자유의 몸이 되었다. 그는 양손을 가슴에

었었다.

'그래. 이제 그 앨 보러 가도 되겠다. 정말 오랫동안 못 본 것 같아.'

신이 난 바이블 J는 현관 계단을 바람처럼 내려가 미로 같은 거리를 뚫고 달리기 시작했다. 마치 어둑했던 방에 일제히 불을 밝힌 것처럼 환한 아침이었다. 건물들이 거리 위로 각진 그림자를 드리웠다. 빗물에 젖은 인도와 돌이 깔린 도로가 햇빛을 받은 강물처럼 일제히 반짝거렸다. 바이블 J는 서둘러 홀본 거리로 달려갔다. 곧 큰 북소리와 음이 맞지 않은 트럼펫 소리가 시끄럽게 울려 퍼졌다. 바이블 J는 흥분에 들떠 링컨스 인 필드 광장으로 뛰어들어 갔다.

바로 그곳에, '야고의 놀라운 대지옥 쇼'라는 현수막을 단 소박한 장식의 천막이 서 있었다. 천막 안에서는 흥에 겨운 고커들이 열렬히 환호하고 있었다. 바이블 J는 길게 선 줄을 뚫고 들어가 입구에서 동전 몇 개를 냈다.

천막 안은 따뜻했고 기대에 찬 웅성거림이 가득했다. 몇몇 사람들은 광장에서 산 군밤을 까먹고 있었다. 어릿광대 옷을 입은 빼빼마른 남자가 트럼펫을 불며 무대로 나오자 또 다른 광대가 큰북을 요란하게 두드리기 시작했다. 그리고 야고가 무대로 나와 청중에게 인사했다. 우레와 같은 박수가 터져 나왔다. 야고가 팔을 들자 청중은 일시에 조용해졌다.

"안녕, 야고."

바이블 J가 입 모양으로 벙긋거렸다.

"야고의 놀라운 대지옥 쇼에 오신 것을 환영합니다, 신사숙녀 여러분. 자, 그럼 뜸 들이지 않고 첫 번째 순서를 바로 소개하겠습니다. 저 멀리 황량한 동토의 땅, 러시아에서 온 아름다운 소녀 이브입니다!"

이브가 사람들 머리 위에서 균형을 잡고 빙그르르 돌았다. 바이블 J는 이브를 쳐다보았다. 가느다란 줄 위에서 춤을 출 때 이브는 완전히 딴사람이었다. 보면 볼수록 그녀에게서 독특한 신비스러움이 느껴졌다. 이브는 한 손에 양산을 들고 줄 위에 똑바로 서서 균형을 잡은 뒤 줄 위로 훌쩍 뛰어올랐다. 청중들은 일시에 숨을 죽였다. 이브는 도대체 몇 번인지도 모르게 줄 위에서 뛰어올라 뱅그르르 돌았다. 바이블 J는 여느 때와 다름없이 감탄했다.

'진짜 불가능한 일이야.'

그러나 이브는 조금의 흔들림도 없이, 동작을 완전히 마친 후 머리를 꼿꼿이 든 채 외줄 위로 사뿐히 내려섰다. 그녀의 동작은 너무나 우아하고 자신감이 흘러넘쳤다. 사람들은 감탄의 환호성을 보내며 미칠 듯이 박수를 쳤다. 한데 얽힌 채 서로를 거세게 밀어가며 이브를 조금이라도 더 자세히 보려고 안달이었다.

공연의 클라이맥스는 야고를 들고 줄을 건너는 것이었다. 빼빼 마르긴 했지만 체격은 어른과 다름없는 야고를 균형을 잡기 위해 드는 막대기마냥 양팔로 들어 올린 채 줄을 건너가면 되었다. 그리고 마지막으로 줄 위에서 훌쩍 뛰어내려 자그마해 보이는 무대 위로 떨어질 때는, 가능하면 천천히 내려오면 끝이었다. 활짝 펴 양산을 머리 위로 높이 든 이브가 하늘을 날 듯 떨어지는 동안 관중들은 마치 기적을 체험하듯 숨을 죽였다. 그녀의 공연은 과학의 일반적인 법칙을 완전히 무시하고 있었다. 설사 그게 아니라 해도 정말 그렇게 보였다. 바이블 J는 항상 그렇듯 이번에도 쇠줄이 없는지 찾아 두리번거렸다. 하늘에서부터 그녀를 지탱하여 천천히 내려올 수 있게 해주는 철사 줄. 그러나 아무것도 볼 수 없었다.

'그런데 저렇게 할 수 있다니, 정말 멋진 기술이야.'

바이블 J는 생각했다.

이브는 무대에 가볍게 내려선 뒤 고개 숙여 인사했다. 그리고 다시 얼굴을 높이 들었다. 환하게 빛나는 눈동자, 가지런한 이, 완벽한 미소. 이브는 정말 아름다웠다. 창백하지만 점 하나 없는 깨끗한 피부와 우아한 몸매. 갸름한 턱 선과 깔끔하게 솟은 코. 무엇보다 파랗게 빛나는 영롱한 눈동자.

공연이 끝난 후 바이블 J는 구경꾼들 사이를 뚫고 나가 구경꾼들과 서커스 마차들 사이를 막아놓은 커다란 칸막이 아래로 들어갔다.

바이블 J는 칸막이 반대편을 쭉 둘러보았다. 말들은 사람들의 시끄러운 소리나 박수는 들은 체 만 체하고 건초를 씹으며 조용히 서 있었다. 바이블 J는 말을 쓰다듬어 준 뒤 옆구리에 볼을 갖다 대고는 마치 대답을 기다리기라도 하는 듯 '좋았어?' 하고 속삭였다. 말은 마치 동의한다는 듯 고개를 끄덕이며 조용히 크르릉거렸다.

야고는 마차 발판에 앉아서 수건으로 머리와 얼굴을 닦고 있었다. 그가 우뚝 서서 바이블 J를 내려다보았다.

"다시 만났군. 신비스런 레이튼 씨는 잘 계시나? 너 조심해. 안 그럼 어느 날 모든 게 눈물로 끝날 거야. 서커스단에서 좀 더 정직한 직업을 찾아보는 게 어때? 이브 만나고 싶지? 물론 쇼는 잘 봤겠고, 그렇지?"

야고가 사람 좋은 웃음을 지어 보였다.

"그럼. 이브는 오늘 더 멋지던데."

바이블 J가 대답했다.

"매일 발전하고 있어."

야고가 발판을 손으로 세게 치며 말했다. 입구에서 이브가 나타났다. 그녀는 경쾌한 발놀림으로 다가와 고개를 들고 바이블 J를 똑바로 쳐다보았다.

"여기 널 보러 온 사람이 있어."

이브가 손을 내밀었다. 그 순간 바이블 J는 예의를 차려야 한다는 생각에 몸을 숙여 인사를 한 뒤 그녀의 손을 잡고 어색하게 악수했다. 그와 동시에 파란 바다색으로 빛나는 그녀의 아름다운 눈동자를 바라보았다. 창백할 정도로 하얀 피부가 뿜어내는 완벽한 광채. 두 사람은 잠시 어색한 자세로 서 있었다.

"말을 쓰다듬어 주는 걸 봤어요."

"좋은 말이에요. 공연 마지막쯤엔 당신이 어떤 속임수를 쓰는지 어쩔 수 없이 찾아보게 되었습니다."

바이블 J가 싱긋 웃으며 덧붙였다.

"속임수는 없어요."

이브는 눈도 깜빡하지 않은 채 똑바로 쳐다보며 말했다.

"당신의 그 눈. 우습게 들리겠지만, 며칠 전 거리에서 '바깥 세계'에서 온 어떤 고커를 구해준 일이 있는데, 그놈 눈 색깔이 당신과 똑같았어요."

"거리에서 사람들을 많이 구하셨나요?"

"가끔 그렇죠. 아주 곤란한 상황에 처한 걸 알고 나니 도와주지 않을 수 없었어요."

"말에게도 친절하시더니, 그 사람에게도 친절을 베푸셨네요……."

"이름이 칼레브예요."

"칼레브, 그래요. 그분을 도와주셨다니 참 친절하시네요. 당신이 친절하다는 걸 알 수 있어요. 쇼를 보러 다시 오실 거죠?"

"오, 물론입니다. 곧 다시 오죠. 그땐 칼레브도 함께 올지 모르겠어요. 그때도 여기 계실 거죠?"

이브가 야고를 바라보았다.

"우리, 여기서 공연을 더 할 건가요?"

"사람들이 계속 몰려온다면 여기 있어야겠지. 여기서 추방당하지 않는다면."

"이제 집에 가봐야겠어요. 어쨌든 곧 다시 오겠습니다."

"네, 와서 다시 인사해 주세요."

이브가 매력적인 함박웃음을 지으며 대답했다.

　푸르니에 거리로 돌아오는 도중에 거세게 밀려오는 안개를 만났다. 바이블 J는 온통 이브 생각뿐이었다. 수많은 여자를 만났지만 이브 같은 여자는 처음이었다. 그녀는 특별했다. 바이블 J는 아름다운 여자를 만났다는 느낌이 들었고, 이브는 그가 착한 사람이라고 생각했다. 바이블 J는 어느 누구보다 이브에게 깊은 애착을 느꼈다. 하지만 그녀에 대해 아는 것이 전혀 없었다. 그게 무슨 의미일까? 바이블 J는 갑자기 미칠 듯한 열정에 사로잡혀 버린 느낌이 들었다.

36

월리엄 레이튼의 응접실은 격식 있게 꾸며졌다. 실내의 램프는 거의 꺼져 있어 다소 어두웠다. 응접실은 30여 분 만에 점잖아 보이는 과거세계 주민들과 부유한 고커들로 가득 찼고, 11월 저녁, 사람들은 어둑한 테이블 주위에 둘러앉았다. 칼레브는 지시받은 대로 고객들의 젖은 코트와 망토, 모자와 스카프를 받아서 응접실 가까운 곳에 걸어두었다.

바이블 J는 입구에서 입장료를 지폐로 받았다. 은쟁반에 돈다발이 수북이 쌓여갔다. 남자들은 깃이 높은 하얀 셔츠에 화려한 금실로 수놓은 조끼를 입고 금시계를 달았으며 그 위에 검은색 이브닝 재킷을 입고 있었다. 여자들은 자주색과 같은 어두운색 벨벳 드레스를 입었다. 한두 명은 싸늘한 날씨에 대비하여 페이즐리 무늬가 수놓인 숄을 어깨에 두르고 있었다.

모임은 신속하게 시작되었다. 칼레브는 쌍여닫이문을 닫고 안쪽의 무거운 방풍 커튼도 닫았다. 레이튼이 입장하자 그 즉시 효과가 나타났다. 교실에 예고 없이 들이닥친 교장선생님을 본 학생들처럼, 사람들이 얼른 허리를 곧추세우고 똑바로 앉았기 때문이다. 그들은 무언가 열렬히 기대하고 있었다. 칼레브는 지시대로 부름을 받을 때까지 벽에 바짝 붙어 서 있었다.

바이블 J는 보이지 않았다.

레이튼이 자리를 잡고 앉았다. 양손을 테이블 위에 올려놓고 손가락을 쫙 편 채 고개를 약간 숙인 뒤 말을 시작했다.

"오, 영혼이시어, 우리의 이 노력을 축복해 주소서. 그리고 우리의 과학을 가능하게 해주소서. 과학이야말로 진실을 밝히는 유일한 도구입니다. 여기 모인 우리 모두가 생명의 불가사의를 받아들이고 떠난 자들에 대한 상실감을 이길 수 있도록 도와줄 방법입니다. 과학을 통해 두 세계 사이에 놓인 땅, 죽은 자와 산 자를 가르는 경계의 땅을 볼 수 있게 해주십시오."

방은 쥐 죽은 듯 고요했다. 팍팍거리는 가스 필라멘트 소리만 들릴 뿐이었다. 금방 만개한 히아신스 같은, 향긋하지만 이내 질려 버릴 듯한 냄새가 풍기기 시작했다.

"모두 테이블 위에 손을 올려 옆 사람과 마주 잡읍시다."

칼레브는 참가자들이 옆 사람과 둥글게 손을 잡는 것을 지켜보았다. 모두 고개를 숙이고 집중하자 사방이 고요해졌다. 방도 숨을 죽였다. 얼마나 지났을까, 레이튼이 말했다.

"거기에 있습니까?"

긴 침묵이 이어졌다.

레이튼이 다시 입을 열었다.

"거기 계신 것 맞나요? 만약 오늘 밤 우리와 함께하기 위해 여기에 왔다면 간단한 표시를 보여주세요. 테이블을 톡톡 두드린다거나, 당신이 원하는 방법이면 다 좋습니다. 당신이 이 방에 왔다는 것을 우리가 알 수 있게 해주세요."

잠시 후 헛기침 소리가 들렸다. 칼레브에게는 그것이 누군가 웃음을 참는 소리처럼 들렸다. 그때 테이블을 두드리는 소리가 또렷하게 들렸다. 한 여자가 놀라서 외마디 비명을 지르고는 얼른 사과했다.

"손을 놓지 마세요. 안 그러면 다시 시작해야 합니다. 자, 당신이 여기 오셨다면 테이블을 다시 한 번 두드려 주세요."

어디선가 테이블을 두드리는 소리가 들렸다.

"버제스 양이 맞습니까? 맞으면 한 번, 아니면 두 번 두드려 주십시오."

톡.

"안녕하세요, 버제스 양. 어서 오세요."

테이블 주위의 사람들은 고개를 숙인 채 꿈쩍도 하지 않았다. 방이 확실히 더 추워졌다.

"오늘 우리에게 모습을 보이실 건가요?"

톡톡.

또 침묵이 흘렀다. 그러나 이번에는 그리 오래가지 않았다. 어디선가 아이의 소리가 들렸기 때문이다. 칼레브는 그 소리가 어디에서 나는 것인지 분간할 수 없었다. 그냥 허공을 떠돌며 온 방을 울리는 것 같았다. 소리의 질감이 아득했다. 정체를 알 수 없는 이상한 소리가 이따금씩 함께 들려왔다.

—안녕하세요, 절 도와주세요. 거기 계신가요? 도와주세요, 도와주세요.

사람들이 모두 깜짝 놀랐다. 칼레브는 사람들이 고개를 들고 소리가 속삭이는 곳을 찾으려고 어둑한 방을 둘러보는 것을 물끄러미 쳐다보았다.

레이튼이 다시 말했다.

"손을 잡고 원을 유지하세요. 우리가 어떻게 도와드리면 될까요, 버제스 양?"

다시 목소리가 들렸다. 무엇인가 긁는 듯한 소리가 함께 들려왔다. 똑같은 말이었다.

—도와주세요, 도와주세요.

참가자들이 동요하기 시작했다. 한 여자가 숨을 죽이고 훌쩍였다. 자주색 벨벳 드레스를 입은 여자가 '우리 에이미 목소리 같아요.'라고 말하더니 흐느끼기 시작했다.

"정말 우리 에이미 소리가 맞습니다."

옆 자리의 남자가 그 여자에게 손수건을 건넸다.

"원을 깨뜨리지 마세요. 우리는 지금 영혼의 목소리를 듣고 있습니다. 우리 안의 기적을 경험하고 있는 겁니다."

레이튼이 말했다.

"우리 엄마가 오셨나요?"

목소리가 또렷하게 말했다. 자주색 드레스를 입은 여자가 옆 사람의 손을 놓고 얼굴을 부여잡은 채 울부짖기 시작했다. 레이튼은 마치 너무나 익숙한 일이라는 듯 따분함이 역력한 목소리로 다시 천천히, 또렷하게 말했다.

"브라운 군, 우리를 위해 이 방의 불을 좀 밝혀주게. 실험을 잠깐 중단해야 할 것 같으니."

칼레브는 얼른 정신을 차리고 나사를 돌려 가스 불꽃을 올렸다. 방은 금방 뽀얀 빛을 되찾았다. 참가자들이 앉은 자리에서 기지개를 켰다. 실망감이 섞인 중얼거리는 소리도 들렸다.

"기분 전환을 좀 해야 할 것 같군요. 다시 한 번 접촉을 시도해보겠습니다. 이번에는 버제스 양이 우리 앞에 모습을 나타낼지도 모르겠습니다."

레이튼이 말했다.

칼레브는 고커들이 조용히 참고 기다리는 모습을 문 옆에서 지켜보았다. 그사이 레이튼은 뒤쪽 테이블에서 셰리주를 따랐다. 자주색 드레스를 입은 여자가 괴로움에 몸서리치며 의자에서 일어났다. 레이튼은 칼레브에게 그녀를 밖으로 내보내라고 지시했다.

칼레브는 복도에서 망토를 들고 서 있었다. 여자는 어깨를 기울여 망토를 걸쳐 입고 눈물진 얼굴로 칼레브를 돌아보며 말했다.

"영혼을 불러내는 마술이라고? 잔인하고 조잡한 속임수 같으니!"

여자는 밖으로 나갔고 칼레브는 문을 닫았다.

고커들은 다시 2층의 테이블로 모여들었다. 레이튼은 칼레브에게 다시 불을 낮추라고 지시했다. 칼레브는 나사를 돌려 주위가 어둑하게 만들었다. 사람들이 다시 둥글게 둘러앉아 서로 손을 잡았다. 레이튼이 목청을 가다듬고 말했다.

"여기 있습니까, 버제스 양?"

—네, 여기 왔어요.

가늘고 귀여운 목소리가 들렸다.

칼레브는 가스등 옆에서 기다리고 있었다.

"모습을 보여줄 수 있습니까?"

레이튼이 어둠을 향해 말했다.

이번에는 큰소리로 톡! 테이블을 치는 소리가 났다.

그리고 희뿌연 빛이 문 앞에 나타났다. 빛은 잠깐 동안 깜박거리더니 다시 어둠 속으로 사라졌다가 바깥의 안개처럼 어디선가 하얗게 몰려와 방 한가운데로 둥실 떠올랐다. 그 가운데에서 아주 희미한 형상이 나타나기 시작했다. 테이블에 앉은 사람들은 너나 할 것 없이 놀라서 숨을 헐떡였고 누구라도 들을 수 있을 정도로 큰소리로 침을 꿀꺽 삼켰다. 칼레브는 순간 그것이 아버지가 항상 자랑하던 환영의 일종이라는 것을 알아차렸다. 아버지가 과거세계를 구상하던 초기, 유령과 다른 여러 가지 것들을 개발할 때 만든 바로 그것이었다.

"원을 유지하세요. 영혼의 현시(顯示)에 집중하세요. 여기 오셨습니까, 버제스 양?"

방이 더 추워졌다. 칼레브는 사람들의 입에서 입김이 나오는 것을 보았다. 빛 한가운데서 나타난 형상은 이제 팔 넓이만큼 커졌다.

—도와주세요, 우리 엄마를 보고 싶어요.

소녀의 목소리가 다시 들렸다. 이번에는 훨씬 멀리서 말하는 것 같은 미묘한 차이가 느껴졌다. 빛 속에서 길고 하얀 잠옷을 입은 소녀의 형상이 나타났다.

"버제스 양, 이렇게 우리에게 와주셔서 감사합니다. 이제 당신의 모습이 똑똑하게 보이는군요. 여기 있는 사람 중에 위로의 말을 전할 분이 있습니까?"

레이튼이 말했다.

—불쌍한 우리 엄마를 만져 보고 싶어요. 엄마의 따뜻한 손길을 한 번 더 느껴보고 싶어요.

다시 침묵이 이어졌고 방은 더 추워졌다. 칼레브는 지금 눈앞에 펼쳐지고 있는 일들이 모두 가짜라는 것을 알 수 있었다. 아주 교묘하지만 그래도 가짜였다. 칼레브가 보기에 그것은 일종의 홀로그래픽을 레이저로 쏘는 것이었다. 훌륭한 기술이지만 진짜 유령은 절대 아니었다. 그러나 테이블에 모인 사람들은 완전히 속고 있었다. 방 안이 사람들의 흥분된 감정으로 가득 찼다. 칼레브는 몸을 부르르 떨었다. 분명 추위 때문은 아니었다. 클래펌 정션역 근처를 지날 때 아버지가 유령과 환영과 다른 여러 가지 기계들에 무엇인가 열심히 말하지 않았던가?

"아무래도 어머님은 여기 안 계신 것 같군요."

레이튼이 말했다.

—그럼 다른 사람 손이라도 잡아보고 싶어요. 사랑하는 사람을 잃고 괴로워하는 현실 세계의 사람과 교감을 나누고 싶어요. 영원히 어둠 속으로 들어가기 전에 그런 분에게 한 번 더 위안을 드리고 싶어요.

이 말에 테이블 주위에서 한숨과 흐느낌이 이어졌다. 칼레브는 그 목소리를 알 것 같았다. 바이블 J였다. 목소리를 바꾸는 특별 기계를 썼거나 아니면 교묘하게 여자 목소리를 흉내 냈거나. 어쨌든 바이블 J의 목소리였다. 칼레브는 갑자기 긴장이 탁 풀리면서 며칠 만에 처음으로 웃고 싶어 견딜 수가 없었다. 그러나 지금은 자제해야 했다.

레이튼이 답했다.

"버제스 양, 당신의 손을 잡아줄 분을 보내겠습니다. 브라운 군, 난 자네의 딱한 이야기를 잘 알고 있네. 자네가 우리의 혼령, 이미 이 세계를 떠난 영혼의 위안을 받지 않겠나? 자네 요즘 가슴 아픈 일을 당한 적이 있지?"

레이튼이 칼레브에게 앞으로 나오라고 손짓했다. 칼레브는 앞으로 다가올 일에 대비라도 하듯 옷을 탁탁 털었다.

"네, 사실입니다. 하지만 잘 모르겠어요."

칼레브는 당황한 듯 머뭇거리며 나지막하게 대답했다.

"앞으로 나와 이·소녀 앞으로 가게. 아무 일도 일어나지 않아. 버제스 양의 손을 잡고, 이 불쌍한 어린 영혼의 위안을 받게."

칼레브는 계속 그 자리에 우뚝 서 있었다.

"제가 할게요."

그때 한 여자가 벌떡 일어섰다. 그 여는 의자 사이를 비집고 나가 불안한 표정으로 하얀빛 앞에 섰다. 그리고 엉거주춤 팔을 내밀어 유령의 하얀 팔을 잡았다.

그 순간 문 바깥에서 펑! 하는 소리와 함께 환한 빛이 번쩍거렸다. 닫힌 문의 아래위 틈새로 환한 빛이 새어 들어와 어두운 응접실을 깜박깜박 비추었다. 번개가 치는 것 같았다. 테이블 주위에 앉아 있던 사람들은 어찌할 바를 모르고 비명을 지르기 시작했다. 하얀 환영이 깜박거렸고 방은 다시 어두워졌다. 그리고 한줄기 차가운 바람이 발을 타고 올라왔다.

"부, 불을 밝혀, 칼레브."

레이튼이 급하게 소리쳤다. 칼레브는 재빨리 달려가서 램프의 불꽃을 최대한 올렸다. 그러자 푸르스름한 환한 빛이 온 방을 밝게 비추었다. 고커들은 손을 잡은 채 눈만 껌벅거리며 천둥 번개가 또 치지 않을까 벌벌 떨었다.

그때 갑자기 문이 쾅하고 열리더니 바이블 J가 방 안으로 헐레벌떡 달려들어 왔다. 칼레브는 바이블 J가 팔에 하얀 소매와 하얀 장갑을 낀 것을 보았다. 너덜너덜한 스카프로 얼굴 대부분을 가린 거지 하나가 바이블 J의 목을 잡고 권총을 그의 관자놀이에 겨누고 있었다. 그 뒤로 또 다른 거지가 방 안으로 달려들어 와 레이튼의 머리에 총을 겨누었다.

37

거지가 리볼버 권총을 쥔 팔을 쭉 편 채 방 한중간에 우뚝 섰다.

"아무도 움직이지 마. 그 자리에서 꼼짝 마라. 자, 이제 내가 볼 수 있도록 두 팔을 천천히 들어."

고커들이 팔을 들기 시작했다. 레이튼도 칼레브도 양팔을 치켜들었다.

거지가 앞으로 떠미는 바람에 바이블 J가 바닥에 비틀거리며 쓰러졌다. 또 다른 거지가 여행용 손가방의 입구를 활짝 벌린 채 들고 들어왔다.

"너희들 모두, 귀중품을 여기 넣어. 돈, 보석 박힌 시계. 가지고 있는 모든 것을 넣어라. 넣을 때는 천천히. 레이튼, 당신도 입장료 받은 것을 모두 넣어."

“여긴 없다. 급사 아이가 가지고 있어.”

“하인을 보내서 돈을 가져오라고 해.”

“자네가 올라가서 금고를 가지고 내려오겠나? 자펫 군에게 열쇠를 받아.”

바이블 J는 팔을 위로 올린 채 서 있었다. 칼레브는 그의 조끼 주머니를 뒤져 열쇠를 찾은 뒤 고개를 살짝 끄덕였다.

“서둘러.”

거지 하수인이 소리쳤다.

칼레브는 위층으로 올라갔다. 문 밖에서는 총을 든 또 다른 거지가 계단으로 올라가는 칼레브를 지켜보았다.

칼레브는 열쇠로 문을 열고 들어갔다. 진열장들이 보였다. 선반에 가지런히 놓인 총들이 어둠 속에서 희미하게 빛나고 있었다. 칼레브는 진열장 한곳의 문을 재빨리 열고 레밍턴 리볼버 권총을 꺼냈다. 총은 이미 장전되어 있었다.

‘내가 지금 뭘 하는 거지?’

칼레브는 너무 무서워서 스스로의 물음에 대답할 수 없었다. 그는 총을 허리띠 사이에 끼워 넣고 조끼로 덮어 불룩한 권총을 감추었다. 그리고 금고를 들고 나와 방문을 잠근 뒤 다시 강령회가 열리는 방으로 들어갔다.

거지가 금고 안에 든 것을 모두 가방에 털어 넣었다. 가방은 이제 값비싼 보석과 돈으로 불룩해졌다. 이번에는 거지가 방에 모인 고커들을 향해 말하기 시작했다.

“신사숙녀 여러분, 고커와 사기꾼 여러분. 여러분은 오늘 밤

전지전능하신 팬텀님을 위해 돈을 기부하셨소. 여러분이 기부하신 돈은 아주 좋은 곳에 쓰일 것이니 걱정 마시오.”

그 자리에 있던 고커들이 웅성거리기 시작했다.

레이튼이 말했다.

“오늘의 이 짓에 대해서는 네 주인이 엄청난 대가를 치르게 될 거다.”

“과연 그럴까, 친구? 그러려면 우선 팬텀님을 찾아야겠지. 하지만 그분은 진정한 초능력을 가지고 계셔. ‘어디선가’ 나타나서 또 ‘어디론가’ 훌쩍 사라지지.”

거지가 가방을 들고 문을 나가다가 칼레브를 쳐다보았다. 그리고 칼레브의 허리춤에서 권총을 찾아냈다.

“시도는 좋았어. 용기있는 놈이군.”

거지는 총을 자기 주머니에 넣고 밖으로 나가 문을 쾅 닫고는 열쇠로 잠가 버렸다.

레이튼은 문이 닫힌 뒤에도 계속 양팔을 들고 서 있었다.

“그대로 서 있으세요. 잠깐만, 아무도 움직이지 마십시오. 저들을 믿을 수 없습니다.”

아래층에서 문이 쾅 닫히더니 돌길 위로 아득히 멀어져 가는 말발굽 소리와 마차 바퀴 소리가 들렸다.

“이제 갔소.”

레이튼이 팔을 내리며 말했다.

고커들이 투덜거리며 즉시 레이튼을 에워쌌다. 고커들은 어서 빨리 경찰을 부르라고 아우성이었다. 사람들은 분개했다. 가만히 앉아서 어이없이 털렸다는 사실이 믿기지 않았다. 환상에서 완전히 깨고 나니 분통이 터졌다. 고커들이 레이튼을 거칠게 밀어제쳤다. 여자들은 공포에 부들부들 떨리는 목소리로 울음을 터뜨렸다.

바이블 J는 하얀 소매와 장갑을 벗어서 얼른 테이블 밑에 감추었다.

"저들의 목적은 여러분을 겁주기 위한 것입니다. 여러분은 모두 금전적인 배상을 충분히 받을 수 있습니다. 칼레브 군, 손님들에게 코트를 드리고 현관까지 모셔다 드리게. 저 역시 괴로운 심정입니다. 저의 영적인 기운이 심한 타격을 받았습니다. 친구들이여, 다음에 만날 때까지 모두 건강하시기 바랍니다."

화가 나서 소리치던 고커들도 결국 하나둘 집을 떠났다. 레이튼은 총이 있는 방으로 올라갔다.

"열쇠."

레이튼은 방문 옆에 달린 램프에 불을 붙인 뒤 칼레브와 바이블 J의 어깨에 손을 얹고 나란히 방 안으로 들어갔다.

"너희들 탓이 아니다. 너희들은 잘못이 없어. 내가 팬텀과 나의 관계에 대해 설명했어야 했다. 팬텀은 나를 위협하고 있어. 총을 몰래 숨겨온 것은 잘했다, 칼레브. 잘만 했다면 한 놈이라도 죽일 수 있었을 텐데. 놈들이 도망칠 때라도 말이다. 기회가 없었다는 게 아쉽다."

그는 비싼 총들을 죽 둘러보았다.

"총을 쓰지 않은 것도 잘했다. 저들이 너를 이렇게 끝내 버렸을지도 모르니까."

그는 손가락을 튕겨서 딱 소리를 냈다.

"이제 우리의 목적을 위해 일어설 때가 온 것 같다. 이것은 도발이다. 이제 난 무기를 장전하고 팬텀 놈을 찾아 나설 것이다. 단번에 끝내 버려야지."

38

팬텀은 어두운 벽돌 터널을 따라 민첩하게 움직였다. 그에게는 희미한 불빛도 장애가 되지 않았다. 그의 눈은 밝기에 상관없이 모든 것을 또렷하게 볼 수 있었고 그의 발은 자동적으로 기찻길을 찾아 그 옆으로 따라 걸어갔다. 그의 앞으로 쥐 한 마리가 빠르게 지나가는 것이 보였다. 시궁창에서 볼 법한 쥐가 아니라 뒷골목을 순찰하는 로봇 쥐였다. 쥐가 갑자기 우뚝 멈추어 서서 그를 올려다보았다. 눈이 빨갛게 빛나고 있었다. 로봇 쥐가 가지런히 박힌 날카로운 이빨을 드러내며 위협적인 목소리로 말하기 시작했다.

―출입 금지. 통제구역. 통제구역.

팬텀이 쥐를 내려다보았다. 쥐는 번들거리는 뾰족한 털을 바짝 세우고 있었다.

"안녕, 동지."

팬텀이 말을 걸었다. 그의 목소리에서 연민의 정이 묻어났다. 팬텀은 반짝이는 검은색 부츠를 높이 들어 작은 쥐의 등을 사정없이 짓밟았다. 서글픈 감정이 들었다. 그러나 오도독 소리가 날 때까지 조각조각 밟아 부수었다. 그런 뒤 발을 치우고 무릎을 꿇었다. 팬텀은 깜빡이던 빨간 빛이 서서히 사라져 가는 부서진 쥐의 눈을 호기심 어린 눈으로 들여다보았다.

'분명히 저들에게 신호가 갔을 텐데. 하지만 여긴 지하 깊은 곳이야. 신호가 전해지기엔 너무 깊숙한 곳이니까.'

마지막 모퉁이를 도는 순간 팬텀의 망토가 넓게 퍼졌다. 거기서부터 마지막 몇백 미터는 터널이 일직선으로 쭉 뻗어 있었다. 버려진 오래된 역사가 시야에 들어왔다. 기름 램프들이 줄에 대롱대롱 매달려 플랫폼을 밝히고 있었고, 둥글게 구부러진 벽에는 너무 오랫동안 붙어 있어 너덜너덜해진 광고 포스터가 보였다. 포스터 속 사람들은 자랑스럽게 치약을 들고, 한때는 백옥같이 하얗게 반짝였을 이를 드러내거나 혹은 기름을 발라 곱실한 머리를 뽐내며, 적막한 어둠 속에서 인적이 끊긴 조용한 기찻길을 향해 방긋 웃고 있었다.

플랫폼 끄트머리에 한 거지가 무릎까지 내려오는 긴 장총을 들고 보초를 서고 있었다. 거지는 팬텀이 터널 입구에서 나타나자 자세를 똑바로 했다.

"졸았나, 제임스?"

팬텀이 물었다.

“아닙니다. 다른 거지들과 함께 오셨습니까?”

거지가 기합이 잔뜩 든 상태로 대답했다.

“아니. 다들 어느 카드판에서 도박사들을 놀려먹고 있겠지. 곧 올 거야.”

팬텀은 플랫폼으로 훌쩍 뛰어놀라 순식간에 계단실로 사라졌다. 에스컬레이터 계단 주위에는 기름 램프들이 더 많이 걸려 있었다. 계단은 녹슬고 먼지가 자욱이 덮여 있었다. 팬텀은 터널 어딘가에서 메아리치는 거지 하수인들의 왁자지껄한 환호성 소리를 들었다.

팬텀은 문을 열고 매표소로 들어갔다. 기름 램프가 촘촘히 걸려 있어서 바깥보다 불빛이 훨씬 강렬했다. 긴 안락의자에 무장한 남자 두 명이 앉아 있고 매표소 한중간의 딱딱한 의자에는 루시우스 브라운이 밧줄에 꽁꽁 묶인 채 꼿꼿이 앉아 있었다. 그의 발아래 놓인 음식 쟁반 위에는 포크와 숟가락이 어지럽게 흩어져 있었다.

루시우스는 팬텀이 매표소를 가로질러 불빛이 내리쬐는 한중간으로 걸어가는 것을 바라보았다. 그가 모자를 벗어서 거지 하수인에게 훌쩍 던졌고 거지는 굼뜬 동작으로 겨우 잡았다. 팬텀은 얼굴에 썼던 검은 마스크와 은빛 안경도 벗었다. 안색은 파리했지만 피부는 부드러웠고 눈동자는 바다색으로 파랗게 빛나고 있었다.

“오늘 밤 우리 부하가 당신이 손수 만든 작품 하나를 완전히 끝내 버릴 것 같은데 말이야.”

팬텀이 말했다.

루시우스의 몸이 눈에 띄게 뻣뻣해졌다. 그는 밧줄에 묶인 채 버둥거렸다.

"진정하게, 루시우스. 당신이 누굴, 혹은 무엇을 생각하든 그건 아닐 거야. 당신이 개발한 유령 효과 기계 있지? 어린 소녀의 그림자를 쏘는 프로젝션, 강령회용 싸구려 장비 말이야. 내가 듣기론 그것 말고도 당신의 망상으로 만들어진 작품이 많다면서? 그런 걸 믿는 맹신자들과 부자 고객들의 정신을 쏙 빼놓는 데는 효과가 그만이라고 하던데 말이야."

"그래서 지금 자기 자신이 매우 자랑스럽겠군."

루시우스는 억지로, 차분한 목소리로 대답했다.

"아니지, 자랑스러워해야 할 사람은 당신 아닌가. 그런 기계를 만들어서 직접 작동하는 것을 지켜본다고 상상해 봐. 얼마나 마법 같은 일인가? 그렇다면 당신도 마법사 소질이 있다는 말이군. 우리 부하들이 쳐들어가서 산통을 깨기 전까지는 사람들이 멋지게 속고 있었나 봐."

팬텀은 좀처럼 볼 수 없는 웃음을 지어 보였다. 그의 이가 늑대처럼 날카롭게 번득였다. 그것만 아니라면 팬텀도 충분히 사람 좋은 인상이었다.

"당신, 많이 피곤하겠군. 부하들이 먹을 것을 준 모양인데 입에 대지도 않았으니 말이야. 왜, 입맛에 맞지 않던가? 안타깝게도 당신에 대해 아는 게 거의 없으니까. 보통 뭘 먹나? 특별히 좋아하는 음식이 있나?"

팬텀이 루시우스에게 물었다.

"배고프지 않다. 지금 내 입장에서 밥 생각이 나겠나? 내 아들은 어디에 있나?"

"그게 문제란 말이야. 우리 상황을 생각해 보면 참 아이러니하기도 하고. 당신 아들이 어디 있는지 나도 몰라. 알았으면 좋겠지만 말이야. 나도 당신 아들을 만나고 싶어. 당신과 당신 아들이 여기 함께 있었다면 우리 부하들이 그렇게 일을 엉망진창으로 만들지 않았을 텐데. 난 정말 오랫동안 당신 둘을 만나기를 고대해 왔거든. 그리고 다른 한 사람도……."

"잭은 괜찮은가?"

팬텀이 손바닥을 쫙 편 채 어깨를 으쓱거렸다.

"안타깝지만 이 과거세계의 사건사고 통계가 한 건 더 올라갔겠지. 그가 죽은 뒤에 내가 확인했어. 난 이때다 싶어서 얼른 그의 내장을 뒤집어보았지. 불쌍한 잭. 어쨌든 그자는 이 과거세계에서 살기 싫다고 하지 않았나. 어딜 봐도 여기에선 목숨을 오래 부지하지 못할 사람이었어. 심장이 약했거든."

루시우스는 자랑스럽게 팔짱을 끼고 맞은편에 서 있는 사악한 젊은 남자를 쳐다보았다.

"제발 내 아들은 그냥 둬. 혹시 그 애를 발견해도, 이 일과는 전혀 무관한 아이다."

"아무도 무관하지 않아, 나에게는. 저기 떼거리로 몰려오는 사람들을 봐. 모두 여기 오려고 버클랜드 주식회사에 그 딱한 입장료를 지불했지. 그러고는 이곳에 와서 싸구려 음식을 먹고 싸구려 담배를 피우며 이렇게 소리치겠지. '오, 저기 교수형당하는 사람을 봐요. 끔찍해요. 오, 조지, 보세요. 저 작은 소매치기 아이를 잔인하게 체포했어요. 어머, 진짜 팔다리가 잘린 시체예요. 톱니가 녹슨 저 더러운 톱으로 잘랐나 봐요.' 물론 다른 사람들도 있겠지. 나의 특별 작품을 보러 오는 사람들 말이야."

팬텀의 얼굴이 루시우스에게 고정되었다. 솟구쳐 오르는 분노 때문에 팬텀의 눈이 활활 타올랐다.

"넌 이 과거세계에서 그런 것만 보느냐? 우리가 이룬 업적은 보이지 않느냐? 이 세계가 천박한 범죄와 돈 벌어들이기 전략으로밖에 보이지 않는단 말이냐?"

팬텀이 갑자기 태도를 바꾸었다. 그의 눈빛이 완전히 달라졌다.

"그 여자애가 자기를 보살펴 주던 당신의 오랜 친구 잭 박사에게서 도망쳤다. 그렇지 않은가? 그 애가 은신처를 떠나 이 세상 속으로 뛰쳐나오자 잭이 당신에게 편지를 보낸 거고. 참 당찬 아이야. 지금쯤 이 과거세계 어딘가에서 살고 있겠지. 그 애가 순회 서커스단과 함께 돌아다니고 있다는 걸 당신도 알고 있지? 아주 믿을 만한 정보야. 자신이 원한 일은 아니었겠지만 말이야. 어떻게 생각하나?"

"그 애가 뭘 하려는 건지는 개인적으로 아는 게 없다. 도망친 게 내 생각은 아니니까."

"아니, 난 그렇지 않다고 생각하는데. 당신은 우리들 중 누구에 대해서라도 제일 할 말이 많을 걸. 여기에서 당신을 만나게 되

다니 정말 대단한 일이야. 이렇게 내 눈 앞에, 당신이 진짜 의자
에 앉아 진짜 밧줄에 묶여 꼼짝달싹 못하고 있다니 말이야. 혹시
이런 일을 당하게 될까 봐 두려워해 본 적이 있는지 궁금하군. 저
바깥 세계의 흠잡을 데 없이 깨끗한 잠자리에서 자지러지게 놀라
일어나 본 적이 있나? 여기선 어디서 묵고 있나? 저기 쉘리 거리
인가? 시인의 코너 근처의 고풍스런 집에서 독감에 걸려 늦잠을
자본 일은 혹시 없나? 그때 내 얼굴이 떠오르지 않던가? 당신이
깨끗하고 단정한 정원에서 로봇새들의 지저귀는 소리를 들을 때
내가 무슨 일을 하고 있을지 궁금하지 않던가? 바로 이런 순간을
두려워한 적이 없었는가 말이다."

"아니, 전혀. 넌 내게 전혀 중요하지 않으니까."

"그 말을 믿을 수 있으면 좋겠소만, 난 내가 '아주' 중요한 사
람이라고 생각하거든. 지금쯤이면 사람들이 모두 나를 찾으려고
혈안이 되어 있을 텐데. 어떻게든 내 뒤를 쫓으려 하지 않을까?
별로 실속은 없겠지만 말이야. '바깥 세상'이라면 나를 한번에
찾아내겠지만, 여기서는 불가능하지. 혹시 나를 절대 찾고 싶지
않은 건 아닐까? 나야말로 당신이 만든 이 미개한 세상에서 가장
멋진 구경거리니까 말이야. 과거에 있었던 일들이 지금 그대로
다시 일어난다면 난 이 도시에서 가장 인기있는 화젯거리가 되었
을 테지. 버클랜드 씨도 그런 걸 좋아할 게 분명해."

한 무리의 거지 부하들이 매표소 뒤로 슬금슬금 모여들었다.
팬텀과 비밀스러운 포로와의 대화를 잠깐 동안 지켜보던 거지 하
나가 환한 불빛 속으로 나왔다. 팬텀은 고개를 돌려 그자를 아래

위로 훑어보았다.

"지금 누가 나한테 가까이 오나 내기를 하는 건가? 그렇다면 넌 돈을 잃을 거야. 난 지금 바빠."

"아닙니다, 주인님. 드릴 말씀이 있습니다."

"위험을 감수할 정도로 가치가 있는 말이었으면 좋겠군."

팬텀은 부들부들 떨고 있는 거지에게 가까이 다가가며 말했다.

"야고의 대지옥 쇼 마차 행렬이 머무르는 곳을 발견했습니다."

팬텀이 누런 덧니를 드러내며 갑자기 싱긋 웃음을 지었다.

39

레스트레이드 경감이 숙소에 도착해 캐치폴 경사를 찾았다. 여주인은 캐치폴이 책을 읽고 있는 아담한 거실로 안내했다. 캐치폴이 고개를 들었다.

"안녕하십니까, 경감님. 이 시간에 무슨 일로 찾아오셨습니까?"

"잘 있었나, 경사. 버클랜드 씨가 이걸 자네에게 즉시 전하라고 직접 부탁하셨네."

레스트레이드가 봉투 하나를 건넸다.

"여기 현지 경찰이 특별한 범인을 체포한 모양이야. 자네 사건과 관련 있는 사람이지. 자네가 찾던 바로 그 아이인 것 같네. 그런데 누군가 가짜 신원 보증서에 서명을 하고 빼갔어. 세부 내용과 집 주소는 여기 있네."

"그래서 이 시간에 여기까지 오셨단 말입니까?"

"그래. 이렇게 늦게 찾아와서 미안하네. 이 사건의 경우엔 난 그저 심부름꾼일 뿐이야."

"버클랜드 씨는 경찰 범죄 기록을 정기적으로 보고받습니까?"

"버클랜드 씨에겐 고분고분 말 잘 듣는 경찰관들의 명단이 있으니까. 범죄 기록은 다 읽어봤나?"

"물론이죠. 더 알려주실 정보는 없습니까?"

"기밀사항을 말해주면 좋겠네만, 난 오직 아벨 버클랜드에게만 보고를 해야 하니, 더 이상은 말 못하겠네. 자네도 결국 모든 걸 알아내게 될 거야. 내가 확신하지. 지금 말할 수 있는 건 팬텀의 거지 하수인들을 쓸어버려도 된다는 허락이 떨어졌다는 거야. 자, 괜찮다면 나는 마차 택시가 기다리고 있어서 이만. 잘 있게."

"안녕히 가십시오, 경감님."

레스트레이드가 떠나고 난 뒤 캐치폴은 봉투를 뜯었다. 안에는 헝클어진 검은 머리에 놀란 듯 눈을 동그랗게 뜬 소년의 작고 희뿌연 사진이 들어 있었다. 석방 허가서의 주소란에는 푸르니에 거리 31번지 윌리엄 레이튼, 서명란에는 똑같은 주소로 자펫 맥크레디라고 적혀 있었다.

40

다음날 아침 캐치폴은 일찍 일어났다. 그는 북적이는 사람들을 뚫고 푸르니에 거리까지 걸어가 31번지 문을 세게 두드렸다. 앞치마를 두른 여자가 나왔다.

"런던 경시청 캐치폴 경사입니다. 레이튼 씨를 만나러 왔습니다."

"잠깐만 기다리세요, 경사님."

캐치폴은 화려한 가구들이 가득한 응접실로 안내되었다. 그의 눈에 레이튼은 과거세계 주민들에게만 주어지는 세금 혜택을 톡톡히 보는 사람이거나 아니면 도둑질의 대가처럼 보였다. 방 한가운데 테이블에는 권총과 가죽 권총집, 총알 벨트가 나란히 진열되어 있었다. 그는 총 하나를 집어 들었다. 진짜 콜트 NS 리볼버였다. 손을 옮겨가며 총을 만져 보고 있을 때 부들거리는 하얀색 셔츠를 입은 윌리엄 레이튼이 응접실로 쑥 들어왔다.

"문제가 생길 거라고 생각했습니다, 경사님. 어젯밤 우리 모임에 온 손님 중 사소한 절도 사건을 신고한 바보가 분명 있을 것이라 생각했거든요."

캐치폴이 고개를 갸우뚱하는 사이 레이튼은 세련된 동작으로 팔을 내밀어 악수를 청했다.

"윌리엄 레이튼입니다."

레이튼이 캐치폴의 손을 꽉 잡았다. 캐치폴은 어리둥절하여 레이튼의 말을 계속 들어보기로 했다.

"어젯밤 일에 대해 말씀해 보시죠."

"전 사람들 앞에서 과학적인 실험을 해 보이고 있었습니다. 그런데 놈들이 쳐들어왔어요. 바로 이 집에요. 그리고 모두 훔쳐가 버렸습니다."

"다 가져가진 않은 것 같습니다만……."

캐치폴이 방 안의 값나가 보이는 장식물과 가구들을 둘러보며 말했다.

"작은 것들만 가져갔으니까요. 현금과 보석류. 놈들은 순식간에 왔다 갔어요. 우리 손님들의 주머니는 물론 몸에 걸치고 있던 것들까지 죄다 털어 갔어요. 집에 무기가 있었지만 소용이 없었습니다. 참, 제가 소지하고 있는 무기들은 모두 허가증이 있습니다."

"네, 그렇겠죠. 그런데 왜 직접 신고하지 않으셨습니까?"

"물론 신고하려 했지요. 하지만 무슨 소용이 있습니까? 누구짓인지 알고 있는데요. 나는 내 방식으로 앞으로 찾아올 고객들과 내 신변을 보호하고 싶습니다. 타락하고 무능력한 당신네 경시청에 의존하고 싶지 않단 말입니다. 제가 무슨 악의가 있어서 이런 말을 하는 건 아니니 오해 마시고요.”

“괜찮습니다, 선생님. 그런데 그때 방에 누가 있었습니까? 선생님의 손님을 제외하고요.”

캐치폴은 우호적인 웃음을 지어 보였다.

“경사님께 문을 열어드린 가정부 볼터 부인과 내 조수 맥크레디 군, 그리고 급사 아이가 전부였습니다.”

“그분들을 만날 수 있을까요?”

“맥크레디 군과 급사 아이는 지금 외출 중입니다. 그 아이들도 내가 말한 그대로 진술할 겁니다.”

“그렇다고 해도 나중에 와서 다시 이야기를 들어보고 싶군요.”

“그렇게 하시죠. 제가 말씀드릴 수 있는 건 우린 서너 명이 전부였다는 겁니다. 그리고 나머지는 모두 팬텀의 졸개들인 거지 하수인들이었어요. 모두 무장을 한 상태라 위험했습니다. 그중 한 놈이 내 미간에 총을 겨누고 있어서 난 다른 사람들을 제대로 쳐다보지도 못했다니까요. 그놈들이 나와 손님들의 주머니를 털고는 마차 택시를 타고 잽싸게 도망쳤어요.”

“그게 전부입니까?”

“모임에서 먼저 나간 여자가 한 명 있었습니다. 아주 화가 나서요. 전형적인 고커였죠. 그 여자는 놈들이 쳐들어오기 직전에 이 과학 모임을 떠났습니다. 우리 급사 아이가 그 여자분을 현관까지 배웅했습니다. 그게 답니다. 저는 매우 바쁜 사람이고 지금 좀 급한 일이 있어서요. 지금껏 한 이야기 외에는 덧붙일 말이 없습니다.”

“그럼 그 손님이, 모임에서 일찍 나간 그 여자가 팬텀의 거지 하수인과 무슨 관련이 있다고 생각하시나요?”

“굳이 그렇게 생각할 이유는 없습니다. 하지만 우리 모임이 열리는 시간을 거지 하수인들이 정확하게 알고 있었다는 건 의심의 여지가 있죠. 우리 모임은 지극히 사적인 것이고 최고의 고객만을 위해 비밀리에 진행되니까요. 그들이 어떻게 알아냈는지 약간 짚이는 데가 있긴 합니다만.”

“그럼 말씀해 주시죠.”

레이튼은 아무것도 아니라며 고개를 저었다. 작은 종을 울리자 가정부가 나타났다.

“신사분께서 나가신답니다, 볼터 부인. 친절하게 배웅해 드리세요.”

“알겠습니다, 나리.”

캐치폴은 결국 그 집을 나올 수밖에 없었다.

칼레브라는 아이를 만나는 것은 아직 불가능했다. 그래도 간접적으로나마 아이의 존재에 대해 알게 된 캐치폴은 집 주위를 감시하면서 그 아이와 다른 상황들을 지켜보기로 했다. 거지 하수인들이 레이튼을 공격하고 털었다. 그것도 어젯밤에. 캐치폴은 그 사건 뒤에 더 커다란 내막이 깔려 있음을 짐작할 수 있었다. 무슨 일이 일어나고 있는 것 같은데. 브라운 박사와 그 아들도 관련이 있을까?

한참 후 캐치폴은 시장바구니를 들고 집을 나서는 가정부를 목격했다. 얼마 후 거지 하나가 그녀를 멈춰 세웠고 두 사람은 한참 동안 이야기를 나누었다. 캐치폴은 거지가 굵은 마대자루에 싼 꾸러미를 볼터 부인의 장바구니 안에 살그머니 넣는 것을 보았다. 그리고 거지가 떠났다. 캐치폴은 그를 미행하기로 했다.

거지는 어딘가를 향해 빠르게 걸어갔다. 큰 도로가 나왔다. 고커들과 과거세계 주민들이 가장 많이 지나다니는 번화한 거리였다. 사람들에게 돈을 구걸하려는 것은 아닌 것 같았다. 거지가 사람들 사이를 미끄러지듯 빠져나가는 통에 캐치폴은 뒤를 쫓느라 애를 먹었다.

거지와 캐치폴은 성당 남쪽의 강으로 향했다. 캐치폴은 얼른 모퉁이를 돌았지만 거지 하수인은 감쪽같이 사라져 버리고 없었다. 거리는 텅 비어 있었다. 지름길이나 샛길도 없는 막다른 골목이었는데 캐치폴은 막다른 골목을 천천히 왔다 갔다 하면서 거리 옆으로 나란히 서 있는 건물과 현관들을 유심히 살펴보았다. 어떤 건물 앞에 지난 20세기 때의 지하철 입구 표시가 선명하게 새겨진 석조물이 서 있는 게 보였다.

오래된 지하철의 음울한 실체는 이제 완전히 제거되고 없었다. 그러나 그 흔적은 드문드문 남아 있기도 했다. 그 거지가 지하로 들어갔나? 캐치폴은 지하철 입구로 가보았다. 입구는 널빤지로 완전히 막혀 있고 그 위에는 곧 시행될 '대규모 철거 공사'를 알리는 광고 포스터만 덕지덕지 붙어 있었다. 캐치폴은 입구를 막고 있는 판자들을 일부러 두드리거나 안을 들여다보려고 하지 않았다. 지나가는 사람들의 시선을 끌고 싶지 않았다. 캐치폴은 일말의 가능성을 포착했다. 그는 막다른 골목 끝까지 가서 돌아섰다. 그리고 칼레브를 기다리기로 했다.

41

이브의 일기에서.

오늘 오후 공연이 끝나고 바이블 J가 날 보러 왔다. 그런데 이상한 일들이 연달아 일어났다. 어떻게 생각하면 서로 연관이 있고 또 어떻게 보면 도저히 설명할 수 없는 일들이었다. 우선 바이블 J가 어떤 사람과 함께 왔다. 두 사람은 모두 하얀 셔츠에 조끼, 겉에는 쇠단추가 달린 길고 푸른 프록코트를 입고 있었다. 바이블 J는 그게 '집에서 입는 제복'이라고 했다. 바이블 J와 함께 온 사람은 그가 길거리에서 발견했다는 칼레브라는 남자였다.

칼레브가 손을 내밀어서 난 그 손을 잡았다. 난 처음으로 그의 얼굴을 찬찬히 살펴보았다. 그러고는 악수를 한다고 갑자기 팔을 아래위로 흔들었다. 그의 손을 놓을 땐 마치 무엇엔가 취한 느낌이 들었다. 난 그 아이를 가만히 바라보았다.

"우리가 전에 만난 적이 있던가요?"

내가 물었다.

"아뇨, 전 오늘 처음 뵙습니다. 그런 것 같아요……."

칼레브가 대답했다.

"그럼 저만 이상하게 느끼는 거네요. 당신과 악수했을 때 뭔가 이상한 느낌이 들었거든요. 우리가 어떤 관계인 것 같은. 가끔 이런 느낌이 들 때가 있어요. 거기다 당신 눈동자가 나랑 비슷해서요."

칼레브는 뭐라고 말해야 될지 모르겠다는 듯 어색하게 어깨만 으쓱거렸다. 하지만 난 그도 뭔가 느꼈을 것 같은 생각이 들었다. 적어도 내 눈에는 그렇게 보였다.

"너희 둘, 이제 그런 얘긴 그만해. 안 그럼 내가 질투할지도 몰라. 훨씬 더 으스스한 이야기를 해줄까? 윌리엄 씨가 널 과학 모임에 참가시키고 싶어해."

"좀 이상한 이름처럼 들려요."

"너도 어젯밤 그 모임이 싫었지, 그렇지 칼레브?"

칼레브가 고개를 끄덕였다.

"무슨 일이 있었는데요?"

내가 다시 물었다. 칼레브에 대한 궁금증이 풀리지 않았지만. 그는 어딘가 특별한 느낌이 들었으니까.

"모임을 하고 있는데, 거지 하수인들이 쳐들어와서 물건들을 빼앗아갔어요. 고커들이 낸 입장료와 그 사람들이 가지고 있던 돈, 보석들까지 전부요."

문득 바이블 J를 보호해 주고 싶은 생각이 들었다. 그래서 난 그를 꼭 껴안았다. 그가 안심할 수 있도록. 내 심장이 세차게 뛰기 시작했다. 바이블 J 앞에 총부리가 겨눠져 있었다는 생각을 하니 온몸이 오싹해져 왔다. 하지만 이 모든 것은 나 혼자만의 느낌일 뿐이다. 나를 알고 있는 바이블 J의 집에 거지들이 쳐들어왔다니. 레이튼 씨의 집과 나 사이에 대단한 관련이 있는 건 아니지만, 그럼 누군가 날 찾으러 올지도 모른다는 생각이 들었다. 갑자기 마음 한구석이 불편해졌다. 나와 똑같은 눈동자를 가진 칼레브가 나타난 것도 영 꺼림칙했다.

그때 야고가 가까이 왔고, 바이블 J가 그에게 칼레브를 소개했다. 바이블 J는 야고에게 어젯밤 강도 사건을 모두 말해주었다.

"나리는 짐을 싸고 있어. 집 안의 모든 것들을 상자에 넣고 있어. 상자들을 대형 창고에 보내서 보관할 건가 봐. 나리는 어떤 위험도 감수하기 싫으신 것 같아. 그래서 칼레브도 며칠 동안 다른 곳에 숨어 있는 게 좋겠다고 하셨어."

"안 그래도 하루 이틀 정도 과거세계 바깥으로 나갈까 생각 중인데, 우리 모두 숲에 가서 조용히 쉬다 오면 어떨까."

야고가 말했다.

갑자기 노랑, 주황의 나뭇잎이 눈앞에 아른거렸다. 어떤 기억이 아련하게 떠오르고 무엇인가 타는 냄새도 느껴졌다. 숲. 어떤 숲이 기억났다……. 갑자기 그 숲에 너무너무 가고 싶어졌다.

"야고, 내 친구 칼레브를 잠시 데리고 있어줄래? 레이튼 씨는 칼레브가 안전하길 바라셔. 나는 레이튼 씨가 짐을 싸서 보내는 걸 도와야 하거든."

"좋아. 정리해야 할 짐이 많을 거야. 레이튼 씨의 수집품에 대해 익히 들어서 알고 있지. 그렇긴 해도 이 친구가 여기 있는 건 어떨지 잘 모르겠어. 기분 나쁘게 들릴지 모르지만, 난 네 친구에 대해 아무것도 모르잖아. 믿을 수 있는 친구야?"

"문제가 있긴 하지. 경찰들이 칼레브의 체포 영장을 가지고 있어. 칼레브를 찾는 지명수배 포스터랑 이것저것 해서 말이야. 칼레브는 결백한 고커야. 그런데 어떤 노인을 칼로 찔러 죽였다는 누명을 쓰고 있어. 진짜 그런 짓을 한 건 팬텀의 거지 하수인인데 말이야. 그래 놓고 사람들이 보는 앞에서 칼레브의 짓이라고 덮어씌웠지 뭐야. 그게 다야."

"내 생각엔 칼레브를 믿어도 될 것 같아요, 야고. 괜찮을 거예요."
"그 정도로 확신하는 거야, 이브?"
"네."

그래서 난 그 칼레브란 아이와 함께 숲으로 가게 되었다. 바이블 J는 나 때문에 화가 난 눈치였다. 그는 나와 내 옆에 서 있는 칼레브를 번갈아 쳐다보았다. 언제나처럼 행복한 표정을 짓고 있긴 했지만, 그 속에 고민의 그림자가 드리워져 있었다. 지금까지 그런 표정은 한 번도 본 적 없었는데. 그 순간 어떤 감정이 북받쳐 올랐다. 너무나 강렬한 느낌, 나도 모르게 갑자기 그의 품에 안겨서 열렬히 키스하고 싶어졌다.

42

그들은 모두 함께 무인지대를 통과했다. 버려진 집들로 가득한 거리를 지나 도시 외곽을 향해 나아갔다. 모든 창문들은 특별히 회색의 건축용 석고보드로 막혀 있고 그 사이로 환기 구멍이 불쑥 튀어나와 있었다. 갈라진 굴뚝과 지붕에는 잡초와 부들레아가 무성했다. 그곳은 죽은 지역, 과거세계의 경계선과 그 밖을 완충지대처럼 둘러싸고 있는 무성한 숲 사이에 위치한 무인지대라고 야고가 말해주었다. 음침한 거리들이 북쪽으로 쭉 뻗어 있었다. 바이블 J 일행은 어두워질 때까지 기다렸다가 건물을 짓다가 버려진 옛 공사 지역으로 갔다.

입구는 빗장으로 막혀 있고 '접근금지', '버클랜드 공사 현장'이라는 낡은 표지판과 경고문이 여기저기 붙어 있었다. 야고는 몸을 구부리고 수동 윈치를 돌려서 빗장을 들어 올렸다. 빗장은 누군가 일부러 심어놓은 듯한 찔레꽃과 잡초들로 교묘하게 가려져 있었다. 마차를 타고 안으로 들어간 후 야고는 다시 밖으로 나가 수동 윈치로 빗장을 내린 뒤 원래 모습대로 잡초와 찔레꽃으로 덮어놓았다.

"여기가 밖으로 나가는 비밀 통로야. 감시 카메라도 없어. 그래도 정신을 바짝 차려야 해."

야고가 말했다. 그들은 어두운 길을 꽤 오래 걸어갔다. 드디어 전혀 다른 종류의 장애물이 눈앞에 나타났다. 한때 광택이 나는 은색으로 눈부시게 빛났을 단단한 금속벽. 거의 30미터나 우뚝 솟은 벽에 가까워지자 야고는 불안해했다.

"여긴 위험한 곳이야. 이 지역이 정비가 시급하다는 걸 저들이 발견하게 될지 우린 전혀 알 수 없거든. 보안 카메라가 부서졌다는 것도 곧 발각될지 몰라."

야고는 높다란 장대 위에 얹힌 조그만 은색 상자를 가리키며 말했다.

"웃어. 카메라에 찍힐지도 모르잖아. 저 벽을 지나갈 때 하늘을 올려다봐. 그럼 스카이 돔의 끝 부분을 볼 수 있을 거야."

그것은 사실이었다. 흐릿한 색의 커다란 유리벽이 은색 벽을 넘어 뻗어 있었다. 스카이 돔은 몇십 미터 위 하늘에 세워져 있었고 끝을 찾을 수도 없었다. 표면이 하늘을 그대로 투영하고 있어 높이 올라갈수록 형체가 희미해지다가 결국 하늘 속으로 완전히 사라졌다.

야고는 마차를 아래로 몰아 보수 관리용 터널 안으로 들어갔다.

터널 벽을 따라 투광조명기가 달려 있어 푸르스름한 빛이 감돌았다. 칼레브는 이브가 놀란 표정으로 멍하니 입을 벌린 채 머리 위 조명을 바라보는 것을 발견했다.

"왜 그래, 이브?"

야고는 터널 천장에 자신이 못 보고 지나친 게 있는지 궁금했다.

"저 불빛."

이브가 대답했다.

"저거 말이야? 저건 조도가 낮은 할로겐 보안 조명이야."

칼레브가 손가락으로 가리키며 말했다.

"아, 네. 불빛이 '너무' 예뻐서요, 그렇죠?"

야고가 속삭이듯 말했다.

"칼레브 군, 이브의 질문에 대답하기 전에 명심해야 할 게 있어. 이브는 지금까지 과거세계의 경계선 너머로 가본 적이 없어. 과거세계가 이브가 알고 있는 전부라는 걸 말이야."

그러고는 다시 목소리를 높였다.

"자, 앞으로 볼 게 많을 거야, 이브. 내 말 믿지? 숲이 나타나길 기대해 봐."

이브와 야고는 늘 그렇듯 마차 안에 잠자리를 폈다. 칼레브는 마차 의자 위에 벨벳 천을 걸어놓고 그 안에 들어가 잤다. 칼레브는 이브에 대해 생각했다. 이브는 이상한 소녀였다. 완전히 구식이긴 하지만, 친절하고 다정한 성격의 소녀 같았다. 이브를 처음 만났을 때 칼레브의 느낌은 남달랐다. 그녀의 눈이 자신의 눈과 정말 똑같다고 생각했고, 그녀의 아름다움에 완전히 반해 버렸다. 이브를 보고 있으면 골동품 가게나 미술관에서나 볼 법한 옛날 빅토리아 왕조 시대의 완벽한 도자기 인형을 보는 것 같았다.

야고는 밤비가 그칠 때까지 기다렸다가 큰 도로가 보일 정도로만 밝아지면 출발하는 게 최선이라고 말했다. 아무도 지나가는 사람이 없으니, 발각될 위험도 거의 없었다. 칼레브는 터널 출입구 아래로 빗방울이 똑똑 떨어지는 소리를 들으며 잠에 빠져들었다. 오랫동안 들어보지 못한 소리였다.

야고가 새벽이 되기 전에 일어나 차를 끓였다. 이제 터널 끝에서 희끄무레한 빛이 들어오고 있었다. 그가 조용히 속삭였다.

"이브, 방금 생각났는데, 이게 아마 네가 처음으로 보는 진짜 해돋이가 될 거야."

새하얀 드레스를 입은 이브가 벌떡 일어났다. 서커스에서 외줄 위를 걸을 때의, 바로 그 동작으로.

"그 말이 맞아요. 나, 정말 보고 싶어요."

그러고는 터널 끝을 향해 달리기 시작했다.

"이브를 따라잡을 수 있나 볼까?"

야고가 칼레브에게 말했다.

"이브가 완전히 들떴어요."

"그렇지?"

칼레브도 이브를 따라 축축한 터널 속을 달리기 시작했다. 옛날에는 고속도로였던 넓은 도로의 한중간에서 이브가 우뚝 섰다.

네 개의 넓은 차선은 이제 텅 비어 있었다. 밤새 내린 비 때문에 물기를 잔뜩 머금은 도로가 부드럽게 반짝였다. 하늘도 점점 밝아오기 시작했다. 이브는 고개를 들어 저 멀리 파란색으로 물드는 하늘을 바라보았다. 점점이 떠 있는 하얀 구름도. 산들바람이 그녀의 머리카락을 간질이고 지나갔다.

"돌이 깔린 도로가 아니네요, 칼레브? 왜 이런 거죠?"

이브는 여전히 하늘을 보고 있었다.

"바깥으로 나가는 길은 매끈하게 포장되어 있어요. 도로에 돌이 깔린 건 오직 과거세계 안뿐이죠."

두 사람은 나란히 서서 하늘을 올려다보았다. 하늘은 시시각각으로 환해지고 있었다.

"아름다워요."

"저길 봐요."

칼레브가 이브를 동쪽으로 돌려세웠다. 한줄기 산들바람이 두 사람을 다시 스치고 지나갔다. 이브는 보았다. 넓은 평원 너머 아득한 하늘이 조금씩 분홍빛으로 물드는 것을. 그리고 이내 분홍빛 하늘 사이로 밝은 금빛 햇살이 비치기 시작했다. 마치 구름 덩어리에 갇힌 불길이 주변을 진한 황금빛으로 물들이는 것 같았다.

"해돋이에요."

칼레브가 말했다.

이브는 팔을 벌려 칼레브를 끌어안고 제자리에서 뱅글뱅글 돌았다. 이브의 드레스가 바람결에 휘날렸다.

"내가 처음으로 본 진짜 해돋이네요."

이브가 웃으며 말했다.

"그래, 그래야 이브지. 저 모습 좀 봐. 어쩌면 저렇게 근사하게 움직일까! 이브는 정말 최고의 여자야."

야고가 펠로와 마차를 끌고 터널 밖으로 나오면서 중얼거렸다.

그들은 쭉 뻗은 도로를 따라 삼십여 분을 걸어갔다. 군데군데 움푹 파인 텅 빈 도로는 푸르스름한 빛이 퍼지고 있는 지평선을 향해 뻗어 있었다. 나무가 촘촘히 서 있는 아래를 지나자 나무에 완전히 에워싸인 공간이 나타났다. 야고는 혓소리를 내어 말을 세웠다. 그들은 나뭇가지가 덮개처럼 넓게 퍼진 곳에 멈추어 섰다.

"오, 향기로운 냄새. 너무 아름다워요. 너무 아름다워서 눈물이 날 것 같아요."

이브는 칼레브와 함께 마차에서 훌쩍 뛰어내렸다. 두 사람은 젖은 풀밭을 가로질러 나무가 빽빽하게 자란 숲으로 들어가 얽히고설킨 나뭇가지 아래에 앉았다. 산들바람에 이브의 머리카락이 나풀거렸다. 수많은 잎들이 부스럭거리는 소리가 들렸다. 이브의 움직임에 따라 주위의 나뭇잎들이 흩날렸다. 나무 아래 깊숙한 곳까지 들어가니 야고와 마차가 더 이상 보이지 않았다. 두 사람은 숨을 헐떡이면서도 신나게 깔깔거렸다.

야고도 두 사람의 명랑함에 도취되어 덩달아 뛰기 시작했다. 그는 나무 위로 올라가 굵은 나뭇가지 위에 앉았다. 그리고 잔 나뭇가지를 흔들어 오렌지 나뭇잎을 떨어뜨렸다. 펠로가 마차를 끌고 달려와 나무에서 조금 떨어진 곳에 멈추었다. 나뭇가지에서 훌쩍 뛰어내린 야고는 마차의 끌채를 풀고 펠로를 자유롭게 해주었다. 그리고 마차에서 짐을 끌어 내리기 시작했다. 이브가 야고를 도우러 달려왔다. 칼레브는 나무 아래에 그대로 앉아 있었다.

야고가 이브에게 말했다.

"네가 이 숲 속의 바로 여기까지 혼자 뛰어오다니, 그거 참 재밌는 일인데? 여긴 내가 항상 자리 잡는 곳이거든. 그래서 펠로도 마차를 끌고 혼자서 여기까지 달려온 거고 말이야. 여긴 키가 큰 나무로 빙 둘러싸여 있어서 훈련 장소로 그만이야. 저쪽엔 깨끗한 물도 있어. 어때, 우리가 전혀 다른 도시에 있는 것 같지 않아? 나무로 둘러싸인 우리만의 비밀도시에."

야고가 칼레브를 쳐다보며 말했다.

"이브 넌 저기 길 잃은 아이 칼레브와 꽤 친해진 것 같은데, 그렇지?"

"네, 그런 것 같아요. 그런데 이상하죠? 저 애를 오래전부터 알고 있었던 것 같아요."

숲 속 공기는 더 달콤했다. 그들은 거대한 나무들이 다정하게 어깨를 맞대고 둘러싼 한중간에 서 있었다. 진짜 하늘을 향해 팔을 높이 벌린 거대한 존재들 한가운데에서.

세 사람은 마차 옆에 앉았다. 모닥불이 탐스럽게 불타고 있었다. 그들은 저녁으로 사프란을 넣고 지은 밥과 생선, 과일을 먹었다. 레이튼의 포도주 창고에서 몰래 빼내온 포도주 병을 냇물에 담가 차갑게 해서 마시기도 했다. 세 사람은 석양이 지고 주위가 어둑해지는 것을 가만히 지켜보았다. 진짜 어둠이었다. 불그스름한 어스름 속에서 올빼미 우는 소리가 들렸다. 온갖 새들이 한 목소리로 울기 시작했다.

야고는 주위가 완전히 깜깜해지자 램프를 들고 냇가로 가서 몸을 씻었다. 칼레브와 이브는 나뭇잎 향기와 싸늘한 밤공기 냄새를 맡으며 그대로 앉아 있었다. 두 사람은 하늘을 올려다보았다.

"진짜 별이네요. 스카이 돔에서 쏘아올린 불빛이 아니라 여기서부터 수백만 광년 떨어진 우주에서 반짝이는 진짜 별이요."

이브가 말했다.

43

이브의 일기에서.

요즘 난 갑자기 자제력을 잃고 실수를 하지 않을까 하는 걱정 때문에 기분이 이상해질 때가 있다. 난 내 의지와 상관없는 생각들이 불쑥 떠오를 때가 있다고 야고에게 털어놓았다. 전에는 누구에게도 한 적 없는 얘기였다. 잭 아저씨와 다락방에 살기도 전에 일어났던 일들, 그게 무엇인지 모르지만 어쨌든 내 기억을 완전히 빼앗아간 그 미스터리 같은 일들이 가끔 다시 떠올라 나를 못살게 굴 때가 있다.

숲 속에서의 첫날 밤, 난 마차에서 잤다. 야고와 칼레브는 마차 한쪽에 천을 걸고 그 아래에서 잤다. 어둠 속에서 들리는 소리들에 귀 기울이느라 난 한참 동안 잠을 이루지 못했다. 칼레브와 바이블 J에 대해 생각해 보았다. 칼레브와 함께 있으면 부끄럽기도 했지만 한편으론 마음이 편안했다. 지금 우린 떨어져서 자고 있다. 어둠이 깃든 숲의 소리와 별과 광활한 하늘을 느끼며.

주위에 동글동글한 향기 방울이 떠다니는 것 같다. 불씨가 꺼져 가는 모닥불에서 나는 잎 곰팡이 냄새와 장작이 타는 냄새가 담긴. 갑자기 마차가 살짝 흔들렸다. 누군가 작은 철판 계단을 밟고 마차의 덮개를 열고 들어오려는 것 같았다. 나는 자리에서 일어났다. 한줄기 바람이 내 옷과 머리카락을 스치고 지나갔다. 칼레브였다. 그는 벨벳 천으로 온몸을 둘둘 만 채 내 앞에 서 있었다. 창백한 어깨와 팔뚝에 온통 소름이 돋아 있었다. 난 칼레브에게 손을 내밀었다.

"괜찮아요, 칼레브?"

"미안해요. 하지만 당신이 보고 싶었어요."

그가 내 얼굴 가까이 다가왔다. 칼레브의 몸이 바들바들 떨리고 있었다.

"알아요. 괜찮아요."

"당신의 심장 소리가 들리는데요."

"나도 당신 심장 소리가 들려요."

난 그의 손을 잡고 내 목에 갖다 댔다. 그의 손이 내 목을 꼭 감싸 쥐었다. 그는 가만히 있었다. 그의 손이 내 피부를 따뜻하게 해주었다. 난 눈을 감고 고개를 뒤로 살짝 기울인 채 기다렸다. 그도 기다렸다.

"더 세게."

내가 말했다. 그가 내 목에서 손을 뗐다.

"왜 그러죠? 아프지 않아요?"

"나도 잘 모르겠어요. 난 그냥 당신이 날 더 꼭 잡아줬으면 좋겠어요. 마치……."

"마치 일부러 상처라도 입고 싶은 거예요? 난 당신을 다치게 하기 싫어요, 이브."

칼레브가 말했다. 그가 내 눈을 바라보았다.

"이브, 당신 눈동자가 신기할 정도로 반짝거려요. 사람들은 내 눈동자를 보고도 반짝인다고 했어요."

"나랑 당신 눈동자가 똑같은 거 같아요. 자주 그런 건 아니지만 웃을 때 눈가에 주름이 생기는 것도요."

"그렇게 활짝 웃을 일이 별로 없으니까요."

난 손을 들어 그의 부드러운 눈가를 쓰다듬었다. 그리고 나도 모르는 사이에 그의 손을 내 입가로 가져갔다. 그러다가 불쑥 '안 되겠어요.'라는 말이 튀어나왔다. 난 그를 밀어내 버렸다. 뭔가 아주 이상한 일이 일어나려 했다. 사실 그게 무엇이든, 정말 일어나게 해보고 싶었는데.

칼레브가 깜짝 놀라 뒤로 물러섰다. 내 자신도 깜짝 놀랐다. 그가 얼굴을 찡그렸다. 그의 파란 눈동자는 더 이상 웃지 않았다.

칼레브가 나무로 둘러싸인 땅 한중간에 벨벳 쿠션을 놓고 앉았다.

"이리 와요. 나랑 같이 앉아요, 이브. 아무 짓도 하지 않을게요. 설마 내가 당신을 다치게 할 거라 생각하진 않겠죠? 당신은 나를 다치게 하고 싶나요?"

"아뇨. 당신이 나한테 나쁜 짓을 할 거라고 생각하지 않아요. 방금 내가 왜 그랬는지 나도 정말 모르겠어요, 칼레브. 정말이에요."

난 얼른 아래로 내려가 칼레브 옆에 앉았다. 풀밭과 나뭇잎의 강한 냄새가 코끝을 간질였다. 난 팔베개를 하고 누워서 칼레브를 바라보았다. 약하게 보이는 그의 등. 어둠 속에서 더욱 파리하게 빛나는 그의 피부.

"당신 머리 위에 노랗게 칠해진 달이 있네요. 잭 아저씨가 읽어주시던 동화처럼 당신이 꼭 달에서 온 사람 같아요."

내가 말했다. 칼레브도 팔베개를 하고 내 옆에 드러누웠다. 난 그의 눈을 바라보았다.

"이상하게도 당신이 자꾸 신경 쓰여요. 그런데 바이블 J에 대한 느낌과는 전혀 달라요. 당신에겐 키스나 그 어떤 것도 하고 싶지 않거든요."

"알 것 같아요. 나도 같은 느낌이니까요."

칼레브가 내 눈을 똑바로 바라보았다. 난 그의 손을 들어 다시 내 목에 갖다 댔다. 그의 엄지손가락의 무게가 느껴졌다.

"그렇게요."

내가 속삭였다. 난 눈을 감았고 칼레브는 계속 그렇게 내 목에 손을 대고 있었다. 이윽고 칼레브가 손을 천천히 떼었다. 그리고 내 가슴 위로 얼굴을 갖다 대고 내 심장 소리를 들었다. 그가 따뜻한 벨벳 천을 우리 두 사람 위로 끌어당겼고 나도 그의 어깨에 고개를 묻었다. 새롭게 피어난 이상한 우정을 느끼며, 우린 나무 아래의 포근한 어둠 속에 한참 동안 같이 누워 있었다.

우리 사이에는 아무 일도 일어나지 않았다. 그의 팔을 베고 편안하게 잠에 빠져들면서 난 바이블 J를 떠올렸다. 그의 시원한 웃음소리와 귀엽게 웃는 눈. 그런데 갑자기 어떤 기억이 떠올랐다. 아주 선명하게.

또 다른 숲, 또 다른 모닥불, 잎 곰팡이 냄새, 불씨가 꺼져 가는 모닥불 위에서 훌쩍훌쩍 뛰는 나를 쳐다보는 사람들, 그 속에 활짝 웃으며 나에게 축하의 박수를 보내는 잭 아저씨. 축하의 날이었는데, 무엇을 축하하는 날이었을까?

우리는 숲 속에서 이틀을 더 보냈다. 칼레브는 밤에 나를 찾아오는 대신 야고 옆에서 곤히 잠들었다. 우리는 서로에 대해 완전히 편안한 감정이 되었다.

마지막 날 아침, 나는 여전히 꿈속을 헤매며 늦게까지 게으름을 피우다가 일어났다. 아니, 커다란 참나무 위에서 여전히 반쯤 감긴 눈으로 축 늘어져 있었다는 말이 맞겠다. 아무도 나를 방해하지 않았다. 그런데 멀리서 폭풍 구름이 시커멓게 밀려오기 시작했다. 숲 위로 몰려온 구름 속에서 번개가 번쩍거렸다.

"진짜 이상하네. 요즘처럼 강수량을 잘 조절하는 시대에."

야고가 말했다.

난 잎이 너무 무성해서 전체 모습이 잘 보이지도 않는 커다란 나무 아래에 우뚝 섰다. 폭풍을 느껴보고 싶었다. 진짜 야생의 자연을 느끼고 싶었다.

숲 위로 천둥이 쳤다. 난 무섭기도 하고 온몸이 짜릿하게 전율이 일기도 했다. '아름다운 나무님, 저를 안전하게 지켜주세요.' 난 속으로 빌었다. 목에 손을 갖다 댔다. 칼레브의 손이 닿았던 곳에. 난 진짜 폭풍을 보았다. 나무 위 어디에선가 거대한 불빛이 번쩍였다. 야고는 조금의 동요도 없이 물건들을 밧줄로 계속 묶어 나갔다. 억수같이 쏟아지는 빗줄기를 이기지 못하고 나뭇잎들이 눈처럼 흩날렸다. 난 무성한 나뭇가지 아래에서 밖으로 얼굴을 내밀고 직접 비를 맞아보았다. 빗방울이 나뭇잎에 우두둑 떨어지는 소리도 들었다.

빗줄기가 약해지자 난 나무 위로 올라가서 무성한 나뭇잎 사이에 몸을 가린 채 기다렸다. 이제 폭풍의 끝자락에 도달한 것 같았다. 한때 뜨겁게 달아올랐던 하늘의 불꽃도 점차 사그라지고, 뒤에 남은 바람이 나뭇잎 사이로 불어와 내 얼굴을 스치고 지나갔다. 울긋불긋한 오렌지 나뭇잎들을 흔들고 지나가는 바람 소리를 들으니 강렬한 환희가 느껴졌다. 한두 번 굵은 빗줄기가 나뭇잎과 내 볼을 때리고 지나가자 온몸이 오들오들 떨렸다.

내가 만약 열심히 집중했다면 빗방울이 나뭇잎이 때리는 속도를 좀 더 늦출 수 있었을 것이다. 그럼 빗방울이 떨어지는 모습을 좀 더 느린 동작으로 볼 수 있었을 텐데. 빗방울에 반사되어 나온 빛도 자세히 살펴볼 수 있었을 것이다. 굽이치는 물결 위로 작은 무지개가 생겼다. 이것은 너무나 경이로운 사실이었다.

난 좀 특별하다는 것. 난 이 사실을 내 마음 깊은 곳에 고이 간직하기로 했다. 바이블 J도 야고도 칼레브도 모르도록. 튼튼한 검은 상자 안에 넣고 꼭 잠가둬야지. 언젠가는 이 모든 것들이 밝혀지겠지만, 지금은 내가 다른 사람들과 너무나 다르다는 이 사실을 아무도 모르게 감추어야 한다는 걸, 난 본능적으로 깨달았다.

제일 처음 숲에 왔던 날에 대한 어떤 기억이 떠올랐다. 모닥불 위로 장작 타는 연기가 피어올랐고, 숨을 쉴 때마다 매캐한 연기 냄새가 났다. 붉은 제복을 입은 버클랜드사 경호대 사람들이 불꽃이 타오르는 큰 화톳불 옆에 나란히 서서 나를 지켜보았다. 야고가 피워준 모닥불 연기를 내가 좋아하는 걸까? 그 냄새가 이 기억을 불러일으켰다면, 대체 이 기억은 언제 생긴 걸까? 굉장히 오래전 일 같은 느낌이 드는데, 하지만 그건 절대 있을 수 없는 일이다.

이제 칼레브와 야고를 찾아볼 때가 된 것 같았다.

난 축축한 나무줄기를 잡고 미끄러지듯 내려와 밧줄 위를 걸어갔다. 밧줄은 더 작고 더 어린 나무들 사이로 길게 연결되어 있었다. 그래서 그 늙은 참나무가 인간들이 사는 도시처럼 나무들이 빽빽한 이 숲 속 도시의 한가운데에 우뚝 서 있는 것처럼 보였다.

사닥다리를 내려가 젖은 풀밭에 내려서자마자 나는 양팔을 쫙 펴고 달리기 시작했다. 긴 치마가 바람에 나풀거렸다. 투명한 빗방울이 내 발에 채여 사방으로 흩날렸다.

난 다정한 야고의 품속으로 곧장 파고들었다. 야고는 날 훌쩍 안고서 몇 번이고 빙빙 돌며 젖은 내 머리와 얼굴을 보고 환하게 웃어주었다. 이제 되돌아갈 때가 된 듯했다. 야고는 돌아가야 했다. 이제 곧 과거세계 개장 10주년 기념식이 열리니까. 화려한 불꽃놀이와 대규모 철거공사, 야고는 그때야말로 단 몇 시간에 거금을 벌어들일 기회라고 생각했다. 그냥 지나치기에는 너무 좋은 기회였다.

"어떤 기억이 다시 돌아왔어요. 지금처럼 예전에도 이 숲에 온 적이 있었어요. 잘 기억나지 않는 어린 시절에. 그때도 나뭇잎들이 온통 노랗고 붉은 빛이었어요. 그 기억이 마치 현실처럼 생생하게 떠올라요. 커다란 화톳불이 있었고 난 그 위를 풀쩍 뛰어넘었어요. 성대한 기념식, 불꽃놀이도 열렸던 것 같아요."

난 갑자기 양팔을 쭉 벌리고 빙글빙글 돌았다.

"폭풍우를 그렇게 피하지 말았어야 해요. 그건 하늘의 축복이니까요. 하늘을 향해 고개를 들고 우리 얼굴 위로 떨어지는 비를 감사하게 맞는 게 더 좋았을 것 같아요. 누릴 수 있을 때 비를 마음껏 누리고, 마음껏 들이마셔야 했는데. 저 음악 소리를 들어봐요. 폭풍우가 서서히 멀어지는 마지막 소리를."

야고가 펠로를 데리러 간 후, 칼레브가 말했다.

"이브, 그날 밤 일은 정말 미안해요. 그런 이상한 일이 일어나면 안 되는 거였는데. 하지만 그날 일은 나도 잘 모르겠어요. 그래도 당신을 해치고 싶은 마음은 없어요, 이브. 잘 알죠?"

"그럼요. 그렇게 미안해할 거 하나도 없어요."

"그럼 날 용서한 거예요."

칼레브가 함박웃음을 지으며 말했다. 칼레브가 그렇게 웃는 것은 정말 처음이었다.

"당신에 대해선 용서하고 말고 할 게 없어요, 칼레브 브라운."

"옷이 완전히 젖었네요. 폭풍우가 그렇게 좋았어요?"

칼레브가 웃었다.

"네. 지금 우리 주위에 펼쳐진 이 모든 것들이 미치도록 사랑스러워요."

우린 왔던 길을 그대로 되돌아 도시로 들어갔다. 그리고 나머지 서커스 식구들과 합류했다. 칼레브는 레이튼 씨의 집으로 돌아갔다. 다정한 바이블 J가 날 만나러 와주었다. 그는 집으로 돌아가지 않고 지금 내 옆에서 순진한 모습으로 자고 있다. 야고는 무대 뒤 어딘가에서 자고 있겠지. 난 뜬 눈으로 밤을 지새우며, 이렇게 천천히 일기를 쓰는 중이다. 글자가 편지지를 타고 물결처럼 이어지는 모습이 재미있다. 내 마음은 어느새 무인지대 바깥의 숲 속, 나무 밑에 가 있다. 칼레브와 야고와 함께. 언젠가는 바이블 J와 그곳에 다시 가고 싶다. 바이블 J가 나무 밑에 앉아 있는 모습은 웬일인지 잘 그려지지 않지만 어쨌든 바깥의 숲은 신비로운 분위기가 감돌았고, 이 도시와 전혀 다르게 너무나 깨끗하고 너무나 아름다웠다.

44

캐치폴은 새로운 소식을 기다리며 며칠을 그냥 허비하고 있었다. 허드슨 경사의 답장만 기다리고 있으려니 조바심이 났다. 그리고 어느 이른 아침 드디어 우편물이 도착했다. 캐치폴은 그 속에서 버클랜드의 정보 센터에서 온 커다란 갈색 봉투를 발견했다.

잘 지내나, 찰리.

여기 자네가 원하던 파일을 동봉하네. 추가 문서 A야. 늦어서 미안해. 몰래 빼내느라 힘들었어. 버클랜드 회사 기록 보관실은 감시가 철통같거든. 그래서 약간 소동을 일으켜서 기록을 살짝 빼낸 다음 복사하는데 성공했지. 지금 생각하면 정말 무모하고 미친 짓이었네. 이 서류를 어떻게 활용하는가는 이제 완전히 자네에게 달린 거야.

난 기록을 펴 보지도 않았어. 어떤 내용인지 아예 모르는 게 낫겠다는 생각이 들었거든. 저들은 이 서류를 엄청난 기밀로 다루고 있었어. 내가 지금 말할 수 있는 건, 만약 저들이 조사하러 온다면 난 서류의 유출을 끝까지 부인할 생각이라는 거야.

자네의 오랜 친구, 허드슨으로부터.

추신 : 파일은 다 읽고 태워 버리는 게 좋을 거야. 그리고 만약 저들이 찾아간다면 자네도 끝까지 부인하게.

캐치폴은 책상에 앉아서 무거운 유리잔에 오래된 싱글 몰트 위스키를 조금 따랐다. 왠지 술이 있어야 할 것 같았다. 캐치폴은 파일을 열어보았다.

추가 문서 A 파일 #2

극비 사항 / 기밀 서류.

외부 유출 금지.

열람인 제한 : A. 버클랜드 / C. I. 레스트레이드 / L. 브라운 / J. 멀혜른.

프로메테우스 프로젝트.

프로메테우스 프로젝트 진행 회의 초안. (XX/ XX/ XXXX)

상기 인원 전원 참석.

회의 주제 : A. 버클랜드.

1번 테이프 내용 기록 — 서기 / 프린셉 경위

버클랜드 : 그렇게 비밀스럽고 간소한 축하 파티를 열게 된 것에 대해 유감으로 생각하네. 하지만 우리가 그런 데는 당연한 이유가 있었지. 그러니 여기 모인 여러분 모두 이 샴페인으로 기분을 풀었으면 하네. 이 프로젝트는 지금까지 우리 계획에 맞춰 잘 진행되고 있어. 난 정말 깜짝 놀랐네. 넘버2인 우리 이브가 그런 아름다움과 기술을 가지고 있을 줄 몰랐어. 완벽하게 계산된 도약과 점프, 뛰어난 민첩성, 대담무쌍함. 박사들은 그 정도일 줄 예상했나? 그 정도 수준의 기술이 내장되어 있는 거지?

(웅성거리는 소리, 정확하게 알아들을 수 없는 불평.)

말 그대로 뛰어난 기술이긴 하지만, 눈이 번쩍 뜨일 정도의 획기적인 업적은 아니야. **우리 젠틀맨**에 대해 말하자면, 아주 훌륭하게 보이긴 할 거야. 그리고 명령이 떨어지면 우리가 바라는 모든 것들을 해낼 수 있을 걸세. 하지만 명령 없이 스스로의 판단으로 실행해야 할 때는 자제력을 잃지 않을까 무척 걱정스러워.

멀헤른 : 바로 그게 문제야, 아벨. 브라운 박사와 난 넘버1 아담에 여전히 만족할 수 없어. 우린 이 두 개의, 그러니까 이 '존재들'을 뭐라고 불러야 하나? 사람이라 부를까? 어쨌든 우린 이 프로젝트가 초기 제안서와 임원 브리핑에서 결정된 계획대로 계속 진행되는 데 동의할 수 없네. 절대로.

브라운 : 멀헤른 박사와 같은 생각이네. 이 프로젝트는 아무리 생각해도 옳지 않은 것 같아. 이 생물체, 이 존재들의 실재를 알았기 때문에, 특히 아름다운 우리 이브의 존재를 알았기 때문에 더욱 동의할 수 없어. 어떤 경우에도 이 프로젝트를 계속 추진해서는 안 되네. 이브가 다치는 걸 보고 있을 수만은 없어.

버클랜드 : 갑자기 양심의 가책을 느끼는 건가? 이 프로젝트 때문에 내 돈을 물 쓰듯 쓸 때는 언제고 지금 와서 이러는 게 부끄럽지도 않나? 차분하게 생각해 보자고. 지난 5년 동안 자네들은 엄청난 업적을 이룩했어. 또 나는 그것을 실현시키기 위해 엄청난 돈을 투자했고 말이야. 두 사람은 생명과학 분야에서 비약적인 성과를 이루었어. 그런데 누가 봐도 엉뚱한 감상에 젖어서 어렵게 쌓은 토대를 갑자기 모두 무너뜨리려는 건가?

멀헤른 : 고분고분 말 잘 듣는 저 경철은 지금까지 아무 말도 안 하는군. 이 문제에 대해 입을 닫고 있다니, 전혀 당신답지 않아, 경위.

레스트레이드 : 엄밀히 말해서 넘버1과 넘버2는 부분적으로 혹은 전체가 인공적인 제작물 아닌가. 그렇다면, 그것들은 일반적인 형법을 적용할 수 있는 대상이 아니야. 우리 젠틀맨은 강력한 존재이고 우리 이브는 특히 그 신사와 그 신사가 실행하도록 조작된 사건에만 반응하게 프로그램되어 있지 않나. 박사들의 계획은, 매번 희생자를 다시 소생시켜서 살인사건이 계속 일어나게 만드는 거 아닌가?

버클랜드 : 정확하게 그렇지. 매번 깨끗하게 뒷수습을 한 뒤 다시 사건을 일으키는 거야.

레스트레이드 : 이곳에 적용되는 법은, 잊었나? 옛날 구시대 법이야. 거기에는 이런… 하이브리드나 클론 같은 존재에 관한 법조항이나 판례는 없어.

멀혜른 : 거기에 대한 설명은 우리가 하지.

레스트레이드 : 저들을 뭐라고 불러야 할지 모르겠군. 어쨌든 나야말로 박사의 비밀 축하식에서 유일하게 그들을 본 사람이지 않나. 만약 내가 돈을 지불하고 여기까지 온 유료 관광객이었다면 박사들의 이런 계획에 엄청난 충격을 받았을 걸세. 하지만 과거세계에 이런 구경거리가 있다고 소문이 퍼진다면, 아마 그동안 연구개발비로 쏟아부은 엄청난 자금쯤은 너끈히 회수할 수 있다고 보네. 그것도 완전히 합법적으로 말이야.

버클랜드 : 자, 어떤가, 제군들. 이것은 많은 사람들이 은밀하게 꿈꿔온 소원, 우리가 가슴 깊이 간직한 꿈이야. 특히나 이런 시대, 이런 장소, 이런 사건들 대해서는 더욱 그렇겠지? 시나리오는 이미 완성되었소. 끝까지 비밀에 부쳐야겠지만, 박사들은 이미 기적을 이루었으니 나머지는 우리에게 맡기게나. 우리가 그들을 돌보겠네.

(혼란스러운 소음 / 고함 소리.)

캐치폴은 회의 기록을 살펴보았다. 마음이 불편했고 너무 충격을 받았다. 분명히 자신의 눈으로 읽은 것인데도 받아들이는데 한참이 걸렸다. 섬뜩한 사건에 반응하도록 만들어진 하이브리드 인간. 사람들의 재미를 위한 오토마타(Automata, 디지털 컴퓨터의 일종. 여기서는 사람과 동물 모양으로 만든 인공지능을 가진 자동인형—옮긴이)가 과거세계 곳곳을 누비고 있다니. 활기찬 짐꾼이나 엄격한 자세의 집사, 아름답게 하늘을 나는 비둘기 무리와는 별개로, 분명히 전혀 다른 계통의 명령을 받는 어떤 존재들이 이 과거세계에 있는 것이다. 버클랜드 같은 사람의 끝없는 탐욕과 냉소주의를 그대로 보여주는 어떤 것. 캐치폴은 버클랜드의 비전을 존경했고 과거세계를 다시 건설하겠다는 그의 천재적인 아이디어를 높이 숭배했었다. 그러나 결국 그 속에 숨은 뜻을 알아버렸다. 레스트레이드가 전해준 단서에서 실마리를 찾은 것이다.

갑자기 모든 것이 선명해졌다. 레스트레이드 경감은 팬텀이 '초인적'이라고만 했다. 당연하다! 그 '젠틀맨'은 끔찍한 인공 생산물이니까. 처음부터 살인과 시체 절단을 위해 고안된 하이브리드 인간이 아닌가.

그 맹인, 멀헤른 박사는 프로메테우스라는 암호로 명명된 과거세계에 구경거리를 만들기 위해 루시우스 브라운 박사와 공동연구에 참여한 생체공학 박사였다. 그러나 결국 두 사람은 그 계획에 더 이상 동조할 수 없음을 깨닫게 되었고, 결단을 내렸다. 박사들 역시 더 이상 물러나지 않겠다고 마지노선을 그은 것이다. 그리고 두 박사는 차츰 자신들의 창조물에 애착을 느끼기 시작했다. 넘버2라고 알려진 그 소녀는, 바로 이브였다. 두말할 필요도 없이 넘버1은 팬텀, 바로 젠틀맨이었다.

누가 그런 이름을 붙였을까? 하이브리드 스스로 선택한 건가? 캐치폴은 궁금해졌다. 그 신사는 과거 런던 동부에서 살인자로 악명 높았던 일명 '리퍼' 역할을 하도록 고안된 것이었다. 그리고 이브는 그의 영원한 희생자로 만들어진 것이다.

억지스런, 말도 안 되는 허튼소리 같지만 지금은 어떤가? 프로메테우스 프로젝트를 연구하던 빌딩이 화재로 전소되었다. 분명 그동안의 연구 작업 역시 모두 불에 타 없어졌다. 잭은 사망한 것으로 알려졌고 그들의 창조물도 완전히 사라졌다. 그렇게 불에 타서 없어졌을 것이라는 추측이 나돌았다. 그러나 사실은 그렇지 않았다. 둘 중 어느 하나도.

잭은 아마 스스로 불을 내고 이브와 함께 과거세계 깊숙이 도망쳤을 것이다. 그녀를 보호하고 돌봐주기 위해서. 그 젠틀맨은, 원래 만들어진 대로 너무 난폭해서 잭이 통제하기 어려웠을 것이다. 그래서 제멋대로 달아나 팬텀이 된 게 분명했다. 그리고 자신의 완벽한 희생자로 고안된 이브를 찾는데 혈안이 되어 있었다. 또 자신을 만든 사람들, 브라운 박사와 멀헤른 박사도 찾아다니는 게 분명했다. 가엾은 멀헤른 박사는 이미 끝장냈고, 이제 다른 한 사람을 처리하기 위해 쫓고 있는 것이다. 무엇보다 이브가 갈 만한 곳을 찾아 이 과거세계를 헤매고 있었다. 그렇다면 이브는 지금 아주 위험한 상태였다.

캐치폴은 하드슨 경사가 말한 것과는 반대로, 파일을 소각하지 않았다. 타이프라이터로 깨끗하게 정리된 파일을 그대로 접어서 다시 봉투에 넣고 종이끈을 돌려 묶었다. 그는 방으로 올라가 옷장 위에서 가방을 내리고 경찰용 권총을 꺼냈다. 그리고 권총의 약실을 확인한 뒤 어깨에 십자로 멘 탄띠에서 총알을 빼 장전했다.

캐치폴은 가방을 다시 올려놓고 아래층 거실로 내려갔다. 벽난로 위의 시계가 저녁 8시 15분을 가리키고 있었다. 대규모 철거 공사를 축하하는 파티가 열릴 시각이었다. 밖은 사람들의 소리로 벌써 시끌벅적했다. 기름 램프와 가스등의 밝기를 줄이자 방이 어둑해졌다. 푸르니에 거리로 갈 때가 온 것이다.

캐치폴이 집을 막 나서려는 순간 누군가 현관을 두드리기 시작했다.

45

이브는 선잠이 든 채 여전히 꿈속을 헤매고 있었다. 그러다 갑자기 소스라치게 놀라 잠에서 깼다. 위험이 느껴졌다. 마차 바깥에서 거칠고 낮은 목소리가 들렸다.

"여기 있나?"

"내가 알기에는 그래."

이브는 마차 덮개 아래로 밖을 내다보았다. 마차 주위에 거지 하수인들이 서 있었다. 이브는 무대 배경막을 둘둘 말아놓은 천 뭉치 사이로 얼른 파고들었다. 그러나 자신을 해치려고 결심한 자들이니 결국 발각될 것 같았다. 이브는 미리 야고와 약속한 대로 마차 바닥판의 비상 구멍으로 기어가 자물쇠를 풀고 조용히 아래로 빠져나왔다. 수도 없이 연습한 그대로였다. 이브는 땅 위를 조용히 굴러서 무성한 수풀 속으로 재빨리 들어갔다. 그리고 멀리서 지켜보았다.

짤막한 쇠 파이프를 손에 든 거지가 보였다. 그가 마차 위에 걸린 플래카드를 소리 내어 읽고 있었다.

"야고의 놀라운 대지옥 쇼라. 내가 지옥이 뭔지 그놈에게 똑똑히 보여주지."

빼빼마른 거지와 어깨가 떡 벌어진 거지가 옆에서 낄낄거리며 웃었다.

"불빛을 죽여."

쇠 파이프를 든 남자가 말했다.

뒤에 서 있던 빼빼마른 거지가 손에 들고 있던 램프의 심지를 낮추었다. 푸르스름하게 빛나던 빛이 사라지고 짙은 안개가 깔린 과거세계의 어둠만 남았다.

이브는 무서워서 온몸이 마비되는 것 같았다. 얇은 나뭇가지와 나뭇잎들의 무게를 느끼며 숨을 죽였다. 다른 마차에서 아기가 울기 시작했다.

거지 하수인 하나가 조바심이 나는 듯 낡은 마차 계단을 톡톡 두드리기 시작했다. 잠시 후 이브는 야고가 꿈틀거리며 마차의 앞쪽 덮개를 살짝 들어 올리는 소리를 들었다. 밖에 있는 자들을 발견한 야고는 다시 덮개를 내리려 했지만 거지들이 재빨리 달려들어 야고의 팔을 잡고 입을 막았다. 이브는 자신도 모르게 소리를 지를까 봐 손으로 얼른 입을 틀어막으며 자신의 목을 감싸던 칼레브의 손길을 떠올렸다. 야고의 얼굴에 새겨진 공포가 대낮처럼 환하게 보였다.

"그 앤 어디 있나?"

거지가 물었다. 야고는 고개를 저었다.

"그 애를 불러내, 지금."

그는 거지에게 고개를 끄덕이며 야고의 입에서 손을 떼라는 신호를 보냈다. 거지 남자는 더러운 손가락으로 야고의 입술을 쓸어 만지듯이 손을 뗐다. 불쌍한 야고는 침을 퉤퉤 뱉은 뒤 갈라진 목소리로 겨우 말을 했다.

"여기 없소."

갑자기 마차의 덮개가 저절로 휙 올라갔다. 옅은 파란색 눈동자의 바이블 J가 마차 입구를 떠받치듯 우뚝 서 있었다.

이브는 공포에 질린 나머지 입에 갔다 댔던 손이 힘없이 떨어지는 것을 느꼈다.

'바이블 J에게 손대지 마.'

이브가 나뭇잎 사이로 속삭였다.

거지가 바이블 J를 돌아보았다.

"그 앤 어디 있나?"

거지는 숨을 가다듬으며 조용히 말했다. 그의 이마에서 한줄기 땀방울이 흘러내렸다.

"어디 있냔 말이다."

남자가 무거운 쇠 파이프로 마차의 골조를 세게 때리기 시작했다.

"누가 어디에 있냐니?"

바이블 J가 조용히, 그러나 단호하게 물었다. 이브는 수풀에서 나가 항복하고 싶은 생각이 굴뚝같았다.

"누굴 말하는 건지 잘 알고 있을 텐데. 여기 네 깜둥이 친구는 자신이 용감하고 똑똑한 줄 아는 모양이야. 그 애를 보호하려고 하니 말이야. 하지만 아니지, 네 친구는 너무 멍청해."

바이블 J는 눈도 깜박하지 않고 거지의 눈을 똑바로 쳐다보았다. 이브의 머릿속이 빠르게 움직였다. 거지 하수인들이 얼마나 많이 몰려왔는지, 저들과 싸운다면 어떤 일이 벌어질지를 재빨리 생각해 보았다. 거지 두 명이 야고를 잡고 있었고, 다른 거지 하나는 바이블 J 가까이에 서 있었다. 짙은 어둠에 쌓인 바이블 J의 모습이 마치 그림자처럼, 검은 얼룩처럼 어른거렸다.

이브는 야고의 눈이 휘둥그레 커지는 것을 보았다. 어둠 속에서 빛나는 달빛을 받아 은색으로 반짝거리는 그의 두 눈.

바이블 J 앞에 서 있던 거지가 다시 야고에게 다가갔다. 그리고 아주 이상한 행동을 했다. 야고의 이마에 부드럽게 키스한 후 씽긋 미소를 지어 보였다. 그 순간을 만끽하려는 듯 야고의 눈을 똑바로 쳐다보다가 갑자기 무거운 쇠 파이프를 들어 야고의 머리 양옆을 세게 후려쳤다. 야고는 뼈대 없는 봉제 인형처럼 머리를 좌우로 흔들거리다 힘없이 고꾸라졌다. 더 이상 참을 수 없었다. 이브는 겹겹이 늘어진 나뭇잎을 밀치고 숨어 있던 곳에서 나가 그들 앞에 우뚝 섰다.

순간적으로 놀란 거지 하수인들은 이브를 멀뚱멀뚱 쳐다보다가 금방 웃음을 터뜨렸다. 그것은 포악한 동물이 짖는 소리였다. 그러고는 즉시 손으로 입을 움켜쥐고 이브를 향해 다가갔다.

이브는 긴 잠옷을 입은 채로 서 있었다. 이브의 머리카락이 어깨 위로 부드럽게 흘러내렸다. 거지 하나가 한 발짝 다가가 마차 위로 훌쩍 뛰어올라 바이블 J와 나란히 섰다. 거지는 앞으로 몸을 기울이는 척하다가 갑자기 바이블 J의 머리를 향해 쇠 파이프를 내려쳤다. 이브는 바이블 J가 야고 옆으로 쓰러지는 것을 보았다. 이브가 숨이 멎을 듯한 목소리로 외쳤다.

"안 돼!"

그 거지는 모든 결과를, 자신이 만들어낸 공포와 고통이 사람들에게 퍼지는 것을 흡족한 듯 바라보고 있었다. 거지가 이브를 향해 고개를 설레설레 저으며 말했다.

"옛날엔 항상 자펫과 함께 도망쳤었겠지? 하지만 지금은 자펫이 완전히 맛이 가버렸네."

거지 하나가 마차의 입구 덮개를 갈기갈기 찢자 쇠 파이프를 든 거지가 축 늘어진 야고와 바이블 J를 그 구멍을 통해 밀어 넣었다. 거지는 두 사람을 늘어진 짐짝처럼 마차 바닥에 던져 넣은 후 쇠 파이프를 버렸다. 쇠 파이프가 단단한 땅을 때리자 육중한 소리가 울려 퍼졌다. 그는 마치 더러운 것을 닦아내려는 듯 손을 싹싹 닦은 뒤 이브를 돌아보았다.

"널 아주 간절히 만나고 싶어 하는 분이 계셔, 아가씨. 아주 오랫동안 널 기다렸지. 그리고 이제 너와 함께하는 기쁨을 누리고 싶어 하신다."

그는 마치 동물이 울부짖는 듯 소름 끼치는 소리로 웃기 시작했다.

그가 이브의 팔을 잡고 거칠게 끌어당겼다. 그때 체격이 건장한 거지가 손을 들어 저지했다.

"명령을 잊었나? 우린 이 아가씨를 조심해서 데려가야 해."

이브의 팔을 잡았던 거지는 손을 뗀 후 이브 앞에서 구부정하게 몸을 숙였다.

"아가씨가 거칠게만 나오지 않는다면 말이죠."

그러고는 이브를 앞으로 안내했다. 아기 울음소리가 끊임없이 새어 나오는 마차 옆을 지나려는 순간, 그 거지는 마치 아기의 신경질적인 울음소리를 감상하려는 듯 잠시 걸음을 멈추었다.

거지는 이브를 데리고 공원 끝까지 걸어가 활짝 열려 있는 높다란 철문을 통과했다. 잠옷만 걸친 이브는 추위에 몸을 구부린 채 부들부들 떨었다. 그러나 옆으로 지나치는 고커들은 이브와 거지 일행을 눈여겨보지 않았다. 이브는 어두컴컴하고 사방이 막힌 마차에 태워졌다. 이브의 머릿속에는 칠흑 같은 어둠 속에서 고통을 느끼며 마차 바닥에 축 늘어져 있을 바이블 J와 불쌍한 야고 생각뿐이었다.

바이블 J가 정신을 차리고 일어나 앉았다. 밤새 술이 가득한 욕조 안에 빠졌다가 나온 것처럼 머리가 지끈거리고 온몸이 휘청거렸다. 바이블 J는 마차 덮개 사이로 비치는 환한 햇살에 눈이 부셔서 고개를 돌렸다. 그는 자리에서 일어나 비틀거리다 야고의 침대에 다시 주저앉았다. 처음에 바이블 J는 그들이 야고를 죽인 줄 알았다. 쓰러진 야고의 머리 주위에 핏자국이 묻은 침대 시트가 어지럽게 펼쳐져 있었기 때문이다. 바이블 J는 야고의 가슴에 머리를 대보았다. 그의 호흡이 느껴졌다.

바이블 J는 마차 안의 물건을 챙기기 시작했다. 야고의 장신구들과 그가 아끼는 성상(聖像)이 침대 옆에 만들어놓은 간이 제단에서 떨어져 있었다. 거지 하수인들이 두 사람을 마차 바닥에 내동댕이칠 때 함께 떨어진 것 같았다. 그 이외에 훔쳐 간 물건은 없는 듯했다.

이브!

바이블 J는 이브의 작은 침대로 가서 헝클어진 침대 시트를 내려다보았다. 베개 위에 이브가 쓰던 일기장이 활짝 펼쳐져 있었다. 일기 속에서 그녀가 깔끔한 글씨로 써놓은 자신의 이름을 발견했다. 그는 일기장을 챙겨서 밖으로 나가 마차 발판에 앉았다. 차가운 밤공기를 힘껏 들이마시자 머릿속이 차차 맑아졌다. 풀밭에 긴 쇠 파이프가 버려져 있었다. 이브를 다시 찾아오려면 그것보다 훨씬 강한 무기가 필요할 것이다.

바이블 J는 이브의 노트를 손에 들고 마차 발판을 힘없이 내려갔다. 야고를 위해 이브를 찾는 일을 도와야 한다. 바이블 J는 미끈거리는 돌길을 휘청거리며 걸어가 다른 마차로 가보았다. 서커스 가족 중 누군가 있을 것이라 생각했다. 만약 아무도 없다면, 혼자 야고를 도와야 한다. 그렇다면 푸르니에 거리로 가서 칼레브와 레이튼 씨에게 도움을 청하기로 했다. 이제 정말 때가 된 것이다.

마차들은 대부분 불이 꺼져 깜깜했다. 그런데 수염 달린 부인의 마차 창문에서 한줄기 불빛이 새어 나왔다. 바이블 J가 비틀거리며 걸어가 문을 두드리자 수염 달린 부인이 문을 열어주었다.

수염 달린 부인의 이름은 로즈, 그녀는 차 한 잔을 앞에 두고 늦게까지 친구와 이야기 중이었다. 친구는 회색 코트를 입고 살아 있는 점박이 고양이를 목도리처럼 목에 감고 있었다. 여자의 어깨 위에서 꿈틀거리던 고양이가 앞다리에 고개를 올린 채 바이블 J를 빤히 쳐다보았다.

"네가 누군지 알고 있어. 레이튼 씨네 아이지? 그 집 급사 아닌가? 이브가 좋아하는? 아휴, 도련님 때문에 깜짝 놀랐네. 근데 잠깐만, 너 괜찮니? 별로 괜찮아 보이지 않는 것 같아."

그 여자는 바이블 J를 위아래로 훑어보다가 피가 묻은 옷깃에 시선을 멈추었다.

"창백해 보이는구나."

"야고가 다쳤습니다. 그자들이 이브를 데리고 갔어요. 야고는 도움이 급합니다. 의사가 필요해요."

"저런, 불쌍한 야고는 어디 있지?"

"마차예요. 그자들이 우리 둘을 때려눕히고 이브를 납치해 갔어요."

"저런 세상에. 근데 그 애를 왜 데려간 거야? 처음엔 그 애를 돌봐주던 불쌍한 잭을 잡아가서 죽이더니 이제 그 애까지 납치했단 말이야?"

"죽어요? 잭이라니, 잭이 누구예요?"

바이블 J가 물었다.

"이브의 아버지지 누구긴 누구야. 최소한 내가 보기엔 걔 아버지가 맞아. 이브가 그런 얘기 안 하던? 잭은 이브를 찾고 있었지. 내가 그의 시체를 봤어. 시체 안치소에서 그의 신원을 확인했는걸. 경찰은 그를 죽인 게 팬텀이라고 생각하던데."

로즈가 마차 뒤편 작은 레인지에서 따뜻한 물이 담긴 항아리와 깨끗한 수건을 들고 왔다.

"어서, 두 사람 다 야고를 도우러 가자."

로즈가 나지막하게 말했다.

밖으로 나가자 고양이는 밤의 향기에 한껏 취한 듯 목줄이 팽팽해지도록 야고 일행을 끌어당기며 돌이 깔린 골목길을 향해 앞으로 달려나갔다.

"그래 알았어, 나비야. 우리도 거기로 가는 거야."

고양이 부인이 말했다.

사방에서 안개가 밀려와 그들을 감싸기 시작했다. 길가에 가스등이 서 있었지만 짙은 안개 때문에 앞이 거의 보이지 않았다. 바이블 J가 고양이 부인과 수염 달린 로즈 부인으로부터 슬슬 뒷걸음질 치기 시작했다.

"너 어디 가는 거니? 이리 와, 우리랑 함께 가야지. 너도 보호가 필요해."

로즈가 다정하게 말했다.

"전 가야 해요. 이브를 찾아야 하거든요. 그자들이 이브를 어디로 데려갔는지 알아내야죠."

바이블 J가 대답했다.

"하지만 어떻게? 어디로 갈거니? 그놈들이 어디로 갔는지 모르잖아."

"몰라요. 하지만 칼레브와 레이튼 씨한테 부탁해서 찾아볼 거예요."

그러고는 공원 입구를 향해 달리기 시작했다.

"잠깐만. 이걸 가져가렴."

고양이 부인이 말했다. 그녀가 코트 주머니를 뒤적이는 사이 고양이가 줄을 잡아당겼다. 그녀는 캐치폴 경사가 준 명함을 꺼냈다.

"이 사람이 모든 걸 알고 있어. 형사야. 꽤 괜찮은 사람 같아 보였어. 역시 이브를 걱정하는 사람이야."

그녀는 명함을 바이블 J의 손에 꾹 쥐어주었다. 바이블 J는 총총걸음으로 자리를 떴다.

"고맙습니다. 야고를 잘 보살펴 주세요."

바이블 J는 크게 소리치고 몸을 돌려 달리기 시작했다. 그의 모습이 안개 속으로 이내 사라졌다.

46

마차가 무어게이트 근처의 옛 '언더그라운드' (Underground, 영국의 지하철 별명—옮긴이)역 입구에 가까이 왔다. 거지 하수인들이 모두 함께 이브를 들어 마차에서 끌어냈다. 그들은 이브를 들고 역 입구로 잽싸게 들어가 옛날 매표소로 통하는 계단을 내려갔다. 이브는 주위를 돌아보았다. 타일 벽에 옛날 포스터들이 덕지덕지 붙어 있는 더럽고 음침한 곳이었다. 이브는 도망치려고 세게 몸부림쳤다.

"좀 고분고분하게 굴어. 이제 다 왔어. 그분은 널 만나려고 오랜 시간을 기다렸다. 이제 금방이야."

"아니, 더 이상 기다릴 필요 없다. 내가 '지금' 이렇게 왔으니까."

머리 위 어둠 속에서 목소리가 들렸다.

“내가 왔다, 나의 이브.”

계단을 따라 검은 그림자가 내려왔다. 거지 하수인들은 눈앞에서 벌어진 상황에 놀란 듯 발걸음을 멈추고 고개를 갸웃거렸다.

“네가 이렇게 아름다워질 줄 상상도 못했다. 늘 그렇지만, 특히 네 생각이 잘 나지 않더군. 내가 널 완전히 잘못 생각하고 있었던 것 같다. 내가 기억나나, 이브?”

그는 여전히 제자리에 서 있었다. 그사이 한 무리의 거지 하수인들이 오랫동안 말로만 들어왔던 그 유명한 이브의 모습을 조금이라도 자세히 보기 위해 팬텀 뒤에서 앞으로 스멀스멀 걸어나왔다.

이브는 그 젊은 남자를 쳐다보았다. 그는 턱시도를 입고 매력적인 미소를 짓고 있었다. 그의 눈동자 역시 이브처럼 환하게 반짝거렸다. 여전히 충격에서 헤어 나오지 못한 이브는, 그 젊은 남자에 대한 어떤 기억도 생각나지 않았다. 하지만 잃어버린 기억의 주머니 깊은 곳에서부터 무엇인가, 알 수 없는 힘이 이브를 끌어당겼다. 그에 대한 낯선 호감, 아니면 어떤 욕망인가?

“이런, 정식으로 인사를 해야지. 너희들, 내가 항상 말하던 아름다운 이브다.”

팬텀은 이브의 어깨를 잡고 타일 벽에 죽 늘어선 거지 하수인들을 향해 돌아섰다. 그러고는 이브의 양 볼에 부드럽게 키스를 한 뒤 이브의 턱을 잡고 얼굴을 약간 올려 보았다.

“아, 나의 이브. 정말 너야.”

팬텀은 가늘게 떨고 있었다. 그의 유약한 마음이 살짝 드러났다. 지금까지 어떤 거지 하수인도 팬텀이 그렇게 떠는 것을 본 적이 없었다.

"어쨌든 어디에서라도 난 너를 알아봤을 거야, 천사 같은 이브. 물론 넌 내가 상상했던 것보다 훨씬 아름답게 자랐지만."

팬텀이 싱긋 미소를 지었다.

젊은 팬텀은 창백하지만 조각처럼 잘생긴 얼굴에다, 칼레브처럼 파랗게 빛나는 날카로운 눈동자로 웃고 있었다.

"정말이지, 이렇게 예쁘게 자라다니."

팬텀은 이브 앞에 무릎을 꿇은 뒤 고개를 들었다. 그의 신비한 미소에 이브도 웃지 않을 수 없었다. 이브는 황홀감에 빠졌다. 그의 매력에 도취되고 있었다. 그 젊은 남자는 손가락 끝으로 이브의 귓불에 달려 있는 작은 은 귀걸이를 만지작거리더니 그다음엔 이브의 눈썹을 부드럽게 매만졌다.

"금방 태어난 너를 본 적이 있다. 그들이 너를 딱 한 번 보여주었지. 내 이름은 아담이야."

"네, 아담."

이브가 말했다. 갑자기 넘버1이란 이름이 머릿속을 스치고 지나갔다.

"뭔가 기억나는 게 있어요. 당신은 하얀, 아니, 하얗진 않았고, 옅은 노란색의 옷을 입고 있었어요. 제가 당신을 뭐라고 불렀던 것 같은데."

"그랬지. 잘 기억하고 있군. 넌 나를 넘버1이라고 불렀어."

팬텀이 말했다.

"그리고 우린 나중에 함께 나무 위에도 올라갔어요. 깜깜한 밤이었어요. 커다란 모닥불이 피워져 있었고 불꽃놀이가 벌어졌어요. 잭 아저씨도 있었고요."

"잭 멀헤른 박사. 그래, 불쌍한 잭. 그자와 함께 샴페인을 마셨지. 루시우스 브라운 박사도 있었고 말이야. 둘이 등을 토닥이며 서로를 칭찬해 주더군. 그게 다 우리 때문이야, 이브."

갑자기 바닥이 희미하게 울렁거렸다. 지하 더 깊은 터널에서 아득한 소리가 들려왔다.

팬텀은 전혀 개의치 않았다. 여전히 이브의 모습에 도취되어 그녀의 눈만 바라보고 있었다. 이브가 갑자기 팬텀의 손을 자신의 목에 갖다 댔다. 거지 하수인들은 일시에 숨을 죽이고 멀리서 들리는 소리에 귀를 기울였지만, 더 이상 어찌해야 할지 몰랐다. 그저 자기들 앞에서 벌어지는 이상한 재회의 모습을 어리둥절하게 지켜볼 뿐이었다.

이브의 목을 잡은 팬텀 역시 미동도 하지 않았다.

"저 소리를 들으니, 누군가, 아마 레스트레이드가 우릴 발견한 것 같아. 드디어 그날이 오고야 말았어. 이런 날이 올 거라고 예상은 했지만. 너희들도 저 소리가 나만큼 잘 들리지? 그럼 이제 어떻게 해야 할지 알 것이다. 우리가 그렇게 오랫동안 훈련을 하고 회의를 한 게 바로 이런 일에 대비해서가 아닌가. 이제 너희들이 나설 차례다. 있는 힘을 다해 저들을 무찔러라. 우리는 여기서 기다리겠다. 우린 여기서 할 일이 있다. 아주 중요한 사람을 만나야 하니까."

한 무리의 거지 하수인들이 매표소 뒤쪽 긴 복도에 있는 무기 상점으로 들어갔다. 그리고 잠시 후 권총과 장총, 수류탄, 탄띠로 무장하고 다시 나타났다. 팬텀은 그들이 떠난 자리에 그대로 서 있었고, 신비한 소녀는 팬텀의 손에 목이 감긴 채 하얀 잠옷을 입은 그대로 오들오들 떨고 있었다. 두 사람은 멍한 눈으로 상대방을 바라보고 있었다.

오합지졸의 거지 하수인들이 높은 에스컬레이터 계단을 터벅터벅 내려갔다. 승강장에 도착한 그들은 아래로 풀쩍 뛰어내린 뒤 옛 지하철 선로를 따라 소리가 나는 곳을 향해 계속 걷기 시작했다.

"이렇게 오래 세워둬서 미안하다. 온몸을 떠는 걸 보니 추운 모양이구나. 나에게 따뜻한 옷이 있어. 특별히 너를 위해 만든 것이지. 함께 가자."

팬텀이 조용히 말했다. 그는 이브의 목에서 손을 부드럽게 뗀 후 그녀의 손을 잡고 짧은 계단을 올라 긴 복도를 따라 걷기 시작했다. 입구는 접이식 철제 격자로 막혀 있었다. 팬텀이 격자문을 활짝 열었다. 터널의 천장은 돔 형태로 둥글게 솟아 있고 다른 곳과 전혀 다르게 기름 램프가 아닌 크리스털 샹들리에가 한 줄로 길게 달려 있었다. 팬텀이 스위치를 올리자 샹들리에의 전기 촛대가 환하게 켜졌다. 프리즘을 통해 반사된 빛이 둥그렇게 구부러진 벽을 따라 환한 무지개 색으로 빛났다.

"빗방울 같아요."

이브가 불쑥 말을 꺼냈다.

"그렇게 보일 뿐이야. 그렇긴 해도 너무 아름답지?"

팬텀이 대답했다. 환하게 밝혀진 터널 중간에 옷걸이와 전신 거울이 놓여 있었다.

"오늘은 특별한 날이다. 우리의 기념일이자 이 모든 곳이 태어난 날이지. 그래서 턱시도가 좋겠다고 생각했어. 그렇겠지?"

두 사람은 옷걸이를 따라 천천히 걸었다. 팬텀이 목이 둥글게 파인 검은 벨벳 드레스 앞에서 걸음을 멈추었다.

"이게 잘 어울릴 것 같군."

그가 옷걸이에서 옷을 꺼내 이브에게 내밀었다.

팬텀은 팔을 뻗어 진흙투성이가 된 이브의 잠옷 깃의 단추를 풀었다. 이브는 다시 팬텀의 손을 잡아 자신의 목에 갖다 대려 했다. 팬텀은 부드럽게 말렸다.

"아니. 우린 아직 준비가 안 됐어. 아직 아냐."

타일 바닥 위로 이브의 잠옷이 흘러내렸다. 팬텀은 뒤로 물러서서 이브가 마네킹이라도 되는 것처럼 그녀의 뽀얀 맨 몸을 감상했다. 이브도 팬텀을 가만히 바라보았다. 팬텀 앞에서 완전히 무방비상태가 되었지만 이브는 이상하게도 전혀 두렵지 않았다. 팬텀은 하얀 앙글레즈 자수가 수놓인 속옷과 작은 벨벳 리본을 옷걸이에서 빼내어 이브에게 건넸다.

"그들이 너를 위해, 오직 너만을 위해 만든 것이란다."

이브는 자기도 모르게 속옷을 받아 입기 시작했다. 그리고 드

레스를 머리에서부터 뒤집어썼다. 팬텀이 뒤에서 보디스의 고리
를 채워주었다.

"다 됐군. 완벽해. 자, 이제 나와 함께 가자. 아주 특별한 사람
을 소개시켜 줄 테니."

팬텀이 말했다.

47

바이블 J는 안개가 자욱한 거리를 달렸다. 좁다란 골목과 멋진 광장과 공원도 지나쳤다. 도시는 곳곳마다 사람들로 북적거렸다. 축제를 알리는 버클랜드사의 비행선이 어두운 밤하늘을 가르며 천천히 지나가고 있었다. 바이블 J는 이브를 잃었다는 생각에 화가 나서 참을 수가 없었다. 머리에 입은 상처는 아무것도 아니었다. 무엇보다 자신에 대한 믿음에 큰 상처를 입었다. 바이블 J는 끓어오르는 분노를 발산하려는 듯 달리고 또 달렸다.

명함에 적힌 주소는 찾기 쉬웠다. 문에 붙은 쇠고리를 잡고 현관을 두드리려는 순간 문이 열렸다. 현관에 선 바이블 J는 쇠고리가 문을 저절로 열리게 한 것인지 의아했다. 옷이 뒤죽박죽이된 채 헐떡거리던 바이블 J는 문을 열어준 남자에게 명함을 내밀며 숨을 가다듬었다. 캐치폴은 그것이 자기 명함임을 알아차리고 그 어린 청년을 어둠침침한 서재로 안내했다.

"어두워서 미안하네. 나도 방금 들어오는 길이었네. 그런데 이 걸 어디서 얻었지?"

캐치폴이 물었다.

"고양이를 데리고 다니는 부인이 주셨어요. 아저씨께서 이브 를 찾으신다고 하면서요."

바이블 J가 말했다.

"이브?"

"네. 이브요. 그들이 데려갔어요. 거지 하수인들이 와서 이브 를 납치해 갔어요."

"넌 누구지?"

"전 자펫 맥크레디라고 합니다. 사람들은 바이블 J라고 부르 죠. 이브는… 제 친구예요. 저는 저기 스피털필드에 있는 레이튼 씨 댁에서 일하고 있습니다."

"그 사람, 나도 알아. 그 집에 갔었어. 난 런던 경시청의 캐치 폴 경사라고 한다. 네가 그 집 급사 아이와 나갔다고 하던데."

캐치폴이 바이블 J와 악수하며 말했다.

"칼레브라는 아이입니다."

"그렇지. 사실 난 그 아이를 찾으러 간 거였어. 그 애 아버지와 이브 사이에 무슨 연관이 있는 것 같아서 말이지. 지금은 자세히 말할 시간이 없군. 나와 함께 가겠나? 처리해야 할 중요한 일이 있어. 미리 말해두는데, 아주 위험할 수도 있어."

"그래서 이렇게 제가 온 거 아니겠어요. 이브를 위해서라면 무슨 일이든 하겠습니다.”

두 사람은 행인들로 북적이는 거리로 나왔다. 거리에는 안개가
자욱하게 깔려 있었다.

4 8

레이튼은 강령회를 여는 방의 커다란 테이블에 앉아 있었고, 칼레브는 그 옆에서 테이블 위에 쌓여 있는 권총집과 탄띠에 광을 내고 있었다. 밖에서 손풍금으로 연주하는 음악 소리가 들려왔다. 지나가는 사람들이 웅성거리는 소리도 들렸다. 레이튼은 수집품 중에서 권총과 장총을 골라 총알을 장전했다.

볼터 부인이 음식 쟁반을 들고 들어왔다.

"저쪽에 놓아주세요, 볼터 부인. 감사합니다."

레이튼이 고개도 들지 않고 말했다.

볼터 부인은 반들거리는 테이블 위에 금속 무기들이 반짝거리며 어지럽게 흩어져 있는 것을 보고 깜짝 놀랐다.

"두 분 지금 도대체 뭐 하시는 거예요? 나리께서는 오늘 밤 철거 공사 축하 파티에 가시는 거 아니었나요?"

"내 자신과 우리 집을, 아니, 그 이상을 보호해야죠, 볼터 부인."

레이튼은 레밍턴 리볼버의 총신을 겨누어보며 차갑게 말을 이었다.

"그런 고약한 철거 축하 파티에 참석할 시간은 없어요. 지난번 그 사건, 그 강도 사건 이후 난 공격에 나서기로 결심했소. 버클랜드 경호대는 아무것도 해주지 못해. 나처럼 정직하고 정식 허가를 받은 사람들이 팬텀과 소위 '거지 하수인'이라는 인간쓰레기 불법 조직의 타깃이 되고 있지 않나. 더 이상은 안 되지. 이제 내 스스로 복수할 거요."

그는 쯧쯧 혀를 차고 고개를 설레설레 흔들며 응접실을 나가는 볼터 부인을 가만히 응시했다.

레이튼은 볼터 부인이 아래층으로 내려갈 때까지 기다렸다.

"같이 먹자, 칼레브. 너에게 얘기할 것도 좀 있고."

두 사람은 함께 앉아서 콩과 그레이비소스를 넣은 삶은 감자와 양고기 파이를 먹었다.

"네 아버지에 대해 알아봤다. 상당히 중요한 분이더구나. 이 도시 전체의 역사에서 매우 중요한 자리를 차지하는 사람이었어. 그리고 그것도 그냥 단순한 강도 사건이 아니었어. 무슨 이유인지는 모르지만 거지 하수인들이 네 아버지를 찾고 있었던 거야. 난 그들이 네 아버지를 아직 죽이지 않았다고 확신한다. 아마 몸값을 요구하려고 데리고 있겠지. 너도 납치하려 했을 거야. 물론 넌 잘 도망쳤지만 말이다. 저들은 네 아버지 같은 거물을 찾아주면 버클랜드 회사가 엄청난 대가를 지불할 거라고 생각하는 게 분명해.”

레이튼이 테이블 맞은편에 앉은 칼레브를 보며 말했다.

“앞을 못 보는 그분 역시 우리 아버지를 알고 있었던 것 같아요. 그분이 이브라는 여자아이 얘기를 했거든요.”

칼레브가 말했다.

“이브. 그가 이브라고 했단 말이지? 맥크레디 군의 이상한 서커스단에 있는 이브라는 여자아이와 이름이 같구나. 그런 말을 왜 이제야 하니? 이브 역시 거지 하수인들을 피해서 지금 숨어 있는 것 같다. 네 아버지도 거지들에게 납치된 거고. 둘 사이에 어떤 연관성이 있다고 생각하지 않니?”

“아뇨. 잘 모르겠어요. 모든 일이 너무 충격적이라, 지금은 아무 생각도 떠오르지 않아요.”

“말해봐. 자펫 맥크레디 군과 그 서커스 소녀의 우정에 대해선 어떻게 생각하니?”

“두 사람은 행복해 보였어요.”

칼레브는 죄책감이 들었다. 눈앞에 이브의 얼굴이 아른거렸다. 그녀의 완벽한 얼굴, 환한 눈동자, 자신의 손안에서 느껴지는 그녀의 목.

“맥크레디 군이 이브를 보러 가는데 한 번은 나를 데려가기도 했지. 이상한 소녀였어. 줄 위에서 매우 날렵했고, 아주 아름답더군. 난 그 소녀가 이상하게 보였어. 하지만 난 이곳의 젊은 세대들을 잘 모르니까. 내 생각엔 그 애가 이브에게 사로잡힌 것 같아. 마치 최면에 걸리듯 말이야. 난 여기서 열리는 과학 모임에 이브를 등장시키면 좋겠다는 생각을 했었지. 줄 위에서만 그렇게 인기를 끄는 게 안타까워서 말이야."

레이튼이 말했다.

"바이블 J는 이브가 누구보다 최고라고 생각해요."

"왜 이 모든 일을 벌이려고 하십니까, 나리?"

볼터 부인이 쟁반을 치우며 의아한 표정으로 물었다.

"볼터 부인, 커튼을 걷고 이것들을 모두 밀어서 현관에 쌓아놓으세요."

현관으로 통하는 복도에는 의자와 천 뭉치, 종이, 책 등이 이미 가득 쌓였다.

"이러는 이유가 있어요, 볼터 부인. 내가 여기 투자한 것들을 지켜야 합니다. 이 집은 너무 취약해요. 사실 곧 이 집을 완전히 봉쇄할 생각입니다."

현관을 막는 일이 끝나고 볼터 부인이 지하로 내려가자 레이튼이 이야기했다.

"팬텀은 날 싫어해. 나도 그렇고. 그래서 오늘 밤 그를 완전히 끝장내고 네 아버지를 구출할 생각이다. 그럼 회사도 나에게 고마워하겠지. 난 회사 측에 크게 보상해 달라고 요구할 거야. 너와 맥크레디 군도 나를 도울 거라 믿는다. 내가 어린 너를 위해 위험을 무릅쓰려는 거니까 말이다."

"어떻게 도우면 될까요?"

레이튼은 한쪽 구석의 찬장으로 가서 황동 자물쇠가 달린 나무 상자를 꺼내왔다. 상자 속에는 휴대폰 두 개가 들어 있었다.

"자, 자. 여길 좀 봐. 이건 여기서 아주 엄격하게 금지되고 있는 물건이다. 과거와는 '거리가 먼' 물건이지. 아주 구식 모델이라 걱정은 되지만 그래도 아직 쓸 만해. 내가 하나 가질 테니 너도 하나 가져라."

"그리고요?"

"난 아주 기품 있어 보이는 이 작은 요새 안에 더러운 배신자가 있다는 걸 알고 있다."

"배신자요?"

"그래, 바로 볼터 부인이야. 이 총들을 보고 볼터 부인의 표정이 변하는 거 못 봤니? 내가 복수를 하겠다고, 곧 이 집을 봉쇄하겠다고 하니까 안색이 싹 변하던 걸."

"글쎄요, 저는 잘……."

"흠, 내 말을 믿어도 된다. 내가 봤으니까. 네가 볼터 부인을 미행해라. 분명 볼터 부인은 이 집을 나가서 팬텀을 만날 거야. 내가 벼르고 있다는 걸 알려야 할 테니까 말이다. 네가 몰래 따라가서 볼터 부인이 어디로 가는지 나에게 연락해 주면 되는 거야. 그놈 소굴이 어딘지 대충 짐작은 하겠는데 정확한 장소를 아는 게 중요하거든. 할 수 있겠니?"

칼레브는 아버지를 구할 수 있다는 희망의 빛이 보이는 것 같아 심장이 요동치기 시작했다. '그런 일을 해낼 사람은 나밖에 없어.' 칼레브는 생각했다.

"물론입니다."

"이 휴대폰에는 오직 우리 둘의 전화번호만 입력되어 있다. 우리가 전화를 사용하면 과거세계 보안팀에도 경보가 울릴 거다. 하지만 걱정하지 않아도 돼. 오늘 밤 대규모 철거 공사가 있을 예정이라 거리가 몹시 분주할 테니까. 볼터 부인의 행선지를 알아내면 1번을 눌러서 나에게 전화를 해라. 그럼 내가 무기를 가지고 가겠다. 하나 더, 여기 이걸 가지고 가거라."

그는 레밍턴 리볼버와 권총집을 내밀었다.

"필요하게 될 거야. 장전되어 있으니 조심하고. 잘해낼 수 있겠지?"

"물론입니다."

"우리가 착한 너를 이렇게 노상강도, 거짓말쟁이로 만드는구나. 집 열쇠를 가져가거라. 내가 나갔을 때 돌아올 경우를 대비해서."

"네, 알겠습니다."

"자, 이제 조심히 움직여야 한다."

"명심하겠습니다."

얼마 지나지 않아 볼터 부인이 집을 몰래 빠져나갔다. 칼레브는 뒤를 쫓기 시작했다. 챙이 좁은 캡 모자 속에 앞 머리카락을 쑤셔 넣고 푹 내려 써서 얼굴에 짙은 그림자가 드리워지게 했다. 〈올리버 트위스트〉에 나오는 영락없는 거리 아이의 모습이었다. 일단 거리로 나오자 바쁘게 움직이는 사람들에 떠밀려 제대로 걷기가 힘들었다. 칼레브는 볼터 부인을 놓치지 않기 위해 안간힘을 썼다. 볼터 부인은 놀랄 정도로 걸음이 빨랐다.

이윽고 거지 한 사람을 만난 볼터 부인은 재빨리 방향을 돌려 어느 집 현관 앞으로 올라갔다. 칼레브는 두 사람이 대화에 열중하는 모습을 지켜보았다. 볼터 부인은 자신이 온 곳을 가리키며 뭔가 열심히 말하는 듯했다. 이윽고 볼터 부인과 거지 하수인이 함께 걷기 시작했다.

칼레브는 사람들 틈에 몸을 숨긴 채 과감하게 최대한 가까이 따라갔다. 칼레브는 길거리의 어두운 그늘 속에서 거지들이 움직일 때마다 자신이 볼터 부인을 미행하고 있다는 게 들킨 것은 아닌지 두려워졌다. 거지들의 조그만 들썩거림도 칼레브에게는 자신이 고통스럽게 죽을 것을 알리는 신호처럼 느껴졌다. 그러나 칼레브는 두 사람을 계속 따라갔다. 주머니에 든 휴대폰이 묵직하게 느껴졌다. 엉덩이에 찬 권총은 장전이 된 상태였다.

48

캐치폴 경사와 바이블 J가 푸르니에 거리에 도착했다. 주변이 온통 환호하는 고커들로 가득했다. 바이블 J가 현관문을 열자 권총집과 탄띠를 엇갈리게 메고 완전무장을 한 채 앉아 있는 레이튼이 보였다. 그 뒤로는 상자와 가구들이 산더미처럼 쌓여 있었다.

"맥크레디, 드디어 왔군. 캐치폴 경사님까지 데리고."

"금방이라도 무슨 일이 일어날 것 같군요. 이 총기들은 모두 소지 허가가 있는 거겠죠, 선생님?"

"당신네 회사 사람들은 도대체 팬텀에 대해 손쓸 생각을 안 하는군요. 그래서 내 스스로 움직이기로 했소."

"그래서 우리가 이렇게 온 거 아닙니까."

"팬텀이 이브를 납치했어요."

바이블 J가 절망적으로 외쳤다.

"정말이냐? 그럼 양면 공격을 해야겠군. 게임은 이미 시작되었다. 칼레브를 정찰병으로 보내 팬텀의 소굴을 알아보게 했어."

"하지만 그가 숨어 있는 곳을 이미 알고 있습니다. 적어도 제가 보기에는요. 그는 지금 무어게이트 근처의 버려진 옛 지하철역에 있습니다. 여기서 멀지 않아요. 꾸물거릴 시간이 없습니다."

"잠깐만요."

바이블 J가 곧장 계단을 뛰어올라가 총기실의 문을 열고 이브의 일기장을 조심스레 테이블 위에 올려놓았다. 그걸 읽을 시간만 있었어도 좋았을 텐데. 그런 뒤 진열장에서 총 두 자루를 꺼냈다. 그는 총기실 문을 잠그고 두 계단씩 성큼성큼 뛰어 얼른 현관으로 돌아왔다.

"됐나? 이제 갑시다."

캐치폴이 말했다. 레이튼이 장총과 수류탄을 캐치폴에게 건넸다. 캐치폴은 그것을 어깨가 넓은 얼스터코트 밑으로 둘러맸다.

"조심하시오. 그것들이 필요할 때가 있을 거요. 난 여기 있겠소. 난 겁쟁이가 아니오. 그저 그놈들이 이 집으로 올까 봐 걱정되는 것뿐이오. 난 이 아름다운 집과 집 안의 모든 것을 지켜야 하오. 내겐 생명보다 소중한 것이니까. 그건 그렇고……."

레이튼이 갑자기 씽긋 미소를 지었다.

"최소한 루시우스 브라운의 아들이라도 구해주면 엄청난 대가를 받을 수 있지 않을까 기대해도 되겠소?"

"그럴 자격은 충분합니다. 물론 회사가 그런 보상을 생각하고 있을지는 잘 모르겠습니다만."

캐치폴이 대답했다.

"그게 무슨 말이오?"

"다음에 얘기하죠."

캐치폴은 바이블 J와 함께 어둑해진 거리로 나섰다.

바이블 J는 권총 두 자루를 지니고 있었다. 이브를 잃은 상실 감에 노여움과 흥분이 뒤섞여 미칠 것 같은 기분이었다. 캐치폴은 자신만 알고 있는 무서운 사실 때문에 머리가 무거웠다. 그 비밀을 알고 나니 이브에 대한 동정심과 공포심으로 가슴이 더 답답해졌다.

캐치폴과 바이블 J는 지나가는 사람들 사이를 미꾸라지처럼 빠져나갔다. 두 사람을 쫓는 사람은 없는 듯했고, 술에 취해 기분이 좋아진 벌건 얼굴의 경찰들도 두 사람을 방해하지 않았다. 캐치폴은 걷는 동안 고커들의 시선을 느꼈다. 직업상 몸에 밴 습관 때문에 그는 거리를 걸을 때도 다른 사람의 눈을 의식할 수밖에 없었다. 캐치폴이 딱 한 번, 고개를 살짝 끄덕임과 동시에 두 사람은 커머셜 거리로 얼른 돌아섰다. 어느 집 난간에 달려 있는 무쇠 독수리 상의 머리가 두 사람을 따라 천천히 움직이며 감시하는 듯했다.

가스등은 여전히 환하게 빛나고 있었고 거리는 오고 가는 사람들로 복잡했다. 마차 택시, 짐마차, 말들이 따각따각 소리를 내며 분주히 오고 갔다. 바이블 J가 거지 하수인 하나를 발견했다. 두 사람은 길게 뻗은 거리를 지나다니는 사람들 사이로 이리저리 몸을 숨기며 거지를 미행했다. 다행히 거지는 미행당한다는 사실을 모르는 듯했다.

안개가 피어올랐다. 땅속 깊은 곳의 기계들에 시동이 걸리고 기어가 움직이기 시작한 것이다. 거리는 불꽃놀이와 철거 공사를 보러 가는 사람들로 가득했다. 라이언스 코너 하우스의 환한 창문을 향해 고커들이 덜커덕거리며 지나가는 짐마차를 뒤로하고 도로를 건너기 시작하자, 도로 위는 금방 고커들로 빽빽해졌다. 바로 그 순간, 캐치폴은 미행하던 거지를 놓쳤다는 것을 깨달았다.

"아무래도 작전을 바꿔야겠다. 폐쇄된 옛 지하철 중 다른 입구를 통해 터널로 들어가서 팬텀의 소굴을 덮쳐야겠다. 기습공격을 시작한다."

캐치폴이 주머니에서 책을 한 권 꺼내더니 맨 뒷장을 넘겨 잘 접혀 있던 지하철 지도를 펼쳤다.

"세인트 폴 역으로 들어가서 팬텀 쪽으로 이동하자."

"지하가 어둡지 않을까요?"

바이블 J가 물었다.

"그래, 칠흑같이 깜깜하겠지. 아무래도 보급품 징발을 좀 해야겠지?"

콧수염을 길게 기르고 쾌활한 미소를 띤 경찰관이 멀지 않은 곳에서 순찰을 돌고 있었다. 캐치폴은 그에게 다가가 경찰 신분증을 펼쳐 보였다.

캐치폴이 손에 순찰용 램프를 들고 금방 되돌아왔다.

"이거면 충분할 거야."

5 0

아벨 버클랜드는 버클랜드사 본부 건물 최고층의 천장이 높은
방에 앉아 있었다. 그곳은 자신과 개인 경호원들만 출입이 가능
한 통제구역이었다. 한쪽 벽에 빽빽하게 설치된 백여 개의 모니
터는 카메라가 촬영한 장면이 실시간으로 전송될 때마다 환한 빛
으로 깜박거렸다. 버클랜드는 캐치폴 경사를 추적하기 위해 정찰
카메라를 미리 띄워둔 터였다.

그런데 캐치폴은 혼자가 아니었다. 레이튼의 명령을 받는 자펫
맥크레디가 동행하고 있었다. 버를랜드의 카메라가 그들을 뒤쫓
았다. 두 사람이 세인트 폴 지하철역의 판자로 막힌 입구를 찾아
낸 것이 보였다. 더 이상 사용하지 않는 역의 입구를 뚫고 강제로
들어가려는 것 같았다. 그리고 한 사람씩 갑자기 어둠 속으로 사
라졌다. 정찰 카메라는 휑하니 뚫린 입구 주위를 부유하면서, 옆

으로 지나가는 고커들만 비출 뿐이었다. 다들 풍선을 든 아이의 손을 잡고 불꽃놀이와 철거 공사가 시작될 곳으로 삼삼오오 걸어가기에 여념이 없었다. 버클랜드는 스크린 전송신호를 끄고 프린셉 경위를 향해 고개를 돌렸다.

"내 개인 비행선을 타야겠네, 프린셉. 레스트레이드 경감은 따로 임무가 있어서 떠났네. 그가 해야 할 일이 있어. 아마 군말없이 잘해낼 거야. 자네와 난 구해야 할 사람이 있어. 지금 가야 해. 시간이 촉박해."

"하지만 버클랜드 씨, 한 시간만 있으면 축하 파티가 시작되는데요?"

버클랜드가 일어서며 대답했다.

"바보들한테 기다리라고 하지 뭐. 이건 생사가 달린 문제야. 우리가 반드시 처리해야 할 일이야."

5 1

팬텀은 벨벳 드레스를 입은 이브를 데리고 오래전에 멈춰 선 에스컬레이터를 걸어 올라갔다. 두 사람은 녹슨 계단 꼭대기에 있는 커다란 방 안으로 들어갔다. 한 남자가 의자에 묶여 있고 그 옆에 긴 장총을 든 거지 하나가 보초를 서고 있었다. 그는 팬텀을 보자 얼른 다리를 붙이고 차려 자세를 했다. 의자에 앉은 남자도 금방 잠에서 깬 사람처럼 상체를 움찔거렸다.

"아, 이것 봐. 여기서 졸고 있었군. 재미가 없었던 모양이지? 그럼 이제 그런 분위기를 확 바꿔주지. 자, 이리 와보세요, 우리 예쁜 아가씨. 우리 두 사람의 인생에 아주 중요한 사람을 만나야 지. 자, 어서. 부끄러워 말고."

팬텀이 이브와 함께 루시우스 브라운 앞에 우뚝 섰다. 루시우 스 브라운은 그들을 보자마자 눈을 감고 고개를 숙였다.

"이 남자를 본 적이 있어요. 이분을 알아요. 우리 집에 한 번 오셨을 때 차를 대접한 적이 있어요. 잭 아저씨의 오랜 친구분이셨는데 난 이분을 '멋진 손님'이라고 불렀어요."

이브가 깜짝 놀라며 말했다.

"그래, 맞아. 잭의 아주 오래 친구지."

루시우스가 고개를 들어 팬텀을 바라보았다.

"잠시 우리 둘만 이야기를 했으면 하는데."

팬텀이 이브의 팔을 놓고 루시우스의 코트 소맷자락을 위로 끌어 올렸다. 그의 손목 안쪽에 날렵하게 새겨진 작은 바코드가 드러났다.

"자, 이것 봐. 카인의 표시야. 잭 박사도 똑같은 문신이 있었지. 이건 보호의 표시 아닌가? 그런데 이제 나와 은밀히 이야기를 하고 싶어 하다니 말이야. 이자가 하는 이야기를 들어봐야겠군. 아름다운 이브, 미안하지만 잠깐만 자리를 비켜주겠어?"

팬텀은 보초를 서고 있는 거지에게 자리를 비키라고 손짓했다.

"이브를 잠깐만 저쪽으로 데리고 가."

팬텀이 루시우스를 쳐다보았다. 이브는 소리치면 들릴 거리에서 있었다.

"너에게 조금이라도 착한 마음이 남아 있다면 이브를 풀어주고 그대로 사라지게 놔둬. 이렇게 간청하네."

"착한 마음? 당신네 인간들은 참 웃기는군. 나를 만든, 나를 고안한 나의 진짜 아버지인 당신들이 나에게 '착한 마음'을 요구하는 건가? 착한 마음이라면 누구보다 당신이 더 잘 알 텐데. '당신'이 나에게 말해보시오. 내가 착한 마음을 가지고 있소?"

"우리에게서 자유롭게 된 후 혹시 조금이라도 착한 마음이 생겨났을 수도 있잖나. 아주 오랜 시간이 흘렀으니."

"정말 그럴까? 난 잭과 당신이 나를 산 채로 불태우려 한 게 바로 엊그제 같은데? 직접 나를 창조하신 내 아버지들께서 말이야. 아, 너무 따분하군. 다른 이야기 없나?"

"제발. 저 불쌍한 아이를 해칠 필요가 뭐 있나. 살인이라면 이제 진절머리 나도록 해보지 않았나?"

"이브는 내가 자신을 죽여주길 원하고 있어. 그게 그 아이가 만들어진 이유니까. 이브를 끊임없이 죽임으로써 나는 더 신적인 존재로 거듭나겠지. 이상한 건 매번 이브를 죽일 때마다 그전과 너무 다르다는 거야. 느낌이 완전히 달라. 그전에 내가 어떻게 죽였는지 잘 기억도 안 나. 대략 느낌은 알겠는데 영혼을 끊는 순간의 그 절묘한 느낌은 기억이 안 난단 말이야. 인간들이 사랑을 할 때 느끼는 절정 같은 거라는데, 난 그게 뭔지 모르겠단 말이야."

"사랑. 그래, 바로 '사랑'이야. 그 말을 기억하게. 그 생각을 해. 이브는 엄밀하게 말하면 너의 여동생이야. 너는 이브를 보호해야 해. 이브를 사랑해야지 파괴하면 안 돼."

이브는 매표소 앞 복도 건너편에 서서 특히 입술의 움직임에 집중하며 두 남자의 대화를 지켜보았다. 소곤소곤 웅성거리는 소리가 폐허가 된 역의 타일 벽을 타고 희미하게 전해졌다. 이브는 두 사람의 입술을 읽는 것만으로도 종이에 쓰인 글씨를 읽는 것만큼 그 내용을 선명하게 이해할 수 있었다. 갑자기 온몸이 오싹해졌다. 마치 꿈을 꾸듯 멍한 느낌이 들었다. 이브는 두 사람의 이야기를 믿을 수 없었지만, 그들은 정말 그런 대화를 나누고 있었다.

이브는 꿈에서 깬 것처럼 갑자기 정신이 번쩍 들었다. 바이블 J가 떠올랐던 것이다. 그의 웃는 얼굴, 웃을 때마다 가느다란 주름이 지는 그의 눈. '사랑해.' 그가 그렇게 말했었다. 바로 그 말이었다. 이브 역시 바이블 J를 사랑하고 있었다. 이제 모든 것이 분명해졌다. 어서 탈출하여 바이블 J를 찾아야 한다.

"오, 하지만 난 이브를 사랑해. 그래서 지난 몇 년 동안 이브를 찾아다닌 거요. 당신이 그렇게 멋지게 고안해 낸 그 용감하고 아름다운 소녀를 찾다가 지치고, 찾다가 또 지쳐 기다리기를 반복하면서 말입니다, '아버지'."

"난 이브를 만들지 않았어. 너에게 한 것처럼 약간 도움만 줬을 뿐이지. 난 이브를 만든 사람도, 아담 너를 만든 사람도 아니야. 너와 이브를 만든 건 신이야. 그분이 나를 만드신 것처럼. 네 몸속 어딘가에도 정신이 있다. 너라는 기계 속에도 영혼이 깃들어 있단 말이다. 난 알아. 네가 한 짓, 네가 꾸미고 있는 짓에도 불구하고 너에게 좋은 면이 있다는 걸."

"오, 아버지. 나에게도 착한 면이 있다고 생각하다니 정말 감동적이군요."

팬텀은 루시우스의 머리 위에 손을 얹었다.

"당신의 또 다른 아들, 내 동생은 오늘 밤 어디 있을까? 이 도시가, 자기 생일을 자축하는 이 밤에 말이오. 성대한 파티장에 가 있을까? 입을 쩍 벌린 채 화려한 불꽃놀이를 구경하고 있을까? 그 애를 만난다면 진짜 굉장한 일이 될 텐데, 그 애가 나를 피하고 있으니. 그렇다 해도 이 성대한 기념식 날, 이브를 찾은 것보다 더 값진 선물은 없어. 나만을 위한 희생자, 나의 죽음의 신부, 나의 이브를.”

“그 애가 꼭 너의 희생자가 될 필요는 없지 않나? 너에겐 선택권이 있어. 자유의지가 있단 말이다.”

“내가? 난 이브를 기쁘게 해주기 위해 만들어진 것 아닌가? 이브는 내가 자신을 죽여주길 원하고 있어. 그건 당신도 알겠지. 당신과 잭 박사, 둘 다. 안 그렇소?”

이브는 두 사람의 입 모양을 계속 쳐다보고 있었다. 그녀는 옆에 서 있는 거지 하수인을 돌아보았다. 어지럽던 이브의 마음도 금방 청소를 끝낸 집처럼 말끔히 정리되었다.

이브는 검은 벨벳 드레스로 감싸인 팔을 들어 거지를 재빠르게 후려친 후 팔꿈치로 그의 얼굴을 가격했다. 거지는 끽 소리도 못하고 그대로 고꾸라졌다. 지난날 숲 속에서 소나기가 별안간 느린 속도로 내린 것처럼, 모든 것이 다시 느리게 흘러갔다.

팬텀의 고함 소리가 들렸지만, 그 소리는 낮고 느리게, 알아들을 수 없을 정도로 웅얼거리며 퍼져 나갔다. 이브는 녹슨 철 계단에 발이 닿지 않을 정도로 순식간에 에스컬레이터를 내려갔다. 매표소 안의 팬텀은 그녀가 검은 그림자로 바람같이 사라지는 걸 보았다.

“그녀에게 무슨 짓을 한 건가?”

팬텀은 스스로 만족하는 희생자에서 갑자기… 자신도 알 수 없는 무엇인가로 돌변한 이브의 태도에 깜짝 놀랐다. 패텀은 루시우스의 목을 조이며 소리쳤다. 얼굴은 분노로 가득했고 눈은 파리한 녹색 빛으로 차갑게 타올랐다.

"이브에게 무슨 짓을 한 거야? 왜 저렇게 도망치는 거야?"

그러나 곧 팬텀은 얼른 다시 손을 놓았다.

"미안하오. 당신을 다치게 하려는 건 아니었소. 하지만 왜 이런 일이 일어난 거지?"

"둘이 함께 지내는 동안, 잭이 이브의 프로그래밍에 뭔가 더 입력한 것 같군."

"이브는 줄 위에서 춤을 췄단 말이오. 땅에서 10미터나 높은 곳에서 춤을 추면서도 단 한 번도 떨어진 적이 없어. '누군가' 이브에게 특별한 짓을 한 것 같아."

"잭이 어떻게 했는지는 나도 모르네. 그리고 이제 잭에게 묻기도 너무 늦었지. 너도 이미 알겠지만……."

52

칼레브는 지하철 바깥의 적막한 공간에 그대로 서 있었다. 그가 미행하던 거지가 조금 전 그곳에서 사라졌기 때문이다. 수많은 고커들이 불꽃놀이 장소를 향해 칼레브를 밀치고 지나갔다. 이곳이 거지 하수인들의 은신처가 분명했다. 칼레브는 주머니에서 전화를 꺼내 1번을 눌렀다. 그때 어떤 고커가 다가와 칼레브를 쳐다보았다.

"이것 봐라. 우리가 진짜 과거 기분을 내보려고 얼마나 많은 돈을 냈는지 알아? 그런데 백주 대로에서 그것도 우리가 보는 앞에서 어떤 미친놈이 휴대폰을 꺼내 들고 지랄이야?"

"농담이 심하군요."

"이게 농담으로 들리나? 이봐, 뭐 잘났다고 휴대폰을 들고 그렇게 떡하니 버티는 거냐고!"

칼레브는 전화기를 들고 신호음이 떨어지기만 필사적으로 기다렸다. 그러나 레이튼으로부터 아무런 응답이 없었다.

몸집이 거대한 고커 두 명이 칼레브 쪽으로 다가왔다. 과거 시대 것만 허용되는 땅이니 시민의 체포 권리를 행사해서라도 칼레브의 휴대폰을 빼앗겠다는 심산이었다. 피해야 했다. 칼레브는 지하철 입구로 기어들어 가다가 캄캄한 어둠 속으로 나자빠졌다. 그리고는 딱딱한 계단을 굴러떨어지다 휴대폰을 놓치고 말았다. 딱딱한 돌바닥에 떨어진 칼레브는 잠시 동안 꼼짝도 하지 않고 누워 있었다. 따라 내려온 사람은 없었다.

칼레브는 일어나 앉아 주위를 돌아보았다. 그의 눈이 주위의 어둠에 점점 익숙해졌다. 최소한 제일 밑바닥까지 내려온 것은 확실했다. 어둠 속 멀지 않은 곳에서 휴대폰 소리가 희미하게 들려왔다. 칼레브는 주위를 더듬거리며 전화기를 찾았다.

"여보세요?"

[칼레브?]

"네."

[지금 어딘가?]

"지하철역이요. 오래전에 버려진 역 같아요."

[사람이 보이나?]

"아니요. 계단 하나만 보입니다."

그것은 움직이지는 않았지만, 에스컬레이터였다. 아래쪽 어딘가에서 희미한 불빛이 올라오는 것이 보였다. 칼레브는 벌떡 일어나 에스컬레이터로 가서 아래를 내려다보았다. 철제 계단이 아래층과 가파르게 연결되어 있었고, 바로 그곳에서 불빛이 희미하게 비치고 있었다.

"아래로 내려가 보겠습니다."

[통화가 끊어질 거야.]

"압니다. 하지만 내려가 봐야겠어요."

칼레브는 만약을 대비해 전화기를 쥐지 않은 나머지 한 손을 권총집에 갖다 댄 채 아래로 조심스레 내려가기 시작했다. 아래층에 도착하자 휴대폰 수신이 끊어졌다. 칼레브는 이제 완전히 혼자였다.

아래층은 불빛이 더 밝아서 둥그렇게 굽은 아치 통로 끝에 있는 계단까지 보였다. 계단 한 층을 더 내려가니 지하철 승강장이 나타났다. 격렬한 교전의 흔적이 뚜렷이 남아 있었다. 승강장과 터널 안을 따라 길게 박힌 조명등 위로 아직도 연기가 희미하게 떠도는 것 같았다. 타일 벽은 바로 조금 전에 총탄과 폭약 세례를 받고 무너진 듯했다. 터널 입구에는 거지 하수인들의 죽은 시체가 무더기로 쌓여 있었다. 승강장 바닥에는 길게 끌린 피 자국이 선명했다. 피범벅이 된 채 선로에 널려 있는 시체들은 차마 눈을 뜨고 볼 수가 없을 정도였다.

칼레브는 승강장 끝머리에 앉아 권총을 뽑아 들고 기다렸다. 칼레브가 다리를 흔들거리며 기다리는 동안, 길게 뻗은 버려진 선로 어디선가 타다닥 희미한 소리가 들려왔다. 쥐들이 시체 더미를 향해 기어가는 소리였다. 물론 로봇 쥐는 아니었다.

칼레브는 쥐가 찍찍대는 소리 외에 또 다른 소리가 나는지 귀를 쫑긋 세운 채 도대체 무슨 일이 있었던 것일까 잠시 생각해 보았다. 쥐들은 선로 양쪽을 따라 어둠 속으로 사라졌다. 얼마나 지났을까, 칼레브는 터널 오른쪽에서 어떤 목소리를 들었다. 그는 벌떡 일어나 권총을 들고 바이블 J가 일러준 대로 따라했다. 우선 손가락을 방아쇠에 살짝 올린 채 양손으로 권총을 꽉 부여잡았다. 승강장 끝에 선 칼레브는 터널 안에서 무엇이 나타날지 기다렸다.

이브는 어두운 터널을 지나 지하철 통로로 달려나왔다. 한번에 세 계단씩 솜털처럼 가볍게 폴짝폴짝 뛰어서 계단을 올라갔다. 이브는 마치 지하철 통로에 달린 램프가 전부 켜진 것처럼 실내를 선명하게 볼 수 있었다. 이브는 조금도 지체하지 않고 또 다른 에스컬레이터를 뛰어 올라가 승강장으로 연결된 통로 입구에 다다랐다.

터널 입구를 향해 총을 겨눈 채 서 있는 남자아이의 뒷모습이 보였다.

"칼레브."

칼레브가 뒤를 돌아보니 검은 드레스를 입은 이브가 승강장 앞에 우뚝 서 있었다.

마치 몸속에서 빛이 나는 것처럼 이브의 눈동자가 반짝거렸다.

"이브, 여기까지 어떻게 온 거야?"

이브가 무슨 말을 하기도 전에 터널 깊숙한 곳에서 총성이 탕! 울렸다. 총알이 어둠을 뚫고 두 사람 앞으로 날아왔다. 누가 쏜 것인지 알아볼 수도 없었고 그들이 올 때까지 가만히 서 있을 수도 없었다. 칼레브는 양손으로 총을 쥔 채 이브를 향해 뛰어갔다. 터널에서 다시 총성이 들렸다. 이브는 달려오는 칼레브를 낚아채듯 잡아서 옆 터널로 밀어붙였다. 칼레브는 총을 권총집에 넣었다. 두 사람은 핑핑 날아오는 총알을 피해 짧은 복도를 따라 달리기 시작했다.

"오, 칼레브. 만나서 너무 기뻐요. 바이블 J는 괜찮아요? 저자들이 바이블 J를 때려눕힌 뒤 죽게 그냥 내버려 뒀어요. 야고도 그렇고요."

"모르겠어요. 오늘 만난 적이 없어서요."

"얘기해 줄게 너무 많은데, 지금은 여유가 없어요. 지금 팬텀이 아주 가까운 곳에 있어요. 그가 나를 해치려 해요. 당신도 마찬가지일 거예요. 그런데 사실 난……."

이브가 머뭇거렸다.

"아무것도 아니에요. 자, 서둘러요."

이브는 자신의 속도에 맞추기 위해 칼레브를 잡아끌면서 달리기 시작했다. 하지만 칼레브 때문에 보통 이상의 속도를 낼 수가 없었다. 에스컬레이터의 제일 윗 계단에 도착했다. 칼레브는 이브가 달리는 속도 때문에 매표소 바닥을 향해 그대로 날아갈 뻔했다. 이브가 그를 잡아당기듯 멈춰 세웠다.

"미안해요. 빨리 움직여야 할 것 같아서요."

"어, 어떻게 그렇게 빨리 달리죠?"

칼레브가 옷을 툭툭 털면서 물었다.

"잘 모르겠어요. 그냥 할 수 있어요."

그 순간 머리 위에서 목소리가 들려왔다.

"둘 다 꼼짝 마. 후회하고 싶지 않다면. 난 지금 아주 중요한 사람의 목에 꽤 날카로운 칼을 대고 있다. 그렇지, 이브? 내 추측이 틀리지 않다면, 너와 함께 있는 저 아이는 우리 동생 칼레브 브라운이겠군. 그렇다면 내가 지금 누구와 함께 있는지도 잘 알 거야."

팬텀이 에스컬레이터를 걸어 내려와 그들을 향해 섰다. 칼레브는 목에 칼날이 겨누어진 채 서 있는 아버지를 보았다.

"아버지!"

칼레브는 저도 모르게 소리쳤다. 아버지는 아무 말도 하지 않았지만, 공포로 두 눈이 휘둥그레졌다.

"그래. 네 아빠, 우리의 아버지, 전지전능하신 바로 그 루시우스 브라운 박사님이시다."

팬텀이 제일 윗 계단에 올라섰다.

"칼레브, 무장을 했군. 완전히 과거스럽게 중무장을 했어. 레밍턴 리볼버가 아주 멋지군. 도대체 어떻게 구했을까? 물론 이제 그런 건 중요하지 않지만. 그 총을 버릴 때가 되었으니 말이야. 자, 어서. 이브는 그대로 꼼짝 말고 서 있어. 안 그럼 여기 우리 아버지의 목을 따버릴 테다. 좀 슬프겠지만 또 얼마나 재미있을까. 우리 식구의 피가 뜨겁게 분출하여 우리 머리 위로 쏟아져 내리는 걸 상상해 봐. 우리가 주의 보혈로 죄 씻음을 받는 거지. 자, 브라운, 총을 내놔."

칼레브가 총을 던졌다. 총은 끼익 소리를 내며 타일 바닥을 미끄러져 갔다. 루시우스의 목에 겨누어진 칼날이 불빛 아래에서 희미하게 반짝거렸다.

"아버지, 괜찮아요?"

칼레브가 물었다. 루시우스가 눈을 깜박였다.

"앞으로 한 발짝 나와라, 칼레브. 너의 그 잘난 얼굴 좀 보자. 우리 모두 닮은 걸 이제 확실히 알겠군. 어때, 정말 근사하지 않아? 우리 작은 가족이 결국 한자리에 모였으니. 내 말이 무슨 뜻인지 얼떨떨하겠군. 이봐, 칼레브. 당신의 똑똑한 아버지가 보이나?"

팬텀이 루시우스의 고개를 위로 잡아당기자 하얀 목이 드러났다.

" '우리의' 똑똑한 아버지가 나를 만들고 여기 사랑스러운 이브를 만들고, 또 우리를 위해 또 다른 하나를 만들었지. 맞죠, 아버지? 끄덕끄덕하세요, 아버지. 칼레브에게 진실을 말하시죠."

루시우스가 고개를 끄덕였다.

칼레브는 이 상황을 전혀 이해할 수 없었다. 머릿속이 복잡했다.

'아버지에게 또 다른 가족이, 또 다른 자식들이 있었다니. 이브가 내 여동생이라니. 그럼 또 다른 인물, 팬텀은 우리 형이란 말인가? 그게 무슨 뜻이지?'

아버지는 지금까지 단 한 번도 그런 말을 이야기한 적이 없었다. 심지어 어머니가 돌아가실 때조차. 칼레브는 떨어지지 않는 입을 억지로 뗐다.

"당신이 팬텀인가요?"

팬텀이 나머지 한 손을 자기 얼굴에 갖다 대자 순식간에 검은 마스크가 씌어졌다.

"그렇다."

"우리가 한 가족이라고 하는 건가요, 아담? 하지만 난 이미 가족이 있어요. 내 가족은 나를 구해준 어릿광대 야고와 수염 달린 부인 로즈, 그리고 바이블 J예요. 난 당신이 칼을 겨누고 있는 저 사람을 몰라요. 우린 딱 한 번 만났고 난 홍차를 끓여 드린 일밖에 없어요. 당신이 뭔가 나를 조정할 수 있는 신비한 힘을 가졌다고 해서 내 가족이 될 순 없어요. 그러니 불쌍한 저분을 풀어주세요."

"너는 나를 위해, 오직 나만을 위해 만들어졌다, 이브. 네가 내 손을 네 자신의 목에 갖다 대는 건 내가 너의 목숨을 빼앗아주길, 이 순환을 완전하게 이어나가길 원하는 거야. 우리 안에 그 순환이 내재되어 있어. 그게 우리 운명이야."

이브가 기회를 포착했다. 그녀는 위험을 무릅쓰고 몸을 앞으로 던졌다. 검은 벨벳 드레스가 어지럽게 펄럭이는 찰나 이브는 루시우스의 목에 겨눠졌던 칼을 낚아채 멀리 던져 버렸다. 칼이 날카로운 소리를 내며 바닥에 떨어져 미끄러지듯 멀어졌다. 칼레브는 얼른 몸을 숙여 바닥 위를 구른 뒤 다시 총을 잡았다. 그러나 칼레브는 무서움 때문에 차마 눈을 뜨지 못하고 팬텀이 있을 것 같은 곳을 향해… 총을 겨누었다. 다시 눈을 떴을 때, 팬텀은 사라지고 없었다. 루시우스도 없었다.

"밖으로 나갔어요. 가요, 칼레브. 당신 아버지를 구할 수 있을 거예요. 아니, 우리 아버지를."

이브가 활짝 웃으며 칼레브의 손을 잡았다.

'우리 아버지라니……'

칼레브는 생각했다. 그리고 이브의 얼굴을 쳐다보았다. 그녀의 눈동자가 자신의 그것과 비슷했다.―그럼 이브가 정말로 그의 여동생일 수도 있다―팬텀이 그의 형이란 말은? 칼레브의 아버지는 팬텀의 말이 맞다는 듯 고개를 끄덕였었다. 하지만 팬텀은 아버지의 목에 칼을 겨누었다. 칼레브는 이브의 손을 잡고 계단을 미친 듯이 뛰어 올라갔다. 이브의 손을 꼭 쥐고.

53

　칼레브와 이브가 일단 거리로 나서자, 루시우스를 앞세워 사람들 속을 뚫고 나가는 팬텀을 쉽게 찾을 수 있었다. 둘은 그 뒤를 쫓기 시작했다. 사람들 사이로, 혹은 어떤 집 현관 안으로 몸을 숨겨가며, 뒷걸음질 치거나 앞으로 달리며 사력을 다해 쫓아갔다. 팬텀은 순식간에 오르막길을 올라 사라졌다. 이브는 두 사람이 한데 엉겨 붙은 그림자가 높다란 빌딩 옆으로 비틀거리듯 사라지는 것을 발견했다. 빌딩은 '대규모 철거 공사'라는 포스터가 덕지덕지 붙은 가설 울타리로 둘러싸여 있었다. 건물 아래쪽에는 통행 차단선이 넓게 둘러져 있었다. 팬텀이 멈추어 섰다. 이브는 칼레브를 그늘 안으로 끌어당겼다. 팬텀이 주위를 돌아본 후 잠시 기다리다가, 빌딩을 둘러싼 가설 울타리의 문을 열었다. 칼레브는 자신의 손에 꼭 쥐어진 이브의 손을 내려다보았다. 그렇게 감싸고 있는 게 옳다고 느껴졌다. 이브를 여동생처럼 보호하는 느낌이 들었기 때문이다. 그리고 이브 역시 자신을 보호해 주고 있었다.

이브가 칼레브를 쳐다보자 두 사람은 동시에 고개를 들어 높은 빌딩 꼭대기를 올려다보았다. 커다란 빌딩이 그들을 굽어보고 있었다. 빌딩의 철골구조가 안개 낀 하늘과 대조되어 더욱 검게 보였다. 빌딩 꼭대기 옆으로 비행선 두 대가 하늘을 천천히 떠다니고 있었다.

그들은 잠시 기다렸다가 휑하니 열려진 가설 울타리 문으로 들어가 널따란 계단을 올라갔다. 아무것도 보이지 않을 정도로 어두컴컴했지만, 그런 어둠도 이브의 속도를 늦추진 못했다. 오히려 이브는 더 편안하다는 듯 그런 환경을 반기는 것 같았다. 이브는 칠흑 같은 어둠 속에서도 대낮처럼 뚜렷하게 볼 수 있는 듯했다. 그녀는 칼레브의 손을 꼭 쥐고 위로 뛰어갔다.

황급히 달려가는 구두 소리가 길게 메아리쳤다. 팬텀이 그들의 머리 위 어딘가를 열심히 올라가고 있었다.

팬텀은 루시우스를 질질 끌고 층계참을 지나 위층의 더 어두컴컴한 복도에 다다랐다. 바닥에는 짙은 먼지와 함께 천장에서 떨어져 나온 오래된 시멘트 파편과 석고보드 조각이 어지럽게 쌓여 있었다. 작업자들이 복도를 따라 설치해 둔 비상등이 희미하게 빛나고 있었다. 수많은 상자와 무더기로 쌓인 화약, 연장, 공사용 발판, 널따란 철제 드럼통, 커다란 해머가 불빛 아래 드러났다.

무너진 벽의 지지 기둥 사이에 화약이 놓여 있는 것도 보였다.

그때 발치에서 무엇인가 느껴졌다. 깜박하는 움직임. 아래를 내려다보니 커다란 순찰 로봇 쥐가 눈에서 빨간 빛을 내며 꼬리를 휘휘 돌리고 있었다.

—통제 구역.

냉랭한 소리의 기계적인 말투가 들렸다.

—통제 구역.

팬텀은 발을 들었다가 잠시 주저하며, 지금 자신의 손아귀에 잡혀 꼼짝달싹 못하는 남자를 생각했다.

'다른 기술자가 이 로봇 쥐를 만들었듯 루시우스 박사도 나를 만들었을까?'

그는 쥐를 자세히 들여다보았다. 쥐의 입이 움직이고 있었다. 작은 턱이 아래위로 움직이면서 똑같은 말을 몇 번이고 되풀이했다. 팬텀이 로봇 쥐의 빨간 눈을 자세히 들여다보고 있는데 누군가 박수를 치며 걸어나왔다. 팬텀은 얼른 고개를 들었다. 어둠 속에서 아벨 버클랜드가 나타났다.

"아주 잘했다, 너무나 특별하신 우리 젠틀맨. 그런 자제력을 보여주다니. 언제나 그랬듯이 넌 저 불쌍한 로봇 쥐를 한번에 부서뜨릴 수 있었어. 그런데 지금 봐. 넌 성숙했어. 동정심이 생긴 거야. 하지만 우리에겐 그렇게 고분고분하지 않겠지? 절대 안 그럴 거야. 넌 그 어느 때보다 충동적이고 무모해지고 있으니까. 우린 최근에 너의 행방을 놓쳤었다. 네가 어디 있을까 무척 궁금했지. 그런데 네가 불쌍한 거지 부하를 처단한 뒤 그 머리를 타워 꼭대기에 올려놓았더군. 그 타워는 너를 끌어들이는 자석 같은 곳이었던 거야. 자, 아담. 그리고 나의 오랜 친구, 루시우스. 모두 함께 가지.”

팬텀은 날카로운 눈빛으로 그를 노려보았다.

“당신은 나와 여기 속이 시커먼 우리 아버지를 끝장내려고 온 것이군.”

팬텀은 루시우스를 보호하려는 듯 한 팔로 루시우스의 목을 감싸 더 바짝 끌어당겼다.

“당신은 나를 이브에게서 떼어놓으려 해. 지금까지 계속 그래왔어.”

“아니, 그렇지 않아.”

버클랜드는 자신을 믿어도 괜찮다고 안심을 시키려는 듯 씽긋 웃어 보였다.

“절대, 절대 그런 게 아니야. 난 너를 찾고 있었어. 내가 어떻게 여기까지 와서 너를 기다리고 있었는지 궁금하지 않나? 넌 아주 영리한 아이다. 너라면 내가 여기까지 어떻게 왔다고 생각할까? 궁금해지는군.”

“잘 모르겠소.”

팬텀이 한 손으로 루시우스의 목을 꽉 움켜쥐고 말했다.

“오늘 아침 일찍부터 이것들을 이용해서 널 미행하고 있었지.”

버클랜드가 커다란 전기 횃불의 스위치를 켜자 복도의 먼지와 뿌연 파편 속을 유유히 떠다니는 바늘 크기의 정찰용 카메라가 빛을 받아 반짝거렸다.

"이것 봐, 팬텀. 나는 훌륭한 대부의 의무를 다하기 위해 너를 지켜보려 했던 거다. 난 겉으로 보이는 것만큼 순수 과거주의자는 아니야. 필요하면 비밀리에 새로운 기술을 사용할 수도 있지. 물론 증기 시스템은 아니고 말이야. 내가 너의 진짜 아버지다, 아담. 너는 처음부터 내 아이디어였으니까. 여기 루시우스가 너를 개발했고 불쌍한 잭 박사가 도왔지. 두 사람은 너라는 존재를 이 세상에 태어나게 해준 사람들이다. 하지만 너를 만들어야겠다고 생각한 사람은 나야. 이제 꼭대기까지 세 개 층만 더 올라가면 너희 두 사람 모두 안전할 수 있다. 폭발 충격이 여기까지 미칠지 모르니까. 레스트레이드 경감은 너희 거지 하수인 조직을 파괴하기 위한 작전에 이미 돌입했다. 그들을 구하기엔 너무 늦었어. 하지만 너희 둘은 내가 보호한다. 자, 가자. 둘 다, 어서."

아득히 높은 빌딩 꼭대기 근처에 깜깜한 밤하늘을 배경으로 계류 중인 비행선 두 대가 보였다. 하나는 버클랜드사의 여행선이고 다른 하나는 크기가 작은 경호선이었다. 두 대 모두 빌딩 꼭대기의 철골 뼈대가 드러난 대들보에 앵커와이어로 연결된 채 대기하고 있었다.

"이제 곧 내 꿈이 하나 더 실현된다. 그럼 두 배로 기쁜 축하 파티가 되겠지. 네가 이렇게 우리에게 돌아왔고 이 끔찍한 빌딩은 이제 곧 파괴될 테니까. 이제 이 빌딩은 우리 발 아래로 거대한 불덩어리가 되어 사라질 거야."

5 4

캐치폴 경사와 바이블 J가 무어게이트 역을 향해 축축하고 서늘한 공기가 감도는 터널 속을 지나고 있었다. 순찰용 램프만으로도 터널 안이 충분히 밝게 보였다. 환한 불빛에 터널의 야생 상태가 그대로 드러났다. 쓰레기를 뒤적이는 들쥐, 찍찍거리는 생쥐, 곰팡내 나는 더러운 터널을 제집처럼 드나드는 야생 고양이 몇 마리도 보였다. 캐치폴은 무기를 꺼내 들고 걸으면서 바이블 J에게 나지막이 말했다.

"팬텀에 대해 뭔가 알아냈어. 아주, 아주 기분 나쁜 사실을."

"뭐예요? 그가 사람을 찔러 죽이고 심장을 꺼낸다는 거요? 그 얘긴 저도 들었어요."

"아니, 그놈의 진짜 정체에 대해서. 그놈 신상에 관한 사실."

멀리서부터 총알이 핑! 날아왔다. 캐치폴은 램프를 잽싸게 끄고 선로 사이의 더러운 흙구덩이 속으로 훌쩍 뛰어들었다. 둥글게 구부러진 터널을 따라 불빛이 흔들거리며 다가오고 있었다. 곧이어 벽돌로 된 터널 벽 위로 커다란 그림자가 어른거렸다. 그림자로 보아 무장한 남자 여러 명이 달려오고 있었다.

"거지 하수인들이다. 조용히. 몸을 낮춰."

거지 세 명이 구부러진 터널 벽을 따라 모습을 드러냈다. 거지들은 쭉 뻗은 선로를 보자 천천히 걸으면서 램프를 좌우로 비추기 시작했다. 바이블 J는 권총 두 개를 앞으로 쭉 빼 들고 의기양양하게 서 있었다. 램프 불빛이 바이블 J를 순간적으로 비추고 지나갔다가 되돌아왔다. 그때, 지하철 선로에 납작하게 엎드려 있던 캐치폴이 장총을 들고 거지들이 든 램프를 향해 방아쇠를 당겼다. 거지 하나가 한 방에 깨끗하게 쓰러졌고 터널은 다시 캄캄한 어둠 속에 묻혔다. 바이블 J가 거지들이 서 있을 법한 곳을 향해 권총을 갈겨대기 시작했다.

반대편에서도 총알이 날아왔다. 총알이 벽을 맞고 튕겨나가기 시작했다. 그중 하나는 말벌처럼 윙— 소리를 내며 캐치폴의 머리 옆을 스치고 지나갔다. 또 다른 거지 하수인 세 명이 터널 안으로 들어왔다. 캐치폴은 장총으로 집중포화를 퍼부었다. 총알 발사 소리가 터널 벽을 따라 귀가 멍멍한 정도로 크게 울려 퍼졌다. 일어서서 도망치는 거지들을 향해 캐치폴이 수류탄을 던졌다. 일개 소대의 공격 같은 굉음이 울려 퍼졌다. 폭탄이 터지자 그 충격으로 캐치폴이 뒤로 넘어졌고 벽돌과 타일 조각이 그의 몸 위로 우두두 떨어졌다.

“됐어. 이제 그도 우리가 왔다는 걸 알 거야. 움직이자. 괜찮나, 젊은 친구?”

“네, 귀가 멍멍한 것만 빼면요.”

두 사람은 폭탄 파편과 휘어진 선로를 손으로 더듬어가며 터널 속으로 깊이 들어갔다.

선로에서는 더 이상 반대 공격이 없었다. 거지 하수인들이 선로를 따라 안으로 도망친 흔적도 보이지 않았다. 요란한 총소리 대신 어두운 터널을 가득 채운 기분 나쁜 정적이 오히려 귀를 더 먹먹하게 했다. 그때 어디선가 따뜻한 바람이 불어오면서 요란한 굉음과 함께 바퀴가 덜거덕거리는 소리가 들려왔다. 그것은 그들을 향해 달려오는 지하철 소리가 분명했다. 하지만 그 선로는 몇 년 동안이나 쓸모없이 방치된, 명백히 사용하지 않는 것이었다.

발아래 쌓인 먼지는 아무런 요동 없이 잠잠했다. 캐치폴은 언제 지하철이 달려올지 몰라서 있는 힘껏 달리기 시작했다. 터널 두 개가 합쳐지는 곳에 다다랐다. 멀리서 지하철이 한줄기 밝은 빛을 비추며 전류가 흐르는 선로 위로 불꽃이 튀도록 맹렬히 달려오는 게 보였다.

캐치폴은 터널 벽에 몸을 최대한 밀착시켰다. 지하철이 그의 옆을 요란하게 스치고 지나가자 함께 연결된 옆 터널까지 진동했다. 지하철이 닿을 듯 옆으로 지나가는 순간 캐치폴은 지하철 객차 안에 타고 있는 사람들을 똑똑히 보았다. 과거세계 경찰들과 버클랜드 회사 경호 대원들이었다. 마치 통근 열차처럼 한 객차 안에 수십 명의 경찰들이 빽빽하게 타고 있었다. 캐치폴은 그중에 상처를 입거나 피를 흘리는 경찰들이 있었다고 확신했다. 객차 옆으로 총알 자국이 어지럽게 뚫려 있고 길게 긁힌 자국도 나 있었다. 캐치폴은 폭탄에 맞은 흔적을 똑똑히 보았고 몇몇 경찰이 무기를 들고 있는 것도 목격했다. 전방에서 상처를 입고 후퇴하는 패잔병 같은 모습이었다.

캐치폴은 왔던 길을 돌아 바이블 J가 기다리는 곳으로 갔다.

"뭐였어요? 기차 소리를 들은 줄 알았어요."

"맞아. 그것도 완벽하게 가동되는 지하철. 누군가 우리보다 먼저 팬텀을 찾은 모양이야. 경찰인 것 같았어. 자, 가자."

버려져 있던 터널을 따라 걷던 두 사람은 선로가 깨끗하고 잘 정비된 구역을 만났다. 선로는 어둠 속으로 곧게 뻗어 있는 듯했다. 그러나 얼마 못 가 선로는 다시 크게 휘어졌고 높다란 벽돌 더미가 그들의 길을 막았다. 터널 입구에는 거지 하수인들의 시체가 토막 난 채 이곳저곳에 널려 있었다.

"이런. 완전히 도살장 수준이군."

바이블 J는 피로 검게 물든 시체 더미 사이를 걸으면서도 눈앞에 펼쳐진 광경이 도저히 믿기지 않았다.

"누가 이랬을까요?"

바이블 J는 희미한 불빛이 비치는 곳으로 나온 뒤 피를 퍼부어 놓은 것 같은 승강장과 벽을 되돌아보았다.

"버클랜드 회사지. 과거세계 현지 경찰과 버클랜드 회사 경호대 한 무리가 지하철을 타고 지나가는 것을 봤어. 아마 그들이 한 짓일 거야. 이건 사전에 치밀하게 계획된 조직적인 공격이야. 권력을 가진 누군가가 거지 하수인들을 처단하라고 명령을 내린 거야.”

캐치폴이 경멸하듯 쏘아붙였다.

“여기 와보세요. 볼터 부인이에요. 머리를 정통으로 맞았어요. 대체 여기서 뭘 하고 있었던 걸까요?”

“물론 보스인 팬텀에게 보고를 하고 있었지.”

어둠 속에서 목소리가 들려오고 레스트레이드 경감이 걸어나왔다.

“그 무기들은 허가가 있는 것이면 좋겠군. 이렇게 ‘무대 뒤’ 광경을 직접 목격하다니 좀 미안하군, 캐치폴 경사. 하지만 우린 임무를 받았어. 쓰레기들을 처리하라는. 이 쓰레기들은 아침쯤 되면 깨끗하게 치워질 걸세. 아무도 눈치 채지 못할 거야.”

“쓰레기? 이 남자와 여자들이요? 이 사람들은 재판을 받았어야 하는 것 아닙니까? 이건 너무 야만적인 짓입니다.”

“난 자네가 회사 편인 줄 알았는데, 캐치폴?”

“전 경찰입니다. 경감님도 경찰 아니십니까? 냉혈한 살인자였습니까?”

“저들이 우리를 전쟁으로 끌어들였네. 우린 선택권이 없어. 그리고 이 쓰레기들의 독사 같은 우두머리가 아직 살아 있으니 반드시 처치해야 해.”

레스트레이드가 위를 가리키며 말했다.

55

이브와 칼레브는 계단에서 기다렸다. 그들은 아래층에서 울리는 목소리를 들을 수 있었다. 팬텀과 루시우스가 누군가와 함께 있었다. 이브가 손가락으로 자신의 입술을 꾹 눌렀다. 그러자 아래층에서 울리던 목소리도 사라졌다.

두 사람은 계단 위까지 살금살금 기어 올라가 복도로 들어섰다. 그때 붉은 눈의 로봇 쥐가 그들을 가로막았다.

─통제구역. 통제구역

두 사람은 쥐를 부시고 긴이 나무 계단을 통해 타워 꼭대기까지 올라갔다.

선두에 선 칼레브가 바람이 부는 어둠 속으로 고개를 내밀었다. 사람들이 웅성거리는 소리가 까마득한 아래에서부터 바람을 타고 올라왔다. 타워 꼭대기의 철골 뼈대가 다 드러난 대들보 위에 세 사람이 서 있는 게 보였다. 아버지와 팬텀, 그리고 처음 보는 늙은 남자였다. 비행선 두 대는 와이어에 팽팽하게 연결된 채 서로 거리를 유지하며 둥둥 떠 있었다. 언제라도 떠나기만 하면 된다.

칼레브는 밑에 있는 이브에게 올라오라고 손짓했다. 이브가 칼레브 옆으로 올라와 대들보 위에 우뚝 섰다. 세찬 바람 때문에 그녀의 동그란 얼굴 주위로 머리카락이 어지럽게 흩날렸다.

이브는 좁은 대들보를 성큼성큼 걸어가 임시로 만들어놓은 착륙장 위에 섰다. 바로 앞에 세 남자가 서 있었다.

칼레브는 균형을 잡으려고 권총을 앞으로 뻗은 채 이브를 따라가려고 했다. 그러나 널따란 강철보 위를 건너다가 무서움에 우뚝 서버렸다. 거의 200미터나 되는 아래를 잠깐 내려다본 것이 실수였다. 칼레브는 정신이 아찔해져서 온몸이 돌처럼 굳어버렸다.

"오, 좋아. 누가 왔는지 보시오."
팬텀이 말했다.

"결국 만났구나, 이브. 반갑다. 내가 이 버클랜드 주식회사의 CEO 아벨 버클랜드다. 정말 오랜만이구나, 우리 예쁜 아가씨. 물론 내가 누군지 기억도 안 나겠지만 말이야. 휴— 넌 내가 기억하는 것 이상으로 아름답게 자랐구나. 정말 기대한 것 이상이야. 우린 딱 한 번 만났었지. 그게 루시우스와 잭, 우리 모두가 너의……."

그가 갑자기 말을 멈추었다.

"너의 '완성'을 축하하는 파티에서였다. 오늘 밤처럼 화려한 불꽃놀이도 있었고 말이야."

그는 완벽한 인공 하늘을 한꺼번에 안으려는 듯 양팔을 넓게 벌렸다.

"오늘은 또 다른 축하 파티가 열리는 날이야. 마지막 빌딩이 우리 곁을 영원히 떠나는 대규모 철거 공사 날이다. 모든 것이 정말 시기적절하구나. 일부러 때를 맞춘 것처럼 네가 아담과도 다시 만났으니, 이 이상 멋진 일이 어디 있겠니. 자, 이제 과거세계 특별 행사의 새로운 막을 열어볼까. 너와 아담이 그 중심에서 빛나게 될 거야."

이때 루시우스가 몸을 비틀어 자신의 입을 막은 팬텀의 손을 떼어내는 데 성공했다.

"이건 아니야, 버클랜드. 이건 처음부터 잘못된 일이었어."

루시우스가 말했다. 팬텀이 손바닥으로 루시우스의 입을 다시 가로막았다.

팬텀은 고개를 돌려 몇 미터 떨어진 강철보 위에서 오도 가도 못하고 쩔쩔매는 칼레브를 쳐다보았다.

"우리 아버지가 왜 갑자기 따분하고 어수룩한 브라운 선생님으로 변하려 하시나. 우리 아버지를 그냥 땅으로 내팽개쳐 버릴까? 한 번만 밀어주면 돌멩이처럼 땅으로 곤두박질칠 텐데 말이야."

"쉿, 아담. 침착해. 지금은 루시우스를 잘 잡고 있어야 해."

버클랜드가 말했다. 그가 손에 들고 있던 원격조종장치로 신호를 보내자 비행선이 타워로부터 멀어졌고, 앵커와이어는 더 팽팽해졌다. 그가 다른 스위치를 누르자 이번에는 작은 비행선이 가까이 다가왔다.

"불꽃놀이 준비가 곧 끝날 거야."

버클랜드가 손에 든 장치를 한 번 더 조종하자 비행선 아래에 달린 곤돌라 바닥이 훌쩍 열렸다. 그리고 결혼식 때 뿌리는 색종이 조각처럼 엄청난 양의 종이가 떨어지기 시작했다. 종이는 뱅글뱅글 돌면서 수십 미터 아래에 모인 사람들을 향해 쏟아졌다.

카운트다운이 시작되었다.

56

캐치폴과 바이블 J는 무어게이트 역의 가설 울타리를 열고 밖으로 빠져나왔다. 팬텀 소굴의 흔적을 계속 찾아보았지만 매표소 앞 복도 한중간에 밧줄이 칭칭 감긴 의자 외에는 아무것도 찾을 수 없었다. 한때 식품점이었던 상점들의 잔재가 남아 있고 포획물로 가져갈 만큼 무기와 탄약이 충분했지만, 갑자기 대담하게 등장한 들쥐 몇 마리를 제외하면 살아 있는 사람의 흔적은 전혀 찾아볼 수 없었다.

캐치폴과 바이블 J는 이제 어디로 가야 할지 아무 생각도 떠오르지 않았다. 거리는 사람들로 복잡했다. 팬텀의 흔적을 찾는 것은 고사하고 사람들을 뚫고 나가는 것조차 어려워 보였다. 기대와 긴장의 순간이 교차하면서 정적이 흘렀다. 그때 주위 사람들이 고개를 들고 하늘을 가리켰다. 사람들이 흥분하기 시작했다.

멀리 하늘 위 앵커와이어에 고정된 비행선에서 전단지가 쏟아져 차가운 밤하늘 속을 날아 땅으로 떨어졌다. 캐치폴이 한 장을 잡아서 바이블 J에게 읽어주었다.

대규모 철거 공사.

과거세계 10주년 기념식에 오신 것을 환영합니다. 역사상 가장 큰 성공을 거둔 테마파크인 과거세계는 역사 '그 자체'인 곳입니다. 저는 과거세계를 제일 처음 구상하고 현실로 재현하는데 성공한 버클랜드 주식회사의 창립자이자 영원한 CEO 아벨 버클랜드입니다. 이곳은 과거의 삶을 그대로 체험하는 곳입니다. 과거의 것들을 만지고 과거의 놀거리를 즐기고 과거의 행복을 느끼는 곳입니다. 하지만 이런 말은 이제 필요없겠지요. 여러분은 이미 과거세계에 오셨으니까요.

20세기 최후의 빌딩, 타워 42빌딩을 파괴하는 대규모 철거 공사가 이제 곧 시작될 예정입니다. 여러분께서는 안전 장벽 뒤로 물러서서 관람해주시기 바랍니다. 먼저 화려한 불꽃놀이를 즐겨주십시오. 과거세계와 어울리지 않았던 최후의 건축물에 안녕을 고할 시간이 이제 곧 다가올 것입니다.

—아벨 버클랜드.

캐치폴이 전단지를 던졌다.

"타워 42빌딩. 팬텀이 가장 최근까지 머물렀던 곳이야. 바로 그곳에서 우리 보안 카메라에 잡혔거든. 바로 거기야."

캐치폴과 바이블 J는 혼잡한 거리를 뚫고 타워 42로 갔다. 위험 경고판이 사방에 붙어 있었다. 하지만 주변의 경찰들은 하늘에 떠 있는 두 대의 비행선과 거기에서 떨어지는 전단지를 보느라 정신이 없었다.

캐치폴과 바이블 J는 임시 펜스와 가설 울타리 사이를 간신히 비집고 들어가 황량한 공터를 지나 타워의 계단에 이르렀다.

순찰 중이던 경찰에게서 빌린 순찰용 램프를 비추면서 캐치폴이 앞장섰다. 두 사람은 계단을 따라 쉬지 않고 올라갔고 결국 공구들이 여기저기 버려져 있는 먼지가 자욱한 긴 복도에 다다랐다. 군데군데 폭약장치가 정밀하게 설치되어 있었다. 캐치폴은 앞으로 달려오는 로봇 쥐를 벽을 향해 걷어찼다.

"내 친구, 허드슨. 지금 이 상황을 모니터하는 거라면, 다 너를 위해 이러는 거야."

바깥의 임시 착륙장 위에 아벨 버클랜드가 우뚝 서 있었다. 타워 42빌딩의 까마득한 아래에는 사람들이 모여 기대감에 찬 눈길로 꼭대기를 바라보고 있었다. 아벨은 그들의 웅성거리는 소리가 희미하게 메아리치는 것을 기분 좋게 듣고 있었다. 손에 든 무선 장치를 만지자 거대한 불꽃놀이의 서막을 알리는 첫 번째 축포가 발사되었다. 축포는 곧장 하늘 위로 솟구쳐 깜깜한 밤하늘에서 거대한 불꽃을 환하게 터뜨렸다. 마스크를 쓴 채 망토를 휘날리며 서 있던 팬텀의 모습이 축포의 불빛을 받아 환하게 드러났다.

바로 그때 이브가 앞으로 나왔다. 그리고 빌딩의 아슬아슬한 가장자리 끝까지 걸어가 검은 벨벳 소매의 팔을 양옆으로 쫙 벌렸다.

"안 돼, 이브!"

그녀가 빌딩에서 그대로 떨어져 버릴지도 모른다는 두려움에 루시우스가 소리쳤다.

"이브!"

깜짝 놀란 팬텀은 루시우스를 내팽개치고 곧장 이브에게 달려갔다. 그 바람에 루시우스는 균형을 잃고 빌딩 꼭대기의 울퉁불퉁한 바닥 아래로 미끄러지기 시작했다. 그러다가 몸을 숙여 휘어진 강철보를 움켜잡는데 성공했다.

"아버지!"

칼레브가 두려움에 소리쳤다.

"난 괜찮다. 거기 가만히 있어. 움직이지 마. 내가 구해줄게."

"글쎄, 자기 몸이나 잘 보전해야 할 텐데."

팬텀은 루시우스를 잔인하게 걷어찼다. 그러나 그의 발길질은 루시우스의 머리를 아슬아슬하게 비껴갔다.

칼레브는 온몸이 얼어붙은 듯 제자리에 서서 소리를 질렀다.

"우리 아버지를 그냥 놔둬! 안 그럼 이걸 쓰겠어."

그러고는 팬텀을 향해 불안한 자세로 긴 장총을 겨누었다. 팬텀이 가소롭다는 듯 소리 내어 웃기 시작했다.

"불쌍한 우리 동생. 그렇게 뒷걸음질 치면 저기 땅으로 곤두박질칠 텐데. 그러니 앞으로 쭉 걸어나와서 방아쇠를 당기렴."

팬텀은 앞으로 걸어가 이브를 잡았다. 그리고 천천히, 부드럽고 조심스럽게 그녀의 팔을 내린 뒤 옆에 바짝 붙어 섰다. 두 사람은 서로를 껴안은 연인처럼, 빌딩의 가장 끝 모서리, 이 세상의 벼랑 끝에 나란히 섰다.

버클랜드가 미친 듯 소리 질렀다.

"이미 폭약이 설치되었다. 이제 조금만 있으면 사이렌이 울리고 빌딩은 한순간에 사라질 거야."

그가 원격조종장치를 다시 누르자 더 많은 불꽃이 터졌다. 수많은 축포가 터지면서 화려한 색깔의 불꽃이 퍼져 나와 밤하늘을 밝혔다. 버클랜드는 장치를 높이 들고 양 비행선 사이의 밤하늘을 향해 하얀 불빛을 세 번 번쩍거렸다. 그러자 비행선이 움직이며 빌딩을 향해 천천히 다가오기 시작했다.

루시우스 브라운은 타워 모서리 위로 다시 기어오르는데 성공했다. 그는 착륙장 바닥에 바짝 엎드린 뒤 고개를 숙였다.

캐치폴과 바이블 J가 타워 꼭대기로 올라왔다. 캐치폴은 장총을 어깨까지 들어 올려 팬텀과 이브를 향해 총구를 겨누었다. 바이블 J가 소리쳤다.

"이브!"

이브가 고개를 살짝 돌리며 그를 향해 미소 지었다.

"이브를 놔줘."

바이블 J가 소리쳤다.

팬텀이 몸을 돌리자 장총을 든 남자와 권총을 든 젊은 청년이 서 있었다. 머리가 덥수룩한, 낯이 익은 아이였다.

"물론, 블랙 북, 바이블… 저 애 이름이 바이블 뭐였는데."

팬텀이 말했다.

"그 애를 보내줘. 내가 상대해 주마. 이브, 난……."

바이블 J가 말했다.

"이브는 내 거야. 나를 위해 만들어졌으니까. 넌 이 생물체를 전혀 이해 못할 걸. 이브와 나는 영원히, 사랑과 죽음으로 연결되어 있다. 설명이 불가능한, 넌 도저히 이해할 수 없는 방식으로."

그는 이브의 몸을 돌려서 바닥 위로 삐죽 솟아나온 천장 버팀대를 사이에 두고 바이블 J와 마주 보게 세웠다.

"이 젊은 청년이 너에게 오라고 하는구나. 아마 네가 누굴 사랑하는지 직접 보여줘야겠다. 이브는 특별히 나에게만 반응하도록 만들어졌어. 그렇게 프로그래밍되었다. 이브는 무슨 일이 있어도 나를 거역하지 못해."

이브가 팬텀의 손을 자신의 목에 둘렀다. 그리고 항복하는 듯한 모습으로 눈을 감은 뒤 고개를 옆으로 기울였다. 마치 복종의 맹세라도 하는 것처럼. 이브와 팬텀은 빌딩 가장자리에 위태롭게 서 있었다. 팬텀은 마스크를 써서 표정을 헤아릴 수 없었지만, 이브는 정신이 가물가물하여 기꺼이 희생자가 되려는 모양이었다.

루시우스 브라운은 대들보 위에 서 있는 칼레브를 향해 살금살금 기어가 아들이 좀 더 튼튼한 바닥 쪽으로 안전하게 갈 수 있게 부축했다. 칼레브는 아버지를 꼭 껴안았다.

캐치폴 경사가 바닥을 뚫고 위로 올라와 아벨 버클랜드와 불과 몇 미터를 사이에 두고 섰다.

"이제 이 안타까운 사건의 전말에 대해 모두 알았습니다, 버클랜드 씨. 레스트레이드 경감님이 작성한 파일과 기밀문서들을 다 읽어보았습니다. 프로메테우스 프로젝트가 뭔지 다 나와 있더군요."

"대답할 필요가 없는 말이군, 캐치폴 경사. 당신은 이 버클랜드 주식회사의 경호 대원이다. 그러니 이 젊은 놈들을 체포하라. 이들이 내 목숨과 나의 창조물들의 목숨을 위협했다."

"저들이 진짜 생명이 있다고 생각하십니까?"

캐치폴이 물었다.

작은 비행선이 타워 가장자리까지 왔다. 기장실 창문으로 프린셉 경위의 창백한 얼굴이 어른거렸다. 그가 비행선을 살짝 상승시켜서 곤돌라 문이 타워 꼭대기의 가설 착륙장 바로 위에 오게 했다.

"우리는 떠난다. 경사는 루시우스 브라운과 아들을 체포하라. 그게 저들의 안전을 돕는 길이다. 저들을 안전한 곳으로 데려가라. 다른 젊은 놈은 범죄자로 알려진 놈이니 원한다면 쏴 죽여도 좋다. 나라면 어서 서두를 거야. 이 빌딩은 이제 얼마 못 갈 테니까."

"칼레브, 아버지를 모시고 얼른 내려가리. 어서, 아래로 쭉 내려가. 서지 말고. 자기 목숨은 자기가 지킬 수밖에 없어."

캐치폴이 소리쳤다.

"그래서… 도망치겠단 말이군요, 아버지. 우리를 놔두고 말이죠. 도망 가보세요. 그래도 영원히 숨진 못할 테니까. 내가 당신을 반드시 찾아내겠소.”

팬텀이 말했다.

“서두르지 않으면 엄청난 돌 더미 속에 묻히게 될 거야. 이제 곧 무너진다.”

버클랜드가 소리쳤다.

그 순간 캐치폴 경사가 장총을 한 발 쏘았다. 총알이 버클랜드의 손을 관통했다. 그의 손에 들려 있던 원격조종장치가 산산조각 났다. 파편들이 바닥 위로 어지럽게 떨어졌다. 버클랜드는 피가 흐르는 손을 잡고 무릎을 꿇으며 신음하기 시작했다.

“넌 지금 이 일을 후회하게 될 거야.”

팬텀이 조용하게 말했다.

“이건 전혀 과거세계답지 않아. 여기에 어울리지 않는단 말이다.”

캐치폴이 말했다.

“내가 너를 산 채로 동강낸 뒤 심장을 도려내 주마.”

캐치폴은 장총을 휙 돌려서 팬텀을 향해 총구를 겨누었다.

“방아쇠를 당기는 모험을 감행할 텐가? 이브가 이렇게 가까이 있는데?”

팬텀이 이브를 더 가까이 잡아당겼다.

“카, 칼레브. 어서 도망쳐.”

바이블 J가 소리쳤다.

칼레브는 아버지의 손을 잡고 좁은 계단을 따라 도망치기 시작했다. 루시우스가 소리쳤다.

"모두 내 잘못이야. 내 실수였어. 모두 통 속의 유령일 뿐이었
어."

하늘에 둥실 떠 있던 비행선의 곤돌라 문이 활짝 열렸다. 프린
셉 경위가 문간에 서 있었다.

"이쪽입니다, 회장님."

버클랜드는 찌를 듯이 아픈 손을 부여잡고 임시 착륙장 위를
기어가기 시작했다. 프린셉 경위가 앞으로 몸을 숙여 그를 비행
선 위로 끌어 올렸다.

버클랜드는 숨이 차서 헉헉거리며 고개를 돌려 팬텀을 바라보
았다.

"우리와 같이 가자. 이브를 데려와. 이 비행선은 우리 네 사람
에게 충분해."

칼레브가 마지막으로 이브를 돌아보았다. 갑자기 불꽃놀이가
다시 시작되었다. 푸르스름한 불꽃을 배경으로 이브의 모습이 드
러났다. 그녀의 밝은 눈동자는 바이블 J에게 고정되어 있었다.

'이브는 바이블 J의 여자야. 그러니 그에게 맡겨야겠지.'

칼레브는 생각했다. 그는 마치 버스정류장에서 작별을 고하듯
손을 살짝 흔들었다. 지상 180미터 상공, 생사의 갈림길에 선 순
간에도 조금도 동요하지 않고.

57

바이블 J는 팬텀을 향해 권총을 계속 겨누고 있었다. 끊임없이 터지는 불꽃놀이에 권총이 반짝반짝 빛났다.

바이블 J가 앞으로 한 발짝 나가자 팬텀은 빌딩 끝으로 한 발짝 더 물러섰다. 그와 함께 이브도 깊은 낭떠러지에 더 가까워졌다.

팬텀은 도시의 건물들을 향해 손을 뻗었다.

"아, 놀라운 과거세계여."

권총을 잡은 바이블 J의 손이 부르르 떨렸다. 팬텀은 나지막하게 콧노래를 불렀다.

"이렇게 높은 곳에서, 아니면 혹시 나무에서라도 떨어져 본 적 있나?"

"아니."

바이블 J가 이를 악물고 대답했다. 그는 분개했으나 팬텀에 대응할 만한 힘이 없었다. 총을 들었지만 팬텀을 깨끗하게 명중시킬 자신이 없었다.

"난 수없이 많이 떨어져 봤지. 그래, 지난번에도 이 빌딩에서 떨어졌었지. 자네도 해봐. 기분이 꽤 좋거든."

"고맙지만 사양하겠다."

"그럼 이렇게 하겠나? 지금 떨어지든지 아님 기다렸다가 우리 거지 하수인들의 먹잇감이 되든지. 어떤가, 젊은 양반? 그냥 지금 뛰어내리는 게 낫겠지?"

계단에서 총성이 잇달아 울렸다.

"이제야 우리 지원군이 오는군."

팬텀이 이를 드러내고 히죽거렸다.

"너의 거지 하수인들은 오늘 밤 전부 살해당했다. 마지막 한 놈까지 남김없이. 레스트레이드 경감님이 모두 해치웠어."

캐치폴의 말에 팬텀은 순간적으로 당황하여 말을 잇지 못했다. 그는 이브를 더 강하게 끌어당기며, 발아래로 굽이굽이 펼쳐진 도시를 내려다보았다.

불꽃이 환하게 터졌다가 이내 사라졌다. 땅에서 서로 밀고 밀리면서 불꽃 축제를 구경하던 고커들이 우레와 같은 함성을 질러 댔다.

버클랜드가 비행선에서 소리쳤다.

"저게 경고신호야. 저렇게 함성 소리가 두어 번 더 들리고 나면, 타워 42빌딩은 폭삭 주저앉는다. 자, 아담. 안으로 들어와.

이브와 함께.”

팬텀이 비행선의 곤돌라에 한 발을 올려놓았다. 그 순간 바이블 J가 풀쩍 뛰어올라 바람에 펄럭이는 팬텀의 망토를 있는 힘껏 잡아당겼다.

“이브를 놓아줘. 그녀를 사랑한단 말이야!”

바이블 J가 절규하듯 외쳤다.

팬텀이 한 팔로 여전히 이브를 단단히 감싸 안은 채 뒤돌아보았다. 그가 나머지 한 팔을 들어 올리자 상아 손잡이가 달린 면도칼이 손에서 튕겨 올라왔다. 날카로운 면도날이 불빛에 번득였다. 면도날이 이브의 목을 향해 날아가는 순간 바이블 J가 자신의 머리로 그 앞을 가로막았다.

“아담! 서둘러.”

버클랜드가 비행선에서 소리 질렀다.

바이블 J가 빌딩 위로 떨어져 앞으로 고꾸라졌다. 목에서 피가 철철 흘러내렸다. 팬텀이 두 팔을 들었다. 여전히 면도날을 쥔 상태였다. 하늘 높이 솟은 면도날에서 핏방울이 반원을 그리며 뚝뚝 떨어졌다. 이브는 마치 자석에 끌린 듯 팬텀을 멍하니 올려다보았다. 그러나 이브는 상처를 입은 채 떨어진 바이블 J가 자신의 옆에서 죽을 수도 있다는 생각이 들었다.

바로 그 순간 이브로부터 무엇인가 빠져나갔다. 드디어 마법이 풀렸다. 이브는 팬텀의 얼굴을 보자마자 날카롭게 소리 지르기 시작했다. 그녀는 온 힘을 다해 몸부림쳤다. 이브는 팬텀의 손을 뿌리치고 바이블 J에게 달려가 피범벅이 된 그의 머리를 감싸 안았다. 팬텀을 깨끗하게 명중시킬 수 있는 기회가 갑자기 찾아왔다. 캐치폴은 계속해서 장총의 방아쇠를 당겼다.

프린셉 경위가 비행선에서 섬광탄을 던졌다. 커다란 폭발음이 하늘을 울렸다. 캐치폴은 중심을 잃고 쓰러져 버렸다. 밑에서 불꽃축제를 구경하던 사람들이 웅성거리기 시작했다.

팬텀은 소리없이 빌딩 끝까지 걸어갔다. 한 발짝만 떼면 끝이 없는 심연의 하늘로 떨어질 것이었다. 팬텀은 곤돌라의 열린 문으로 올라가지 않았다. 비행선은 섬광탄의 폭발 충격으로 빌딩에서 이미 훌쩍 밀려 나간 상태였다.

팬텀이 자유낙하하기 시작했다.

버클랜드가 고래고래 소리쳤지만 거센 바람에 묻혀 아무 소리도 들리지 않았다. 버클랜드의 창조물이 떨어졌다. 바람이 소용돌이치며 팬텀의 몸을 감싸고 지나갔고 그의 검은색 망토가 등 뒤에서 거세게 펄럭였다. 팬텀이 가슴에서 무언가를 잡아당겼다. 끝에 작은 고리가 달린 얇은 밧줄이었다. 그러자 희뿌연 연기 위로 선홍색의 낙하산 날개가 빨간 꽃봉오리처럼 펼쳐졌다. 팬텀의 몸이 낙하산에 이끌려 위로 휙 올라갔다가 다시 천천히 내려오기 시작했다. 줄에 대롱대롱 매달린 팬텀이 꼭두각시 인형처럼 보였다. 그는 사람들과 돌이 깔린 도로 위를 부유하며, 구경하는 고커들과 축축하게 젖은 길을 향해 믿기지 않을 정도로 천천히 내려갔다. 낙하산을 지켜보던 레스트레이드 경감은 경호 대원들에게 접근하라고 신호를 보냈다.

환호하는 군중 사이로 마차 바퀴가 덜컹거리는 소리가 들렸다. 마지막까지 살아 있던 거지 하수인들이 창문에 검은 천이 내려진 마차를 몰고 군중 속에서 나타났다. 마차 바퀴의 금속 테두리가 돌길 위를 덜거덕거리며 달리다가 날카로운 금속성 소리를 내며 정지했다. 그러나 경고 사이렌이 다시 울리기 시작했기 때문에 아무도 그 소리를 듣지 못했다.

가까운 곳 어딘가에서, 높고 단단한 벽을 타고 경찰의 호루라기 소리가 들려왔다. 경고 사이렌이 또 울렸고, 마치 답을 하듯 또 한 번의 경고 사이렌이 울렸다. 소매가 너덜너덜한 팔이 마차 택시 밖으로 쑥 빠져나와 젖은 돌길을 달려오던 팬텀을 안으로 끌어들였다. 그리고 마차는 다시 인파 속을 뚫고 움직이기 시작하더니 내리막길을 미끄러지듯 달려 안개 속으로 사라졌다. 완전히 끌어당기지 못한 선홍색 낙하산 날개 한쪽을 넓게 펄럭이면서.

58

이브가 제자리에서 우뚝 일어섰다. 그리고 숨을 깊이 들이마신 뒤 눈을 떴다. 버클랜드의 작은 비행선은 이제 빌딩에서 멀리 떨어져 하늘 높이 날아가고 있었다. 이브의 짝, 그녀를 살인할 임무를 띤 남자, 그녀의 아담도 역시 떠났다. 빌딩 끝에서 허공을 향해 도약하여 저 멀리 어딘가로 검은색 망토를 펄럭이며 사라졌다.

그녀의 사랑, 그녀의 바이블 J는 그의 발치에 누워 있었다. 두 사람 주위로 둥그렇게 핏물이 고이기 시작했다. 그때 다른 한 남자가 천천히 몸을 일으켰다.

"여길 떠나야 돼. 너를 도와주러 왔다. 안전한 곳으로 내려가자."

이브는 바이블 J 옆에 몸을 웅크려 그의 이마에 키스했다. 이

마가 따스했다. 그의 맥박이 느껴졌다. 약하게 떨리는 움직임도 느껴졌다.

"경사님은 자신을 돌보세요. 바이블 J는 제가 구할게요."

"타워가 이제 곧 폭발할 거야."

캐치폴이 말했다. 다시 사이렌이 울렸다.

"저게 경고 신호야."

이브는 바이블 J의 따뜻한 등 뒤로 벨벳 드레스 소매의 팔을 둘렀다. 깃털만큼 연약한 그녀의 팔이 바이블 J를 위로 우뚝 일으켜 세웠다. 이브는 타워의 끝까지 걸어갔다. 버클랜드 주식회사의 거대한 비행선은 바로 앞 몇 미터 떨어진 곳을 여전히 떠돌고 있었다. 비행선을 지탱하는 앵커와이어가 탱탱하게 늘어나 있었다. 바람에 심하게 흔들리긴 했지만 그동안 이브가 공연했던 외줄보다 더 위험하거나 심하게 흔들리는 것은 아니었다.

"어딜 가려는 거냐?"

캐치폴이 소리쳤다.

"잠깐 기다려 주세요. 곧 돌아올게요."

이브는 비행선 옆면에 '버클랜드'라고 쓰인 글씨를 쳐다보았다. 그리고 바이블 J를 양팔로 끌어안았다. 그는 이브의 생명, 이브의 몸의 균형을 잡아주는 대상이었다. 이브는 아득한 심연 위로 팽팽하게 걸쳐져 있는 앵커와이어를 밟으며 앞으로 한 걸음씩 걷기 시작했다.

이브의 발걸음은 흔들리는 와이어 위에서도 안정적이었다. 아래에 모여 있던 구경꾼 중 빌딩 꼭대기에서 벌어지는 광경을 목격한 사람들이 소리치기 시작했다. 다친 바이블 J를 손에 안은 채 이브는 야고가 가르쳐 준 그대로, 가는 줄을 넓은 대로라고 생각하고 앞으로 걸어갔다. 그녀의 움직임은 빨랐다. 그러나 시간은 천천히 흐르는 것 같았다. 이브는 처음부터 끝까지 신중하고 조심스럽게 움직였지만, 아래에서 그 광경을 보는 사람들에게는 하늘에 검은 줄이 생겼다 사라지는 것처럼 보였다. 모양을 알 수 없는 형체가 휙 지나갈 뿐이었다.

비행선을 조종하는 경호 대원 역시 자기 눈을 의심했지만 곤돌라의 문을 열 수밖에 없었다. 이브는 바이블 J를 곤돌라 안의 소파에 내려놓고 캐치폴 경사를 데려오기 위해 다시 와이어를 건너 되돌아갔다. 캐치폴은 강하게 거부하며 그냥 계단으로 내려가겠다고 했다. 그때 마지막 경고 사이렌이 울렸다. 이브는 캐치폴을 향해 양팔을 내밀었다. 이제 고집 부릴 시간이 없었다. 캐치폴은 결국 이브의 팔에 자신의 몸을 맡겼다. 이브는 182센티미터나 되는 경사를 양팔로 평행하게 들어 올린 뒤 다시 와이어 위를 걷기 시작했다.

경호 대원이 와이어를 풀고 비행선을 뒤로 후진시키는 순간, 첫 번째 폭발이 밤하늘을 갈랐다. 타워 42빌딩이 아래부터 흔들리기 시작했다. 관중들이 환호성을 질렀디.

빌딩이 천천히 무너지기 시작하더니, 뿌연 먼지와 수많은 파편 조각을 날리며 아래로 푹 꺼졌다. 칼레브는 멀리 떨어진 안전한 거리에서 그 광경을 지켜보았다. 타워가 무너지는 광경을 보니, 불쌍한 잭이 칼에 심장을 찔리고 쓰러지던 모습이 떠올랐다.

　한참 후 먼지가 가라앉았고 사람들은 뿔뿔이 흩어졌다. 칼레브의 아버지는 그제야 마차 택시를 잡을 수 있었다. 두 사람을 태운 마차가 푸르니에 거리로 출발했다. 칼레브는 따각따각 젖은 돌길 위를 달려가는 회색 말발굽을 내려다보면서 이브를 떠올렸다.

　"이거 하나는 꼭 이야기해야겠다, 칼레브. 너는 그들과 같지 않아. 너는 진짜 내 아들이다. 네가 끔찍이 사랑하는 네 엄마가 낳은 아들. 그들은, 흠, 그 애들은 유전적으로만 너와 연결되어 있어. 그것뿐이야. 우리 몸에서 채취한 DNA로 만들어졌거든. 물론 유전자 변형을 많이 했지만 말이다."

　"지금 말고 나중에 말씀해 주세요, 아버지. 지금은 딱 한 가지만요. 그날 아버지가 길에 쓰러졌을 때 저에게 도망가라고 소리치셨나요?"

　"그럼, 당연하지. 난 네가 다치지 않기를 간절히 원했다. 어느 아버지라도 그랬을 거야."

　칼레브는 눈을 감고 마차 좌석에 누워 지친 몸을 달랬다.

　두 사람은 마부에게 큰 교회 근처에 세워달라고 했다. 칼레브는 마차가 완전히 멈추기도 전에 문을 열고 풀쩍 뛰어내렸다. 그러고는 젖은 돌길을 미끄러지듯 달리다가 우뚝 서서 마부에게 기다리라고 손짓하고 아버지를 불렀다. 칼레브는 푸르니에 거리를 향해 다시 달리기 시작했다. 아버지도 뒤따라오고 있었다. 칼레브는 열쇠를 꺼내어 31번지 집의 문을 열었다.

　레이튼 씨가 총을 들고 바짝 긴장한 채 어두컴컴한 복도 한중간에 서 있었다. 장총을 어깨 위에 올리고 언제라도 방아쇠를 당길 자세였다.

"아, 칼레브, 너였구나. 하느님 감사합니다. 난 팬텀이 들이닥친 줄 알았다."

그가 장총을 내렸다.

"아마 당분간은 그런 일은 없을 거예요. 이분은 우리 아버지세요. 우리가 찾았어요."

"두 사람이 함께 있으니, 회사에 엄청난 보상금을 요구할 수 있겠는걸."

레이튼은 회심의 미소를 지어 보였다.

에필로그

이브의 일기에서.

주위가 온통 녹색 나뭇잎이다. 다시 여름이 왔고 난 지금 내가 좋아하는 나무 아래에 앉아 이 글을 쓰고 있다. 이 나무는 뿌리에서부터 부드럽고 촉촉한 이끼가 올라온 것이 마치 녹색 조끼를 입고 있는 것 같다. 이제 꽃들이 더 많이 피었다. 속이 노랗고 꽃잎이 하얀 꽃들이 온 풀밭에 흐드러지게 피었다. 산들바람이 풀밭을 스치고 지나갈 때면 부드러운 풀잎이 내 발목을 간질인다. 야고는 이번 여름이 나에게 무척 길고 더울 거라고 했다.

칼레브 오빠가 며칠 전에 나를 만나러 왔다. 야고가 오빠를 데리고 와주었다. 그리고 난 이제 이렇게 다시 일기를 쓸 수 있게 되었다. 모두 사려 깊은 바이블 J가 이 일기장을 소중하게 간직해 준 덕분이다.

큰멋쟁이나비 한 마리가 방금 내 손 위에 앉았다. 난 일기를 멈추고 잠시 기다렸다. 나비가 내 손 위에 앉아서 젖은 날개를 말릴 수 있게. 이제 시간이 아주 많으니까.

팬텀, 불상한 우리 오빠. 아담 오빠가 빌딩 위에서 그렇게 뛰어내린 후론 아무도 오빠를 보지 못했다. 오빠는 사라졌다. 회사 경호대가 오빠의 마차를 따라갔지만 오빠는 감쪽같이 숨어버렸다. 그렇다고 오빠가 영원히 사라졌다는 뜻은 아닐 것이다. 하지만 난 여기서 안전하다. 이제 오빠에게 대항할 수 있을 것 같기도 하다. 내가 누군지 정확히 알고 나니 모든 것을 이해하게 되었다.

그 화재 사건이 있은 후 잭 아저씨가 내 기억을 완전히 삭제해 버린 거라고 브라운 박사님이 말씀해 주셨다. 빠르게 달리거나 그밖의 다른 기술들은 잭 아저씨가 날 보호하기 위해 나중에 나한테 입력하신 것 같다고 설명하셨다. 시간이 느리게 가는 것 같은 느낌은 내 속도가 너무 빠르기 때문이라는 것도 알려주셨다. 어떻게 보면 난 행운아다. 내가 인류 진화의 새로운 첫 단계를 밟은 거니까. 나 역시 계속 발전하고 있고 여러 가지 새로운 기능을 얻었다. 하지만 난 이제 내 기술을 과도하게 사용하지 않으려고 노력한다. 그래서 사람들과 다른 모든 것에서 멀리 떨어진 이곳 숲 속에서 조용히 지내고 있다.

버클랜드 씨는 생명공학관련법 위반으로 기소되었다고 칼레브 오빠가 말해줬다. 루시우스 브라운 박사님이 법정에서 프로메테우스 프로젝트에 관해 증언하실 거라고 했다. 레스트레이드 경감님은 은퇴하셨고 캐치폴 경사님은 과거세계 런던 경시청으로 옮겨간 후 경감으로 승진하셨다.

모든 것을 바로잡기 위해 캐치폴 경사, 아니, 캐치폴 경감님이 공식적인 기록을 작성하실 것이다. 난 여기 아름다운 나무들 사이에서 오래도록 조용하게 살려고 한다. 아기가 태어날 때까지. 우리 왕자님, 혹은 공주님은 어떤 아이가 될까? 우리 아이들은 어떤 선물을 가져다줄까?

우리 아기에게 완벽한 이름을 지어주고 싶다. 야고의 대식구가 되는 것이니 정말이지 얼마나 반가운지 모르겠다.

아가야, 네가 왕자님인지 공주님인지 몰라서 좋아하는 이름을 두 개 골랐는데 아직도 결정은 못 내리겠다. 바이블 J, 사랑하는 우리 그이에게 골라달라고 해야지. 그이는 지금 나무 위에 해먹을 걸어놓고 편안히 쉬고 있다. 그의 아름다운 얼굴 위로 나뭇잎 그림자가 드리워져 있다. 아기 이름에 관해서는 그에게 최종 결정권을 주어야겠다.

THE END.

리틀 플래닛 가이드 〈런던의 과거세계〉 편에서 발췌.

과거세계 런던에서의 생활은 고전문학 작품 속에서 볼 수 있는 전형적인 이미지 그대로이다. 굽이굽이 휘어진 도로와 낡고 오래된 건물들. 어두운 그림자와 짙은 안개가 깔린, 신비로운 도시. 어떤 도시와도 같지 않은, 유일무이한 도시.

뿌연 강물을 뒤로하고 옆길로 들어서는 순간 여행자들은 첫 번째 마법에 걸릴 것이다. 눈앞에 펼쳐진 수많은 부두와 크레인. 강을 건너는 분주한 자동차들 위로 매 시간마다 울려 퍼지는 빅벤의 웅장한 종소리. 말이 끄는 마차에 첫발을 올리는 순간, 그리고 돌길 위를 덜거덕거리며 달리는 느낌이 엉덩이로 전해지는 순간, 여행자들은 과거세계의 신비로움을 피부로 느끼게 될 것이다. 혹은 육중한 기차의 문이 탁! 닫히거나 독한 석탄 냄새를 맡을 때, 뜨겁게 달궈진 엔진 기름 냄새를 맡을 때, 여행자들은 비로소 과거세계의 순수한 현실을 경험하게 될 것이다.

검은색 정장의 멋진 신사가 옆을 지나치는 당신을 향해 날렵한 모자의 챙을 잡고 가볍게 인사하는 순간, 가스등 아래 그늘진 신사의 얼굴을 상상하며, 우리 모두는 이제 곧 마주하게 될 모험으로 온몸이 뜨겁게 달아오를 것이다……

자욱한 안개를 뚫고 커다란 비행선이 모습을 드러낸다. 육중한 철문이 열리면 돌바닥의 지저분한 거리가 펼쳐지고, 빅토리아풍의 화려한 옷으로 차려입은 남녀 관광객들이 분주한 몸놀림으로 썰물처럼 그 문을 빠져나간다. 마차 소리 시끄러운 그곳은 19세기 런던을 고스란히 재현해 놓은 신개념 테마파크, 과거세계. 지금까지와는 전혀 다른 차원의 놀이공원이다. 아름다운 드레스와 검은색 양복을 입은 사람들은, 사실 도시 속 도시 과거세계 테마파크로 과거 생활을 온몸으로 체험하기 위해 부푼 가슴을 안고 놀러온 2048년의 사람들이다.

2048년의 현재는 완전무결한 시대다. 매일의 날씨가 완벽하게 조정되며 도시 전체에 녹지가 잘 조성되어 있어 어디를 가나 푸르름이 넘친다. 전체 금연법의 시행으로 아무도 담배를 피우지 못하며 철저한 위생 관리 덕분에 병에 걸리는 사람도 없다. 모두 정해진 시간에 정해진 일만 하며 법을 어기거나 범죄를 저지르는 사람도 없다. 사람이 살기에 그야말로 완벽한 환경 그 자체이다. 그런데, 그런 완벽한 도시가 어딘지 모르게 지겹게 느껴진다. 무결점의 시대지만 동시에 점점 몰개성의 시대로 변해가기 때문이다.

너무나 완벽한 현재에 답답함을 느끼면 사람들은 과거로의 여행을 계획한다. 엄청난 입장료를 지불하고 며칠간의 과거 체험 코스를 이수한 뒤, 무질서와 혼돈의 19세기 영국을 향해 자발적으로 비행선에 올라타는 것이다. 그리고 그런 그들 앞에, 정신없이 도로를 질주하는 마차들, 사람들을 툭툭 치며 지나가는 더러운 옷의 거지들, 시커먼 하수구 구멍에서 올라오는 정체를 알 수 없는 비린내, 눈이 녹아 질척거리는 거리가 펼쳐진다. 최첨단 테크놀로지의 힘으로 쾌적한 환경을 누리던 현대의 사람들은 과거세계의 매캐한 공기를 들이켜고 나서야 살아 있음이 무엇인지 진정으로 깨닫는다.

과거세계 테마파크를 건설, 엄청난 수익을 올리고 있는 버클랜드 사(社)는 테마파크를 더욱 흥미진진한 곳으로 만들기 위해 다양한 프로그램들을 계획한다. 그 와중에 '살인사건 현장'을 둘러보는 불법관광 프로그램이 암암리에 생겨나고, 미래에서 온 '순진무구한' 관광객들은 지금까지 한번도 보지 못한 잔인한 살인현장에 열광한다. 그런데 잊혀진 과거에 대한 최고의 오마주처럼, 당시 영국 런던을 주름잡았던 희대의 연쇄살인마 잭 더 리퍼(Jack the Ripper)의 검은 그림자까지 살아난다. 그의 잔인한 악행을 그대로 모방한 시체가 거리에 나뒹굴기 시작하면서 과거세계는 더욱 긴장하게 된다.

이 책을 쓴 작가 이안 벡(Ian Beck)은 1947년 영국 태생으로, 원래는 어린이책 삽화로 유명한 세계적인 일러스트레이터이자 어린이책 작가이다. 2002년 영국 '베스트 토이' 상 도서 부문에서 최고 상을 수상했으며, 엘튼 존의 「Goodbye Yellow Brick Road」 앨범의 디자이너로도 이름을 떨쳤다. TV 만화 영화로도 만들어진 『눈 속에서 길을 잃고』를 비롯, 지금까지 60권이 넘는 어린이 책을 펴냈다. 그런 작가가 이번에는 청소년 이상 어른들을 위한 디스토피아적 공상 과학 소설에 도전했다.

요즘은 하루가 멀다 하고, 최첨단 기술을 표방하는 각종 전자제품들이 쏟아져 나온다. 최근에는 다양한 기능을 탑재한 스마트폰 덕분에 대중의 생활이 더욱 편리하게 되었고, 3D 기능이 있는 텔레비전이나 카메라 덕분에 영화나 사진을 3D 입체로 즐길 수 있게 되었다. 이제 서울의 복잡한 거리에서 서늘한 봄비를 맞으며, 날씨가 후덥지근하다고 투덜거리는 멀리 베트남 하노이에 사는 친구의 불평을 듣는 건 너무 평범한 일상사가 된 듯하다. 바다건너 대륙의 한 인터넷 서점에서는 최근 전자책 판매가 종이책 판매를 앞섰다는 발표를 내놓기도 했다.

참 놀라운 시대이다. 그러나 번역을 할 때도 전자 파일보다 굳이 두껍고 묵직한 종이책을 들여다봐야 하고 트위터를 하거나 동영상을 본다고 자그마한 스마트폰을 들여다보고 있으면 3분이 채 되지 않아 두통이 밀려오는 역자로서는 거세게 휘몰아치는 테크놀로지의 물결이 두렵기만 하다. 이렇게 동시대와 밀착되지 못하는 거리감 때문인지, 역자는 종종 미래에 대한 불길한 상상을 떨쳐 버리지 못할 때가 있다.

그런 불길한 상상이란 바로, 미래의 고도화된 디지털 사회에 적응하지 못하는 종족(?)이 생기지 않을까 하는 것이다. 그리고 역자도 그 사람들 틈에 속하게 되지 않을까 하는 것이다. 그런 종족들은 테크놀로지의 거대 물살 때문에 세계의 변방으로 밀려나 과거와 꼭 닮은 도시를 짓고 그들만의 아날로그적 생활을 하게 될 것 같은 공상 아닌 공상을 하게 된다. 우리나라의 '청학동'이나 미국 '아미시 마을'을 보라. 2011년의 오늘날에도, 나날이 발전하는 기술시대의 생활을 버리고 자발적으로 과거의 생활 모습을 지켜 나가는 사람들이 있지 않은가. 그러니 다가올 미래에도 역시, 더욱 새로워질 최첨단 기술과의 동거를 편하게 받아들이지 못하고 과거의 생활로 회귀하는 사람들이 없으리라는 보장도 없다.

그런 사람들은 어디에 모여 살게 될까? 땅속에? 산속에? 동시대의 보편적인 생활 방식을 거부하고 현재와 단절된 삶을 사는 사람들이 미래의 지구 시민으로 과연 올바른 대우를 받게 될까? 이런 생각이 꼬리에 꼬리를 물고 이어지다 보니, 미래의 그림이 더 이상 핑크빛으로 그려지지 않았다.

그러던 찰나, 이안 벡의 〈과거세계〉를 만났다. 그리고 그가 풀어낸 이야기가 역자가 그리는 이런 우울한 미래상과 흡사하다는 사실에 무척 놀랐다.

그러나 19세기 영국 런던의 어둠침침한 뒷골목에서 시작한 이야기는 푸른 숲과 청명한 공기, 시원한 산들바람의 여운을 남기며 끝이 났고, 인간보다 더욱 인간적인 삶을 갈망하는 주인공의 모습에서 미래에 대한 희망의 빛을 보았다. 책을 읽을 때 역자후기나 에필로그 등을 먼저 펼치는(역자 같은) 독자를 위해 더 이상의 스포일러성 이야기는 배제하겠다.

이 책은 디스토피아적 미래를 예견한 수많은 공상과학 소설 중 하나일 뿐이다. 그러나 역자는 번역을 하는 동안 저자가 이 이야기를 통해 우리에게 어떤 메시지를 전하려 하는지 자연스레 생각해 보게 되었다. 이 소설은 최첨단 테크놀로지로 점철된 현대인의 삶이 얼마나 피로한 것인지, 그런 고강도의 하중을 견디지 못했을 때 어떤 부작용이 생길지에 대한 하나의 징후를 보여준 이야기다. 어떤가? 역자가 저 혼자 너무 피상적으로 비약한 것인가? 그렇다면, 좋다. 독자들은 그저 이야기 자체를 즐기시라. 이 이야기는 그 배경만으로도 너무나 흥미로우니까. 최첨단의 테크놀로지의 생활이 지겨워진 사람들을 위한 완전한 아날로그 공간, 과거세계.

　몇 개월에 걸친 번역 작업을 마치고 역자 후기까지 끝맺을 때가 되니 번역에 도움을 주신 분들이 떠오른다. 정찰 카메라나 적외선 모니터 같은 최신식 장비에 대해 폭넓은 정보를 주신 전방위 문화예술 집단 팀 키쉬(Team Kish) 여러분과 충실한 자문으로 역자의 번역에 큰 도움을 주신 Mr. Edward Kirchmeier에게 심심한 감사의 마음을 전한다.

PASTWORLD
패스트월드

초판 1쇄 찍은 날 2011년 5월 2일
초판 1쇄 펴낸 날 2011년 5월 12일

지 은 이 | 이안 벡
옮 긴 이 | 최유나
펴 낸 이 | 서경석

책임편집 | 조수희

펴 낸 곳 | 도서출판 청어람
등록번호 | 제1081-1-89호
등록일자 | 1999. 5. 31
어람번호 | 제10-0005호

주소 | 경기도 부천시 원미구 심곡2동 163-2 서경B/D 3F (우) 420-822
전화 | 032-656-4452 팩스 | 032-656-4453
http://www.chungeoram.com
E-mail | chungeoram@chungeoram.com
NAVER CAFE | http://cafe.naver.com/goldpenclub

ISBN 978-89-251-2501-5 03840